EVA BJÖRG ÆGISDÓTTIR

VERLASSEN

EIN ISLAND-KRIMI

Aus dem Isländischen von
Freyja Melsted

Kiepenheuer
& Witsch

Herzlichen Dank an meinen Großvater Jóhann Ársælsson
für das Gedicht auf Seite 269

Dieses Buch ist für meine Familie.
Hoffentlich wird unser nächstes Familientreffen
nicht so verkorkst wie das hier im Buch.

Pst, nehmt euch in Acht,
denn hier sind überall Gespenster,
ich höre schon die ganze Nacht,
Atemzüge an meinem Fenster.

ÞÓRÐUR MAGNÚSSON VON STRJÚGUR
aus dem 16. Jahrhundert

Stammbaum der Familie Snæberg

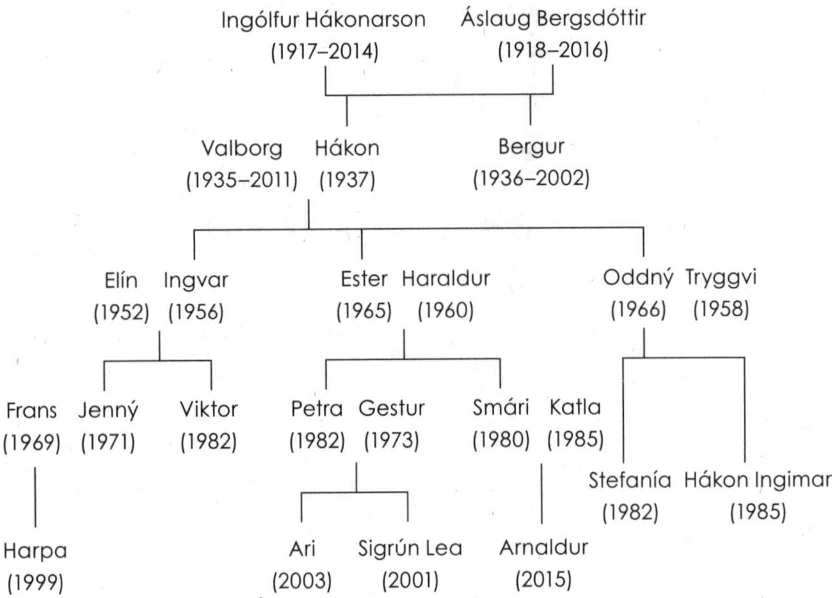

In der Nacht auf Sonntag, den 5. November 2017

Die Musik aus dem Hotel ist nicht mehr zu hören.

Die Kälte kriecht ihr bis in die Knochen. Es bringt nichts, die Jacke enger zu ziehen, der Wind bahnt sich trotzdem einen Weg hindurch.

Ihr gesamter Körper fleht sie an, sofort umzukehren. Nichts Gutes kann davon kommen, mitten in der Nacht in einer unbekannten Gegend herumzuirren. Sie denkt an ihre Familie, die sich immer noch im Hotel betrinkt. Für eine Weile wird niemandem auffallen, dass sie weg ist. Sollte etwas passieren, würde frühestens morgen jemand Hilfe rufen.

Trotzdem zieht sie nur den Kopf ein und geht weiter. Sie versucht, die Finger und Zehen zu bewegen, spürt sie aber kaum noch. Im Augenwinkel bemerkt sie eine Bewegung und dreht schnell den Kopf. Ihr Herz schlägt schneller, als sie die Umrisse einer Person erkennt, doch es ist nur eine Lavaformation. Das hätte sie ahnen können.

Sie geht langsam weiter und versucht, an etwas anderes zu denken. Es muss schon spät sein, aber sie hat keine Ahnung, wie lange sie bereits herumirrt. In der Finsternis und dem Schneesturm scheint es weder Zeit noch Raum zu geben.

Auf einmal hört sie Schritte, als wäre jemand hinter ihr. Sie blickt sich um. Erst kann sie im Schneegestöber nichts erkennen, doch dann wird das Gesicht des Mannes immer deutlicher. Sie erkennt ihn und atmet ein wenig auf. Doch als er näher kommt, bemerkt sie seine Augen. Schwarz wie die Nacht. Der Mann sieht nicht sie an, sondern etwas hinter ihr. Er wirkt außer sich vor Wut. Dann rennt er plötzlich los.

Erst jetzt bekommt sie richtig Angst.

Zwei Tage vorher
Freitag, 3. November 2017

Irma
Hotelangestellte

Ich reiße die Augen auf und bin wie auf Knopfdruck wach. Ein schaler Kaffeegeruch dringt aus der Küche über meinem Zimmer und ich atme tief ein, drehe mich auf den Rücken und strecke mich.

Heute ist Freitag, meine Schicht beginnt um zwölf und geht bis Mitternacht, wie an allen anderen Freitagen auch. Es ist erst acht, also könnte ich noch liegen bleiben, etwas länger schlafen oder lesen. Doch dafür bin ich viel zu aufgeregt.

Ich fühle mich ein bisschen wie früher, als ich abends noch öfter ausgegangen bin. Dieses vorfreudige Kribbeln im Bauch, wenn etwas Spannendes bevorsteht.

Heute kommen sie, denke ich und freue mich wie ein Kind an Weihnachten.

Ich weiß, wie albern das wirkt. Für die meisten Menschen wäre es nichts Besonderes, aber am Wochenende findet im Hotel eine große Familienfeier statt, ein Geburtstagsfest, um genau zu sein. Bei der Buchung meinte die Frau am Telefon, ihr Großvater wäre am Sonntag hundert Jahre alt geworden, und aus diesem Anlass wollten seine Nachkommen ein gemeinsames Wochenende verbringen. Sie haben das ganze Hotel reserviert, auch wenn sie wohl kaum alle Zimmer brauchen werden.

Das mag an sich nicht aufregend klingen, aber die Snæbergs

sind keine gewöhnliche Familie. Sie sind einer der reichsten und einflussreichsten Clans Islands. Ingólfur Snæberg, dessen Geburtstag gefeiert wird, hat die allseits bekannte Snæberg GmbH gegründet, ein riesiges Imperium mit Hunderten Mitarbeitern, das jedes Jahr einen Milliardenumsatz schreibt.

Was das Unternehmen eigentlich macht und wie es dazu kam, weiß ich gar nicht so genau. Aber die Familie ist jedenfalls sehr reich.

Ich richte mich auf und öffne die Jalousien. Draußen ist es immer noch ziemlich dunkel, die Sonne wird erst in etwa einer Stunde aufgehen, aber das moosbedeckte Lavafeld rund um das Hotel ist bereits zu erkennen. Seit ich hier arbeite, habe ich mich immer wieder gefragt, ob ich jemals wieder in der Stadt leben könnte. In meiner alten Wohnung, wo ich aus dem Fenster nur das Schlafzimmer des Nachbarn und die Mülltonnen im Innenhof gesehen habe.

Ich hole meinen Laptop vom Schreibtisch und lege mich wieder ins Bett. Im Internet sind jede Menge Bilder der Familienmitglieder zu finden, einige von ihnen sind wichtige Figuren in Wirtschaft und Politik und die jüngeren gehören der Partyszene an und können kaum einen Fuß vor die Tür setzen oder etwas online posten, ohne dass darüber berichtet wird.

Einer von ihnen ist Hákon Ingimar, für eine Weile war er mit einer isländischen Sängerin zusammen, bevor er sich ein portugiesisches Model geangelt hat.

Ich klicke auf eine aktuelle Meldung über ihn und sehe, dass die beiden gar kein Paar mehr sind. Auf dem Bild zum Artikel umarmen sie sich trotzdem noch innig. Er ist blond und braun gebrannt, hat blaue Augen und trägt ein Hemd mit aufgekrempelten Ärmeln, wie ein Filmstar oder ein Model aus einer Parfümwerbung. Sie sieht aus, wie die meisten Mädchen gerne aussehen würden, hat pralle Lippen und schlanke Beine.

Bei dem Anblick fällt es schwer, nicht neidisch auf die beiden und ihr glamouröses Leben zu werden. Sich nicht zu fragen, wie es wohl wäre, so reich und schön zu sein, dass die Welt einem zu Füßen liegt. Einfach mal spontan übers Wochenende nach Paris zu fliegen und sich alles zu kaufen, was das Herz begehrt. Ich kann kaum in den Supermarkt gehen, ohne an der Kasse Bauchschmerzen zu bekommen.

Hákon Ingimar könnte das bestimmt nicht nachvollziehen. Ein Blick auf sein Instagram-Profil reicht, um zu sehen, dass es ihm nicht an Geld fehlt. Auf den Bildern trägt er bekannte Luxuslabels, wenn er überhaupt etwas anhat, und trinkt mit Freunden und Fans Champagner in Fünfsternehotels. Hákon Ingimar war bestimmt noch nie einsam. Dafür ist er viel zu beliebt.

Ich war nie beliebt. Es fiel mir schon immer schwer, Freunde zu finden und zu halten, immer diejenige zu sein, die sich meldet. Manchmal wurde mir gesagt, dass ich zu aufdringlich sei, lästig sogar. Aber in Wahrheit ist man nur lästig, wenn die andere Person einen einfach nicht um sich haben will. Die meisten umgeben sich vermutlich lieber mit Menschen wie Hákon Ingimar.

Ich atme tief durch, solche Vergleiche bringen nichts. Und es ist nicht so, als wäre den Snæbergs alles in den Schoß gefallen, zumindest anfangs nicht. Hákons Urgroßvater Ingólfur hat mit siebzehn sein erstes Unternehmen gegründet, einen kleinen Fischereibetrieb auf Snæfellsnes. Er hat sein Leben lang hart gearbeitet, um ein Vermögen aufzubauen. Seine Nachkommen haben das Geld dann gut angelegt und mussten vielleicht nicht so viel dafür tun wie andere, die von vorne anfangen, aber ganz ohne Einsatz lässt sich derartiger Reichtum auch nicht aufrechterhalten.

Ich gehe zurück auf die Suchübersicht und entdecke einen Eintrag zu Petra, ebenfalls ein Urenkelkind von Ingólfur. Soweit ich weiß, hat sie sich als Innenarchitektin selbstständig gemacht, arbeitet also nicht für das Familienunternehmen, wobei sie natürlich trotzdem davon profitiert hat. In den sozialen Medien hat sie Tausende Follower und arbeitet mit vielen anderen Unternehmen zusammen. Die Zeitungen und Onlinemedien sind voll mit Anzeigen, in denen unter ihrem Gesicht steht: *Hol dir Petra ins Haus und verwandle es in einen Wohlfühlort.*

Den Begriff *Wohlfühlort* benutzt sie ständig, er taucht in fast allen Artikeln und Interviews auf: *Das Zuhause ist in erster Linie ein Wohlfühlort. Eine Reflexion deines inneren Ichs.*

Mir wäre es ziemlich unangenehm, wenn Leute von meiner Wohnung auf mein inneres Ich schließen würden. Über die Einrichtung habe ich mir jedenfalls nicht wirklich Gedanken gemacht, die Dinge stehen einfach da, wo sie Platz haben. Regale sind nur Regale, ein Aufbewahrungsort für Gegenstände. Es ist eine passable Wohnung, aber sicherlich kein Wohlfühlort.

Ich klicke auf Petras Facebook-Profil und sehe mir die Bilder an.

Ihr Mann heißt Gestur, und auf den ersten Blick ist nicht ganz nachvollziehbar, warum Petra mit jemandem wie ihm zusammen ist. Er muss jedenfalls eine tolle Persönlichkeit haben. Gestur arbeitet als Programmierer bei einem Pharmaunternehmen, aber wahrscheinlich wird er früher oder später in das Familien-Business einsteigen, wie fast alle, die in den Snæberg-Clan einheiraten. Eigentlich wundert es mich, dass er nicht schon längst gewechselt hat.

Gestur und Petra haben zwei Kinder, Ari und Sigrún Lea, die immer nur Lea genannt wird. Kurze niedliche Namen, die zu kleinen Kindern passen, aber nicht zu Erwachsenen. Auf alten Bildern sehen sie ziemlich süß aus: Ari in einem Trikot mit blonden Haaren, die in der Sommersonne beinahe weiß leuchten, Lea, die fröhlich in die Kamera lacht, sodass ihre riesigen Schneidezähne zu sehen sind. Ihre dunklen Haare reichen ihr bis zur Hüfte.

Lea ist älter als Ari, aber nicht viel, vielleicht zwei oder drei Jahre. Ich klicke auf ihren Namen, aber auf Facebook ist kaum etwas über sie zu finden. Auf Instagram ist sie dafür umso aktiver. Dort verzieht das kleine Mädchen mit den großen Schneidezähnen mittlerweile den Mund zu einem Duckface und zeigt ihren Bauchnabel. Sie sieht abgemagert aus und trägt die langen Haare in einem Pferdeschwanz, nur zwei Strähnen umrahmen das Gesicht. Irgendwie erinnert sie mich an eine Sängerin, deren Namen ich mir nie merken kann, die aber genauso zierlich ist und die gleichen langen Haare und braunen Augen hat.

Ich sehe mir den Hintergrund auf Leas Bildern an, um eine Vorstellung von ihrem Zimmer und ihrem Leben zu bekommen, aber mir fällt nichts Besonderes auf. Nichts, was mir sagt, wer sie ist und was sie macht. Viele der Bilder auf ihrem Profil sind im Ausland aufgenommen. Auf einem posiert sie im Bikini am Strand, auf einem anderen steht sie mit einer Einkaufstüte von Sephora am Times Square und auf dem nächsten mit einer Tüte von Gucci vor dem London Eye. Sie ist erst sechzehn und schon viel mehr herumgekommen als ich. Wie oft sie wohl ins Ausland fährt? In welchen Hotels übernachtet sie dann?

Ich schiebe den Laptop beiseite und sage laut, dass ich damit aufhören muss. Ich bin kein neidischer Mensch, aber obwohl ich mir einrede, dass die Snæbergs bestimmt genauso viele Probleme haben wie alle anderen auch, stelle ich mir andauernd vor, wie es wohl wäre, so zu sein wie sie.

Und gleich kommen sie alle hierher ins Hotel, und ich werde mit eigenen Augen sehen können, ob sie so perfekt sind, wie sie aussehen. Wahrscheinlich freue ich mich vor allem darauf, bei genauem Hinsehen die vielen kleinen Risse in der scheinbar perfekten Fassade zu sehen. Denn natürlich sind sie nicht perfekt.

Nichts ist perfekt.

Jetzt
Sonntag, 5. November 2017

Sævar

Kriminalpolizist in Akranes

Im Felsen war eine große Kluft, als hätte ihn jemand mit einem riesigen Messer gespalten. Sævar ließ den Blick nach oben zur Kante wandern, die viele Meter über ihm lag, und bekam weiche Knie. Einen Fall aus dieser Höhe würde vermutlich niemand überleben, den Beweis dafür hatten sie vor sich.

»Ziemlich hoch«, sagte Hörður, obwohl es eigentlich offensichtlich war.

»Ja.« Sævars Stimme klang etwas belegt, und er räusperte sich. Dann senkte er den Blick wieder, konzentrierte sich auf seine Schuhe und blinzelte ein paarmal. Seit er als kleiner Junge einmal miterlebt hatte, wie sein Freund vom ersten Stock eines Mehrfamilienhauses gefallen war, litt er unter schrecklicher Höhenangst. Sie waren auf dem Balkongeländer herumgeklettert, hatten einander herausgefordert, sich baumeln zu lassen. Als sein Freund den Halt verlor und in den Johannisbeerstrauch unter ihnen fiel, dachte Sævar erst, er wäre tot. Zum Glück hatte er nur einen gebrochenen Arm und ein paar Kratzer, mit denen er wochenlang prahlte.

Noch lange danach bekam Sævar aber immer wieder Albträume, in denen die Luft um ihn herumwirbelte, als fiele er selbst vom Balkon und nicht sein Freund. Manchmal wachte er auf dem Boden seines Schlafzimmers auf, aber meist lag er verschwitzt mit rasendem Herzen im Bett und klammerte sich an seine Decke. Nach all den Jahren mochte er immer noch keine Höhen, schon bei dem Gedanken daran wurde ihm mulmig zumute.

Also konzentrierte er sich auf die Leiche, die vor ihnen lag. Auf den ersten Blick fügte sie sich nahtlos in das Umfeld ein, die graue Jacke sah aus wie die Steine, die rundherum aus dem Schnee hervorragten. Bei genauerem Hinsehen war aber ein Körper in seltsamer Position zu erkennen, bedeckt von einer dünnen Schneeschicht.

Sævar sah, wie Hörður sich nach unten beugte und den Kopf neigte, bevor er eine Kamera hervorholte. Das laute Klicken des Auslösers zerriss die friedliche Stille.

Er kannte Hörður gut genug, um zu wissen, dass sie noch eine Weile hier sein würden. Hörður arbeitete für gewöhnlich langsam und äußerst sorgfältig. Sie hatten seit einigen Jahren immer wieder miteinander zu tun gehabt, und als Sævar vor zwei Jahren von der Streifenpolizei in die Kriminalabteilung gewechselt hatte, war Hörður sein direkter Vorgesetzter geworden. Seitdem arbeiteten sie täglich eng zusammen, als Teil eines dreiköpfigen Teams, das für ganz Westisland zuständig war.

Sævar sah sich um. Die Berge leuchteten weiß und in der Ferne waren die schneebedeckten Hänge des Gletschers Snæfellsjökull zu erkennen. Weit über seinem Kopf schwebten ein paar Vögel und vom Meer her hörte er Möwen kreischen. Auf der nahe gelegenen Straße herrschte kaum Verkehr, nur vereinzelt kamen Autos vorbei und verschwanden aus ihrem Blickfeld, sobald sie den Hang hinunterfuhren.

Ein paar wenige Schneewehen erinnerten noch an das Unwetter, das letzte Nacht über das Land gezogen war. Ansonsten war es friedlich und still. Die Ruhe nach dem Sturm, dachte Sævar. Oder sprach man eher von der Ruhe *vor* dem Sturm? Er war nicht ganz sicher.

Bevor er sich weiter umblicken konnte, winkte Hörður ihn zu sich.

»Siehst du das?«

Sævar trat näher. Wieder überkam ihn ein mulmiges Gefühl und er schluckte den Speichel, der sich in seinem Mund gesammelt hatte. Obwohl er eigentlich wusste, dass er nicht in Gefahr war, empfand er den hohen Felsen über sich als bedrohlich.

»Was meinst du? Was sollte ich sehen?«

»Da.« Hörður zeigte auf die Hand der Leiche.

Sævar brauchte einen Moment, um zu verstehen, was Hörður meinte. Doch dann sah er es. Die Finger umklammerten eine dunkle Haarsträhne.

Zwei Tage vorher
Freitag, 3. November 2017

Petra Snæberg

Den ganzen Morgen laufe ich schon wie ein kopfloses Huhn durchs Haus. Warum ist es nur so verdammt groß? Ganze dreihundertfünfundsechzig Quadratmeter, zwei Stockwerke, ein Keller und eine Doppelgarage. Natürlich bin ich froh, dass die Kinderzimmer auf einer anderen Etage liegen als das Schlafzimmer von Gestur und mir, aber es ist ein reiner Albtraum, das Haus sauber zu halten, wenn die Haushaltshilfe nicht da ist – geschweige denn nach etwas zu suchen. So wie jetzt, denn offenbar haben sich alle unsere Ladegeräte in Luft aufgelöst, obwohl wir eigentlich mehr als genug davon besitzen. Wahrscheinlich liegen sie bei Ari und Lea unter irgendwelchen Kleiderhaufen, aber die beiden bestreiten felsenfest, welche zu haben, und es käme natürlich nicht gut an, wenn ich ungebeten in ihre Zimmer gehen würde, um selbst zu suchen. Ich traue mich zu wetten, dass sie gar nicht erst nachgesehen haben.

»Lea und Ari!«, rufe ich noch einmal nach unten. »In zehn Minuten ist Abfahrt, bringt eure Sachen, damit Papa alles ins Auto laden kann.«

Ich warte kurz auf eine Antwort, aber die bleibt natürlich aus.

Wie sie meinen. Ich streiche meine Haare glatt und schaue, was noch gemacht werden muss. Das Geschirr vom Frühstück gehört noch weggeräumt, auf dem Küchentisch stehen immer noch Schüsseln mit etwas Milch und aufgeweichten Cheerios, die ich nicht einfach übers Wochenende stehen lassen kann.

Während ich sauber mache, gehe ich ein letztes Mal die Checkliste durch und überlege, was ich vergessen habe. Nicht nur die Küche sieht unmöglich aus. Gestern Abend kam Gestur erst spät nach Hause und wir haben uns gestritten, also habe ich mich schlafen gelegt, ohne zu erledigen, was ich mir eigentlich für den Abend vorgenommen hatte.

Normalerweise bin ich nicht so unorganisiert und warte mit dem Packen bis zum Abend vor der Abfahrt. Eigentlich habe ich immer alles unter Kontrolle, egal ob Geburtstage, Dinnerpartys oder sonstige Feiern. Ich gehöre zu den Menschen, die sich To-do-Listen schreiben. Es gibt für mich kaum ein besseres Gefühl, als erledigte Punkte abzuhaken. Auf meinem Laptop habe ich lauter Checklisten für Strandurlaub, Städtetrips oder Ausflüge aufs Land. Nichts wird dem Zufall überlassen. Ohne meine Ordnung hätte ich es nie geschafft, meine eigene Firma aufzubauen und gleichzeitig die Familie zusammenzuhalten.

Viele denken, aufgrund meiner familiären Beziehungen hätte ich es leicht gehabt, aber das war keineswegs der Fall. Ich habe mich auf Innenarchitektur und Beratung spezialisiert und das Unternehmen Innlit ganz allein aufgebaut, es hat Jahre gedauert, bis ich damit einen nennenswerten Umsatz gemacht habe.

Gestur hat BWL und Informatik studiert, also konnte er mir in vielem helfen, zum Beispiel bei der Arbeits- und Finanzplanung. Aber um alles andere habe ich mich anfangs selbst gekümmert; Kundenakquise, den Auftritt in sozialen Medien und die eigentliche Innenarchitektur. Doch mittlerweile habe ich einige Angestellte und betreue fast nur noch die neuen Kunden, höre mir ihre Ideen an, damit ich einen besseren Eindruck von ihren Vorstellungen bekomme. Das ist schwerer, als es klingt, denn meist haben die Menschen keine Ahnung, was sie eigentlich wollen.

Am Anfang waren die meisten Kunden Privatpersonen, aber in den letzten Jahren habe ich alles von Wohnungen bis hin zu Büros eingerichtet. Mittlerweile besteht mein Team aus fünfzehn Personen, darunter sieben Innenarchitekten, mit mir sind wir also zu acht, und bald werde ich noch weitere einstellen müssen. Ständig flattern neue Aufträge herein, und ich komme kaum hinterher. Letztes Jahr konnte ich meinen Eltern alles zurückzahlen, was sie über die Jahre in die Firma investiert haben.

Es verletzt mich, wenn Leute sagen, mir wäre alles zugeflogen, denn das ist eine Geringschätzung meiner harten Arbeit in den letzten zehn Jahren. Meine Eltern haben zwar in die Firma investiert und mir in der Anfangsphase geholfen, aber die Arbeit habe ich ganz allein gemacht. Ich habe die Marke aufgebaut, mich um das Marketing gekümmert, Kunden akquiriert und Mitarbeiter eingestellt. In letzter Zeit lief es ziemlich gut, hervorragend sogar. Eigentlich sollte ich überglücklich sein.

Ich schalte die Spülmaschine ein, obwohl sie noch nicht ganz voll ist. Dann lehne ich mich an den Küchentisch und lausche dem rhythmischen Geräusch.

Von gestern steht immer noch eine Flasche Wein auf dem Tisch, ich kann sie riechen und plötzlich greife ich schnell danach und stopfe sie in die Mülltonne, bis nichts mehr von ihr zu sehen ist. Als Gestur gestern Abend weg war, habe ich sie beim Fernsehen beinahe ausgetrunken. Ich musste irgendwie meine Nerven beruhigen. Seit Wochen zählt eine leise Stimme in meinem Kopf die Tage bis zu dem Familientreffen hinunter: *drei, zwei, eins …*

Ich lächle Ari zu, der endlich nach oben kommt, aber das Lächeln vergeht mir, als er eine saubere Schüssel und die Packung Cheerios hervorholt, die ich gerade weggeräumt habe.

»Was machst du da?«, frage ich.

»Frühstücken«, antwortet Ari in dem typisch unbekümmerten Tonfall eines Teenagers.

»Ich habe gerade eben alles weggeräumt, wir fahren gleich los.« Es klingt, als würde ich ihn anflehen.

Ari murmelt etwas zur Antwort und gießt Milch in die Schüssel.

Eine Weile beobachte ich ihn, ohne etwas zu sagen. Er hat schöne blonde Haare, die mal wieder geschnitten gehören, ihm aber ziemlich gut stehen. Als er klein war, hatte er weiße Löckchen, die mittlerweile zu Wellen geworden sind. Beim Anblick seiner glatten Haut würden Visagisten weit und breit vor Neid erblassen, aber durch den markanten Kiefer wirkt sein Gesicht nicht mehr so zierlich wie früher.

Ari hat mich schon immer um den Finger gewickelt, ich konnte ihm noch nie etwas verwehren und lasse ihm alles durchgehen. Schon als Kind hat er mich immer zum Lächeln gebracht, allein bei dem Gedanken an ihn wird mir warm ums Herz. Ich kann gar nicht sauer auf ihn werden.

»Was ist mit deiner Hand passiert?«, fragt er.

»Nichts«, sage ich und verstecke die abgekauten Fingernägel. Die Nagelhaut sieht schlimm aus, und ohne die nötige Selbstdisziplin würde ich mir wahrscheinlich die Finger abknabbern. In den letzten Jahren war es eigentlich besser geworden, im Erwachsenenalter konnte ich mich meist zusammenreißen, aber wahrscheinlich habe ich es diesmal im Schlaf gemacht. Als ich aufgewacht bin, war mein Kissen blutverschmiert und ich hatte diesen Eisengeschmack im Mund. Auf die Fingerkuppen habe ich Kinderpflaster geklebt, weil ich keine anderen gefunden habe.

Ari zieht die Augenbrauen hoch, die deutlich dunkler sind als seine blonden Haare. Als Kind hatte er riesige Augen. Und seine dunklen Wimpern waren so lang wie die einer Puppe.

Gestur betritt die Küche, begleitet von einem kalten Luftzug. Er muss die Haustür offen gelassen haben, und im Augenwinkel sehe ich die Büsche im Vorgarten. Der Wind wirbelt die verwelkten Blätter auf dem Gehsteig auf. Plötzlich höre ich laut, wie sie wieder auf dem Asphalt landen, als hätte jemand den Klang verstärkt und alles andere leiser gemacht. *Drei, zwei, eins ...*

»Das Auto ist vollgetankt«, sagt Gestur.

»Sehr gut.« Ich lächle breit und verschränke die Arme. »Dann können wir los.«

Tryggvi

In der Facebook-Gruppe, die für die Organisation des Familientreffens erstellt wurde, ging es bis vor drei Tagen vor allem ums Wetter. Laut der Vorhersage sollte es für November nämlich ungewöhnlich schön werden, sonnig und windstill, relativ warm und kaum Regen. In der Gruppe waren einige zum Scherzen aufgelegt und fragten, ob man nicht in Sonnencreme investieren sollte. Am Dienstag aber schlugen die Vorhersagen um, und plötzlich sah es nach heftigen Niederschlägen und Sturm aus, für Samstag wurde das erste Wintertief erwartet und es sollte ungewöhnlich kalt werden, das behauptete zumindest der Meteorologe im Fernsehen gestern, als er von allen unnötigen Reisen abriet. Ich würde ja gerne an die Sonnencremewitze erinnern, aber das käme wahrscheinlich nicht gut an. Zum Glück soll das Unwetter erst am Nachmittag beginnen, dann kann die für Vormittag geplante Bootsfahrt auf dem Breiðafjörður vermutlich noch stattfinden.

Ich finde es irgendwie witzig, dass in der Gruppe niemand über die neue Vorhersage spricht. In den letzten Tagen hat Oddný jedes Mal den Raum verlassen, wenn nach den Nachrichten das Wetter kam. Wahrscheinlich will sie die Prophezeiung nicht akzeptieren und hat einfach beschlossen, sie zu ignorieren.

Möglicherweise denkt sie auch, dass schlechte Vorhersagen für ihre Familie nicht gelten. Der Snæberg-Clan scheint manchmal zu glauben, über den Naturgesetzen zu stehen.

Ich sehe Oddný an, die auf dem Beifahrersitz neben mir sitzt. Sie hat sich zurechtgemacht, ein bisschen geschminkt und die Haare geföhnt. Ihre Kleidung ist aber leger; eine schwarze Hose und eine hellbraune Fleecejacke. Schick, aber nicht zu übertrieben. Oddný hatte schon immer ein Gespür dafür, was angemessen ist.

Sie ist gut gelaunt und macht das Radio lauter, wo Bon Jovis *Livin' on a Prayer* läuft. Im Augenwinkel sehe ich, dass sie mit den Fingern den Rhythmus mittrommelt.

»Wir sollten bei Vegamót anhalten«, schlägt sie vor. »Eine Kleinigkeit essen.«

»Können wir machen.«

»Ich habe heute Morgen nicht gefrühstückt. Und die Muschelsuppe war beim letzten Mal ziemlich gut.«

Wir waren schon einmal zusammen auf Snæfellsnes und haben in einem Sommerhaus von Oddnýs Familie übernachtet. Die Hütte ist in keinem guten Zustand und müsste dringend renoviert werden. Während unseres Aufenthalts wollte ich mich einbringen, habe die Terrasse gestrichen und da und dort was hergerichtet, aber es scheint niemandem aufgefallen zu sein, zumindest hat niemand etwas gesagt.

»Deine Schwester haben wir schon eine Weile nicht gesehen«, sage ich. »Wann war das noch mal? Bei der Konfirmation im Frühling?«

»Ja, wahrscheinlich«, sagt Odnný. »Erschrick nicht, sie sieht mittlerweile etwas anders aus.«

»Was meinst du? Wie anders?«

Oddný lacht leise. »Sie hat sich das Gesicht machen lassen, du weißt schon, wenn man die Haut nach hinten zieht, um die Falten zu glätten. Die gute Ester war schon immer etwas eitel. Ingvar meinte, sie sehe aus, als hätte sie zu lange im Wind gestanden.«

»Wirklich?«

»Ja.« Oddný klappt die Sonnenblende herunter, sieht sich in dem kleinen Spiegel an und streicht über ihre Augenbrauen. »Aber sie wird es bestimmt nicht zugeben. Wie damals, als sie sich die Augenlider hat straffen lassen und so getan hat, als wäre nichts gewesen. Ich bin sicher, dass Halli sie dazu gedrängt hat.«

»Halli?«, frage ich. »Denkst du wirklich, dass er so etwas tun würde?« Haraldur kann etwas befehlshaberisch sein, aber wirkt nicht wie jemand, der seine Frau zu einer Schönheitsoperation zwingt.

»Du weißt doch, wie er ist«, sagt Oddný und klappt die Sonnenblende wieder nach oben. Sie lächelt mich an und fügt hinzu: »Im Gegensatz zu meiner Schwester hab ich es ziemlich gut getroffen.«

»Ich würde nichts an deinem Aussehen ändern wollen«, sage ich und das meine ich auch so.

Ich bin derjenige, der sich glücklich schätzen kann, mit jemandem wie Oddný zusammen zu sein, in Wahrheit ist sie viel zu gut für mich. Ihre Familie sieht das auch so. Sie verstehen nicht, was sie an einem einfachen Tischler, einem armen Schlucker wie mir überhaupt findet. Eigentlich kann ich es selbst kaum nachvollziehen. Ich bin erst seit Kurzem Teil der Familie und würde auch nicht behaupten, dass ich wirklich *dazugehöre*. Oddný und ich kommen aus unterschiedlichen Welten, wir haben äußerst wenig gemeinsam.

In der Raststätte Vegamót bestellen wir Muschelsuppe und ein Sandwich, setzen uns an einen Tisch am Fenster und beobachten schweigend die vorbeifahrenden Autos. Ich habe gerade erst die Hälfte meines Sandwiches gegessen, als jemand Oddnýs Namen ruft.

Ihr Gesicht leuchtet auf, als sie ihren Bruder Ingvar und seine Frau Elín sieht. Sie stellt das Wasserglas ab und steht auf, um sie zu begrüßen.

»Ihr hier?« Oddnýs Stimme ist so schrill und laut, dass alle im Restaurant aufblicken.

Ich stehe ebenfalls auf, wir umarmen uns, küssen uns auf die Wangen und tauschen Neuigkeiten aus.

»Wie schön, dass wir uns hier schon treffen, darauf sollten wir doch anstoßen«, sagt Elín und geht mit Oddný zurück zum Tresen.

Ingvar fragt nach unserem Spanienurlaub letzten Monat.

»War es nicht schön, ins Warme zu fahren?«

»Doch, sehr schön«, sage ich, denn das ist die Antwort, die erwartet wird. Eigentlich finde ich warmes Klima überbewertet, ich liege nicht gerne den ganzen Tag lang in der Hitze faul am Beckenrand. Meist kann ich mich erst wieder entspannen, wenn ich wieder zu Hause bin und mir der erfrischende kalte Nordwind ins Gesicht weht.

Die Frauen kommen mit zwei kleinen Weißweinflaschen und zwei Dosen Bier wieder.

»Ach, so sieht's also aus«, sagt Ingvar und die beiden Schwägerinnen kichern wie Kleinkinder.

Niemand verliert ein Wort darüber, dass wir noch ein Stück fahren müssen, auch wenn es nicht mehr weit ist. Aber ich trinke nicht, und das weiß Oddný auch. Als sie ausgetrunken hat, schiebe ich mein Glas unauffällig zu ihr hinüber.

»Kommt Hákon Ingimar nicht?«, fragt Ingvar.

»Doch, nur etwas später«, sagt Oddný und lächelt liebevoll, wie immer, wenn es um ihren Sohn geht. »Er hat so viel zu tun.«

»Ja, sieht ganz danach aus«, sagt Ingvar und bezieht sich vermutlich auf die vielen Partybilder, die von Hákon Ingimar im Internet herumgeistern und ihn ständig mit neuen Mädchen zeigen.

»Er spielt jetzt in einer Werbung mit«, sagt Oddný stolz. »Auf dem Gletscher.«

»Welchem Gletscher?«

»Das hat er nicht erzählt«, sagt Oddný. »Aber es ist ein Werbespot für Outdoor-Bekleidung.«

»Ach was, werben sie auf dem Gletscher also nicht mehr nur für Badeanzüge?«, fragt Ingvar.

Wir lachen, und ich erinnere mich vage daran, dass ich tatsächlich schon einmal ein Bild von Hákon mit Badehose in einer Winterlandschaft gesehen habe. Dann wechseln wir das Thema und sprechen über das Wochenende, wer kommt und wer nicht, und was die Kinder mittlerweile alle so machen.

Oddný hat zwei Geschwister, Ingvar und Ester, die beide Partner, Kinder und sogar ein Stiefkind haben. Erst konnte ich mir lange nicht merken, wer zu wem gehört und wie sie alle heißen, aber mittlerweile weiß ich es ungefähr, das hoffe ich zumindest. Und dann ist da natürlich noch Hákon senior, ihr Vater, der am Samstagabend zur Feier dazustoßen wird. Er ist achtzig, und vor ein paar Jahren wurde bei ihm eine degenerative Erkrankung festgestellt, seitdem wird sein Zustand immer schlechter.

Als wir uns kennenlernten, hatte Oddný bereits zwei Kinder: Hákon Ingimar und Stefanía, oder Steffý, wie sie immer genannt wird. Hákon Ingimar, oder Hákon junior, wie ihn manche nennen, tanzt ein wenig aus der Reihe, wenn man so will. Oddný tut immer so, als wäre er viel beschäftigt, aber soweit ich weiß, hält er nur den lieben langen Tag sein Gesicht in Kameras, vor allem die auf seinem Handy, das er nie aus der Hand gibt. Aber eigentlich geht mich das auch nichts an, ich bin in einer ganz anderen Zeit groß geworden und vermutlich auch in einer anderen Welt.

Stefanía habe ich erst ein paarmal getroffen, denn sie lebt in Dänemark und arbeitet für einen Kosmetikhersteller. Sie ist hochgebildet, hat irgendwas mit Ingenieurwesen studiert, was genau, weiß ich nicht mehr.

Ich wurde mit etwa dreißig Vater, als ich eine Frau kennengelernt habe, die einen kleinen Dreijährigen in die Beziehung mitgebracht hat, den ich aufgezogen habe wie einen eigenen Sohn. Er ist immer noch ein wichtiger Teil meines Lebens, obwohl Nanna und ich schon lange nicht mehr zusammen sind. Der Junge hatte keinen Vater, zumindest keinen, der präsent war, und mir war es eine Ehre, diese Rolle in seinem Leben einzunehmen. Ich hatte keine Ahnung, wie schwer, aber zugleich erfüllend es sein würde, die Verantwortung für ein Kind zu übernehmen. All die großen und kleinen Momente; ich habe ihn am ersten Schultag begleitet, ihm lesen beigebracht, bin mit ihm zu Schwimmtrainings gegangen und hatte bei seinem Schulabschluss Tränen in den Augen. Vater zu sein war das Beste, was mir je passiert ist, nichts konnte es seitdem damit aufnehmen.

»Also gut, wir sollten langsam los«, sagt Oddný und trinkt mein Glas leer.

Beim Aufstehen fällt ihre Handtasche auf den Boden und die Frauen lachen laut. Oddnýs Wangen sind bereits rot, wie immer, wenn sie Alkohol trinkt. Ich bekomme ein mulmiges Gefühl, ignoriere es aber. Es wird schon nicht so schlimm werden.

Wir sind seit etwa einem Jahr zusammen, und ich habe schnell gemerkt, dass Oddnýs Familie nicht wie andere ist. Die Snæbergs waren mir natürlich davor schon ein Begriff, aber die Details kannte ich nicht, denn ich las weder Wirtschaftsmagazine noch Klatschblätter. Wenn ich das getan hätte, wäre ich vielleicht besser vorbereitet gewesen.

In der Familie gibt es viele starke Persönlichkeiten, die ganz schön zickig werden können. Ich habe mit eigenen Augen gesehen, wie eine kleine Bemerkung einen großen Streit auslösen kann, wenn jemandem etwas herausrutscht und die andere Person wütend aus dem Raum stürmt. Um die Familie zu verstehen, muss man sich eine Herde Flusspferde vorstellen, die in einem viel zu kleinen Wasserloch badet; alle rempeln sich gegenseitig an. Wenn so viele Egos aufeinanderprallen, kann jede Kleinigkeit das Fass zum Überlaufen bringen.

»Sagt Cheese!« Ich mache ein Selfie von uns allen im Auto. Die Teenies auf der Rückbank lächeln halbherzig, und ich muss daran zurückdenken, wie sie früher von einem Ohr zum anderen in die Kamera gelacht haben. Jetzt sitzen sie mit ihren Kopfhörern da und verziehen keine Miene. Viel hat sich verändert, seit lange Autofahrten durchgeplant werden mussten, mit regelmäßigen Pausen und Kinderliedern oder Hörspielen in voller Lautstärke, während man die Daumen gedrückt hat, dass sie so lange wie möglich friedlich bleiben. Jetzt herrscht auf der Rückbank nur noch Schweigen, und wenn ich ehrlich bin, vermisse ich den Lärm sogar ein wenig. Vermisse die Zeit, in der das größte Problem meiner Kinder war, wer das nächste Lied aussuchen durfte.

»Ist alles in Ordnung?«, fragt Gestur, so leise, dass die Kinder nichts mitbekommen.

»Ja, natürlich«, sage ich aufgesetzt fröhlich.

Gestur kennt mich, ihm kann ich nichts vormachen. »Du hast heute Nacht schlecht geträumt. Ich dachte, die Albträume hätten aufgehört.«

»Ach, hab ich das?«

Gestur antwortet nicht. Er weiß, dass ich lüge; ich erinnere mich noch gut an den Traum letzte Nacht. Diesen Albtraum hatte ich schon als Jugendliche und seitdem holt er mich immer wieder ein. Darin stehe ich mitten auf der Straße, nicht weit von Akrafjall, ganz allein. Um mich herum ist es stockdunkel und kurz darauf beginnt es zu schneien. Alles ist friedlich und still. Doch dann werde ich plötzlich von einem grellen Licht geblendet. In dem Moment wache ich auf, schrecke auf, als wäre etwas Schlimmes passiert.

Als ich wegen meiner Albträume monatelang nicht richtig schlafen konnte, hat meine Mutter mich zu einem Arzt geschickt. Wie so oft wollten meine Eltern einen Experten zu Hilfe holen.

Als ich in der fünften Klasse Schwierigkeiten in Mathe hatte, stellten sie sofort einen Nachhilfelehrer ein, und später auf dem Gymnasium in Akranes auch. Als ich mich beim Geigespielen etwas ungeschickt angestellt habe, wurde sofort ein Psychologe gerufen. Immer sollten Außenstehende das Problem lösen, statt dass meine Eltern sich zu mir gesetzt und mit mir gesprochen hätten. Ich weiß, dass sie es gut meinten, aber manchmal wundere ich mich, warum sie nicht einfach gefragt haben, was los ist.

Ich hätte ihnen trotzdem nicht erzählt, dass ich ganz genau weiß, was diese Albträume bedeuten.

»Und das Nagelproblem«, fügt Gestur ruhig hinzu.

Damit meint er meine Angewohnheit, an den Fingernägeln zu kauen.

»Das ist nichts«, sage ich und verstecke die Finger unwillkürlich in meinem Schoß.

Die Stille umhüllt uns erneut. Im Gegensatz zu mir hat Gestur kein Problem mit ausgedehntem Schweigen, es stört ihn nicht weiter.

Ich konzentriere mich auf die Landschaft. Das Wetter ist schön und im Radio erklingt ein altes Lied, bei dem ich sofort an früher denken muss.

Ich will, dass dieses Wochenende gut wird. Die Familie ist schon lange nicht zusammengekommen. Als ich noch klein war und in Akranes gelebt habe, standen wir uns alle sehr nahe. Meine Großeltern haben nebenan gewohnt und die Geschwister meiner Mutter auch, also bin ich in ihren Häusern ein und aus gegangen, wie es mir gepasst hat. Meine besten Freunde waren mein Cousin Viktor und meine Cousine Stefanía. Steffý und ich sind gleich alt und fast wie Schwestern aufgewachsen, wir waren unzertrennlich. *Wie siamesische Zwillinge,* hat Papa immer gesagt.

Ich muss oft an Steffý denken. Ihr Gesicht taucht plötzlich vor meinem inneren Auge auf, wenn ich es am wenigsten erwarte, wenn ich mich abends schlafen lege, wenn ich meine Tochter beobachte oder wenn ich lautes Kinderlachen höre. Eine Mischung aus Wehmut und Sehnsucht, und der Vorstellung, was hätte sein können.

Es ist seltsam, wie diese Jahre der Kindheit und Jugend immer ein großer Teil von uns bleiben, auch wenn es insgesamt gesehen nur eine relativ kurze Zeit ist.

Wir fahren am Fuße des Hafnarfjall entlang, wo überall Zwergbirken wachsen, die um diese Jahreszeit völlig kahl sind. Auf der anderen Seite des Fjords kommt schon Borgarnes.

»Mama«, sagt Ari, und ich drehe die Musik leiser. »Können wir bei Hyrnan stehen bleiben? Ich habe Durst.«

»Ich auch.« Lea nimmt den Kopfhörer aus einem Ohr. »Und ich muss aufs Klo.«

»Dann halten wir an«, sagt Gestur und lächelt ihr im Rückspiegel zu.

Leas Verhältnis zu ihrem Vater ist ganz anders als das zu mir. Sie gehen gemeinsam joggen und hin und wieder morgens vor der Schule und der Arbeit noch ins Schwimmbad. Manchmal sitzt sie mit Gestur im Wohnzimmer und sieht fern, wenn ich nach Hause komme, aber sobald ich da bin, verlässt sie kaum ihr Zimmer. Wenn ich mich mit ihr unterhalten will, scheint sie zu denken, dass ich irgendwelche Absichten habe, dass ich sie manipulieren will oder nur einen Grund suche, sie zurechtzuweisen.

Wir parken vor der Raststätte, und die Kinder laufen hinein. Ich überlasse es Gestur, ihnen ihre Wünsche zu erfüllen, und kaufe Mineralwasser und eine Zahnbürste.

Beim Bezahlen finde ich eine Schmerztablette in meiner Tasche und schlucke sie schnell. Gestur meint, dass ich es mit den Schmerzmitteln übertreibe, also nehme ich sie heimlich, als hätte ich etwas zu verbergen. Aber nach der Flasche Wein gestern Abend dröhnt mir der Schädel.

Ich krame gerade nach meiner Sonnenbrille, als ich meinen Namen höre.

»Petra?« Vor mir steht Viktor und breitet die Arme aus. »Du hier?«

Ich lächle und falle ihm in die Arme. Er war schon als Jugendlicher sehr herzlich und das hat sich nicht geändert. Die Umarmung ist fest und innig. Sein Gesicht ist so nah an meinem, dass ich jede einzelne Pore und Falte sehen kann, obwohl seine Haut natürlich noch jung ist. Eigentlich ist er mit dem Alter nur schöner geworden. Seine Gesichtszüge sind markanter und das Lächeln wärmer.

»Wie geht's dir?« Viktor hält mich immer noch an den Schultern fest und sieht mir in die Augen. »Wir haben uns schon so lange nicht mehr gesehen.«

»Ja«, sage ich. »Das ist Monate her.«

Früher haben wir uns regelmäßig getroffen. Er kam oft abends vorbei, vor allem, wenn Gestur Chorprobe hatte, und brachte Wein und etwas Süßes mit, Schokolade oder ein kleines Dessert. Aber im Laufe der Jahre wurde es immer schwieriger, den Kontakt zu halten, und irgendwann fühlte es sich an wie eine Verpflichtung. Ich habe angefangen, die Treffen zu verschieben, und dazwischen verging immer mehr Zeit.

Am Ende muss Viktor gemerkt haben, dass der Wille, den Kontakt aufrechtzuerhalten, einseitig war. Immer war er derjenige, der ihn initiiert hat, und ich habe so getan, als wäre ich zu beschäftigt.

»Schon so lange? Das ist inakzeptabel, Petra. Völlig inakzeptabel. Wir müssen uns mehr Mühe geben.« Viktor schüttelt den Kopf. »Was machst du so in letzter Zeit?«

»Ach, dasselbe wie immer. Ein Unternehmen und eine Familie am Laufen halten. Ansonsten ist alles ruhig.«

»Das hast du doch noch nie gemocht, wenn es zu ruhig ist«, sagt Viktor, und mir fällt wieder ein, wie gut er mich kennt. Er weiß, dass ich nicht lange still sitzen kann und immer etwas zu tun brauche.

Ich will gerade darauf hinweisen, dass er auch nicht viel besser ist, als ein junges Mädchen auf uns zukommt und ihm einen Hotdog reicht.

»Scharfen Senf gab es nicht«, sagt sie.

»Mist«, sagt Viktor und fügt dann hinzu: »Ach ja, das ist Maja, meine Freundin. Maja, das ist Petra, von der ich dir erzählt habe.«

»Ja, natürlich. Freut mich, dich kennenzulernen, Petra.« Maja reicht mir ihre zierliche Hand und lächelt. Ich bin überrascht, wie jung sie ist, sicher zehn Jahre jünger als Viktor. Vom Alter näher an Lea als an mir. Sie hat schwarze Haare und dunkle Haut, ähnlich wie Viktor, der ursprünglich aus Indonesien stammt. Mein Onkel Ingvar und seine Frau Elín haben ihn 1984 adoptiert, und ich meine manchmal, mich an unsere erste Begegnung zu erinnern, er sah so anders aus als alle anderen. Aber ich war damals erst zwei, also bilde ich mir das wahrscheinlich ein.

»Gleichfalls«, sage ich und schüttle Majas Hand. »Ich war nicht sicher, ob du kommst, Viktor.«

»Das würde ich mir doch um nichts in der Welt entgehen lassen«, sagt er, und ich frage mich, ob es ironisch gemeint ist. »Aber ganz im Ernst, ich habe mich sehr darauf gefreut, dich wiederzusehen.«

»Weißt du, ob Steffý kommt?«, frage ich. Meine Mutter war nicht ganz sicher, ob sie sich blicken lassen würde. Ich glaube, nicht einmal Steffýs Mutter wusste es genau.

»Ja, sie kommt«, sagt Viktor. »Ich habe gestern mit ihr gesprochen.«

»Oh, wie schön«, sage ich, und höre selbst, wie aufgesetzt meine Stimme klingt.

»Das wird genau wie früher.« Viktor lacht.

»Ja, stimmt«, sage ich und knibble an meinen Fingernägeln.

Als er aufgegessen hat, wirft Viktor seine Serviette weg und sie verabschieden sich. Ich blicke ihnen hinterher. Er legt den Arm um Majas Schulter, und sie lächelt ihn an.

Viktor hat sich sehr verändert, er ist ausgeglichener und selbstsicherer als früher. Mittlerweile strahlt er eine Menge Gelassenheit aus, und ich fühle mich in seiner Gegenwart verunsichert, als wäre ich eine verklemmte Frau mittleren Alters. Er wirkt wie ein Fremder, obwohl wir uns doch eigentlich so gut kennen.

Ich denke darüber nach, wie seltsam es ist, nur noch losen Kontakt zu haben, nachdem man sich einmal sehr nahestand. Viktor war dabei, als ich meine erste Regel bekam und als ich zum ersten Mal betrunken war. In der Zeit, als ich mich jeden Abend in den Schlaf geweint habe, hat er mich nächtelang im Arm gehalten. Jetzt haben die Jahre eine Distanz zwischen uns gebracht, und wir sehen uns nur noch selten. Aber allein die Tatsache, dass Viktor genau weiß, wann und mit wem ich zum ersten Mal Sex hatte, gibt dem ganzen Small Talk einen seltsamen Beigeschmack.

»Wer war das?«, fragt Gestur, als er endlich fertig ist und mit Süßigkeiten und Getränken beladen aus dem Shop kommt.

»Viktor.«

»Oh, ich wusste gar nicht, dass er kommt.«

Ich nicke.

»War er allein?«

»Nein, tatsächlich nicht«, sage ich. »Er hat seine Freundin mitgebracht.«

»Ich wusste nicht, dass er eine Freundin hat.«

»Ich auch nicht.«

»Schön für ihn«, sagt Gestur, aber es klingt nicht so, als würde er sich ehrlich freuen.

Die beiden konnten sich noch nie leiden. Ein paarmal haben wir Viktor zum Essen eingeladen, aber die Gespräche fühlten sich immer gezwungen an. Viktor hält Gestur für steif und verklemmt, und Gestur findet, dass Viktor sich aufführt, als wäre er immer noch zwanzig.

Manchmal hatte ich das Gefühl, Gestur wäre neidisch auf Viktor. Er ist mein Cousin und wir kennen uns schon ewig. Es ist ganz normal, dass wir viel reden und alles übereinander wissen, oder zumindest einmal wussten. Das versteht Gestur auch, aber vielleicht liegt es einfach in der Natur des Mannes, nicht zu wollen, dass die eigene Frau einem anderen Mann nahesteht, selbst wenn es sich um einen Verwandten handelt.

»Wenn er dabei ist, wirkst du nicht wie du selbst«, hat Gestur am Anfang unserer Beziehung einmal gesagt. Ich weiß nicht mehr, was ich geantwortet habe, aber ich erinnere mich, dass es mir genau umgekehrt vorkam, mit Viktor fühlte ich mich wie ich selbst und mit ihm wie eine andere.

»Ach, Petra«, sagt Gestur plötzlich und verzieht das Gesicht.

»Was?«, frage ichund ziehe die Hand vom Mund weg. Als ich mit der Zunge über meine Lippen fahre, schmecke ich Blut.

Im Handschuhfach sind noch ein paar Pflaster und ich ersetze die Kinderpflaster. Ich bin kein bisschen besser als Lea, denke ich, die eine Zeit lang an ihren Nägeln gekaut hat, bis es blutete, oder meine Mutter, die sich früher abends immer ihre Wimpern ausgezupft hat. Mir läuft es immer noch kalt den Rücken hinunter, wenn ich an die einzelnen Wimpern auf dem Couchtisch denke, und die kleinen Klumpen Mascara, die auf ihre Wangen fielen.

Als wir am Wasserfall Bjarnafoss vorbeifahren, unternehme ich einen Versuch, die Stimmung im Auto ein wenig aufzulockern.

»Wusstet ihr, dass in dem Wasserfall eine Frau zu sehen ist?«

»Was?« Ari nimmt die Kopfhörer aus den Ohren, aber Lea tippt etwas in ihr Handy und blickt nicht einmal auf. Ihre Wangen sind leicht errötet, und sie lächelt immer wieder. Ich vermute, sie hat einen Freund, oder schreibt zumindest mit einem Jungen, aber immer wenn ich nachfrage, schnaubt sie nur und verdreht die Augen.

»Manche behaupten, in der Mitte des Wasserfalls würde eine Frau sitzen und sich die Haare kämmen«, erzähle ich.

Ari sieht aus dem Fenster. »Cool«, sagt er und setzt die Kopfhörer wieder auf.

Ich lächle ihm zu und lasse den Blick unauffällig zu Lea hinüberschweifen. Ihre dunkelbraunen Haare, die sie in einem hohen Pferdeschwanz trägt, sehen in diesem Licht heller aus als sonst.

In letzter Zeit war Lea ungewöhnlich still. Ich bin sicher, dass sie etwas beschäftigt, aber weiß nicht, was es ist. Mit sechzehn hatte ich es auch nicht leicht, aber das würde mir Lea nicht glauben. Sie denkt, dass niemand auf der Welt das Gleiche durchmacht wie sie. Erst recht nicht ich. In gewisser Hinsicht hat sie recht; die Realität eines Teenagers ist heutzutage anders als vor zwanzig oder dreißig Jahren. Aber ich erinnere mich auch noch gut daran, wie es war, sich darüber zu definieren, was andere von einem denken. Wie schwer es war, gleichzeitig zu einer Gruppe dazugehören und herausstechen zu wollen. Normal zu sein, aber trotzdem etwas Besonderes.

Auf Ari wirkt sich die Pubertät anders aus, er bleibt sich selbst immer treu und alles scheint ihm leichtzufallen. Gestern Morgen hat er mich gefragt, wo wir übernachten werden, und ich habe ihm Bilder gezeigt.

Das Hotel ist nagelneu, es steht mitten in einem Lavafeld am Fuße des Snæfellsjökull, kurz bevor man nach Arnarstapi kommt. Auf dem Grundstück war früher ein Bauernhof, in dem der Gemeindevorsteher mit seiner Familie lebte. Auf der Website des Hotels kann man nachlesen, dass der Hof 1921 abgebrannt ist und danach nicht mehr bewohnt wurde, die Ruinen aber noch zu sehen sind. Außerdem heißt es dort, dass die Frau und die beiden jüngsten Kinder des Gemeindevorstehers bei dem Brand ums Leben kamen. Ich habe das Browserfenster schnell geschlossen, bevor Ari so weit lesen konnte.

Beim Bau des Hotels wurde auf Umweltfreundlichkeit und

Nachhaltigkeit geachtet. Die Mauern sind aus Beton, was gut zu der Umgebung passt. Für die Innen- und Außenbeleuchtung wurde ein Architekt engagiert, der sich damit besonders gut auskennt. Draußen werden die Wände vom Boden aus beleuchtet. Die Strahler drehen sich ganz langsam, was den Eindruck erwecken soll, als würde das Haus selbst sich bewegen. Ein Lichtspiel, um die Wände lebendig erscheinen zu lassen. Der Architekt meinte, er habe sich von der Geschichte des Ortes inspirieren lassen, wo der Glaube an Übernatürliches seit Jahrhunderten Teil des Alltags war, und es auch heute noch ist.

Von außen sieht das Hotel ziemlich kühl und roh aus, schließlich soll es in die Landschaft passen, zum Gletscher, dem Lavafeld und den Bergen. Innen wirkt es aber dennoch sehr warm und einladend, mit schlichten Möbeln und Betten der Marke Jensen. Außerdem ist das Hotel mit der neuesten Technik ausgestattet, was Ari sofort fasziniert hat. Alles wird über eine App gesteuert; die Zimmerbeleuchtung, die Temperatur, die Türschlösser und sogar der Wasserdruck in der Dusche. Jedes noch so kleine Detail also.

Die Landschaft, durch die wir fahren, kommt mir immer bekannter vor. Ich kenne die Strecke gut, schon als Kind bin ich oft hier entlanggefahren. Jeder Stein, jeder Hügel und jeder Berg haben ihre Geschichte. Die Felsen verwandeln sich in alle möglichen Kreaturen, in großen Steinen und Höhlen leben Elfen und das versteckte Volk Huldufólk, in den Bergen hausen Trolle und das Meer ist voller Wasserwesen.

Natürlich weiß ich, dass diese Geschichten alle erfunden sind, ein Überbleibsel aus einer Zeit, als man noch nicht so aufgeklärt war wie heute, aber ein Teil von mir glaubt dennoch, dass die Menschen damals vielleicht sogar mehr wussten, offener waren und schärfere Sinne hatten.

Immer wenn ich nach Snæfellsnes fahre und den Gletscher, die Berge und die Schären im Meer vor mir sehe, werde ich das Gefühl nicht los, dass hier nicht nur Menschen und Tiere leben.

Mama dreht sich um und weist uns auf einen Wasserfall hin. Ari tut interessiert, aber ich habe keine Lust, ihr zu sagen, dass sie uns die Geschichte schon tausendmal erzählt hat und ich längst weiß, wo die Frau sitzt und sich kämmt.

Ich schaue auf mein Handy. Birgir hat geschrieben: *Bist du schon da?*

Nein, bin noch unterwegs, antworte ich. *Ich sag dir Bescheid, wenn ich ankomme.*

Ich warte kurz, aber er schreibt nicht weiter, also überlege ich, ob meine Antwort doof war. Vielleicht interessiert es ihn gar nicht, wann ich ankomme.

Ich sehe mir seine Bilder an. Birgir postet nicht viel online, aber er schickt mir manchmal Fotos, die ich dann auf meinem Handy speichere. Er ist ein Jahr älter als ich, und wir haben uns vor zwei Monaten kennengelernt. Begegnet sind wir uns aber noch nie, er ist als Fünfjähriger mit seiner Familie nach Schweden gezogen und kommt nur selten nach Island. Weihnachten wollen sie aber hier verbringen, und dann werden wir uns endlich treffen.

Obwohl wir uns noch nie in echt gesehen haben, weiß ich viel über Birgir und er viel über mich, vielleicht sogar mehr als die meisten. Ich weiß, dass er Basketball spielt und sein Hund Captain immer neben seinem Bett schläft. Ich weiß auch, dass er später einmal mit Kindern arbeiten will, entweder als Grundschullehrer oder als Trainer in einem Sportverein. Aber ich habe noch nie seine Stimme gehört oder ihn gerochen und ich weiß auch nicht, wie es sich anfühlen wird, wenn wir uns nach allem, was wir uns erzählt haben, endlich begegnen.

Seit wir uns kennengelernt haben, schreiben wir jeden Tag, und nicht nur über Unwichtigkeiten, sondern über wirklich tiefe Themen, was wir mit unserem Leben machen wollen zum Beispiel und wie wir uns fühlen. Birgir ist der Einzige, mit dem ich darüber gesprochen habe, was in meiner alten Schule passiert ist. Also, so richtig darüber gesprochen habe. Ich war natürlich bei einem Psychologen, weil Papa das wollte, aber das Gefühl, dass ich alles sagen kann, habe ich nur bei Birgir. Normalerweise versuche ich so wenig wie möglich an diese Zeit zurückzudenken, aber als ich Birgir davon erzählt habe, war es anders. Wir haben uns nur allgemein über das Schulleben unterhalten und irgendwann kam auf, dass ich die Schule gewechselt habe. Er fragte: *War das nicht hart?*

Ich antwortete: *Nein, eigentlich nicht.*

Er: *Es muss doch schwer gewesen sein, von deinen Freundinnen getrennt zu werden, auch wenn ein Mädchen wie du sicher schnell neue Freunde findet.*

Ich weiß noch, dass ich diese Worte gelesen und mich gefragt habe, wie er sich *ein Mädchen wie mich* vorstellt. Was meinte er damit?

Manchmal kommt es mir vor, als hätte ich mein ganzes Leben damit verbracht, die vorgeformten Meinungen anderer über mich zu widerlegen. Menschen, die mich für versnobt und eingebildet halten, weil ich eine Snæberg bin. Und als Birgir das geschrieben hat, wollte ich widerlegen, dass ich so bin, wie er sich mich vorstellt, also schrieb ich: *Eigentlich ist es meine Schuld, dass wir umziehen mussten.*

Er: *Warum deine Schuld?*

Ich: *Weil meine Klassenkameraden in der alten Schule mich nicht mehr haben wollten.*

Und dann habe ich ihm alles erzählt. Wie meine beste Freundin von einem Tag auf den anderen nicht mehr wollte, dass ich neben ihr sitze. Wie alle getuschelt und gelacht haben, als ich mir einen neuen Platz suchen musste. Wie ich nach dem Unterricht nasse Papierkugeln in meinen Haaren gefunden und auf dem Heimweg etwas Komisches gerochen habe und mir aufgefallen ist, dass meine Jacke nass war. Zu Hause habe ich dann versucht, die Schultasche zu verstecken, und als ich sie waschen wollte, waren die Bücher und Hefte in Milch getränkt. Sogar nach dem Waschen in der Badewanne roch der Rucksack immer noch ranzig, was mit der Zeit nur schlimmer wurde.

Darauf schrieb Birgir eine Weile nichts, doch dann sagte er: *Lea, eine Sache müssen wir klarstellen.*

Was?, schrieb ich mit zittrigen Fingern und flachem Atem, weil plötzlich alle schmerzhaften Gefühle von damals wieder aufgekommen waren. Allein mich daran zu erinnern, fiel mir schwer.

Aber Birgir schrieb: *Lass uns erst einmal klarstellen, dass deine Eltern nicht wegen dir umgezogen sind. Nichts von dem ist deine Schuld.*

Und dann konnte ich die Tränen nicht mehr zurückhalten. Ich weinte so viel, dass ich Magenkrämpfe bekam und mir die Augen wehtaten, und war froh, allein zu Hause und Tausende Kilometer von Birgir entfernt zu sein.

Aber darüber will ich jetzt nicht nachdenken, also sehe ich mir die Bilder an, die ich in letzter Zeit online gestellt habe. Die meisten sind aus dem Urlaub, am Strand in Los Cabos, auf dem See bei unserem Sommerhaus und eines aus dem Flugzeug auf dem Weg nach London letzten Frühling.

Vor Kurzem hat meine Mutter mich gebeten, ein Bild rauszunehmen, weil sie findet, dass ich darauf erwachsener aussehe, als ich bin. Sie meinte, es würde einen falschen Eindruck erwecken. Ich war verletzt, weil mir ausgerechnet dieses Bild sehr gut gefallen hat. Ich hatte mich extra dafür zurechtgemacht, die Haare zu einem hohen Pferdeschwanz zusammengenommen, die kleinen Härchen an der Seite mit Gel glatt gestrichen und mich mithilfe eines Youtube-Videos geschminkt. Manche finden, ich sähe ein bisschen aus wie Ariana Grande. Wir sind beide eher klein und haben braune Augen und dunkle, glatte Haare. Das Video war eine Anleitung, um sich genau wie sie zu schminken. Ich trug viel Kajal auf und zog die Linie im Augenwinkel ein wenig nach oben, damit es wie ein Katzenauge aussieht. Außerdem gehörten zu dem Look ein braun-rosa Lippenstift und große Ohrringe.

Es sah richtig gut aus, und ich habe noch nie so viele Reaktionen auf ein Bild bekommen, also wollte ich es auf keinen Fall löschen. Birgir hat mir sofort geschrieben, wie gut er es findet, aber das würde ich meiner Mutter nie erzählen. Sie ist schon ausgerastet, als sie gesehen hat, dass irgendein Mann alle meine Bilder kommentiert hat, was ich zugegeben aber auch ganz schön unangenehm finde.

Das fing an, als ein Mann mit dem Usernamen gulli58 mir gefolgt ist. Am nächsten Tag schrieb er: *Hallo Süße, wie geht's?*

Erst habe ich nicht weiter darüber nachgedacht, ich bekomme ständig solche Nachrichten, meist auf Englisch, aber manchmal auch von Isländern. Ich antworte nie, sondern ignoriere sie einfach, und manchmal blockiere ich die Typen, wenn sie zu aufdringlich werden. Aber wenn ich alle blockieren würde, die mir Nachrichten schicken, würde ich etliche Follower verlieren und dann auch weniger Likes und Kommentare bekommen. Und letztendlich sind es genau diese Männer, die immer auf meine Bilder reagieren und kommentieren, wie süß oder sexy sie mich finden. Natürlich sind sie nur irgendwelche Spinner, und ich weiß, dass ich in ihren Augen nichts Besonderes bin. Sie machen das bei allen Mädchen, und oft schickt ein und derselbe Typ meinen Freundinnen die gleichen Nachrichten. So ist das halt. Aber es ist völlig harmlos.

Dieser gulli58 hat, soweit ich weiß, noch keiner von meinen Freundinnen geschrieben, und ich habe auch noch nicht gesehen, dass er andere Bilder kommentiert. Er ist nicht vulgär, ganz und gar nicht, sondern schreibt vor allem, wie schön ich bin, und geht auf meine Bildunterschriften ein, was ich ziemlich seltsam finde.

Vor ein paar Tagen habe ich zum Beispiel ein Bild hochgeladen, auf dem ich den kleinen Hund meiner Freundin Agnes knuddle.

Darunter habe ich geschrieben: *Darf ich den mit nach Hause nehmen?*

Darauf haben ein paar Typen kommentiert, dass ich sie auch gerne mit nach Hause nehmen könne, aber gulli58 schrieb: *Ist das ein Cavalier-King-Charles-Welpe? Ich hatte einmal einen Labrador, der aber vor ein paar Jahren verstorben ist. Er war ein wundervoller Hund.*

Davor habe ich einmal ein Selfie hochgeladen, auf dem ich bei unserem Sommerhaus in der Sonne liege. Darunter schrieb ich auf Englisch: *Until you've heard my story, you have no idea.*

Ich weiß, wie depressiv das klingt, aber das ist nur ein Spruch, den ich gefunden habe, als ich nach möglichen Bildunterschriften gegoogelt habe. Ich fand ihn ganz gut, aber das war nicht wirklich ernst gemeint. Viele schreiben solche kurzen Sprüche zu ihren Bildern und alle wissen, dass sie nicht wirklich was bedeuten.

Aber gulli58 scheint es als Hilferuf interpretiert zu haben, denn er hat mir eine Nachricht geschickt, dass er für mich da sei, wenn ich jemanden zum Reden bräuchte. Ich habe natürlich nicht geantwortet und überlegt, ob ich ihn blockieren sollte, aber dann dachte ich, dass er es ja nur gut meint. Wahrscheinlich ist er einfach ein einsamer Mann, der neu auf Instagram ist und nicht genau weiß, wie es da läuft.

Aber aus irgendeinem Grund überkommt mich jedes Mal ein ungutes Gefühl, wenn ich sehe, dass er eines meiner Bilder kommentiert hat und unter den Ersten ist, die sich meine Snapchat-Videos ansehen. Denn er ist immer unter den Ersten, als würde er nur herumsitzen und darauf warten, dass ich etwas poste.

»Also gut, wir sind da«, sagt Papa und stellt den Motor ab.

Ich sehe aus dem Fenster. Das Hotel ist grau, mit Flachdach und großen Fenstern, und wirkt eher wie ein Felsen im Lavafeld als wie ein Gebäude.

Ich öffne den Sicherheitsgurt und steige aus. Nach einer langen

Autofahrt tut es immer gut, frische Luft einzuatmen, und ich schaue hinauf zum Himmel, der blau und wolkenlos ist.

Da bemerke ich einen riesigen Vogel, er schwebt mühelos durch die Luft und macht nur ganz kleine Flügelschläge.

»Ein Seeadler«, rufe ich. »Ist das ein Seeadler?«

Alle unterbrechen, was sie gerade machen, und blicken auf.

»Wahnsinn, ich glaube, du hast recht«, sagt Papa.

Für eine Weile sind wir alle still und bestaunen den eleganten Vogel.

Der Adler sinkt herab, und als er sich nähert, sehe ich seine großen bedrohlichen Flügel, wie kraftvoll er ist, während er sich vom Wind tragen lässt. Plötzlich muss ich an eine Geschichte denken, die Mama uns einmal erzählt hat. Von einem Kind, das ein Adler mit seinen Krallen gepackt und entführt hat. Ich weiß nicht mehr, wie es ausgeht, aber bei dem Gedanken läuft es mir kalt den Rücken hinunter.

Ich bin wie gebannt von dem Anblick, und beinahe hätte ich vergessen, ein Video zu machen, aber es fällt mir noch rechtzeitig ein. Ich zoome an den Vogel heran, damit man mehr erkennen kann, aber es gelingt mir nicht, den Moment einzufangen. Auf dem Handy sieht der Adler nur aus wie ein gewöhnlicher Vogel. Man sieht nicht, wie groß und erhaben er ist.

Von einem Moment auf den anderen macht der Adler eine scharfe Kurve und fliegt in Richtung Gletscher von uns weg.

»Atemberaubend«, sagt Papa, während wir hinterherblicken. Dann öffnet er den Kofferraum, und wir holen unsere Taschen. Mein Handy vibriert, und ich denke erst, dass Birgir geantwortet hat, aber als ich den Namen sehe, bekomme ich ein flaues Gefühl im Magen.

Die Nachricht ist von dem Mann, der sich gulli58 nennt. *Oh,* schreibt er, *du bist also auf Snæfellsnes. Was für ein schöner Zufall. Ich bin gerade in einem Sommerhaus ganz in deiner Nähe.*

Irma
Hotelangestellte

»Hast du die Geräusche in der Nacht gehört?«

Ich ziehe mir gerade einen Pulli an, als Elísa plötzlich in der Tür zu meinem Zimmer auftaucht.

»Kannst du nicht klopfen?«, frage ich etwas barsch.

»Die Tür stand offen«, sagt Elísa, aber ich weiß, dass sie lügt. Ihr Blick wandert ein Stück nach unten auf meinen nackten Bauch.

»Ich dachte, ich hätte zugemacht«, sage ich und ziehe den Pulli fertig an. Elísa lächelt, doch dann wandelt sich ihr Gesichtsausdruck schnell.

»Brauchst du was?«, frage ich.

»Nein.« Sie tritt näher und lässt sich auf das Bett fallen. »Ich wollte nur Hallo sagen.«

»Ah, okay«, sage ich.

Elísa ist die Enkelin der Hotelbetreiber und wie eine Katze. Sie folgt einem überallhin und taucht immer wieder wie aus dem Nichts auf. Ich vermute, dass sie in der Schule nicht viele Freunde hat, und deshalb erlaube ich ihr, mir bei der Arbeit Gesellschaft zu leisten. Unterhalte mich mit ihr und zeige Interesse. Sie ist elf Jahre alt und ziemlich impulsiv und direkt, manchmal redet sie wie ein Wasserfall. Das kann ganz schön anstrengend sein, und deshalb wundert es mich eigentlich nicht, dass sie womöglich etwas einsam ist.

»Was hast du in der Nacht gehört?«, frage ich.

»So ein Geräusch.« Elísa krächzt aus der Kehle, und es klingt wie eine Mischung aus Hundeknurren und Papageienschrei.

»O Gott«, sage ich und muss lachen. »Nein, so ein Geräusch habe ich nicht gehört.«

»Opa meint, es war wahrscheinlich ein Schneehuhn, aber das glaub ich ihm nicht.«

»Was denkst du?«, frage ich und sehe aus dem Fenster. Es ist bald zwölf, und ich habe schon die ganze Zeit den Parkplatz im Blick. Sie müssten bald kommen.

»Weiß nicht.« Elísa greift nach der Kette auf meinem Nachttisch und sieht sie sich an.

Ich muss mich beherrschen, sie ihr nicht aus der Hand zu reißen. Wie oft habe ich ihr schon verboten, in meinen Sachen zu wühlen? Sie lässt sich einfach nichts sagen.

»Die Leute, die nachher kommen, sind berühmt, wusstest du das?«, fährt Elísa fort und spielt mit dem Verschluss der Kette.

Ich halte es nicht mehr aus. »Elísa, gib mir bitte meine Kette.«

Elísa tut, als hätte sie nichts gehört.

»Wer hat dir sie geschenkt?«, fragt sie nach einer Weile.

»Niemand«, sage ich und reiße sie ihr aus der Hand.

»Dein Freund?«

»Ich habe keinen Freund«, sage ich und lege sie mir um den Hals.

»Warum nicht?«

»Los jetzt, Elísa«, sage ich und halte die Tür auf, »ich muss arbeiten.«

Elísas Mund wird zu einer geraden Linie, und dann hüpft sie von meinem Bett und stapft hinaus. Der dicke Zopf schwingt auf ihrem Rücken.

Ich blicke ihr hinterher und seufze. Elísa kann ganz schön eingeschnappt sein, aber ich mache mir keine Sorgen. Sie wird zurückkommen und weiterquasseln, als wäre nichts gewesen.

Ich werfe einen Blick in den Spiegel und greife nach dem Anhänger der Kette, ein kleines Herz aus Gold mit einem roten Stein in der Mitte. Ich stecke es unter den Pullover und versuche, mit den Fingern ein bisschen Volumen in meine Haare zu bekommen, bevor ich sie zu einem Pferdeschwanz zusammenbinde, auch wenn das nicht viel bringt. Meine Haare sind immer ziemlich platt. Ich bin ungeschminkt, meine Haut ist blass und ich könnte kaum schlichter aussehen. Unscheinbarer.

Als ich das Restaurant betrete, sehe ich Edda. Sie geht zwischen den Tischen umher und zündet Teelichter an. Wobei *geht* vielleicht nicht der richtige Ausdruck ist, sie schwebt eher. Edda ist groß, aber zierlich, und wirkt verwundbar und stark zugleich. Ihre Nase ist gerade, die Haare silbergrau und ihre Lippen ein klein wenig gekräuselt. Wenn ich es nicht besser wüsste, würde ich denken, sie gehöre einer britischen Adelsfamilie an.

»Sind die Zimmer alle vorbereitet, Irma?«, fragt Edda, als sie mich bemerkt.

»Jedes einzelne«, sage ich und lächle.

Für das Familientreffen haben wir ein kleines Willkommenspaket in jedem Zimmer hinterlegt, das die Organisatorin zusammengestellt und uns geschickt hat. Eine Broschüre mit Informationen und dem Programm für das Wochenende sowie dem Lebenslauf des Familienpatriarchen, der am Sonntag hundert Jahre alt geworden wäre, und eine Tafel Schokolade mit Nüssen. Ich hatte die Aufgabe, die Päckchen auf den Zimmern zu verteilen, und habe jedes einzelne zusammen mit Infozetteln über das Hotel auf den Bettdecken platziert. Der Gedanke, dass sie dort übernachten werden, in diesen Betten, lässt mir keine Ruhe. Ich kann nicht aufhören zu lächeln.

Edda nickt zufrieden und verschwindet in der Küche.

Ich gehe zum Computer am Empfang. Allein beim Anblick der Namen auf dem Bildschirm schlägt mein Herz schneller. Ich atme tief ein und langsam durch die Nase wieder aus. Ganz ruhig, sage ich zu mir selbst. Niemand darf sehen, wie aufgeregt ich bin.

Zur Ablenkung gehe ich in den ersten Stock, der etwas kleiner ist als das Erdgeschoss. Eigentlich besteht er nur aus einem langen Flur mit Zimmern auf beiden Seiten, aber am Ende des Flurs liegt ein kleiner Salon, der ein wenig aussieht wie ein Gewächshaus, weil sowohl die Wände als auch das Dach aus Glas sind. Im Winter wird es dort trotz der Fußbodenheizung manchmal etwas kalt, aber es gibt genug Wolldecken, um sich aufzuwärmen.

An dunklen Winterabenden kann man durch die Glasdecke die Nordlichter sehen. Vergangenes Wochenende gab es keine Wolken, und die Nordlichter tanzten stundenlang grün und rosa über den Himmel. Der Salon füllte sich schnell und manche Gäste legten sich auf den Boden, starrten gebannt hinauf und genossen den Augenblick.

Dort stehen gepolsterte Sitzbänke mit Rückenlehnen, ein Tisch aus grobem Holz und darauf Schalen mit glatten Steinen vom Strand Djúpalónssandur. Ich setze mich und nehme einen der vom Meer geschliffenen Steine in die Hand. Reibe ihn und spüre, dass ich mich langsam beruhige.

Wenn nur wenige Gäste im Hotel sind, komme ich oft hierher und stelle mir vor, diese Welt sei meine. Nicht unbedingt, dass ich in dem Hotel lebe, sondern eher, dass ich hierhergehöre. Meist habe ich das Gefühl, jeden Moment auffliegen zu können, denn alle müssen doch sehen, dass ich nicht an einen Ort wie diesen passe. Ich, die ich in einer Etagenwohnung aufgewachsen bin, mit Secondhandkleidung und Tiefkühlkost.

Das Hotel hat den Effekt, dass ich mich hier nur selten wie ich selbst fühle. Wenn ich arbeite, kommt es mir vor, als würde ich eine Rolle spielen und zu einer anderen Person werden. Leider ist meine Anstellung befristet, also muss ich bald wieder nach Hause. Davor habe ich jetzt schon Angst.

Ich lege den Stein zurück in die Schale und gehe zum Fenster. Auf der Hauptstraße rasen die Autos vorbei, und ich frage mich, welches von ihnen Richtung Hotel abbiegen wird. Der Weg ist so weit weg, dass die Personen in den Autos nicht zu erkennen sind, aber ich sitze trotzdem manchmal hier und beobachte sie. Frage mich, wer diese Menschen sind, wohin sie fahren und wie ihr Leben wohl aussieht.

Plötzlich taucht ein schwarzer Jeep auf der Hauptstraße auf, und ich trete näher an das Glas heran. Ich spüre, dass es welche von unseren Gästen sind. Lächle, als ich sehe, dass ich recht habe, das Auto langsamer wird und auf die Zufahrtsstraße einbiegt.

Der Jeep parkt vor dem Hotel, er glänzt und ist schwarz. Teuer. Auf der Fahrerseite steigt ein Mann aus. Ich kenne seinen Namen, das ist Gestur. Er hat dunkle Haare und ist groß, aber nicht dick. Auf der Beifahrerseite steigt eine Frau aus, die sehr zierlich wirkt, zumindest von hier aus.

Ich erkenne Petra sofort und muss mir auf die Lippen beißen, um nicht allzu breit zu grinsen. Ich mustere ihre Kleidung, die Haare und die Schuhe. Beobachte, wie sie sich umblickt, als sie aus dem Auto steigt, sich in alle Richtungen dreht und die Umgebung betrachtet. Sie trägt helle, ein wenig zerrissene Jeans, die hochgekrempelt sind, sodass ihre braun gebrannten Knöchel hervorblitzen. Die Turnschuhe strahlen weiß, aber die Marke kann ich aus der Ferne nicht erkennen. Eine große schwarze Sonnenbrille hält ihr die Haare aus dem Gesicht, und sie zieht die lange Strickweste enger, als wäre ihr kalt.

Ein junges Mädchen steigt ebenfalls aus und blickt sich um. Lea wirkt in echt jünger als auf den Bildern, vielleicht, weil sie sehr schmächtig ist. Zwischen dem übergroßen Hoodie und den klobigen Sneakern sehen ihre Beine in den engen Leggings aus wie zwei Stöcke. Auf der anderen Seite des Autos steht ihr Bruder Ari. Seine blonden Haare leuchten in der Sonne, und sogar aus der Entfernung fällt mir auf, wie gut er aussieht.

Lea zeigt in den Himmel, und alle legen die Köpfe in den Nacken. Ich folge ihren Blicken und bemerke einen Seeadler. Er schwebt über uns, groß und erhaben, aber ich finde die Familie deutlich interessanter als den Vogel.

Dann öffnet Gestur den Kofferraum und holt eine große Reisetasche hervor. Ari nimmt einen Rucksack und folgt seinem Vater ins Hotel, dreht sich dann aber um und sagt etwas zu seiner

Mutter. Petra lacht, dreht sich ebenfalls um und ruft etwas in Richtung Auto.

Lea verzieht das Gesicht, und obwohl ich es nicht genau sehe, bin ich sicher, dass sie die Augen verdreht. Sie steckt ihr Handy in die Tasche des Pullis, holt es aber schnell wieder hervor und sieht auf das Display. Für einen Moment wirkt sie wie versteinert. Starrt nur auf das Handy und blickt sich dann schnell um, als fühle sie sich beobachtet. Wovor hat sie denn Angst?

Ich erschrecke, als sie plötzlich zu mir hochblickt und mich bemerkt. Sofort trete ich einen Schritt zurück und stolpere beinahe über den Tisch hinter mir.

Die Eingangstür geht auf, und Edda begrüßt fröhlich die Gäste. Ich streiche meine Kleidung glatt und eile nach unten, um ihr zu helfen.

Jetzt
Sonntag, 5. November 2017

Sævar

Kriminalpolizist in Akranes

Der Rechtsmediziner, ein großer schlanker Mann mittleren Alters, war aus Reykjavík gekommen und stand über der Leiche. Sævar und Hörður beobachteten ihn aus einiger Entfernung bei der Arbeit. Der Arzt machte Bilder und nahm Proben. Er wirkte tief in Gedanken versunken, so konzentriert, dass Sævar kaum wagte zu atmen, um ihn nicht zu stören. Dann wurde die Leiche für den Transport nach Reykjavík in einen Wagen gebracht, und erst als sie fertig verstaut war, wandte der Arzt sich an Sævar und Hörður.

»Was kannst du uns sagen?«, fragte Hörður. »Weißt du, wann es passiert ist?«

»Na ja, über den genauen Zeitpunkt kann ich noch nichts sagen. Wir werden den Inhalt des Magens untersuchen, um zu sehen, wie weit die Verdauung vorangeschritten war, aber dazu komme ich frühestens morgen.«

»Was schätzt du?«

»Irgendwann in der Nacht«, sagte er. »Vor etwa zwölf Stunden.«

»Waren irgendwelche Verletzungen zu sehen?«, fragte Hörður.

»Nur vom Aufprall. Ein gebrochener Schädel und Rückenverletzungen.« Er zögerte. »Es ist schwer zu sagen, wie es zu dem Absturz gekommen ist, aber die Körperposition ist auffällig.«

»Wirklich?«

»Ja, wahrscheinlich ist das Opfer rückwärts gefallen. Die Verletzungen sind vor allem am Rücken und im Nacken, keine an den Füßen oder auf der Vorderseite des Körpers, wie man sie nach Sprüngen oft sieht.«

»Aber es war schließlich ein Fall aus ziemlicher Höhe.« Sævar sah hinauf zur Felskante, wandte den Blick aber schnell wieder ab. »Könnte es sein, dass sich der Körper in der Luft gedreht hat?«

Der Arzt verzog das Gesicht. »Bei einem Fall aus großer Höhe kann es durchaus passieren, dass der Körper rotiert und mit dem Gesicht zuerst aufprallt, denn der obere Teil des Körpers ist schwerer, aber ich vermute, dafür ist der Felsen hier nicht hoch genug. Außerdem würde es nicht zu den Verletzungen passen. Wie gesagt, die sind vor allem im Rücken- und Nackenbereich.«

»Wie nach einem Stoß?«, fragte Hörður.

»Genau«, sagte der Arzt. »Wahrscheinlich wurde das Opfer von vorne geschubst.«

Sævar stellte sich vor, wie die Hand nach den Haaren des Angreifers gegriffen hatte, bevor der Körper über die Kante nach hinten gefallen und unsanft auf dem Boden aufgeprallt war. Wie der Nacken gegen die Steine schlug und der Schädel brach.

Auf dem Weg zum Auto trat Hörður zum Telefonieren einen Schritt beiseite, und Sævar wartete bei Valgerður, einer Polizistin aus der Gemeinde Snæfellsbær, die unter den Ersten vor Ort war.

»Fahrt ihr gleich zum Hotel?«, fragte sie, und Sævar nickte. »Nehmt euch in Acht, soweit ich weiß, sind die ersten Journalisten bereits auf dem Weg.«

»Warum denn das?« Sævar war es nicht gewohnt, dass seine Arbeit großes Medieninteresse auslöste. Seit er bei der Kriminalpolizei angefangen hatte, gelangten nur wenige Fälle an die Öffentlichkeit. Der Alltag war nicht im Geringsten so, wie er in Filmen und Serien dargestellt wurde, nicht in Island jedenfalls.

»Du weißt doch, wer das ist, oder?«, fragte Valgerður und zog die Augenbrauen hoch. »Die Journalisten werden sich sofort auf den Weg machen, wenn sie Wind davon bekommen, dass es sich hier um jemanden aus dem Snæberg-Clan handelt.«

»Wahrscheinlich hast du recht.« Sævar ärgerte sich, dass er nicht selbst daran gedacht hatte, aber die Verbindung zur Familie Snæberg war ihm auch nicht sofort klar gewesen. Die Rettungsmannschaft war in der Nacht ausgerückt, weil einer der Hotelgäste im Schneesturm vermisst wurde, und die Nachricht vom Leichenfund war erst gegen Morgen gekommen.

»Interessanter Standort«, sagte Valgerður nach kurzer Stille.

»Was ist so interessant daran?«, fragte Sævar und drehte sich nach Hörður um. Er telefonierte immer noch und sah nicht so aus, als wäre er bald fertig.

»Kennst du die Geschichten nicht?«

»Welche Geschichten?«, fragte Sævar.

»Die Geschichten über die Hochebene Fróðárheiði und die Felsen von Knarrarklettar. Genau an dieser Stelle sind schon viele umgekommen, sie sind von der Felskante gestürzt, nachdem sie sich auf der Hochebene verirrt hatten.« Valgerður zeigte in Richtung der kleinen Holzkirche bei Búðir. »Hier auf der Südseite der Halbinsel war einmal ein Handelshafen, und um von der Nordseite dorthin zu gelangen, mussten die Menschen die Hochebene überqueren. Das Wetter konnte übel werden und viele kamen vom Weg ab und bemerkten die Steilklippe erst, wenn es schon zu spät war.«

»Aber das wird hier doch wohl kaum der Fall gewesen sein?«, sagte Sævar.

»Nein, vermutlich nicht«, sagte Valgerður. »Aber man fragt sich trotzdem, wie es dazu kam. Was jemand mitten in der Nacht hier zu suchen hatte.«

»Ja, das müssen wir herausfinden«, sagte Sævar.

»Manche glauben, dass es auf der Fróðárheiði spukt«, sagte

Valgerður. »Dass Geister dahinterstecken, wenn Menschen sich verirren, und sie zu den Felsen leiten. Ich weiß nicht, was an diesen Geschichten dran ist, aber hier sind bereits an die zwanzig Männer und Frauen umgekommen.«

»Wow«, sagte Sævar.

»Ja«, meinte Valgerður. »Also ist der Standort tatsächlich sehr interessant, findest du nicht?«

Sævar wollte etwas Gewieftes erwidern, was er grundsätzlich oft versuchte. Er gehörte zu den Menschen, die sich andauernd bemühten, die Stimmung zu lockern, was nicht immer so gut ankam. Aber jetzt fiel ihm ohnehin nichts ein.

Sein Blick wanderte unwillkürlich den Felsen hinauf. Er konnte nicht aufhören, dorthin zu starren, und stellte sich vor, wie es wäre, oben an der Kante zu stehen, mit all der Leere unter einem.

»Hey, ist alles in Ordnung?«, fragte Valgerður.

»Ja, alles gut.«

»Ich dachte kurz, du würdest hinfallen.«

»Keine Sorge, das wird nicht passieren«, sagte Sævar. »Mir ist nur ein wenig schwindlig.«

Valgerður runzelte die Stirn, und Sævar lächelte gezwungen. Kurz bevor es ihm gelang, die Augen von den Felsen abzuwenden, meinte er, an der Kante eine Bewegung zu sehen; ein dunkler Schatten, der so schnell verschwand, wie er aufgetaucht war. Doch er beschloss, nichts darüber zu sagen.

Zwei Tage vorher
Freitag, 3. November 2017

Petra Snæberg

Der Empfangsbereich des Hotels ist geschmackvoll und schlicht eingerichtet. Die Decken und Fenster sind sehr hoch und die Wände aus unverputztem Beton, genau wie außen. Der graue Boden ist mit Epoxidharz beschichtet, und es sieht nicht aus wie eine typische Hotellobby; keine Fußbodenmatten, keine Wandgemälde oder sonstige Deko. Das ist natürlich Absicht. Nichts soll von der gewaltigen Aussicht auf das moosbewachsene Lavafeld und den Gletscher ablenken. Es fühlt sich an, als wäre man Teil der Natur.

Der einzige Stilbruch sind die schwarzen Deckenleuchten von Gino Sarfatti. Ich war noch nie sonderlich begeistert von seinen Designs. Sie erinnern mich immer an Insekten mit langen schmalen Gliedmaßen. Wenn man die Lüster umdrehen würde, sähen sie aus wie Spinnen mit viel zu vielen Beinen.

Ich hasse Spinnen und hätte eine ganz andere Beleuchtung gewählt. Minimalistisch und elegant, wie die Amp-Lampen von Normann Copenhagen oder die Artek-Leuchten von Alvar Aalto.

Die Frau, die uns begrüßt, fügt sich mit ihrem hellbraunen Pullover und den silbernen Haaren beinahe nahtlos in die Umgebung ein.

»Herzlich willkommen«, sagt sie. »Mein Name ist Edda und ich hoffe, ihr werdet den Aufenthalt bei uns genießen.« Sie lächelt, und ich bin sicher, dass sie bei allen Gästen immer das

Gleiche sagt. »Jetzt brauche ich nur noch eure Namen für den Check-in.«

Gestur nennt unsere Namen, und Edda tippt sie in den Computer ein.

»Sind wir die Ersten?«, frage ich.

»Ja, das seid ihr«, antwortet Edda, ohne mich anzusehen.

Es wundert mich ein wenig, denn eigentlich sind meine Eltern vor uns losgefahren. Sie haben aber auch nicht versucht, mich anzurufen. Ein Bild erscheint vor meinem inneren Auge: kaputte Autos, Rauch, Blut. Ich neige dazu, immer das Schlimmste anzunehmen.

»Ich rufe mal meine Mutter an«, sage ich zu Gestur und trete zur Seite. Während es klingelt, gehe ich zum Fenster und betrachte das Lavafeld, auf dem vereinzelt noch Schneefelder liegen. Plötzlich sehe ich etwas Schwarzes über eine der weißen Wehen huschen, blitzschnell, sodass ich mich frage, ob es vielleicht nur Einbildung war. Mein Puls schießt in die Höhe, obwohl ich genau weiß, dass es wahrscheinlich ein Vogel oder eine Maus war. Trotzdem kam mir der Schatten größer vor, wie ein Fuchs vielleicht. Könnte das sein?

So nah am Fenster ist es kalt und ich trete einen Schritt zurück.

»Petra?«

»Mama?« Ich hatte das Telefon fast schon vergessen und räuspere mich.

»Wo bist du?«

Bei ihr im Hintergrund erklingen laute Stimmen und Gelächter, und ich atme ein wenig auf, als sie meint, sie hätten nur kurz zum Essen angehalten. Sie erzählt mir, wer noch alles dort ist, und verfängt sich in ein Gespräch mit der Person neben ihr, während ich immer noch in der Leitung warte. Am Ende muss ich laut rufen, um mich zu verabschieden.

»Ist das Hotel noch nicht fertig?«, fragt Lea, als ich wieder zum Empfang gehe.

»Doch, natürlich«, sage ich und erzähle ihr, was auf der Webseite des Hotels stand. »Die rohen Fassaden sind Teil des Konzepts. Das Design soll nicht von der Umgebung ablenken.«

»Der Umgebung?«

»Ja«, sage ich. »Sieh dich mal um, Lea. Schau, wie schön es ist.«

Lea wirft einen schnellen Blick aus dem Fenster, aber ihr Gesichtsausdruck zeigt, dass sie nicht wirklich beeindruckt ist.

Edda scheint uns zum Glück nicht gehört zu haben, denn sie kommt mit einem Lächeln auf uns zu.

»Das Hotel ist ein SmartHotel«, sagt sie. »Die Mail mit den Informationen zur App habt ihr hoffentlich bekommen. Habt ihr sie bereits installiert?«

»Ja, natürlich«, sage ich.

»Sehr gut«, sagt Edda und reicht uns zwei Kärtchen und Broschüren. »Ihr habt zwei Zimmer und das sind die Codes, mit denen ihr euch in der App anmelden könnt. In dem Heft findet ihr eine Anleitung, aber meiner Erfahrung nach ist die Anwendung ziemlich selbsterklärend. Über die App könnt ihr dann die Beleuchtung in euren Zimmern, die Dusche, die Heizung und den Fernseher steuern. Außerdem haben wir eine große Auswahl an Filmen und Serien. Und wenn ihr wollt, führt euch Irma gerne einmal durchs Hotel, bevor ihr die Zimmer bezieht.«

Ich drehe mich um und bemerke Irma, die hinter uns steht und uns ansieht. Sie ist schwarz gekleidet, in einem Baumwollshirt, Rock und Strumpfhose. Auf der linken Brust trägt sie ein kleines Namensschild. Sie öffnet den Mund, wie um etwas zu sagen, aber Gestur kommt ihr zuvor.

»Das wäre toll«, sagt er.

»Gut.« Edda nickt. »Die Koffer lasse ich in eure Zimmer bringen.«

Wie auf Kommando treten zwei Männer aus dem Raum hinter dem Empfang. Einer der beiden nimmt das Gepäck, und der andere bringt ein Tablett mit vier Gläsern.

»Eistee«, sagt Edda. »Aus wildem Thymian, gesüßt mit etwas Blaubeersirup. Die Zutaten sind aus der Umgebung, darauf achten wir bei all unserem Essen. Bitte, bedient euch.«

»Oh, danke«, sage ich und nehme mir ein Glas. Der Tee schmeckt gut. Süß und erfrischend, Thymian und Blaubeeren sind geschmacklich gut ausbalanciert. Sogar Ari und Lea trinken in großen Zügen und stellen die leeren Gläser wieder auf den Empfangstisch.

Irma stellt sich vor, und sie wirkt ziemlich nervös, als müsse sie sich ein Kichern verkneifen oder wisse sie nicht, wo sie hinsehen soll.

»Wollen wir im Restaurant beginnen?«, fragt sie und hält dann inne. »Oder nein, vielleicht besser an der Bar.«

»Wie es dir passt«, sagt Gestur und lächelt.

Ihm muss auch aufgefallen sein, wie unsicher sie ist. Ich sollte mich mittlerweile daran gewöhnt haben, dass andere uns kennen, aber es fühlt sich immer noch unangenehm an, wenn Menschen starren oder in unserer Anwesenheit verlegen werden. Zum Glück zeigen es nur die wenigsten offen, aber mir ist klar, dass fast alle wissen, wer wir sind. Beziehungsweise, wer ich bin, denn sie erkennen mich, nicht Gestur. Mein Gesicht taucht in Werbungen auf, und wenn über uns berichtet wird, steht mein Name vor seinem, falls seiner überhaupt genannt wird.

Das stört ihn nicht mehr so sehr wie früher. Aber trotzdem habe ich immer das Gefühl, als wollte er in der Öffentlichkeit demonstrieren, dass er am Steuer sitzt. In Restaurants, wenn wir Kunden treffen oder in der Stadt Bekannten über den Weg laufen, versucht Gestur meist, die Gespräche einzuleiten, um derjenige zu sein, den die Menschen ansehen.

Mir ist das im Prinzip egal, aber ich habe das Gefühl, er versucht damit, etwas zu kompensieren, als müsste er zeigen, dass auch er eine Rolle spielt.

»Also, die Bar ist hier«, sagt Irma, nachdem sie uns durch eine

Tür rechts vom Eingang geführt hat. »Unter der Woche ist sie von zwölf bis Mitternacht geöffnet, am Wochenende bis eins. Aber manchmal auch länger, wie heute Abend und morgen.«

Weingläser hängen auf schwarzen Rohren von der Decke, und die Wand mit Spirituosen hinter der Bar erstrahlt in einem gelbgrünen Licht. Das Weinregal daneben ist in die Betonwand eingebaut.

In der Ecke gibt es einen Kamin und darum herum gepolsterte Bänke und tiefe Ohrensessel aus cognacbraunem Leder. Saubere Linien, unaufdringlich, und jeder Gegenstand erfüllt einen Zweck. Alles wirkt roh, aber wohldurchdacht. Sehr skandinavisch. Die einzige Dekoration besteht aus ein paar kleinen Bilderrahmen, die aber keine Gemälde umrahmen, sondern Moos.

»Das ist lebendiges Moos«, erklärt Irma, als sie meinen Blick sieht. »Erst habe ich mich ja gefragt, wie in aller Welt man das gießen soll, aber es ist nicht schwer.«

»Wirklich?«

»Nein, man besprüht es einfach.« Irma lächelt und aus irgendeinem Grund wirkt sie auf mich naiv. Kindlich.

»Interessant«, sagt Gestur. »Die Einrichtung des Hotels ist tatsächlich insgesamt sehr spannend.«

Wir gehen weiter ins Restaurant, und Gestur und Irma unterhalten sich. Ich höre, dass er ihr von dem Hotel erzählt, das ich gerade in Reykjavík einrichte, und von meinem Designkonzept dort. Man könnte denken, er wäre der Innenarchitekt und nicht ich. Irma kommt kaum zu Wort, aber das scheint ihr nichts auszumachen. Sie lächelt jedes Mal, wenn unsere Blicke sich treffen, immer mit zusammengepressten Lippen, als habe sie Angst, ihre Zähne zu zeigen.

»Mama.« Ari stellt sich direkt neben mich. »Können wir nicht einfach aufs Zimmer gehen?«

»Wir sind bald durch«, flüstere ich. Meine Teenager interessieren sich trotz meines Berufs nicht wirklich für Architektur oder Design.

»Wie findest du's?«, frage ich Ari.

Er zuckt mit den Schultern. »Ganz cool.«

»Echt?«, fragt Lea, die uns zugehört hat. »Aber es ist so leer. So ...«

»Kalt?«, fragt Ari.

»Genau.«

»Ich bin sicher, dass es heute Abend nicht kalt sein wird«, sage ich. »Nicht, wenn es draußen dunkel ist und im Kamin Feuer gemacht wird.«

Weder Ari noch Lea antworten, und wir gehen in den ersten Stock, wo Irma uns den Salon zeigt und beschreibt, wie man es sich dort gemütlich machen und die Nordlichter beobachten kann.

»Abends ist das der beliebteste Platz«, sagt sie. »Letztes Wochenende war es hier rappelvoll, weil die Nordlichter so intensiv waren. Soweit ich weiß, ist die Vorhersage für heute Abend wieder gut.«

»Super«, sagt Gestur. »Dann werden wir hierherkommen und den Ausblick genießen.«

»Ja.« Irma lächelt und senkt den Blick. Ich könnte schwören, dass sie ein wenig rot geworden ist, auch wenn ich nicht verstehe, warum.

Wir sehen noch eine Weile aus dem Fenster. Die Sonne steht hoch am Himmel und lässt das Meer in der Ferne glitzern. Das Wetter scheint dazu einzuladen, nach draußen zu gehen, aber ich weiß, wie kalt es in Wirklichkeit ist.

»Dann sind wir so weit durch.« Irma lächelt ihr verklemmtes Lächeln und fügt hinzu: »Außer ihr wollt noch etwas Bestimmtes sehen? Wir bringen gerne alles von der Bar oder dem Restaurant auf die Zimmer. In der App findet ihr das gesamte Menü und könnt auch darüber bestellen.«

»Im Moment brauchen wir nichts«, sagt Gestur.

»Danke für die Tour«, sage ich. »Es war sehr interessant.«

Irma nickt und bleibt wie angewurzelt im Salon stehen. Ich spüre, dass ihre Augen uns über den Flur zu den Zimmern folgen.

»Nettes Mädchen«, sagt Gestur, als wir außer Hörweite sind.

»Fandest du?«, frage ich und werfe einen schnellen Blick nach hinten. Sie steht immer noch mit gefalteten Händen da und lächelt. »Kam sie dir nicht ... wie soll ich sagen ... etwas komisch vor?«

»Nein.« Gestur zieht die Augenbrauen hoch. »Dir etwa?«

Ich zögere, weil ich nicht überheblich klingen will, aber etwas an dem Gesichtsausdruck des Mädchens beunruhigt mich. Ihr Starren war so entschlossen, als könnte sie den Blick einfach nicht von uns abnehmen.

»Also gut, das funktioniert schon einmal«, sage ich und halte Gestur die Zimmertür auf.

Unser Gepäck steht bereits daneben, und es riecht nach einer Mischung aus Duftstäbchen und Seife.

Anders als im Rest des Hotels gibt es in den Zimmern Vorhänge. Das Bett ist wie eine Verlängerung der Wand, die Matratze liegt auf dem rohen Beton, und darauf ein weißes Laken und eine dunkelgraue Decke. Außerdem entdecke ich eine Plastikmappe und eine Schokolade, von der ich nasche, während ich mir das Bild auf der Mappe ansehe.

Es zeigt meine Urgroßeltern vor ihrem Haus hier auf der Halbinsel Snæfellsnes. Auf dem Foto müssten sie noch relativ jung sein, aber ich finde es immer schwierig, das Alter von Menschen auf Schwarz-Weiß-Bildern abzuschätzen. Die Kleidung gibt keine Hinweise auf die Zeit und auch die Frisuren nicht. Das Gesicht meines Urgroßvaters, das später ziemlich faltig war, sieht auf dem Foto aber noch glatt aus, und daher erkenne ich den alten Mann kaum, an den ich mich noch so gut erinnere. Der Mann, vor dem ich große Angst hatte und den ich so gut wie möglich gemieden habe. Auf dem Bild ist nichts von der Härte zu sehen, die später so charakteristisch für seinen Gesichtsausdruck war.

Ich öffne die Mappe und lese: »Willkommen zum Familientreffen …« Dort stehen Informationen zu meinen Großeltern, wann sie wo lebten und wie lange. Alle Nachkommen werden aufgezählt, zusammen mit dem Geburtstag und der aktuellen Tätigkeit. Unter meinem Namen steht *Architektin*, und ich ärgere mich sofort darüber. Ich habe meiner Mutter schon so oft gesagt, dass ich keine Architektin bin. Um sich als Architekt bezeichnen zu dürfen, muss man viele Jahre studiert haben, und ich arbeite zwar mit ihnen zusammen, aber selbst habe ich nur einen Lehrgang für Innenarchitektur absolviert und kaum das Recht, mich etwas anderes als eine Beraterin zu nennen.

»Wie gefällt es dir?« Gestur setzt sich auf das Bett und sieht mich an.

»Es ist sehr schick«, sage ich und rücke ein wenig von ihm weg. »Sogar noch schicker als auf den Bildern.«

»Sieht ein bisschen aus wie eine Tiefgarage«, sagt Gestur. »Dieselbe Grundidee.«

»Eine Tiefgarage?« Ich lache. »Ich verstehe, was du meinst, aber es gefällt mir trotzdem.«

Ich tippe in der App auf ein Bild von einer Lampe. Ein paar unterschiedliche Schalter erscheinen, für die Deckenbeleuchtungen, Wandlampen und eine Tischlampe. Ich probiere aus, das Deckenlicht auf Rot zu stellen, und es wird etwas heller im Zimmer. Aber der Effekt ist nicht so stark wie erwartet, weil es draußen hell ist.

»Das müssen wir am Abend ausprobieren«, sage ich.

Gestur schmunzelt und streckt seinen Arm nach mir aus.

»Ich muss auf die Toilette«, sage ich und tue so, als hätte ich seine Hand nicht bemerkt, aber ich spüre weiterhin seinen Blick auf mir.

Als ich zurückkomme, sitzt er immer noch auf dem Bett.

»Wegen der Sache gestern …«, beginnt er.

»Ist schon gut«, sage ich und lächle. »Es war meine Schuld.« Ich weiß nicht, ob das stimmt. Unser Streit gestern war anders als sonst. Am Anfang ging es darum, wie spät Gestur nach Hause gekommen ist, und dann um einen Sturmschaden auf dem Dach und letztendlich um alles Mögliche. Vor allem um mich und das, was ich tue oder eben nicht.

Gestur lächelt und lehnt sich auf die Kissen zurück.

»Komm«, sagt er. »Lass uns kurz ausruhen.«

Ich lege mich neben ihn, aber nicht nah genug, um ihn zu berühren.

Gestur schließt die Augen und mit der Zeit bewegt sich sein Brustkorb immer langsamer. Er konnte schon immer schnell einschlafen, wie ein kleines Kind. Einmal haben wir uns unterhalten, und er ist mitten im Satz weggedöst.

Die Sonne scheint durch das Fenster auf die weißen Laken und Gestur. Auf seine gerade Nase, das Kinngrübchen und die dunklen Haare, die noch kein bisschen grau sind, obwohl er beinahe zehn Jahre älter ist als ich.

Mittlerweile kommt mir der Altersunterschied nicht mehr groß vor, aber zu Beginn unserer Beziehung war er siebenundzwanzig und ich achtzehn. Wenn ich jetzt daran zurückdenke, finde ich es unglaublich, dass meine Eltern nichts dagegen hatten. Was würde ich sagen, wenn Lea jemanden nach Hause bringen würde, der fast dreißig ist?

Gestur stammt aus Reykjavík, und in den ersten Wochen unserer Beziehung hat er mich immer in Akranes besucht. Unser erster Kuss war abends im Auto, auf dem Parkplatz am Fuße des Akrafjall. Um uns herum war es stockdunkel, der Wind rüttelte immer wieder am Wagen und es regnete in Strömen.

Ich spüre einen Kloß im Hals und schließe die Augen.

Kurz darauf reiße ich sie auf, meine Atmung wird flacher, ich starre auf die Decke und zähle die Risse im Beton und die Arme der Deckenlampe. Ich versuche, an etwas anderes zu denken, egal was.

Das Zimmer ist ungemütlich, beinahe wie eine Gefängniszelle. Die Einrichter sind mit der Idee von Rohheit etwas zu weit gegangen, und trotz der Fußbodenheizung und der Sonne ist mir kalt.

Ich komme nicht zur Ruhe und stehe auf, ziehe mir Schuhe an und gehe hinaus. Gestur lasse ich einfach weiterschlafen.

Unten im Restaurant sitzen Ari und Lea und trinken Limonade. Als ich mich zu ihnen setze, bringt der Kellner einen Hamburger und ein Sandwich.

»Habt ihr wirklich Hunger?«, frage ich.

»Ja«, sagt Lea. »Es ist schon fast eins.«

Sie hat recht, es ist schon nach Mittag. In der Zwischenzeit müssten weitere Gäste angekommen sein.

»Willst du ein paar Pommes?« Ari schiebt mir seinen Teller hin.

»Nein, danke«, sage ich. »Aber vielleicht bestelle ich mir was zu trinken.«

Hinter der Bar steht das Mädchen, das uns das Hotel gezeigt hat. Sie erschrickt, als sie mich sieht, und lässt beinahe ein Glas auf den Boden fallen. Sie stellt es schnell ab, bevor sie sich mir zuwendet.

»Einen Wodka Cranberry«, sage ich leise. »Ohne Eis.«

Ich trinke einen großen Schluck, bevor ich wieder zu meinen Kindern gehe.

»Was ist das?«, fragt Lea.

»Cranberrysaft«, antworte ich.

Die Tür geht auf, und ich höre undeutliche Stimmen und Gelächter, sofort spüre ich eine Anspannung im ganzen Körper. Dann sehe ich meine Mutter.

»Hallo, ihr Lieben, sitzt ihr einfach hier rum?«

Ihre grelle Stimme dröhnt durch den Raum, und die hohen Absätze klackern auf dem Boden, als sie mit schnellen Schritten auf uns zukommt. Sie umarmt uns fest, und der Geruch ihres Parfüms steigt mir in die Nase. Rosen und Zitrusöl. Mein Vater ist direkt hinter ihr und drückt uns sogar noch fester.

»Hach, lange nicht gesehen, ihr kommt viel zu selten nach Akranes«, sagt meine Mutter und ihr Tonfall klingt wie immer etwas vorwurfsvoll.

»So lange ist es auch nicht ...«

»Aber Petra«, kreischt meine Mutter. »Was ist denn mit deinen Händen?«

»Nichts«, sage ich. »Ich habe mich geschnitten.«

Sie sieht mich skeptisch an. »Kaust du etwa wieder an deinen Nägeln?«

»Wieder?« Lea rümpft die Nase. Sie findet es unausstehlich, wenn ich an meinen Nägeln kaue. Behauptet, dass ihr allein von dem Geräusch übel wird.

»Als deine Mutter so alt war wie du, hatte ich Angst, dass sie sich die ganze Hand abknabbert«, erklärt meine Mutter.

Lea wirft einen Blick auf die Pflaster an meinen Fingern, also verstecke ich sie unterm Tisch. Mehr sage ich aber nicht, denn in dem Moment stoßen die Geschwister meiner Mutter, Oddný und Ingvar, zusammen mit ihren Partnern zu uns. Sie bestehen auf Umarmungen und Küssen, sind laut und aufdringlich.

»Wo habt ihr angehalten?«, frage ich. »Ich dachte, ihr wärt lange vor uns losgefahren.«

»Das sind wir auch«, sagt mein Vater. Er lächelt verschmitzt, und mir fällt auf, dass die Augen meiner Mutter und ihrer Schwester leicht gerötet sind und ihre Gesichter glühen.

Ich werfe meinem Vater einen fragenden Blick zu. Er nickt zur Antwort, und wir sehen beide zu Oddný hinüber, die bereits zur Bar gegangen ist.

In letzter Zeit hat meine Mutter bei jedem Treffen von Oddnýs Alkoholproblem erzählt, und von ihrem neuen Partner, der wohl nicht viel besser ist.

»So ein Wochenende wird das also«, flüstere ich meinem Vater zu.

Er lacht leise und schüttelt den Kopf. »Nein, nein. Um deine Mutter mach ich mir keine Sorgen, aber du weißt ja, wie … wie manche sind.«

Ich nicke. Dann höre ich eine vertraute Stimme, die meinen Namen ruft, und drehe mich um. Beim Anblick von Stefanía schlägt mein Herz sofort schneller.

»Steffý?«, sage ich. Ihr Name fühlt sich vertraut an, auch wenn ich ihn jahrelang nur selten laut ausgesprochen habe.

»Lange nicht gesehen.« Sie umarmt mich kurz und tritt dann einen Schritt zurück, um mich zu betrachten. »Und du hast dich kein bisschen verändert.«

Ich lächle gezwungen. Es klingt wie ein Kompliment, aber eigentlich ist es das nicht. Als Teenager war ich schüchtern und zurückhaltend. Trug möglichst unauffällige Kleidung, war ein bisschen mollig und hatte schlimme Akne. Wenn ich Bilder von mir mit sechzehn zeige, können die wenigsten glauben, dass ich einmal so aussah.

»Ich war nicht sicher, ob du hier sein würdest«, sage ich.

»Nein, ich auch nicht.« Steffý grinst. »Aber dann konnte ich einfach nicht anders. Wie oft kommen wir schon alle so zusammen?«

»Ich weiß.« Ich spüre, wie sehr ich sie trotz allem vermisst habe. Wie sehr mir ihre Fröhlichkeit gefehlt hat.

»Ich meine, wenn man bedenkt, wie es früher einmal war …« Steffý seufzt. »Als ich gehört habe, dass Viktor zugesagt hat, dachte ich mir, dann muss ich wohl auch kommen. Wir drei sollten unbedingt zusammen was trinken.«

»Ich …«

Bevor ich fortfahren kann, wendet Steffý den Blick von mir ab und ruft nach meiner Mutter. Sie lacht und schubst mich versehentlich, als sie an mir vorbeigeht.

Mein Gesicht ist ganz warm, und mir wird bewusst, wie flüchtig Steffý mich abserviert hat. Ich beobachte, wie sie meine Eltern umarmt und dabei fröhlich lächelt. Sie ist diejenige, die sich nicht verändert hat. Sie ist genau wie früher.

»Mama?« Ari sieht mich prüfend an.

»Ich …« Meine Stimme ist kaum zu hören und ich räuspere mich, bevor ich sage: »Bin gleich wieder da.«

Ich gehe schnell zu den Toiletten und schließe hinter mir die Tür.

Mein Gesicht im Spiegel ist trotz der Schminke errötet und glänzt. Reiß dich zusammen, sage ich zu mir selbst. Lass dich nach all den Jahren nicht immer noch von ihr aus dem Konzept bringen.

Aber ich kann nicht anders. Ich habe keine Kindheitserinnerungen ohne Stefanía. Wir waren jeden Tag zusammen. Auch wenn es kaum sein kann, glaube ich, dass wir öfter im selben Bett geschlafen haben als nicht. Wir teilten uns einen Kleiderschrank, saßen in der Pause immer nebeneinander, waren im selben Turnverein, haben die Sommerferien zusammen verbracht und sogar Weihnachten gemeinsam gefeiert. Wenn ich an sie denke, schmecke ich das Eis am Stiel, rieche das Chlor im Schwimmbad und spüre den Sand unter den Füßen, wenn wir am Strand von Langisandur gespielt haben.

Als ich die Augen wieder öffne, ist alles schwarz. Ich blinzle ein paarmal und bekomme ziemliche Angst. Halte mich am Waschbecken fest und brauche einen Moment, bis mir klar wird, dass alles in Ordnung ist. Ich bin nicht erblindet, das Licht im Bad ist nur ausgegangen, und weil es keine Fenster gibt, dringt kein Tageslicht in den Raum. Deshalb ist es so dunkel.

Ich taste mich zur Tür und öffne sie. Die Erleichterung, als ich wieder im Hellen bin, ist so groß, dass ich laut aufatme. Mein Herz schlägt wieder normal, und nach ein paar Atemübungen ist mir auch nicht mehr schwindlig.

Die Angst vor Dunkelheit und engen Räumen konnte ich mir noch nie erklären. Zum Glück habe ich sie meist ganz gut im Griff. Mein Zuhause besteht aus großen offenen Räumen, genau wie dieses Hotel. Deshalb verstehe ich nicht, warum ich mich hier so eingeengt fühle. Als würde mich etwas in meinem Umfeld bedrohen.

Lea Snæberg

»Meins«, sagt Ari, als wir das Zimmer betreten, und schmeißt sich auf das Bett am Fenster.

»Perfekt«, sage ich, denn ich will ohnehin nicht dort schlafen.

Mir ist egal, was meine Eltern sagen; ich finde das Hotel einfach nicht schön. Okay, für Fotos ist es vielleicht ganz in Ordnung. Ari hat vorhin ein Bild von mir gemacht und der Beton im Hintergrund sieht ganz gut aus, aber ich hätte zumindest ein gemütlicheres Zimmer erwartet. Ein paar bunte Decken oder weiche Sessel. Aber sie sehen aus wie alles andere auch, überall Beton, grau und steril.

In meinem eigenen Zuhause möchte ich später einmal dunkle Wände haben, Spiegel mit goldenen Rahmen und ein Sofa mit Samtbezug. Ein bisschen wie in einem Schloss, aber natürlich weniger kitschig. Ich verstehe nicht, warum alles immer so hell und offen und voller Sonnenstrahlen sein muss, als bräuchte man all dieses grelle Licht. Auf mich wirkt es immer nur ermüdend.

So wie die vielen großen Fenster in diesem Hotel. Momentan ist es hell, und man kann das Lavafeld und die Berge sehen, aber ich finde es trotzdem unangenehm. Es fühlt sich an, als könnte dort draußen jemand stehen und einen heimlich beobachten.

Und wenn es dämmert, weiß man erst recht nicht, ob da jemand lauert. Plötzlich ist man wie ein Schauspieler auf einer Bühne oder ein Tier im Zoo.

Vielleicht bin ich auch paranoid. Wer treibt sich schon freiwillig mitten im Winter in einem Lavafeld herum?

Ari hat ein paar Snacks mitgebracht und der Geruch breitet sich im ganzen Raum aus.

»Hast du immer Hunger?«, frage ich.

»Ja, eigentlich schon.« Ari grinst.

Ich erschrecke, als die Dusche im Bad angeht.

»Was ist das?« Ich stehe auf und sehe nach. Ist da jemand? Ich war noch nicht einmal im Bad, beim Reinkommen habe ich nur einen Blick durch die halb offene Tür geworfen.

Aber dann sehe ich das Grinsen in Aris Gesicht und mir fällt wieder ein, dass alles über eine App gesteuert wird.

»Idiot«, sage ich und werfe ein Kissen nach ihm.

Er lacht und spielt dann mit der Beleuchtung. Macht sie rot, lila und grün.

»Cool, oder?«, sagt er.

»Ja, kann sein.« Ich krieche unter die Decke und schaue auf mein Handy. Birgir hat noch nicht wieder geschrieben, aber dafür gulli58.

Von dem wenigen, was ich gepostet habe, konnte er das Hotel erraten. Offenbar kennt er die Gegend sehr gut und erzählt sogar von ein paar Sehenswürdigkeiten in der Nähe; dem Leuchtturm bei Svörtuloft und den Felsformationen Lóndrangar. Er schlägt vor, dass wir bei Djúpalónssandur zusammen zum Strand gehen und in dem Café in Hellnar was trinken. Er gehe oft auf einen Kakao dorthin, wahrscheinlich auch nachher, falls ich Hallo sagen will.

Ich starre auf die Nachricht und erschaudere. Zum ersten Mal überlege ich, ob er vielleicht tatsächlich hierher ins Hotel kommen wird. Um mich zu treffen.

Nein, das kann nicht sein. So verrückt ist doch niemand?

Ich versuche herauszufinden, wer er ist, aber sein Profil ist privat und ich will ihm auf keinen Fall Hoffnungen machen, indem ich ihm eine Freundschaftsanfrage schicke. Das einzige öffentlich sichtbare Bild ist von draußen, es zeigt eine schwarze Kirche mit schwarzen Türen und Fenstern. Soweit sich aus dem Nutzernamen schließen lässt, heißt er Gulli und ist wahrscheinlich 1958 geboren. Ich rechne im Kopf nach und erschrecke fast, als mir klar wird, dass er dann neunundfünfzig Jahre alt wäre.

Neunundfünfzig. Fast sechzig.

Eine Weile starre ich auf den Namen, bevor ich ihn blockiere. Jetzt kann er mir keine Nachrichten mehr schicken.

Ich lege das Handy weg und ziehe die Decke höher.

Obwohl ich gulli58 blockiert habe, fühle ich mich nicht besser. Ich schließe die Augen und versuche, nicht über die Tatsache nachzudenken, dass er jetzt weiß, wo ich bin. Denn ich habe ihn zwar blockiert, aber es könnte zu spät gewesen sein.

Petra Snæberg

Gesturs Haare sind nass, und auch das weiße Shirt ist hinten feucht, weil er seinen Rücken nicht gut genug abgetrocknet hat.

»Konntest du schlafen?«, frage ich.

»Ein bisschen. Dann habe ich geduscht.«

»War es gut?«

»In Ordnung.«

Gestur holt einen Rollkragenpulli aus der Tasche und zieht ihn an. Ich habe den gleichen Pullover in einer anderen Farbe. Sie waren Weihnachtsgeschenke meiner Eltern letztes Jahr, und wenn ich mich nicht irre, besitzen sie selbst auch solche Pullis. Vielleicht werden wir aussehen wie die Teletubbies, alle gleich gekleidet, nur in unterschiedlichen Farben.

»Es geht bald los«, sagt Gestur.

»Ich weiß.« Erster Programmpunkt des Familienwochenendes ist ein Spaziergang nach Hellnar, ein kleiner alter Fischerort, wo beeindruckende Felsformationen an der Küste zu sehen sind. »Es wird guttun, ein wenig rauszukommen«, füge ich hinzu und lächle ihn an.

»Sollten wir nicht um drei unten sein?« Er erwidert das Lächeln nicht.

»Doch«, sage ich. »Das war der Plan. Ich komme gleich nach.«

Gestur nickt und geht hinaus.

Die Tür fällt langsam zu, und für einen Moment starre ich ins Leere, auf die Stelle, wo er soeben noch stand.

Viele Jahre lang war unsere Zukunft ziemlich vorhersehbar, wie ein vorausgefülltes Formular. Nicht jedes Detail natürlich, aber die Eckpunkte standen bereits fest. Ehe, Arbeit und Kinder. Jetzt ist es, als hätte jemand das Formular genommen, die Inhalte gelöscht und es durch einen Schredder gejagt, nichts ist mehr sicher.

Aber vielleicht war die Zukunft auch nie absehbar. Vielleicht ist es damit wie mit dem Schein von Stabilität und Unvergänglichkeit, dem wir uns hingeben. Ich sollte am besten wissen, wie schnell es gehen kann. Wie abrupt sich die Dinge ändern können.

Ich schiebe den Gedanken beiseite und schlüpfe in meine Jacke, sie ist knallrot, genau wie der Pulli. Dann ziehe ich eine Wanderhose an und ein Stirnband aus Fuchsfell, das ich einmal von Gestur bekommen habe, in einer Zeit, als er mich noch mit Geschenken überrascht hat.

Im Flur begegne ich Viktor und Maja.

»Bereit für die Wanderung?«, fragt Viktor und grinst. Er trägt eine sportliche schwarze Windjacke und ein enges Stirnband, sodass die schwarzen Haare ein wenig nach oben gedrückt werden.

Wir gehen zusammen zum Empfang und für einen Moment herrscht eine unangenehme Stille.

»Die Strecke soll sehr schön sein.« Ich räuspere mich. »Und das Hotel ist toll. So originell.«

»Ja, stimmt, du kennst dich damit ja aus«, sagt Viktor. »Du richtest doch ständig Wohnungen für feine Leute ein ... Nein, tut mir leid: Wohlfühlorte. Du schaffst Wohlfühlorte.«

»Ach, Viktor.« Ich schüttle den Kopf. Es war Gesturs Idee gewesen, von Wohlfühlorten zu sprechen. Er meinte, ich müsste ein Schlagwort finden, mit dem die Menschen das Unternehmen assoziieren und das meine Arbeit sofort auf den Punkt bringt.

Viktor zwinkert mir zu. »Aber im Ernst«, sagt er, »ich finde es richtig krass, was du dir aufgebaut hast. Ich wusste schon immer, dass du es einmal weit bringen würdest.«

»Danke.« Ich habe vermisst, wie ich mich in seiner Nähe fühle. In unserer Jugend konnte mich kein anderer so aufheitern wie er.

Das Stimmengewirr und Gelächter beim Eingang lässt darauf schließen, dass der Großteil der Familie sich bereits versammelt hat. Dort stehen meine Mutter und ihre Geschwister, deren Kinder mit Partnern. Menschen, die ich eigentlich gar nicht so gut kenne, die aber ein Teil von mir sind. Ich schreie auf, als jemand um meine Hüfte greift und mich kneift.

Ich drehe mich um und sehe Smáris Grinsen. »Ernsthaft? Sind wir dafür nicht schon zu alt?«

Smári lacht, packt meine Schultern und drückt sie. »Niemals, Petra«, sagt er. »Dafür werden wir nie zu alt sein.«

Smári ist zwei Jahre jünger als ich, aber meist kommt es mir eher so vor, als wäre ich seine kleine Schwester und nicht umgekehrt. In den Augen unserer Eltern hat er alles richtig gemacht; hat im Ausland studiert, seine Jugendliebe geheiratet, einen tollen Job im Familienunternehmen angenommen und dann ein Kind bekommen. So wie es im Buche steht, ohne Abweichungen vom rechten Weg. Und obendrein ist er auch noch ein toller

Mensch, also kann ich sogar verstehen, warum ihn alle so wundervoll finden. Er erinnert mich an Ari, der immer gut gelaunt ist und mit seiner Fröhlichkeit andere ansteckt.

Ich begrüße meinen kleinen Neffen, der in einer Trage auf dem Rücken seines Vaters sitzt. Arnaldur ist zwei, und das erste Kind seiner Eltern. Einer der Gründe, warum ich mir immer viel älter vorkomme als mein Bruder. Smáris Sohn ist ein Kleinkind, ich habe bereits Teenager.

»Wo sind Ari und Lea?«, fragt Smári.

Ich blicke mich um und sehe Gestur, der sich mit Stefanía unterhält. Sie steht mit dem Rücken zu mir, aber ich erkenne, dass sie irgendetwas erzählt. Sie konnte schon immer gut Geschichten erzählen.

Sie trägt ihre Haare in einem Pferdeschwanz, der ruhig wippt, wenn sie den Kopf bewegt. Als wir jünger waren, hat sie sich die Haare bis zur Hüfte wachsen lassen und trug sie immer offen. Jetzt ist der Schnitt kürzer, aber die Farbe ist immer noch so schön wie damals, wie dunkle Kirsche oder Mahagoniholz.

Gestur und Stefanía sind sich natürlich schon öfter begegnet, aber das letzte Treffen ist eine Weile her. Ich versuche mich zu erinnern, wann das war, aber ich weiß es einfach nicht mehr. An ihre erste Begegnung erinnere ich mich aber sehr gut. Gestur und ich waren noch nicht lange zusammen, und Stefanía bestand darauf, ihn kennenzulernen. Gestur fuhr mit seinem alten Chevrolet nach Akranes und wir warteten vor dem Laden auf ihn, mit Orangenlimonade in Glasflaschen und Lakritzhalmen, die Stefanía gerne statt Strohhalmen benutzte. Ich weiß noch, wie nervös ich war, denn immer wenn ich einen Jungen mochte, hatte Stefanía etwas an ihm auszusetzen, aber diesmal sehnte ich mich regelrecht nach ihrer Zustimmung.

Ich setzte mich auf den Beifahrersitz, und Steffý auf die Rückbank, aber sie lehnte sich ständig nach vorne, sodass ihr Kopf fast zwischen unseren war. Als Gestur uns später nach Hause brachte, sagte sie: »Er ist ganz in Ordnung, Petra, jedenfalls besser als der Letzte.« Und dann grinste sie boshaft. In dem Moment wurde mir klar, dass ich Abstand zu ihr brauchte.

»Wahrscheinlich sind die Kinder immer noch auf ihrem Zimmer«, antworte ich Smári. »Ich sehe mal nach.«

Leas und Aris Zimmer liegt am Ende des Flurs. Ich klopfe zweimal und lausche. Es ist ganz still, ich höre nicht einmal mehr das Stimmengewirr beim Empfang, denn eine schwere Tür grenzt die Bereiche voneinander ab.

»Lea«, sage ich und klopfe wieder. »Ari.«

Ich erschrecke, als ich hinter mir Schritte höre, und drehe mich schnell um. Ein Mann kommt auf mich zu, der mindestens so alt ist wie mein Vater. Seine Kleidung ist schmutzig, als hätte er draußen gearbeitet.

Er gehört nicht zur Familie, also muss er vom Hotel sein, auch wenn das nicht zu seiner Aufmachung passt. Die Mitarbeiter sahen bisher alle sehr gepflegt aus und waren äußerst zuvorkommend. Aber dieser Mann ist ganz anders. Er sieht mich so verächtlich an, dass ich mich darauf einstelle, gleich von ihm angeschnauzt zu werden.

»Was?« Die Tür zum Zimmer geht plötzlich auf, und vor mir steht Lea.

Erst bringe ich kein Wort heraus. Die Begegnung mit dem Mann hat mich aus dem Konzept gebracht.

»Mama?« Lea wartet auf eine Antwort.

»Ich ... ich wollte nur sehen, ob ihr auf dem Weg seid«, sage ich und höre, dass die Schritte des Mannes sich entfernen. »Die anderen warten schon.«

»Ja, wir müssen uns nur noch fertig anziehen«, sagt Lea, obwohl sie offensichtlich noch nicht einmal damit begonnen haben.

Ich bitte sie, sich zu beeilen, und sie murmelt etwas zur Antwort, das ich nicht verstehe.

Als ich wieder allein auf dem Flur bin, blicke ich dem Mann

hinterher und frage mich, wer er war und wohin er ging. Ich hatte schon immer ein gutes Gespür für Menschen, und dieser Mann löst bei mir Unbehagen aus. Ich hatte das Gefühl, dass er mich erkannt hat.

Aber eigentlich spüre ich dieses Unbehagen seit unserer Ankunft im Hotel, wenn nicht sogar schon früher, also hat es vielleicht gar nichts mit dem Mann zu tun.

Ich weiß nicht genau, woran es liegt, ob es der Ort ist oder das Hotel, das auf den Bildern so geschmackvoll aussah, aber sich in Wirklichkeit ziemlich kalt und unpersönlich anfühlt. Lea hat recht, zwischen diesen hohen Betonwänden fühlt man sich nicht wohl. Oder ist es das Gefühl, von meiner Familie umgeben zu sein und zu spüren, wie verdrängte Erinnerungen langsam wieder an die Oberfläche kommen?

Irma

Hotelangestellte

Das Wetter wird immer schlechter, die Fenster der Kaffeeküche knarren bereits. Das Meer ist von hier aus nicht zu sehen, aber es muss dunkel und aufgewühlt sein. Vor dem Fenster kreisen Möwen. Vielleicht haben sie im Lavafeld etwas entdeckt, eine Maus oder einen kleinen Vogel. Einmal habe ich beobachtet, wie sie sich über den Kadaver eines Nerzes hergemacht haben.

Ich starre konzentriert nach draußen, kann aber nicht erkennen, was ihre Aufmerksamkeit diesmal auf sich gezogen hat. Am Tag meiner Ankunft hier sah ich einen Polarfuchs auf einem Stein, er hat sich auf die Hinterbeine gestellt und mich angesehen. Sein Fell war grau mit weißen Flecken, er wechselte gerade von Winter- zu Sommerfell.

Ich gieße kochend heißes Wasser in eine Tasse und wärme mir daran die Finger. Eine kurze Pause, bevor die Gruppe vom

Spaziergang zurückkommt und das Restaurant für die Feier am Abend vorbereitet werden muss.

»Was trinkst du?«

Ich muss mich nicht umdrehen, um zu wissen, dass es Elísa ist.

»Tee«, sage ich. »Pfefferminztee.«

Elísa setzt sich zu mir und sieht mich an. Mittlerweile habe ich mich an ihren prüfenden Blick gewöhnt und lasse mich davon nicht aus der Ruhe bringen.

»Wann fährst du wieder nach Hause?«, fragt Elísa.

»Nach Hause?«

»Ja, du weißt schon. Dahin, wo du vorher gewohnt hast.« Elísa schiebt die Krümel auf dem Tisch zusammen. »Hier im Hotel bleibt nie jemand lange. Irgendwann fahren alle wieder nach Hause.«

Elísas Frage ist persönlicher, als ihr bewusst ist. *Zuhause* hat für mich viele Bedeutungen. Vielleicht, weil ich jahrelang nicht wusste, wo ich hingehöre, wie eine streunende Katze.

In Reykjavík habe ich bereits in sechs verschiedenen Wohnungen gelebt, habe immer nur gemietet und konnte mir nie etwas ansparen. Ich habe von einem Gehalt zum nächsten gelebt und bin meist nur knapp über die Runden gekommen.

Mit dem Begriff *Zuhause* verbinde ich am ehesten die Wohnung, in der ich am längsten mit meiner Mutter gelebt habe, eine Etagenwohnung mit zwei Schlafzimmern. Ich hatte eine glückliche Kindheit, was vielleicht seltsam klingt, denn mittlerweile habe ich erkannt, dass wir alles andere als wohlhabend waren. Nicht nach heutiger Definition jedenfalls. Wir hatten nur wenig, aber ich kann mich nicht erinnern, dass mich das jemals gestört hätte, bis ich alt genug war, um die Situation zu begreifen.

Manchmal denke ich, dass nicht meine Mutter das Problem war, sondern die Lehrer und Mitschüler. Mir war egal, was ich anhatte, bis die anderen Kinder in der Schule etwas daran auszusetzen hatten. Ich habe nie an meiner Mutter gezweifelt, bis ich älter wurde und geregelte Haushalte gesehen habe, wo die Bettlaken immer sauber waren und das Essen jeden Abend um sieben auf dem Tisch stand.

Ich war glücklich, bis mein Leben mit dem anderer verglichen wurde. Nach und nach wurde mir eingetrichtert, dass ich es nicht gut hatte.

»Vielleicht fahre ich gar nicht wieder nach Hause«, antworte ich.

Sie scheint mit der Antwort zufrieden und fragt, ob sie den Tee probieren darf. Dann trinkt sie einen Schluck und setzt ein nachdenkliches Gesicht auf.

»Ganz gut«, sagt sie. »Ein bisschen wie Zahncreme.«

Ich lache.

»Hol die Flaschen aus dem Keller.« Ich hatte Gísli gar nicht bemerkt und schrecke auf. Eddas Mann gilt nicht gerade als warmherzig. Seine buschigen Augenbrauen werfen einen permanenten Schatten auf seine Augen, und ich weiß immer noch nicht, welche Farbe sie haben. Vielleicht hat er deshalb kaum Kontakt zu den Gästen und kümmert sich vor allem um Instandhaltung und den Außenbereich des Hotels. Ich glaube, ich habe ihn noch nie in sauberen Klamotten gesehen.

Als ich ihn zum ersten Mal getroffen habe, konnte ich kaum glauben, dass Edda und er verheiratet sind, aber Elísa hat mir alte Bilder von ihnen gezeigt, und früher sah er tatsächlich einmal anders aus. Vor dreißig Jahren war er jung und attraktiv.

Alles, was ich über die Familie weiß, habe ich von Elísa erfahren. Sie hat mir erzählt, dass ihre Mutter, die Tochter von Edda und Gísli, verstorben ist, als sie noch ganz klein war.

Eines Abends hat sie sich mir hier in der Kaffeeküche über einem Glas Milch und Keksen anvertraut. »Ich war erst ein Jahr alt«, sagte sie und leckte sich den Milchbart von der Oberlippe. »Meine Mama hat bei Oma und Opa gewohnt, weil ich noch so klein war und sie arbeiten musste. Eines Tages ist sie früh aus dem Haus, während ich noch geschlafen habe. Sie ist über die Straße gegangen und Bumm!« Elísa hat so laut in die Hände geklatscht, dass ich beinahe zu Tode erschrocken bin.

»Bumm?«

»Mhm.« Elísa nickte. »Ein Bus.«

»Wurde sie angefahren?«

»Ja, sie war sofort tot«, meinte Elísa. »Und deswegen lebe ich bei meinen Großeltern. Oma sagt, dass sich Opa nach Mamas Tod verändert hat. Ist dir aufgefallen, wie traurig er immer ist? Er lächelt eigentlich nie, und Oma meint, sein Lächeln wäre mit Mama zusammen gestorben. Denkst du, das stimmt? Ich glaube nicht, ein Lächeln kann nicht wirklich sterben, das können nur Menschen.«

Es hat mich überrascht, wie offen Elísa vom schrecklichen Tod ihrer Mutter erzählt hat. Danach aß sie einen Keks und redete von etwas ganz anderem weiter. Aber sie war natürlich noch sehr klein, als das passiert ist, also kann man vielleicht nicht erwarten, dass sie deshalb traurig ist.

»Die Flaschen«, wiederholt Gísli und schenkt sich Kaffee ein.

»Ja«, sage ich, und als er sich setzt, stehe ich auf und öffne die Tür zum Keller.

Die Betontreppe nach unten ist so schmal, dass ich zwischen den Wänden nicht einmal die Arme ausstrecken kann. Auf Haken an einer Seite hängen Arbeitsjacken, die nach Schimmel und Benzin riechen.

Ich drücke auf den Lichtschalter. Die Glühbirne flackert ein paarmal, bevor sie richtig angeht und ein gelbes Licht den Keller erleuchtet. In der Ecke steht eine große Gefriertruhe und daneben offene Regale mit allerlei Kram, ein Weinregal, vergessene Koffer und sonstige Fundsachen, vor allem Kleidung, und mindestens zwei Tablets und einige Kopfhörer, zusammen mit einem Körbchen voller Schmuck. Manchen Menschen scheint kaum aufzufallen, wenn sie etwas vergessen, und sie versuchen nicht einmal, es zurückzubekommen, egal ob wertvoll oder nicht.

Der Geruch nach feuchter Erde steigt mir entgegen, als ich die schmale Treppe hinuntergehe. Ich nehme einen Wäschekorb und stelle eine Weinflasche nach der anderen hinein. Plötzlich höre ich ein Geräusch hinter mir.

»Gott, du hast mich erschreckt«, sage ich, als ich Gísli auf der Treppe sehe.

Es scheint ihn wenig zu kümmern, er murmelt vor sich hin und schiebt etwas auf einem der Regale herum. Ich wende mich wieder dem Wein zu und stelle zwei weitere Flaschen in den Korb.

Ich weiß nicht warum, aber sobald wir zu zweit da unten sind, herrscht im Keller eine unangenehme Stimmung. Vorher ging es mir gut, aber jetzt will ich so schnell wie möglich wieder nach oben.

Ich mag Gísli nicht, aber bei dem Gedanken bekomme ich sofort ein schlechtes Gewissen. Er hat mir nichts getan. Eigentlich sollte ich Mitleid mit ihm haben, weil er seine Tochter verloren hat. Ich sollte ihn dafür bewundern, dass Edda und er ihre Enkelin aufgenommen haben und sie großziehen. Aber etwas an seinem Blick bewirkt, dass ich mich in seiner Gegenwart unwohl fühle.

Ich hebe den Wäschekorb hoch und die Flaschen klackern. Gísli scheint auch gefunden zu haben, wonach er gesucht hat, er hält einen ziemlich altmodischen Feldstecher in der Hand und betrachtet ihn. Als ich an ihm vorbeigehen will, packt er mich an der Schulter und stellt sich mir in den Weg.

Sein Griff ist fest und die Hand liegt schwer auf mir. Er ist so nah, dass ich seinen Atem rieche, als er sagt: »Nimm auch was von dem harten Zeug.«

»Von dem harten Zeug?«

»Hendrick's. Oder Bombay.«

Ich verstehe, dass er Gin meint, und nicke. Er hält weiterhin meine Schulter fest, bis ich einen Schritt zurücktrete. Ich scanne das Regal auf der Suche nach den richtigen Flaschen.

»Sie sind in der Gefriertruhe«, sagt Gísli.

Er legt den Feldstecher beiseite und öffnet die Truhe, hält die Flaschen hoch und wischt den Reif ab.

»Sie wollen bestimmt was Starkes«, sagt er, ohne mich anzusehen. »Oben müsste noch genug Whiskey sein, aber schau mal, ob wir noch was zum Mixen haben.«

Ich nicke, und Gísli geht wieder die Treppe hoch. Als er oben ist, fühle ich mich wohler und hole, worum er mich gebeten hat. Ich hasse diesen Keller und will so schnell wie möglich weg hier.

Plötzlich geht das Licht aus, und es wird völlig dunkel. In dem Moment höre ich die Tür mit einem lauten Knall zufallen.

Ich mag das Gefühl nicht, eingeschlossen zu sein, und mein Herz pocht laut. Ich stehe wie gelähmt da, kann mich nicht bewegen und traue mich nicht, um Hilfe zu rufen. Mit ausgestreckten Armen taste ich nach den Regalen vor mir und bewege mich vorsichtig an ihnen entlang. Als ich ein Geräusch höre, halte ich inne. Von irgendwo aus meiner Nähe kommt ein leises Scharren. Mäuse.

Im Lavafeld wimmelt es nur so von den Tieren. Gísli stellt andauernd Fallen um die Autos auf, damit sie nicht hineinkriechen. Jeden Morgen, ohne Ausnahme, steckt in jeder einzelnen Falle eine Maus, winzig klein, zerdrückt von dem Metall. Ich versuche immer, nicht hinzusehen.

Ich beiße die Zähne zusammen, taste mich weiter vor und spüre mit dem Fuß die unterste Treppe.

Als ich oben ankomme, sitzt Elísa immer noch in der Kaffeeküche und trinkt Milch. Sie lächelt, als sie mich sieht, und leckt sich über den Mund.

»Hast du die Tür zugemacht, Elísa?«, frage ich, etwas barscher als gewollt. Mein Herz pocht immer noch laut und ich höre das Scharren hinter mir, obwohl die Tür wieder zu ist.

Elísa lächelt und schüttelt den Kopf, aber ich sehe, dass sie lügt. Ich erkenne immer, wenn Menschen lügen.

Tryggvi

Auf dem Plan steht eine zwei Kilometer lange Wanderung von Arnarstapi nach Hellnar. Wir starten bei der Statue von Bárður Snæfellsás, einer Figur aus den Sagas, halb Mensch und halb Riese, der hier in der Gegend gelebt hat. Von dort aus gehen wir am Meer entlang und über das Lavafeld nach Hellnar. Es ist eine schöne Strecke, nicht lang und auf einem guten Weg. Wobei sie auch nicht ganz ungefährlich ist, denn der Pfad führt an einer steilen Klippe direkt über dem eiskalten Meer entlang. Das ist kein Ort für kleine Kinder oder Betrunkene, man kann leicht ausrutschen und hinfallen.

Zum Glück geht es Oddný nach dem Nickerchen besser, auch wenn sie immer noch eine Alkoholfahne hat und etwas verschlafen aussieht. Zu Beginn unserer Beziehung haben wir immer zusammen getrunken, aber mittlerweile bin ich seit einem Jahr trocken, was ich jedoch nicht an die große Glocke hänge. Ein Jahr ist kein langer Zeitraum, und ich merke den Effekt noch nicht wirklich, zumindest nicht so stark, wie viele ihn beschreiben.

Vermutlich war meine Trinkerei nicht so schlimm, dass die Veränderung sofort spürbar wäre. Ich habe immer meine Arbeit gemacht, und außer Oddný hat mich nie jemand sturzbetrunken gesehen. Getrunken habe ich immer am Wochenende zu Hause, allein vor dem Fernseher. Nie so, dass es andere hätte stören können. Ich vermute zwar, dass meine Kollegen montags etwas gerochen haben, aber angesprochen hat es nie jemand.

Oddný trinkt immer noch. Ich will, dass sie von sich aus aufhört und nicht meinetwegen.

»Schon in Ordnung«, sagt Oddný, als ich beim Losgehen nach ihrer Hand greife.

Ich weiß, warum ich getrunken habe, doch bei Oddný bin ich mir nicht ganz sicher. Obwohl wir schon seit einem Jahr zusammen sind, fühlt es sich immer noch an, als stünden wir erst am

Beginn der Beziehung und müssten uns noch kennenlernen. Unsere Wege haben sich gekreuzt, als Oddný einen alten Sessel zum Restaurieren in die Werkstatt gebracht hat. Solche Aufträge nehme ich ab und zu an, um alten Gegenständen wieder Leben einzuhauchen. Mein Polsterer kann für wenig Geld wahre Wunder bewirken, und Oddnýs Sessel ist ein klassisches isländisches Designerstück, wirklich kunstvoll verarbeitet, es hat Spaß gemacht, an ihm zu arbeiten. Ich habe mir viel Mühe gegeben, ihn sorgfältig poliert und eingeölt, damit er wieder wie neu aussieht.

Währenddessen sind Oddný und ich uns nähergekommen. Sie hat sich für die Arbeit interessiert, mir dabei zugesehen und lange überlegt, womit der Sessel neu überzogen werden sollte. Am Ende hat sie sich für einen blau gemusterten Stoff entschieden.

Ich war überrascht, als sie mich beim Abholen fragte, ob ich nicht mir ihr was trinken gehen wolle. Zur Feier des Tages, meinte sie.

Und gefeiert haben wir. Oh, ja.

»Ich will kurz mit den anderen reden«, sagt Oddný und geht schneller. Sie hat einen Flachmann in der Tasche, aus dem sie ab und zu trinkt.

Die Gruppe hält an und betrachtet das Meer. Die Sonne steht immer noch hoch am Himmel, auch wenn es bald dämmern wird. Noch glitzern die Strahlen auf der Wasseroberfläche, und das Rauschen der Wellen vermischt sich mit dem Gekreische der Möwen. Ich atme tief ein, fülle die Lungen auf, bevor ich wieder ausatme.

»Tryggvi?«

Ich bin ein wenig zurückgefallen, und Oddnýs Schwester Ester kommt auf mich zu.

»Schön hier«, sage ich.

»Ja.« Ester räuspert sich. »Wie … ähm … wie war Oddný in letzter Zeit so?«

»Wie sie war?«

»Ja, ich habe den Eindruck, sie ...« Ester seufzt. »Als würde sie mehr trinken als früher. Kann das sein?«

Ich weiß nicht, was ich antworten soll. Ist es mehr geworden?

»Ich bin nicht ganz sicher«, antworte ich.

»Ja, ihr seid natürlich noch nicht so lange zusammen«, sagt Ester. »Entschuldige, ich meinte nicht ... du kannst es vielleicht schwer einschätzen.«

»Mag sein. Ein Jahr ist keine lange Zeit.«

»Nein, eben«, sagt Ester. »Es ist nur ... Ich habe Angst, dass die Sache Oddný vielleicht zu sehr mitgenommen hat.«

»Was meinst du?«

»Das mit der Firma.« Ester reibt sich die Schläfen. »Wir wollten sie nicht hinausekeln. Ich dachte nur, dass es vielleicht besser für sie ist, wenn diese Last nicht ständig auf ihr liegt. Oddný war nie ... Wie soll ich sagen? Sie hat sich nie für die Geschäfte oder den Betrieb interessiert. Ingvar und ich haben beide zeitweise dort gearbeitet. Ich kann mich gar nicht mehr erinnern, wann Oddný zuletzt bei einer Vorstandssitzung war.«

»Ja, stimmt.«

»Also dachte ich ... dachten wir, dass sie vielleicht lieber das Geld hätte, um zu ... zu verreisen oder was auch immer«, sagt Ester. »War das denn so eine schlimme Idee?«

»Nein, nein«, sage ich. »Sicher nicht.«

»Sag mir doch bitte Bescheid, falls ihr Zustand sich verschlechtert.«

Ich nicke und beobachte Oddný, die ein Stück vor uns geht. An ihrem Gang erkenne ich, dass der Flachmann schon fast leer sein müsste.

Manchmal frage ich mich, ob zwischen den Geschwistern in ihrer Kindheit etwas vorgefallen ist. Warum die anderen beiden sich so nahestehen und ihr Leben im Griff haben, während Oddný so ist, wie sie ist. Hinter ihrer Fassade verbirgt sich nämlich nichts anderes als ein rebellischer Teenager.

Ich werde einfach nicht schlau aus Oddnýs Geschwistern, Ester und Ingvar. Sie sind nett, das ist nicht das Problem, aber ich hatte schon immer das Gefühl, dass da noch etwas ist. Irgendetwas Unausgesprochenes, das wie eine dunkle Wolke über ihnen hängt.

Ich vermute ja, dass sie nach ihrem Vater kommen; stark, bestimmt und selbstsicher. Von dem wenigen, was Oddný mir aus ihrer Kindheit erzählt hat, konnte ich schließen, dass ihr Vater ein strenger Mann war, und kaltherzig. Auch wenn Oddný das selbst vielleicht gar nicht sieht. Sie hat nie schlecht über ihn geredet, nicht direkt. Nur beiläufig erwähnt, als wäre es ein Versehen, dass sie ab und zu auch geschlagen wurde, was früher vielleicht noch üblicher war, und manchmal zur Strafe in ihrem Zimmer eingesperrt wurde.

Eine Sache geht mir aber nicht aus dem Kopf. Als Oddný einmal sehr betrunken war, hat sie mir von einem Zwischenfall erzählt. Im Teenageralter hat sie sich einmal hinausgeschlichen, um einen Jungen zu treffen. Als sie spätabends wieder nach Hause kam, saß ihr Vater auf dem Sofa und wartete auf sie. Und während ihre Geschwister schliefen, holte er den Gürtel hervor.

Am meisten schienen Oddný aber nicht die Schläge selbst verletzt zu haben, sondern die Tatsache, dass nur sie bestraft wurde und nie ihre Geschwister. Sie murmelte: »Ich habe nie verstanden, warum Papa immer nur mich bestraft hat und nicht sie. Was war falsch mit mir? Was habe ich getan?«

Petra Snæberg

Irgendwie kommt es, dass ich plötzlich neben Maja gehe. Viktor ist weiter vorne, sein schwarzer Schopf ragt aus der Gruppe hervor. Er ist groß, größer als alle anderen Männer in der Familie, aber er ist schließlich auch nicht blutsverwandt.

»Und wie habt ihr euch kennengelernt?«, frage ich nach einer kurzen unangenehmen Stille.

Maja scheint froh um das Gesprächsthema.

»Beim Sport«, sagt sie. »Wir trainieren beide im selben Klub.«

»Klub? Was für ein Klub?«

»Für Kampfsport.«

»Echt?«, frage ich. Ich hatte keine Ahnung, dass sich Viktor für Kampfsport interessiert, geschweige denn ihn betreibt. Der Viktor, den ich kenne, fand körperliche Aktivitäten ziemlich überflüssig. In unserer Schulzeit haben wir uns im Sportunterricht rausgeschlichen und auf den Turnmatten Mittagsschlaf gemacht. Aber er sah damals anders aus, war groß und dünn. Ziemlich schlaksig. Jetzt ist er deutlich fitter, also hätte ich auch von selbst darauf kommen können, dass er irgendeinen Sport betreibt.

»Ja«, sagt Maja. »Nach einem Training hat er sich einmal bereit erklärt, die Schlagpolster für mich zu halten. Ich wollte die Schläge noch etwas üben. Du weißt schon, die Handbewegungen.«

»Mhm«, sage ich, aber ich kann es mir absolut nicht vorstellen. Maja ist so klein und zierlich. Ich sehe nicht vor mir, dass sie überhaupt auf irgendetwas einschlägt, und sei es nur ein Boxkissen.

»Und dann haben wir angefangen, uns zu treffen.« Sie lächelt verlegen, also gehe ich davon aus, dass nach den Schlagübungen noch mehr passiert ist.

Die Gruppe hält an, und alle blicken auf das Meer hinaus. Die Felsen vor uns bilden einen Bogen, eine Art Tor. Obwohl nur wenig Wind weht, schäumt das Meer und prallt mit voller Wucht gegen die Steine, sodass die Luft salzig schmeckt. Ein paar Möwen kauern in Felsvorsprüngen voller weißem Vogelkot.

»Ihr seid zusammen aufgewachsen, nicht wahr?«, sagt Maja. »Das hat Viktor jedenfalls erzählt.«

Ich nicke. »Ja, er war wie ein Bruder für mich.« Das Wort *war* fühlt sich nicht richtig an. Aber ich sehe ihn schließlich nicht mehr so, oder?

Maja scheint nichts zu merken.

»Wie war er?«, fragt sie. »Ich meine, als er jünger war?«

Was für eine komische Frage, denke ich. Fast schon kindisch. Als wäre sie ein verliebtes Teenagermädchen, das alles über seinen Schwarm wissen will.

»Viktor war …« Ich überlege. »Er war sehr ruhig, ein bisschen schüchtern vielleicht. Immer für einen da, wenn man ihn brauchte. Er hing immer mit uns Mädchen herum, hat nie so richtig in diese Jungs-Cliquen hineingepasst, du weißt ja, wie die sind.«

»Hatte er gar keine männlichen Freunde?«, fragt Maja.

»Doch, äh …« Ich höre mitten im Satz auf, um zu überlegen. Hatte Viktor jemals männliche Freunde? Ich weiß noch, dass er in der Pause ab und zu mit anderen Jungs zusammensaß und auf Partys seiner Klassenkameraden ging, aber waren das seine Freunde? »Er war einfach anders als die anderen. Alle Jungs haben so sehr versucht, etwas zu sein, was sie nicht sind, aber Viktor nicht. Er war ganz entspannt.«

»Okay?« Maja scheint nicht zu verstehen, was ich meine, und ich spüre einen Drang, Viktor zu verteidigen. Als müsste ich rechtfertigen, dass er sich lieber mit uns abgegeben hat als mit anderen Jungs. Das war schon in unserer Kindheit so. Viele hielten ihn für schwul, weil er viel lieber Zeit mit uns Mädchen verbracht hat. Uns wäre das natürlich egal gewesen, aber wir wussten auch, dass es nicht stimmte. In Wahrheit ging mir diese stereotype Vorstellung von Männlichkeit ziemlich auf die Nerven.

Mein Onkel Ingvar hat sich zu unserem Reiseleiter erklärt und erhebt das Wort, bevor ich Maja antworten kann. Er schlägt vor, dass wir in Hellnar erst zum Anlegesteg gehen, dann ein wenig zum Strand und durch das Brutgebiet der Küstenseeschwalben zurück zum Hotel.

»Das Brutgebiet ist leer, da können wir wahrscheinlich froh sein, denn niemand von uns hat einen Helm oder einen Stock dabei«, fügt er hinzu und grinst.

Küstenseeschwalben sind Zugvögel und kommen jeden Sommer hierher. Zur Brutzeit können sie ganz schön aggressiv werden, dann kreischen sie laut und attackieren Menschen, die ihren Nestern in der Wiese zu nahe kommen. Aber im Gegensatz zu den meisten Menschen liebe ich diese Vögel. Diesen ausgeprägten Beschützerinstinkt habe ich schon immer bewundert. Sie geben alles dafür, ihre Jungen zu verteidigen. Außerdem sind sie so elegant und schön, mit ihren weißen Körpern, der kleinen schwarzen Mütze auf dem Kopf und den schmalen, spitzen Flügeln.

Als ich klein war, sind wir oft ins Brutgebiet gegangen, um Eier zu holen. Dann hatten wir Stöcke dabei, die wir hoch über dem Kopf hielten. Nicht um die Vögel zu schlagen, sondern weil sie immer nur den höchsten Punkt angreifen. Es war so aufregend, laut schreiend in das Gebiet zu stürmen, es fühlte sich an wie bei einem Kriegsangriff. Der Puls raste, die Nerven waren zum Zerreißen gespannt und der Lärm so ohrenbetäubend, dass man kaum noch die eigenen Gedanken hörte.

Aber jetzt – jetzt sieht das Gebiet ziemlich trist aus. Die kleinen Schwalben sind groß geworden und mit ihren Müttern ans andere Ende der Welt geflogen.

Ingvar zeigt auf die Felsformation im Meer und beginnt etwas darüber zu erzählen. Ich nutzte die Gelegenheit, um von Maja wegzukommen.

Doch ein paar Schritte weiter zieht Oddný an meinem Ärmel. »Willst du was gegen die Kälte?« Sie reicht mir einen Flachmann, und ich starre eine Weile darauf, bevor ich ihn entgegennehme und einen großen Schluck trinke.

Die Flüssigkeit gelangt in die falsche Röhre, aber ich schaffe es, das Husten zu unterdrücken, bis ich wieder normal atmen kann. Der Whiskey brennt mir im Magen, und die Wärme breitet sich im ganzen Körper aus.

»Gut, oder?« Oddný schmunzelt und trinkt auch einen Schluck, bevor sie den Flachmann wieder einsteckt. Sie hat schon immer viel getrunken. Ich weiß noch, wie sie früher auf Geburtstagsfeiern und Ausflügen betrunken herumgeirrt ist. Einmal war sie so voll, dass sie mit heruntergezogener Hose auf der Toilette eingeschlafen ist. Ich habe selten etwas Traurigeres gesehen. Zum Glück erinnert sie sich nicht daran, aber wenn wir uns sehen, muss ich immer an den Anblick denken.

»Ich hätte nicht erwartet, dass es so kalt wird«, sage ich.

»Ich spüre schon lange keine Kälte mehr«, sagt Oddný und lacht. Sie reicht mir wieder den Flachmann. Mittlerweile sind wir das Schlusslicht der Gruppe und ich bin froh, dass uns niemand sieht.

»Uff«, stöhne ich und wische ein paar Tränen weg, die sich in meinen Augenwinkeln gesammelt haben. Ich könnte nicht sagen, ob es an dem Wind, der Kälte oder dem starken Alkohol liegt.

»Wie läuft denn das ganze ...«, Oddný wedelt mit der Hand. »dieses Einrichtungsbusiness und so?«

»Gut«, sage ich. »Es läuft gut. Und bei dir? Was machst du jetzt?«

»Ach, du weißt schon.« Oddný seufzt. »Dies und das. Man findet immer was zu tun.«

Ich beiße mir auf die Zunge. Wie konnte ich vergessen, dass meine Mutter und Ingvar vor eine Weile fast alle Verantwortung aus Oddnýs Händen genommen haben, weil sie ihr nicht mehr zutrauten, in der Firma Entscheidungen zu treffen. Ich dachte, es würde Oddný nicht weiter kümmern, aber vielleicht lag ich falsch. Vielleicht ist ihr langweilig, so ganz ohne Aufgaben.

»Wann warst du zuletzt hier?«, frage ich, um das Thema zu wechseln.

»Das ist schon lange her. Wir Geschwister haben manchmal den Sommer in dem Häuschen auf dem Grundstück unseres Vaters verbracht.« Oddný überlegt. »Vermutlich waren wir noch Teenager, als wir das letzte Mal zusammen hier waren.«

»Wie war es, mit Mama und Ingvar aufzuwachsen?«

»Ich bin ja die Jüngste, wie du weißt.« Oddný wischt sich mit dem Ärmel über die Nase. »Deine Mutter ist in der Mitte und Ingvar natürlich der Älteste.«

»Ich kann mir gar nicht vorstellen, wie es wohl war, meine Mutter und Ingvar als ältere Geschwister zu haben.« Ich lache. »Das war bestimmt nicht immer leicht, oder?«

Oddný lächelt, aber ich meine, in ihrem Lächeln eine gewisse Traurigkeit zu erkennen.

»Das stimmt, ja.« Oddný trinkt einen weiteren Schluck aus dem Flachmann. »Es war in der Tat nicht immer leicht.«

Oddný bleibt stehen, und ich halte mit ihr an. Es wirkt so, als wäre sie plötzlich nicht mehr ganz bei sich. Ich sehe mich nach Tryggvi um, eigentlich sollte er an ihrer Seite gehen und sie stützen. Aber die Gruppe ist weit vor uns, wir sind ganz schön zurückgefallen. Selbst wenn ich rufen würde, könnten sie es durch den Wind und die dicken Mützen wahrscheinlich nicht hören. Ich müsste so laut schreien, dass ich die Aufmerksamkeit aller auf uns ziehen würde, und das will ich auch wieder nicht.

»Oddný?«

»Weißt du was?«, sagt Oddný mit Blick auf das Meer. »Hier ist im Sommer einmal ein Kind von den Klippen gefallen. Am Morgen haben wir noch mit dem Jungen gespielt. Er war erst vier.«

Ich spüre ein flaues Gefühl im Magen, obwohl ich die Geschichte nicht zum ersten Mal höre. »Er hat auch in einem der Sommerhäuser übernachtet und eines Tages war er plötzlich weg«, fährt Oddný fort. »Seine Eltern haben überall gesucht, aber sie konnten ihn nicht finden. Und dann ... dann meinte Ingvar, er hätte ihn bei den Klippen gesehen. Sie haben nur noch sein Spielzeugauto gefunden, hier im Gras.«

»Das ist ... schrecklich«, sage ich.

Oddný geht einen Schritt auf die Felskante zu und streckt den Hals aus, um zu sehen, wie die Wellen unter uns gegen die Felsen schlagen. Plötzlich wird mir bei dem Anblick unwohl.

»Oddný«, rufe ich. »Geh nicht so nah an die Kante ...«

Sie scheint mich nicht zu hören, ist ganz in ihrer eigenen Welt. Sie steht so nahe am Abgrund, dass sich bei dem Anblick mein ganzer Körper anspannt. Dann greift sie nach dem Flachmann in ihrer Jackentasche, verliert aber das Gleichgewicht und gerät ins Wanken.

»Oddný, pass auf, ich ...« Mehr kann ich nicht sagen, denn sie rutscht aus. Eines ihrer Beine gleitet über die Felskante und sie kann sich nicht mehr halten.

Ich greife nach ihr, aber erwische nur noch die Jacke. Spüre den Stoff in meinen Fingern, als Oddný fällt.

Jetzt
Sonntag, 5. November 2017

Sævar

Kriminalpolizist in Akranes

Obwohl der Fundort der Leiche nicht weit vom Hotel entfernt lag, brauchte man mit dem Auto deutlich länger als zu Fuß. Während Sævar und Hörður auf der ruckeligen Schotterpiste voller Schlaglöcher Richtung Hauptstraße fuhren, dachte Sævar über die nächsten Schritte nach. Noch hielt sich die Familie im Hotel auf, und am besten wäre vermutlich, vor ihrer Abreise mit möglichst vielen zu sprechen.

Er wusste nicht genau, wie viele im Hotel waren. Wenn er richtig verstanden hatte, wollte die Familie zusammen den hundertsten Geburtstag des Familienpatriarchen feiern, der vor einigen Jahren verstorben war. Vielleicht hatte sich nur ein Teil der Familie getroffen oder wenige Kernfamilien. Aus dem Anruf, den sie am Morgen bekommen hatten, war nicht wirklich hervorgegangen, was genau passiert war, also fuhren sie jetzt zum Hotel, um weitere Informationen zu sammeln.

»Was weißt du über die Familie?«, fragte Sævar. »Gibt es irgendwelche Zerwürfnisse, die allgemein bekannt sind?«

»Ich weiß, dass der Snæberg-Clan ursprünglich aus Snæfellsnes stammt.« Hörður überlegte. »An Zerwürfnisse erinnere ich mich nicht, außer natürlich zwischen den Brüdern, aber das ist lange her. Ingólfur, der dieses Jahr hundert geworden wäre, hatte zwei Söhne, Bergur und Hákon. Bergur war ein ziemlicher Eigenbrötler ohne Kinder, aber Hákon hatte drei, die jetzt mit ihren Nachfahren im Hotel zusammengekommen sind.«

»Ingólfurs Enkel also.«

»Genau«, sagte Hörður. »Ingvar, Ester und Oddný. Die Geschwister und ihre Nachkommen sind alle im Hotel, Hákon ist auch da, aber der ist nicht mehr bei guter Gesundheit.«

»Was ist mit Hákons Bruder, lebt der noch?«

»Nein«, sagte Hörður. »Er ist verstorben. Hákon und Bergur haben nach dem Tod ihres Vaters nicht mehr miteinander geredet. Bei dem Streit ging es um ein Grundstück weiter im Osten, die Sache landete sogar vor Gericht, wo am Ende Hákon gewann.«

»Fraglich, ob das wirklich ein Sieg war«, sagte Sævar.

Hörður bremste und lehnte sich vor. »Was meinst du?«

»Na ja, es kann wohl kaum eine große Errungenschaft gewesen sein, einen Gerichtsstreit über irgendein Stück Land im Nirgendwo zu gewinnen und dadurch den Kontakt zum eigenen Bruder zu verlieren.«

»Kommt wahrscheinlich darauf an, was einem wichtiger ist, die Familie oder das Geld.« Hörður lächelte halbherzig. »Wir reden hier natürlich von hohen Summen. Ihnen gehört die Snæberg GmbH, ein Fischereiunternehmen, das Ingólfur Hákonarson vor vielen, vielen Jahren gegründet hat. Heutzutage sind dort vor allem ausländische Arbeitskräfte tätig, außer in der Verwaltung und im Vorstand natürlich. In den letzten Jahren haben sie unter anderem viel in Fischereitechnologien investiert. Ingólfurs Enkelkinder leiten das Unternehmen, zusammen mit ihren Partnern.«

»Und, läuft es gut?« Sævar kannte die Antwort eigentlich, aber er fragte trotzdem.

»Gut?« Hörður schnaubte. »Besser als das. Die Dividenden, die sie sich auszahlen, werden von Jahr zu Jahr höher. Sie stehen immer auf der Liste über die größten Steuerzahler des Landes.

All die neuen Wohnungen, die gerade in Akranes gebaut werden, gehen auf ihre Initiative zurück, und außerdem spekulieren sie auf dem Immobilienmarkt. Vor Kurzem habe ich eine Meldung gelesen, dass eine ihrer Gesellschaften letztes Jahr einen Milliardengewinn eingefahren hat. Das Geld, die Unternehmen, die Gesellschaften und die Spitzenposten verteilen sich dann auf die Nachkommen. Alle bekommen ihren Anteil.«

Sævar seufzte. Er konnte sich diese Welt nur schwer vorstellen: Milliardengewinne, Investmentgeschäfte und Immobilienspekulationen waren etwas, das er weder verstand noch verstehen wollte. Trotzdem konnte er nicht anders, als darüber nachzudenken, wie es wäre, so viel Geld zu haben. Ob das etwas ändern würde, ob er dann vielleicht ein anderer wäre?

Sævar war ganz zufrieden mit seinem Leben, auch wenn man als Kriminalpolizist nicht gerade zu den Spitzenverdienern zählte. Der Kredit für seine Eigentumswohnung in einem Wohnblock war aber abbezahlt und er hatte ein paar Rücklagen auf einem Sparkonto, das Erbe seiner Eltern, die bei einem Autounfall ums Leben gekommen waren, als er zwanzig war. Deshalb stand er finanziell besser da als viele andere in seinem Alter, obwohl er sich das nicht ausgesucht hatte. Er hätte alle Schulden der Welt auf sich genommen, wenn das seine Eltern zurückgebracht hätte. Aber so funktionierte die Welt nicht. Sævar hatte keine Wahl gehabt.

»Wie auch immer«, fuhr Hörður fort. »In letzter Zeit habe ich von keinen weiteren Zerwürfnissen gehört, was nicht heißt, dass es keine gab. Hákon, der Vater der Geschwister, ist nicht mehr bei bester Gesundheit, also könnten natürlich wieder Erbschaftsstreitigkeiten aufgekommen sein. Es wäre schließlich nicht das erste Mal.«

Sævar hatte noch nie verstanden, wie Erbschaftsstreitigkeiten die Beziehung zwischen Geschwistern oder Geschwisterkindern zerstören konnten, und dennoch waren solche Konflikte allgegenwärtig. Wahrscheinlich waren diese Angelegenheiten komplizierter, als er dachte.

Auf der Zufahrtsstraße zum Hotel fragte er sich, ob die Streitigkeiten in diesem Fall vielleicht sogar zu einem Mord geführt hatten.

Zwei Tage vorher
Freitag, 3. November 2017

Lea Snæberg

Ein greller Schrei dringt durch den Wind, das Gekreische der Möwen und die lauten Wellen.

Alle drehen sich um, und ich sehe, wie meine Mutter Oddnýs Arm umklammert, die ganz nah an der Felskante liegt. Nur ein kleines Stück nach rechts, und sie würde hinunterfallen.

Für einen Moment sind alle wie versteinert, doch dann laufen Tryggvi und Opa zu ihnen. Sie zerren Oddný in Sicherheit, während sie schimpft und flucht, als würden sie ihr wehtun.

»Ach du liebe Güte.« Meine Mutter ist völlig außer sich. »Ich dachte, sie würde hinunterfallen.«

Oddný murmelt etwas und versucht, die Männer wegzustoßen. Ich glaube, sie sagt *hört auf damit*, und dann sehe ich, dass Tryggvi sich über sie lehnt und ihr etwas zuflüstert.

Kurz darauf gehen wir weiter, Tryggvi und Oddný bilden das Schlusslicht.

Der Weg durch das Lavafeld ist schmal und uneben. Ich muss mich auf jeden Schritt konzentrieren, um nicht hinzufallen. Meine Hose ist ganz nass, und meine Finger eiskalt. Immer wieder halte ich inne und betrachte die Landschaft, all die Lavaformationen um mich herum, die aussehen wie Menschen, Tiere oder Trolle. Es fühlt sich beinahe an, als wären die Steine lebendig und würden uns heimlich beobachten.

»Hier«, sagt Omas Bruder Ingvar, »hier ist die Höhle von

Oddný Píla. Die Geschichte geht auf das achtzehnte Jahrhundert zurück, ein paar Jungs aus Hellnar haben damals angeblich den Geist von einem jungen Mädchen namens Oddný Píla geweckt. Als sie sich keinen Rat mehr wussten, wurde der Pfarrer aus Breiðavík geholt, den alle nur Latein-Bjarni nannten. Er sollte Oddný Píla wieder zur Ruhe bringen, aber als die Jungen sich weigerten, dem Pfarrer den vereinbarten Lohn zu bezahlen, ließ Bjarni sie wieder auferstehen. Oddný tötete jede Menge Schafe und richtete viel Leid an, sodass die Einwohner von Hellnar zusammenlegten und noch einmal Latein-Bjarni zu sich holten, der sie erneut bannte. Seitdem soll es dort aber spuken.«

Die Höhle im Lavafeld ist nicht besonders groß, im Grunde nur eine kleine Vertiefung. Ich sehe hinein und höre, wie die Wellen hinter mir am Felsen brechen. Der Wind trägt die kalten Wassertropfen bis zu uns, und sie landen in meinem Nacken. Ich bekomme Gänsehaut.

»Wer war sie?«, frage ich und wundere mich über mich selbst. In der Schule mache ich nie den Mund auf oder stelle Fragen.

»Wer?«, fragt Ingvar.

»Oddný Píla. Das junge Mädchen.«

»Da bin ich überfragt.« Er kratzt sich am Kopf. »Das stand nicht dabei.«

Er erzählt weiter von dem Pfarrer und dem Nachspiel, das die Sache hatte. Tiere, die umkamen, und Menschen, die den Geist sahen. Aber Oddný geht mir nicht aus dem Kopf, nicht ihr Geist, sondern das Mädchen, das sie einmal war. Ich frage mich, warum sie wohl so jung gestorben ist. Kannten die Jungen sie, als sie noch lebte? Haben sie Oddný gehänselt? War sie deshalb so wütend? Waren sie schuld an ihrem Tod?

Die Gruppe bewegt sich weiter, aber mir fällt plötzlich das Schlucken schwer.

Wie albern, denke ich. Was für ein dummer Gedanke. Wahrscheinlich ist an der Geschichte gar nichts dran, genauso wenig wie an all den anderen Geistergeschichten aus der Gegend.

Ich schließe mit schnellen Schritten zu den anderen auf und ignoriere das schaurige Gefühl in meinem Nacken, wie ein kalter Atem, der sich einen Weg durch meine Jacke bahnt und den Rücken hinunterkriecht.

Endlich erreichen wir das Ende des Lavafelds, wo ein schmaler Pfad zur steinigen Küste hinunterführt. Eine Anlegestelle aus Beton führt ins Meer, und dahinter liegt ein kleiner Sandstrand.

Plötzlich reißt die Wolkendecke auf und macht Platz für die Sonne. Sie steht schon tief am Himmel, und die Strahlen glitzern auf dem Meer. Der Wind lässt für einen Moment nach, und alle halten inne und bewundern die Aussicht.

Ich schließe die Augen und schaue in den Himmel.

»Wie bestellt«, sagt Papa neben mir. »Komm, ich lade dich auf einen Kakao ein.«

Ich gehe mit ihm zu einem Café etwas oberhalb des Ufers. Ein Betonhaus mit rotem Dach und einer Terrasse. Fjöruhúsið steht auf dem Schild, das muss das Café sein, von dem gulli58 erzählt hat.

»Worauf wartest du?« Papa dreht sich um und lächelt.

»Ich bin nicht hungrig«, sage ich.

»Aber du hast doch wohl Platz für eine Tasse Kakao«, sagt er. »Nur, um uns kurz aufzuwärmen. Ein bisschen Kraft tanken für den Rückweg.«

Ich lasse mich also überreden. Drinnen angekommen, werfe ich einen prüfenden Blick durch den Raum und atme auf, als ich niemanden sehe.

Hinter uns kommen meine Großeltern und der Rest der Familie. Alles Menschen, die ich kenne und die von Geburt an Teil meines Lebens waren, aber in Wahrheit keine Ahnung haben, wie ich wirklich bin.

Papa und ich gehen nach draußen, und ich wärme meine Finger an der Tasse. Die heiße Schokolade schmeckt gut, sie ist süß und warm.

»Du machst das immer noch«, sagt Papa und lächelt.

»Was?«

»Schließt langsam die Augen, wenn dir etwas schmeckt.«

Ich lache. Mir war das noch nie aufgefallen.

»Das hast du schon als Kind gemacht«, fährt Papa fort. »Wenn es etwas Gutes zum Essen gab, hast du langsam die Augen geschlossen und zufrieden geseufzt.«

»Ach, Papa, hör auf.« Ich tue so, als wäre ich genervt, aber das bin ich nicht. Eigentlich mag ich es, wenn Papa so von früher erzählt. Wie er mich dann ansieht, als sei ich etwas Besonderes.

Mamas Bruder setzt sich zu uns und ich greife nach meinem Handy. Birgir hat mir eine Nachricht geschickt, ein Lied von Kodaline mit dem Titel *All I Want*. Ich kenne es, aber setze trotzdem Kopfhörer auf und mache es an. Die Musik ist traurig, aber schön, und wenn ich so auf das Meer hinausblicke, habe ich das Gefühl, darüber zu schweben. Als wäre dieser Moment nicht Wirklichkeit, sondern ein Traum.

Ich sage zu Papa, dass ich ein wenig zum Strand hinuntergehen will. Vorsichtig steige ich über die flachen Felsen hinunter und achte darauf, nicht auf den Algen auszurutschen. Dann betrachte ich die Wellen, die vor mir den Sand benetzen.

Ich fühle mich, als wäre ich von der Realität losgelöst. Ich weiß nicht, woran es liegt, aber so kommt es mir seit unserer Ankunft hier vor. Als wäre ich in der Zeit zurückgereist und wieder zwölf Jahre alt, damals habe ich dieses Gefühl zum ersten Mal gehabt. Ich weiß noch, dass ich vor dem Spiegel stand und mich nicht mehr wie ich selbst gefühlt habe, sondern wie eine andere. Als würde ich mich aus der Ferne betrachten. Vertraut und fremd zugleich, als hätte ich meinen Körper verlassen. In dem Augenblick ging es mir gut, und für einen Moment schienen alle Probleme in der Schule und sonst wo keine Rolle mehr zu spielen.

Aber jetzt schaffe ich es nicht, mich in diesen Geisteszustand zu versetzen. Die Geschichte von Oddný Píla hat Erinnerungen geweckt. Ich weiß zwar nicht genau, was passiert ist, aber ich vermute, dass ihr etwas Schlimmes widerfahren ist. Ich glaube, sie ist auferstanden, um sich zu rächen.

Wenn ich so darüber nachdenke, würde ich es nämlich genauso machen. Mit zwölf wurde mir etwas genommen, dass ich nie mehr zurückbekomme. Die letzten Jahre, in denen ich eigentlich ein unschuldiges und gutgläubiges Kind hätte sein sollen, das die Welt für einen Ort hält, wo die Menschen entweder gut oder böse sind. Jetzt weiß ich, dass das nicht stimmt, und genau wie in Oddný Píla brennt eine Rachelust in mir.

Petra Snæberg

»Petra.« Stefanía kommt auf mich zu, und ich kann nicht so tun, als würde ich sie nicht hören. »Wir hatten vorhin keine Gelegenheit zu reden«, sagt sie etwas außer Atem.

Sie sieht schick aus, trägt eine Jacke mit Fellkragen, eine Mütze und Handschuhe.

»Nein.« Ich gehe sofort auf Distanz, aber dann wird mir bewusst, wie kindisch es wäre, sauer auf sie zu sein, also lache ich. »Wie geht's dir denn so?«

»Ach, mir geht's gut«, sagt Steffý. »Aber wie ist es bei dir? Ich meine, ich weiß, dass die Innlit GmbH gut läuft, aber was ist mit dir? Wie geht es dir?«

Typisch Steffý, denke ich. Sie steigt sofort mit persönlichen Fragen ein. Tut so, als wären wir gute Freundinnen, die einander alles erzählen.

»Mir geht es gut«, sage ich, fest entschlossen, mir nichts anmerken zu lassen.

Die meisten sind in ein Café gegangen, aber ich will nichts trinken. Der Schreck von Oddnýs Sturz sitzt mir noch in den Knochen. Das Adrenalin, das in dem Moment durch meinen Körper schoss, ist wieder zurückgegangen, und jetzt bin ich einfach nur erschöpft.

»Toll«, sagt Steffý, und ich spüre, wie sie mich mit ihrem Blick löchert. »Ich denke darüber nach, wieder nach Hause zu ziehen.«

»Echt?«

»Ja, ich hatte eigentlich vor, schon viel früher zurückzukehren.« Sie lächelt. »Ich wollte immer, dass meine Kinder in Island aufwachsen.«

»Bist du ... seid ihr ...«

»O Gott, nein, ich bin nicht schwanger.« Stefanía lacht. »Ich meine nur, falls ich irgendwann einmal Kinder bekommen sollte.«

»Ja, verstehe.« Ich versuche so zu tun, als würde ich den Tonfall in Steffýs Stimme nicht bemerken. Sie mochte Kinder noch nie, und hat sich auch nie sonderlich für Ari und Lea interessiert. Als ich ihr von meiner Schwangerschaft erzählt habe, fragte sie, wann der Termin für die Abtreibung sei. Etwas anderes konnte sie sich nicht vorstellen. Zu ihrer Verteidigung muss ich sagen, dass ich damals erst neunzehn war, und in unserer Familie ist es nicht üblich, früh Kinder zu bekommen, zumindest nicht in unserer Generation.

Ich lege meine Arme um mich und lasse den Blick über das Meer schweifen. Die Sonne, die gerade eben noch so hell schien, versteckt sich wieder hinter den Wolken.

»Aber ich freue mich einfach darauf, wieder nach Hause zu kommen«, sagt Steffý. »Ich habe gerade zu Gestur gesagt, dass wir uns öfter treffen sollten.«

»Wann habt ihr miteinander gesprochen?«, frage ich etwas bissig.

»Vorhin«, sagt Steffý. »Im Hotel, als wir am Empfang gewartet haben.«

»Ja, stimmt.« Ich lächle. »Das wäre nett.«

Vor dem Kaffeehaus setzen die Leute wieder ihre Mützen auf und machen sich bereit, zurück zum Hotel zu gehen. Es dämmert schnell, und hier wird es nachts stockdunkel, was den Rückweg an der Felskante entlang sehr gefährlich macht.

Wir gehen zur Gruppe und unterhalten uns oberflächlich.

Ich fühle mich schlecht, weil ich so komisch reagiert habe, als sie von der Unterhaltung mit Gestur erzählt hat, aber ich war schon immer auf der Hut, was Steffý und die Männer in meinem Leben betrifft. Sie hat zwar nie etwas mit ihnen gemacht, sie aber auch nicht in Ruhe lassen können. Einmal meinte sie, sie wolle mir damit nur helfen. Ein gutes Wort für mich einlegen. Aber ich habe beobachtet, wie sie immer einen Vorwand fand, sie zu berühren, in ihrer Nähe zu sein, ihnen etwas zuzuflüstern, aus nächster Nähe, sodass sich Lippen und Ohr berührten. Meistens interessierten sie sich schon kurz darauf mehr für sie als für mich.

Obwohl wir keine Teenager mehr sind, bin ich in Steffýs Gegenwart immer noch unsicher. Das Gefühl ist nie ganz weggegangen.

Sie war schon immer hübscher als ich. Schlauer und selbstbewusster. Einmal hat mich ein Mädchen in unserer Klasse gefragt, wie es sich anfühle, Steffýs Hund zu sein. Es war als Witz gemeint, aber trotzdem verletzend, vielleicht, weil in der Aussage natürlich auch einiges an Wahrheit steckte.

Und ich muss immer wieder an einen Abend zurückdenken, an dem wir zusammen getrunken haben; Steffý, Gestur und ich. Aus irgendeinem Grund war ich schnell ziemlich voll und erinnere mich kaum an etwas, musste irgendwann ins Zimmer getragen werden. Als ich aufgewacht bin, hörte ich immer noch die Musik, es war fast vier Uhr morgens und Gestur lag nicht neben mir, also ging ich ins Wohnzimmer. Irgendetwas ging dort vor sich, aber ich hörte keine Stimmen, nur ein leises Quietschen des Sofas und schweren Atem. In der Tür geriet ich ins Wanken und stieß eine leere Flasche auf dem Boden um, die laut klirrte.

Als ich ins Wohnzimmer kam, saßen Gestur und Steffý zusammen auf dem Sofa. Steffýs Haare waren zerzaust, und Gesturs Wangen errötet.

Ich fragte, was sie da machen würden, und sie versuchten beide, mich zu überzeugen, dass sie nur Musik gehört hätten. Gestur meinte, er sei gerade auf dem Weg zu mir ins Bett gewesen.

Als wir kurz darauf nebeneinanderlagen, musste ich die ganze Zeit darüber nachdenken, was ich gesehen hätte, wenn die Flasche nicht umgefallen wäre. Ich weiß, was ich durch die Musik gehört habe. Es war ein bekanntes Geräusch, wie kleine Schmatzer.

Und jetzt, wo wir auf das Café zugehen, sehe ich, dass Gestur uns beobachtet. Aber wenn ich es richtig deute, liegt sein Blick nur auf Steffý.

Irma

Hotelangestellte

Das Restaurant sieht super aus. Die Tische sind mit weißen Tischtüchern bedeckt, und darauf stehen hohe schwarze Kerzenständer. Von der Decke hängen gotische Lüster, die den Raum in ein dumpfes gelbes Licht tauchen. Die Atmosphäre ist ganz anders als vorhin noch. Abends sieht das Hotel am besten aus. Dann wirken die kahlen Betonwände weniger düster und stattdessen geradezu einladend. Der kühle skandinavische Einrichtungsstil verschwimmt und macht Platz für das Gefühl einer gemütlichen Höhle. Und im Schein des Kerzenlichts sehen die Gläser, die über der Bar von der Decke hängen, wie ein Kunstwerk aus.

In der Küche duftet es herrlich. Was das Essen angeht, mag die Familie es traditionell. Heute Abend gibt es Fisch und morgen Lammkeule. Das allein klingt zwar nicht nach einem Gourmetessen, aber als Beilage werden bestimmt keine Salzkartoffeln gereicht. Zu dem Kabeljau heute Abend gibt es eine Soja-Butter-Soße, gegrillte Tomaten, Oliven und Kapern. Als Vorspeise werden Rinder-Carpaccio und Jakobsmuscheln auf dem Spieß serviert. Und dann sind da natürlich noch die Desserts. Von dem Lavakuchen hier könnte ich mich wochenlang ernähren.

Nur das Beste für unsere Gäste. Alles muss perfekt sein.

Ich wünschte, ich müsste nicht arbeiten, sondern könnte mit meinen Liebsten an dem Bankett teilnehmen. Aber meine Familie mütterlicherseits ist klein und arm. Meine Großmutter lebt nicht mehr und mein Großvater ist sogar noch verrückter als meine Mutter. Ihr Bruder ist viel älter als sie und sie standen sich noch nie sonderlich nahe. Ich habe Kontakt zu seiner Tochter, meiner Cousine Svana, aber sie hat einen Mann und vier Kinder und meist drehen sich unsere Gespräche darum, ob ich auf die Kinder aufpassen kann, während die beiden sich einen schönen Abend machen.

Mein Handy klingelt und ich erkenne die Nummer. Kurz überlege ich, ob ich überhaupt rangehen soll, bekomme aber sofort ein schlechtes Gewissen und sage fröhlich: »Hallo, Mama.«

»Hallo, Liebes.« Ich höre sofort, dass sie gute Laune hat.

»Wie geht es dir?«

»Ganz gut, du weißt ja, wie es hier ist.« Meine Mutter erzählt drauflos, von schlechtem Essen und dreckigen Zimmern. Sie lebt allein, aber aufgrund ihrer chronischen psychischen Erkrankung bekommt sie Unterstützung von der Stadt. »Nie putzen sie ordentlich, in den Ecken ist es nach dem Wischen immer noch dreckig und die Toilette erst, na, lassen wir das. Erinnerst du dich, wie sauber es bei uns immer war, Imma, mein Schatz?«

Sie hat mich von Anfang an nur Imma genannt. Sonst sagt das niemand zu mir. »Ja, ich weiß, Mama. Ich weiß.«

»Denen ist das ganz egal«, meckert sie weiter. »Sie müssen ja nicht hier wohnen, deswegen ist es ihnen schnurz.«

Ich würde ihr so gerne erzählen, wer dieses Wochenende hier zu Gast ist, aber ich halte mich zurück. Ich bin nicht sicher, wie sie reagieren würde.

Als ich nach dem Gespräch mit meiner Mutter auflege, spüre ich einen Knoten im Magen. Wahrscheinlich ein schlechtes Gewissen. Ich habe sie schon lange nicht besucht, und seit ich hier auf Snæfellsnes lebe, fühle ich mich immer komisch, wenn ich mit ihr telefoniere. Bei der Arbeit kann ich mich in der Schönheit vergessen, eine Rolle spielen, die ich mittlerweile ganz gut beherrsche. Aber wenn sie anruft, bin ich wieder einfach nur ich.

Meine Mutter und ich haben nie zu dieser feinen Gesellschaft gehört. Das ist auch nicht schlimm, aber manchmal macht es Spaß, so zu tun, als ob.

»Entschuldige, ich wollte einchecken, aber der Empfang ist nicht besetzt.«

Ich drehe mich um, und vor mir steht ein junger Mann mit einem Rollkoffer. Ich erkenne ihn sofort. Hákon Ingimar trägt ein T-Shirt mit tiefem Ausschnitt und zerrissene Jeans.

»Ja, natürlich«, sage ich und höre selbst, wie komisch meine Stimme klingt.

Wir gehen gemeinsam zum Empfang und ich würde mich am liebsten kneifen, nur um sicher zu sein, dass ich nicht träume; ich stehe tatsächlich gerade neben diesem Mann. Ich habe das Gefühl, ihn zu kennen, was albern ist, weil ich ihn noch nie zuvor getroffen habe. Ich verfolge zwar schon seit Jahren, was er so macht, aber über Zeitungsberichte und soziale Medien lernt man jemanden nicht wirklich kennen. Das ist mir völlig klar.

Meine Hände zittern ein wenig, als ich seinen Namen eintippe, aber ich hole tief Luft und reiße mich zusammen.

»Hákon Ingimar«, sagt er und lehnt sich ein wenig vor.

Wow, er riecht unglaublich gut. Nach frisch lackiertem Holz, Vanille und Zitrone ... nein, Orange.

»Genau, hier ist es.« Ich finde seinen Namen und checke ihn ein. »Hast du die App bereits heruntergeladen?«

»Die App?« Er sieht mich nicht an, sondern betrachtet den Eingangsbereich. Ich erhasche einen Blick auf seine gerade Nase und die schön geformten Augenbrauen. Den dichten Bartansatz, der das Gesicht wunderbar in Szene setzt. Kein einziges Haar tanzt aus der Reihe.

»Ja, also, wir haben so eine App, die du herunterladen musst«, erkläre ich und reiche ihm eine Broschüre. »Damit kannst du alles steuern, die Beleuchtung, die Temperatur, die Vorhänge ...«

»Okay, in Ordnung«, unterbricht mich Hákon und lächelt. »Ich kenne diese Art von Hotel.«

Dieses Lächeln, denke ich, und in dem Moment mache ich unwillkürlich ein seltsames Geräusch. Ein kindisches Kichern. Ich werde sofort rot. Er ist es bestimmt gewohnt, auf seinen Reisen in den allerfeinsten Hotels zu übernachten. Gestern habe ich mir vor dem Einschlafen noch einmal seine Bilder auf Instagram angesehen. Die meisten zeigen die isländische Natur, Wasserfälle und Gletscher, aber auf einigen sind auch tropische Strände zu sehen. Und natürlich er selbst.

»Bist du allein?« Ich versuche, ein professionelles Lächeln aufzusetzen, nicht übertrieben, aber angemessen. Ich will nicht, dass er mich für einen Fan hält.

»Jep«, sagt Hákon. »Wo sind die anderen?«

»Sie machen einen Spaziergang. Vor etwa einer Stunde sind sie Richtung Hellnar gegangen, sie müssten also bald zurückkommen.«

»Ah, okay. Dann rette sich, wer kann.« Hákon grinst.

Mir rutscht wieder ein Lachen heraus. »Soll ich dich auf dein

Zimmer bringen? Ich meine, dir das Hotel zeigen? Wo alles ist und so.«

Warum kann ich nicht normal reden?

»Nein, das ist nicht nötig«, sagt Hákon. »Ich finde mich schon zurecht.« Er geht weg, und ich spüre die Spannung von mir abfallen. Was würden meine Freunde sagen, wenn sie wüssten, dass ich mit diesen Leuten hier bin? Was würde meine Mutter sagen?

Tryggvi

Ich habe Oddný nicht aus den Augen gelassen, seit sie beinahe von der Felskante gefallen wäre. Wirklich in Gefahr war sie aber nicht, denke ich. Petra hat bestimmt überreagiert, sie hätte wirklich nicht so laut kreischen müssen.

Trotzdem lasse ich auf dem Heimweg ihren Arm nicht los, auch wenn sie es nicht nötig findet. Sie wollte nach dem Zwischenfall auf keinen Fall umkehren, meinte, das sei alles nicht so dramatisch.

»Hätte auch etwas Gutes gehabt, wenn ich gefallen wäre«, flüstert sie mir zu. »Dann wäre ich zumindest frei.«

Ich vermute, dass Oddný schon seit einer Weile Angst vor dem Wochenende mit ihrer Familie hatte. Sie hat zwar nichts in die Richtung gesagt, aber die Angst zeigt sich auf andere Weise, sie kann sich nicht lange konzentrieren und manchmal, wenn ich von der Arbeit nach Hause komme, rieche ich, dass sie getrunken hat, auch wenn sie versucht, es mit Parfüm zu überdecken. Es ist neu, dass sie die Trinkerei vor mir geheim hält, und ich verstehe ihre Absicht nicht. Warum sie das Gefühl hat, etwas verbergen zu müssen.

»Oddný, meine Liebe, hattest du nicht schon genug?«, fragt Ester leise und zeigt auf den Flachmann in Oddnýs Hand.

Sie lacht. »Stell dich nicht so an, Ester, früher warst du nicht so eine Spaßbremse.«

Ester presst die Lippen zusammen.

Oddný hat mir erzählt, dass Ester in ihren jungen Jahren ganz schön auf den Putz gehauen hat. Sie standen sich einmal sehr nahe und zogen zusammen um die Häuser, während Ingvar zu Hause blieb und lernte.

Zurück im Hotel dusche ich, ziehe mir ein frisches Hemd an und trage Rasierwasser auf. In Anzügen habe ich mich noch nie wohlgefühlt, meist trage ich einfach Jeans, und entscheide mich auch jetzt dafür.

Ich frage Oddný, ob ich auf sie warten soll, aber sie schickt mich voraus. Ich gehe zur Bar, bestelle eine Cola und warte auf die anderen, als sich Esters Mann Haraldur plötzlich zu mir setzt.

»Wie ich sehe, hast du schon angefangen«, sagt er und winkt den Barkeeper zu sich. Er bestellt einen Whiskey. »Was trinkst du da?«

»Coca-Cola«, sage ich und grinse.

Haraldur wirkt überrascht. »Was? Willst du nichts Richtiges trinken?«, fragt er.

»Nein, heute nicht.«

Er sieht mich an, als warte er auf eine Erklärung. Am Ende gebe ich nach und füge hinzu: »Ich bin seit einem Jahr trocken.«

»Aha«, sagt er und nimmt seinen Drink vom Barkeeper entgegen. Ich merke, dass es ihn nicht weiter interessiert, denn er sieht sich sofort nach anderen Gesprächspartnern um. Vielleicht ist es in seinen Augen ein Zeichen von Schwäche, sich den Alkohol verweigern zu müssen.

Aber ich mache das nicht, weil ich muss; es war eine freie Entscheidung.

»Wie kommt's?«, fragt er und trinkt genüsslich einen Schluck Whiskey.

»Ich mochte nicht, wer ich war, wenn ich getrunken habe«, sage ich. »Ich war nicht ich selbst.«

»Ist das denn so schlimm?« Haraldur lacht.

»In meinem Fall, ja.«

»Also bei mir ist das anders, das kann ich dir sagen.« Er lacht auf. Ich will gerade antworten, als Ingvar zu uns kommt und die beiden sich über etwas anderes unterhalten.

Ich trinke weiter meine Cola und blende ihr Gespräch aus. Ich hätte Haraldur erzählen können, dass ich mich betrunken nicht nur anders als ich selbst gefühlt, sondern mich oft gar nicht wiedererkannt habe. Ich wurde reizbar und aggressiv. Ging deutlich weiter, als ich nüchtern je gegangen wäre. Wenn ich getrunken habe, war es, als wären alle meine Dämonen an die Oberfläche gekommen. Deshalb habe ich seit fast einem Jahr keinen Alkohol angerührt. Weil es mir Angst macht, was ich alles anrichten könnte.

Jetzt
Sonntag, 5. November 2017

Sævar
Kriminalpolizist aus Akranes

Auf einem Holzschild am Straßenrand stand der Name des Hotels.

Die Eröffnung war erst im Frühjahr gewesen, und Sævar hatte einen Bericht darüber in der Zeitung gelesen: Luxushotel auf Snæfellsnes, umweltfreundlich entworfen von irgendeinem berühmten ausländischen Architekten, dessen Namen Sævar sofort wieder vergessen hatte, weil er damit auch nichts anfangen konnte.

Er erinnerte sich aber, dass der Architekt ein besonderes Augenmerk auf die Beleuchtung gelegt hatte. Im Tageslicht wirkte sie jedoch unscheinbar, wahrscheinlich kam sie erst abends richtig zur Geltung. Von außen sah das Hotel aus wie ein Betonklotz, umgeben von dem moosbewachsenen grauen Lavafeld.

In der oberen Etage über dem Eingangsbereich befand sich ein Raum mit Glaswänden, der von Betonpfeilern getragen wurde. Sævar erinnerte sich, dass er in dem Artikel ein Bild davon gesehen hatte. Ein Aussichtssalon, wie die Architekten es nannten. Dort konnten die Gäste an dunklen Winterabenden im Warmen sitzen und die Nordlichter bestaunen.

Es klang vielversprechend und romantisch, aber Sævar konnte sich nicht vorstellen, wie das funktionieren sollte. Dafür müssten die Fenster den Winter über regelmäßig geputzt und alle

Lichter ausgemacht werden. Außerdem wurde es in dem Raum um diese Jahreszeit bestimmt kalt, aber im Sommer dann heiß wie in einem Gewächshaus.

»Die Familie hat für das Wochenende das Hotel gemietet«, sagte Hörður, als sie neben einem schwarzen Range Rover parkten.

»Das gesamte Hotel?« Sævar zählte die raumhohen Fenster in der oberen Etage, wo vermutlich die Zimmer lagen. Auf dieser Seite waren es fünfzehn.

»Ja, das gesamte Hotel, jedes einzelne Zimmer«, sagte Hörður.

»Wie viele sind sie noch mal?«

»Zwischen zwanzig und dreißig, glaube ich.«

An Geld schien es der Familie offensichtlich nicht zu mangeln. Die Autos auf dem Parkplatz bezeugten, dass sie auch nicht versuchten, ihren Reichtum zu verstecken. Sævar interessierte sich nicht sonderlich für Autos, aber selbst er wusste, dass manche dieser Fahrzeuge zig Millionen Kronen wert waren.

»Welches würdest du nehmen, wenn du dir eins aussuchen könntest?«, fragte Sævar.

Hörður kannte sich mit Autos wesentlich besser aus als er.

Er sah sich um und schnalzte mit der Zunge. »Schwer zu sagen, vermutlich den Mercedes. Ja, oder den Rover.«

»Echt?« Sævar hatte Menschen mit Range Rovern schon immer für ziemliche Angeber gehalten. In seinen Augen versuchten sie nur zwanghaft, Aufmerksamkeit auf sich zu ziehen. Vermutlich sagte diese harsche Kritik aber mehr über ihn selbst aus.

Hörður wollte nicht wissen, welches Auto Sævar wählen würde, er beschäftigte sich nicht gerne mit Was-wäre-wenn-Fragen. Vor allem nicht in Situationen wie dieser. Sævar hingegen hatte ein Bedürfnis, die Stimmung zu lockern, kurz an etwas anderes zu denken als den Fall, an dem sie arbeiteten. Er betrachtete die Autos. Wenn er die Wahl hätte, würde er sich für das teuerste entscheiden, nur um es schnell zu verkaufen und das Geld in etwas Wichtigeres zu stecken.

Er blickte wieder hoch zur oberen Etage des Hotels und sah jemanden hinter der Glaswand stehen. Eine Frau, mit langen Haaren und weiter Kleidung. Als sie ihn bemerkte, trat sie einen Schritt zurück und verschwand aus seinem Blickfeld, aber Sævar kam die Bewegung seltsam vor. Die Frau wirkte verängstigt.

»Also gut, wollen wir anfangen?«, fragte Hörður.

Sævar nickte, und sie gingen zusammen auf den Eingang zu. Immer noch spürte Sævar den Blick der Frau auf sich, obwohl er sie nicht mehr sehen konnte.

Zwei Tage vorher
Freitag, 3. November 2017

Lea Snæberg

Was wollen wir bei unserem ersten Treffen machen?

Ähm, keine Ahnung ... vielleicht ins Kino gehen? Mir fällt nichts Besseres ein und ich ärgere mich über mich selbst. Das Letzte, was ich mit Birgir machen will, ist einen Film ansehen.

Hm, vielleicht. Aber im Kino kann man sich kaum unterhalten. Wir könnten auch ins Schwimmbad gehen?

Vielleicht. Wenn es abends ist.

Warum muss es abends sein?

Ach, nur so.

Ich bin sicher, dass du im Badeanzug toll aussiehst.

Ich beginne, etwas zu tippen, aber lösche die Nachricht wieder. Birgir soll mich nicht für unsicher oder schüchtern halten, aber der Gedanke, dass er mich im Badeanzug sehen würde, macht mich nervös.

Ich überlege kurz, aber dann schreibe ich: *Okay, lass uns ins Schwimmbad gehen. Aber nur, wenn du eine Speedo anziehst?*

Vielleicht. Oder meinen Tanga.

Haha.

Und du? Einen Bikini?

O Gott, würde ich mich trauen, vor Birgir einen Bikini anzuziehen? Hier in Island war ich seit zwei Jahren nicht mehr im Schwimmbad, aber beim letzten Mexiko-Urlaub habe ich einen neuen mit Strasssteinen besetzten Bikini bekommen. Der passt nur nicht wirklich nach Island und ich würde ihn nie im Chlorwasser tragen. Er ist eher für den Strand gedacht. Bevor ich weiterüberlegen kann, fügt Birgir hinzu:

Ein Bikini steht dir bestimmt gut.

Danke. Aber vielleicht würde ich ihn doch eher weglassen …

Als ich auf Senden drücke, beginnt mein Herz zu rasen. Normalerweise reden wir nicht so miteinander, aber ich will Birgir zeigen, dass ich es ernst meine. Ich will ihn treffen. Ich will nicht, dass er mich für ein kleines Mädchen hält, das andauernd nur herumjammert. Jetzt muss ich ihm auch eine andere Seite von mir zeigen.

Und einen Badeanzug anziehen?, fragt er.

Nope.

Ach soo …

Birgir tippt etwas, aber hört dann auf.

Wir müssten nur in eine natürliche heiße Quelle oder ein verlassenes Schwimmbad gehen, füge ich hinzu.

Warum?

Weil ich nicht will, dass andere dabei sind.

Ich spüre ein Kribbeln im Bauch, wenn ich daran denke. Wir haben schon sehr offen über alles Mögliche geredet, aber nicht so.

Willst du nicht erst irgendwo hingehen, wo wir uns unterhalten können?

Ich starre auf seine Nachricht und schäme mich sofort. Es fühlt sich an, als hätte ich etwas Falsches gesagt.

Vielleicht, schreibe ich dann. *Willst du das denn?*

Natürlich.

Für eine Weile antwortet Birgir nicht, doch dann schreibt er. *Wer weiß, was wir danach noch alles machen …*

Mir entschlüpft ein Lächeln, als ich mir vorstelle, wofür die drei Punkte stehen könnten.

»Mit wem schreibst du?«, fragt Ari, der immer noch auf seinem Bett sitzt, obwohl er sich beeilen und schnell duschen sollte.

»Mit niemandem«, antworte ich. »Nur Villa.«

»Okay.« Ari wirkt nicht überzeugt.

Du, ich muss los, schreibt Birgir. *Bis heute Abend? Und schick mir mal ein Bild.*

Was für ein Bild?

Na, von dir natürlich ...

Als ich das Handy weglege, fühle ich mich angespannt und nervös. Was meint er mit Punkt, Punkt, Punkt? Will er einfach ein normales Bild oder etwas anderes?

Ich würde nie ein freizügiges Bild schicken, aber was, wenn er genau das will?

Wir haben uns schon öfter Bilder geschickt, aber nichts Gewagtes. Einmal habe ich ihm ein Selfie von mir mit einem riesigen Eisbecher geschickt, und er ein Bild mit seinem Hund, auf dem er ihm die Wange ableckt. Aber wir kennen uns schon sehr gut, so gut, wie man sich im Internet kennen kann. Und sobald er nach Island kommt, wollen wir uns treffen, und wer weiß, was dann passiert?

In gewisser Hinsicht bin ich froh, dass Birgir und ich uns im Internet kennengelernt haben. Ich habe das Gefühl, ihn besser zu kennen als andere Jungs. Vielleicht, weil bei unseren Gesprächen in den letzten Monaten nichts dazwischengekommen ist. Ich muss mir keine Gedanken um mein Aussehen machen, wie ich rieche oder ob meine Stimme seltsam klingt. Manchmal kommt es mir vor, als sei das der einzige Weg, jemanden wirklich kennenzulernen.

Ich hatte schon zweimal einen Freund, aber beide Male hielt es nicht lange, erst zwei Monate und dann vier. Beim ersten Mal war ich vierzehn, und wir haben uns nur einmal auf der Geburtstagsparty einer Freundin geküsst. Und letzten Herbst war ich mit Sölvi zusammen, und mir wird schlecht, wenn ich daran zurückdenke, wie alles zu Ende ging.

Aber meine Gefühle für die beiden waren nichts als ein kindlicher Schwarm, der schnell wieder verging, auch wenn meine Freundinnen mir das nicht glauben wollen. Sie denken, dass ich immer noch auf Sölvi stehe, weil er derjenige war, der Schluss gemacht hat. Sie glauben mir nicht, dass es mir völlig egal war. Dass es genau das war, was ich wollte. Tief in mir denke ich, dass manche sogar schadenfroh waren, als er mich abserviert hat. Jedenfalls haben sie weiterhin seine Bilder gelikt und kommentiert.

Aber mit Birgir ist es völlig anders. Birgir und ich sind richtige Freunde, und das kannte ich bisher nicht: eine Freundschaft mit einem Jungen. Ich habe das Gefühl, dass ich ihm vertrauen kann. Voll und ganz.

»Ich geh runter und hol mir was zu trinken«, sage ich zu Ari, als ich nicht mehr länger still sitzen kann.

An der Bar bestelle ich eine Cola, und als ich damit zurück aufs Zimmer gehen will, sehe ich ein Mädchen. Sie sitzt auf der Fensterbank am Ende des Flurs und schaut auf ihr Handy.

Ich weiß natürlich, wer Harpa ist. Ihr Vater ist mit Jenný verheiratet, der Stieftochter meines Großonkels Ingvar. Deshalb sind wir nicht wirklich verwandt, sie ist eher eine Stiefcousine, falls es so etwas überhaupt gibt. Früher haben wir manchmal auf Weihnachtsfeiern zusammen gespielt, als wir noch klein waren und es egal war, ob man seine Spielkameraden kannte oder nicht. Damals hatte Harpa hellbraune Haare und immer schöne Frisuren, anliegende Zöpfe, Fischgrätenzöpfe oder Dutts. Jetzt sind ihre Haare schwarz mit rosa Strähnen, und sie hat einen dichten Pony. Sie trägt klobige Doc Martens, enge Leggings und einen langen Kapuzenpulli. Ihr Outfit zeigt, dass ihr egal ist, was andere über sie denken, dass sie tough ist. So wirkt sie jedenfalls auf mich.

Ich überlege nicht lange und gehe zu ihr.

»Hallo, ich bin Lea«, sage ich. »Du erinnerst dich vielleicht nicht an mich, aber ich …«

Harpa lächelt. »Ich erinnere mich.«

»Cool«, erwidere ich, doch mehr fällt mir nicht ein.

Harpa sieht mich mit ihren dunkel geschminkten Augen an, aber nicht auf eine unangenehme Art. Eher interessiert.

»Ähm ...« Als Harpa nichts sagt, räuspere ich mich. »Lebst du nicht in Schweden?«

»Doch«, sagt Harpa. »Und ich spreche kein Isländisch.«

»Oh. Ich ... ähm ...« Ich spüre, dass ich rot werde.

»Das war nur ein Witz.« Harpa grinst.

Ich lache, und die Erleichterung muss mir ins Gesicht geschrieben sein. Ich bin etwas nervös, aber ich weiß nicht genau, warum. Vielleicht, weil Harpa neben mir so selbstbewusst und weltgewandt wirkt.

»Wie alt bist du noch mal?«, fragt sie.

»Sechzehn, und du?«

»Achtzehn.« Harpa steht auf. »Komm, lass uns auf mein Zimmer gehen.«

»Oh.« Ich zögere. Eigentlich hatte ich nicht damit gerechnet, dass sie mich gleich zu sich einlädt.

»Kommst du?«, fragt Harpa.

»Ja«, sage ich. »Ich komme.«

Wir gehen die Treppe hinauf und Harpa öffnet die Tür zum ersten Zimmer auf dem Flur.

»Hast du dein eigenes Zimmer?«, frage ich.

»Natürlich«, sagt Harpa. »Du nicht?«

Ich erkläre ihr, dass ich mir eins mit meinem Bruder teile.

»Er ist süß.«

»Ich weiß«, sage ich und sehe mich in ihrem Zimmer um. Auf dem Tisch liegen eine große Schminktasche und ein Glätteisen, und über dem Stuhl hängt eine Lederjacke. Harpa hebt eine Hose vom Boden auf und wirft sie ebenfalls über die Lehne. Das Bett ist gemacht und auf dem Nachttisch stehen zwei Flaschen Cola, eine voll und eine halb leer, und daneben eine Tüte mit schokoladeüberzogenen Lakritzkugeln.

»In ein paar Jahren wird er ziemlich heiß aussehen«, sagt Harpa. Sie wirft sich auf das Bett, stützt den Kopf auf den Händen ab und sieht mich an. »Ich will nichts von ihm, falls du das denkst, aber irgendwann werden alle Mädchen hinter ihm her sein.«

»Kann sein«, sage ich, obwohl ich vermute, dass sie recht hat. Ari ist in der Schule sehr beliebt. Er ist sportlich und hat gute Noten. Eigentlich ist er in fast allem gut, was er macht. Und er geht mir nur selten auf die Nerven, was für einen kleinen Bruder ziemlich bemerkenswert ist.

»Hast du einen Freund?«, fragt Harpa, als ich nicht weiterrede.

»Nein, hab ich nicht.« Ich setze mich auf die Bettkante.

»Mit wem schreibst du dann immer?«, fragt Harpa. »Ist das nicht dein Freund?«

»Nein, das ist etwas anderes«, antworte ich und frage mich, wann Harpa mich beobachtet hat. Ich knibble an dem Nagellack meines Daumens. »Das ist nur ... ich weiß es nicht. Ich schreibe nur mit einem Typen.«

»Zeig mir mal ein Bild.«

Ich überlege kurz und suche dann ein Foto auf meinem Handy raus. Harpa kann ich ja ein Bild von ihm zeigen. Wir sehen uns so schnell nicht wieder.

»Er ist süß«, sagt Harpa, nachdem sie das Bild eine Weile betrachtet hat. Sie fragt, wie alt er ist und woher wir uns kennen.

Ich lüge und erzähle, wir hätten uns vor ein paar Monaten getroffen. Plötzlich ist es mir peinlich, dass wir uns noch nie begegnet sind.

»Er lebt in Schweden, aber wir werden uns bald wiedersehen. Wenn er das nächste Mal in Island ist.«

»Cool«, sagt Harpa, aber sie scheint das Interesse verloren zu haben. Sie setzt sich auf und zieht aus ihrer Reisetasche auf dem Boden eine Flasche hervor. »Was meinst du, wollen wir den Abend ein wenig interessanter machen?«

»Was ist das?«

»Wodka«, sagt Harpa und holt zwei Gläser. »Keine Sorge, ich habe auch Saft dabei. Ich trinke den nicht pur.«

»Aber ... das wird doch auffallen?«

»Bestimmt nicht. Hast du unsere Verwandten vorhin gesehen? Sie sind selbst so voll, dass sie gar nichts mitbekommen«, sagt Harpa. Dann sieht sie mich an. »Du hast doch schon einmal getrunken, oder?«

»Ja.« Die zweite Lüge, und ich kann sie nicht erklären. Warum will ich Harpa unbedingt beeindrucken? Es ist nicht nur, weil sie älter ist. Sie hat noch etwas anderes an sich, etwas Aufregendes.

Ich habe noch nie getrunken, aber die meisten meiner Freundinnen haben es schon einmal ausprobiert. Ich war mit meiner Klasse auf einer Schulfeier und schon bei der Vorparty ist mir aufgefallen, dass manche von ihnen auf einmal ziemlich aufgedreht waren. Im Laufe des Abends wurde es dann immer schlimmer. Einer der Jungs hat es gar nicht zur Feier geschafft, weil er sich schon auf der Party übergeben musste, andere konnten kaum stehen und fielen einander in die Arme, und ein Mädchen, das eigentlich ziemlich schüchtern ist, hat einem Jungen ihre Liebe gestanden. Als ich wieder zu Hause war, lag ich noch lange wach und dachte darüber nach, dass ich lieber sterben würde, als mich so aufzuführen wie sie. Außerdem hatte ich auch ohne Alkohol Spaß. Ich habe getanzt, ohne mir Gedanken darüber zu machen, wie ich dabei aussehe. Es war irgendwie befreiend, eine der wenigen zu sein, die noch klar denken konnte.

Aber jetzt bin ich hier, mit Harpa, die ich kaum kenne, und irgendwie scheint es keine große Sache zu sein, wenn ich mich ein wenig betrinke. Ich bin neugierig, wie es sich anfühlt. Jetzt ist wahrscheinlich die ideale Gelegenheit, es einfach mal auszuprobieren.

Deshalb nehme ich das Glas entgegen, das Harpa mir reicht, trinke einen großen Schluck und versuche, mir nichts anmerken zu lassen, als der Alkohol in meiner Kehle brennt. Es gelingt mir ganz gut und wird mit jedem Schluck leichter. Harpa macht etwas auf ihrem Handy, und für eine Weile schweigen wir. Ich sehe nach, ob Birgir geschrieben hat, aber das hat er nicht.

Ich erschrecke, als Harpa plötzlich kreischt. Dann bekommt sie einen Lachanfall und tippt neben sich auf das Bett, damit ich zu ihr komme.

»Dieses Video musst du sehen«, sagt sie.

Ich setze mich mit meinem Glas neben sie. Wir sehen uns Videos an und trinken, und alles um mich herum wird weich und warm und gemütlich.

Petra Snæberg

Als wir zurück im Hotel sind, dauert es noch eine Stunde bis zum Abendessen. Ich ärgere mich über meine Kleidung, die eigentlich wind- und wasserdicht sein sollte, aber ich bin am Rücken klatschnass geworden und friere. In den letzten zehn Minuten des Spaziergangs war es bereits dunkel, und wir konnten nur wenige Meter weit sehen. Die Umgebung, die im Tageslicht so schön war, hatte sich mit einem Schlag verändert. Das Rauschen der Wellen klang plötzlich nicht mehr beruhigend, sondern bedrohlich, und das Geräusch, wenn sie gegen die Felsen prallten, erinnerte daran, wie grausam das Meer sein kann. Ich muss andauernd an das Kind denken, das vor vielen Jahren von den Klippen gefallen ist. Ich stelle mir vor, wie der kleine Körper in den Wellen hin und her geworfen wurde und noch ab und zu auftauchte, bis er irgendwann nicht mehr zu sehen war. Was dem Kind in diesen letzten Sekunden seines Lebens wohl durch den Kopf ging?

Es ist eine Weile her, dass ich mich von der Dunkelheit so eingeengt gefühlt habe. Für lange Zeit habe ich den Gedanken gar nicht erst zugelassen.

Das Hotel wirkt aber gemütlich. Die Lampen tauchen die Betonwände in ein warmes gelbes Licht, und im Kamin neben der Bar hat jemand Feuer gemacht. Bei dem Knistern der Flammen und dem Geruch von brennendem Holz und Essen vergesse ich das unwohle Gefühl und beruhige mich wieder.

»Willst du zuerst duschen?«, frage ich Gestur.

»Nein, geh du ruhig«, sage ich. »Ich setze mich erst mal hin und trinke einen Kaffee. Zum Aufwärmen.«

Ich will nicht sofort nach oben gehen. Will nicht mit Gestur allein sein, weil ich dann bestimmt etwas sagen würde, was ich später bereue. Er und Steffý haben sich auf dem Heimweg die ganze Zeit unterhalten. Sie waren außer Hörweite, aber Steffý lachte immer wieder laut, und jetzt habe ich ständig das Bild von den beiden vor mir, wie sie in inniger Umarmung auf dem Sofa sitzen, während ich im Zimmer meinen Rausch ausschlafe. Ich habe sie nie darauf angesprochen. Damals schien mir der Gedanke so absurd ... das habe ich mir zumindest eingeredet. Doch mittlerweile überlege ich, ob ich nicht nachgefragt habe, weil ich Angst vor der Antwort hatte.

An der Bar bestelle ich einen Irish Coffee und setze mich vor den Kamin. Dort ist es angenehm warm, und schon kurz darauf ziehe ich mir Jacke und Mütze aus. Meine Haare stehen wahrscheinlich in alle Richtungen ab, völlig zerzaust nach dem Spaziergang an der feuchten Luft.

Das Mädchen von der Bar bringt mir den Kaffee. »Bitte schön«, sagt sie mit einem Singsang in der Stimme. Ich bedanke mich, aber sie bleibt neben mir stehen.

»Ich ...«, stammelt sie und lacht verlegen.

Ich ziehe die Augenbrauen hoch. »Ja?«

»Ich bin hinten, falls noch etwas ist.«

»Danke.« Ich blicke ihr hinterher, als sie wegtrippelt, und versuche, mich an ihren Namen zu erinnern. Irma, so hieß sie doch? Wahrscheinlich ist sie nicht viel jünger als ich, vermutlich etwas über dreißig, sie wirkt aber sehr kindlich. Was seltsam klingt, weil ihr Gesicht nicht unbedingt jung aussieht. Vermutlich liegt es an ihrem Auftreten. Sie kommt schüchtern und unbeholfen rüber, als wüsste sie nicht, wie sie sich verhalten soll. Irgendwie kommt sie mir bekannt vor, ich meine, ihr Gesicht schon einmal wo gesehen zu haben.

Irma sieht meinen Blick und lächelt. Sie streckt den Kopf vor, wie um mich zu fragen, ob ich noch etwas brauche. Ich sehe weg.

Seit ich denken kann, habe ich diese schlechte Angewohnheit, Leute anzustarren. Ich vergesse alles um mich herum, wenn ich sie beobachte, ihre Bewegungen und Gesichtsausdrücke studiere. Fast alle haben irgendwelche Ticks, ohne es zu wissen. Fassen sich oft ins Gesicht, streichen sich durch die Haare oder kneifen den Mund zusammen.

»Hallo, Cousinchen.« Hákon Ingimar setzt sich mir gegenüber und winkt Irma zu sich. »Anstrengender Spaziergang?«

»Nein«, sage ich und seufze. »Zumindest nicht körperlich.« Hákon bestellt sich ein Bier und lächelt freundlich. Ich beobachte, wie Irmas Wangen zu glühen beginnen.

Als sie weg ist, sagt Hákon: »Ich weiß, was du meinst. Ich habe ernsthaft darüber nachgedacht, mir eine Ausrede zu überlegen und nicht zu kommen.«

»Echt?«

Hákon antwortet nicht, sondern sieht mich nur an und lächelt.

Er ist um einiges jünger als Steffý und ich, als wir elf oder zwölf waren, haben wir viel auf ihn aufgepasst. Einmal war er einen ganzen Sommer lang in unserer Obhut, und wir haben ihn in einen Kinderwagen gesetzt, den er nicht ausstehen konnte, und sind mit ihm auf den Spielplatz gefahren. Hákon war ein schwieriges Kind. Bei jeder Gelegenheit wollte er davonrennen und hat sich ständig verletzt, ist auf dem Spielplatz vom Klettergerüst gefallen oder beim Rennen über seine eigenen Beine gestolpert. Auch heute ist es nicht leicht mit ihm, obwohl er mittlerweile keine Beulen mehr bekommt. Aber er geht immer noch seinen eigenen Weg und hört nicht auf die Menschen, die ihm vorschreiben wollen, was er zu tun hat und was nicht.

»Wie geht es meiner Mutter?«, fragt er und leckt sich den Bierschaum von der Oberlippe.

»Oddný geht es ...« Ich will nicht von dem Vorfall beim Spaziergang erzählen, als sie beinahe sturzbetrunken von den Klippen gefallen wäre, also lächle ich nur: »Du weißt schon.«

»Mmh.«

Für einen Moment legt sich ein Schatten über Hákons gleichgültigen Gesichtsausdruck und er wird ernster.

»So schlimm ist es nicht«, sage ich und wechsle das Thema. »Und wie geht es dir? Ich habe gesehen, dass du nicht mehr mit Ivana zusammen bist.«

»Ach ja«, sagt Hákon. »Das hätte nie funktioniert. Sie wollte, dass ich nach Brasilien ziehe.«

»Das klingt doch gut? Sonne und weiße Strände?«

»Und was soll ich dort machen?«

»Ich weiß nicht. In der Sonne liegen und Spaß haben?«, sage ich. »Was machst du denn hier?«

Hákon schmunzelt. »Das, was ich will.«

Ich schüttle den Kopf. Viele denken, dass Hákon Ingimar sich selbst zu ernst nimmt. Sie sehen die Kleidung, die Haare und die Bilder, die er ins Internet stellt, und stecken ihn in eine Schublade. Aber in Wahrheit lacht er selbst am meisten über sich. Niemand findet die Bilder alberner als er selbst. Ihm ist nur völlig egal, was andere denken. Hákon Ingimar hat immer schon getan, was er musste, um seinen Willen durchzusetzen, um Aufmerksamkeit zu bekommen, von den Medien und – noch wichtiger – von den Frauen.

»Du hast also nicht vor, bald zu heiraten?«, frage ich.

»Ach, Cousinchen, du kennst mich doch.«

»Denkst du, es wird irgendwann passieren?«

»Was?« Hákon lächelt schief. »Dass ich ein Mädchen finde? Vater werde? Ein paar Knirpse in die Welt setze, die mich nachts wach halten und sich tagsüber vollkacken?«

»So etwas in der Art.«

»Vielleicht.« Hákon lehnt sich zurück und legt einen Fuß auf den Sessel gegenüber. Er holt sein Handy hervor und fügt hinzu: »Wer weiß.«

Ich beneide Hákon ein wenig um seine Gleichgültigkeit. Wie wäre es wohl, überhaupt keine Verantwortung für irgendetwas zu haben?

»Und was ist mit dir, Cousinchen?«, fragt Hákon. »Was machst du gerade so?«

»Ach, du weißt schon, dasselbe wie immer.«

»Du spielst Vater-Mutter-Kind?«

»Genau«, sage ich. »Vater-Mutter-Kind.« Ist das nicht genau das, was ich in den letzten Jahren gemacht habe? Die Mutter und Ehefrau gespielt? Versucht, mich an allen Fronten zu beweisen; in der Arbeit, zu Hause und in der Öffentlichkeit? Jetzt merke ich, wie anstrengend es ist, mit so vielen Bällen gleichzeitig zu jonglieren. Ich stelle mir vor, wie es wäre, die Bälle alle wegzuwerfen und einfach frei zu sein, genau wie Hákon.

»Na gut, ich sollte kurz duschen.« Ich nehme meine Jacke und stehe auf.

»Mach das«, sagt Hákon, ohne von seinem Handy aufzublicken. »Hey, Petra?«

Ich drehe mich um. »Was?«

»Du siehst aus, als bräuchtest du eine kleine Stärkung.«

»Was meinst du?«

Hákon winkt mich zu sich, nimmt meine Hand und legt etwas hinein.

»Was ist das?«, frage ich, obwohl ich es bereits ahne.

Hákon zwinkert mir zu. »Den Rest kannst du mir nach dem Duschen zurückgeben.«

Erst auf der Treppe öffne ich meine Hand. Darin liegt eine kleine Plastiktüte mit weißem Pulver.

Jetzt
Sonntag, 5. November 2017

Sævar
Kriminalpolizist in Akranes

Im Hotel herrschte absolute Stille, und als die Tür hinter ihnen zufiel, klang es wie eine Bombe.

Sævar sah sich im Empfangsbereich um. Es fühlte sich nicht an wie in einem Gebäude, sondern viel eher wie in einer Berghöhle. Für einen Moment ließen Hörður und er die Blicke schweifen, ohne etwas zu sagen, aber dann hörten sie Schritte und eine große schlanke Frau kam um die Ecke. Sævar fiel auf, dass ihre Schuhe flach waren, aber auf dem Boden klackerten, als hätten sie einen hohen Absatz.

Sie reichte ihnen zum Gruß die Hand.

»Du bist die Hotelleiterin, nehme ich an«, sagte Hörður und schüttelte Eddas Hand.

»Ja, Hotelleiterin und -eigentümerin. Mein Mann Gísli und ich haben es vor einigen Jahren bauen lassen.« Sie korrigiert sich. »Also, vor fünf Jahren fing alles an, abgeschlossen waren die Arbeiten erst im Frühjahr.«

»Ja, richtig«, sagte Hörður. »Und seitdem lief es gut, nach dem, was man so hört?«

Eddas Mundwinkel zuckten ein wenig, als käme ihr die Frage lächerlich vor, aber sie sagte nichts, sondern beließ es bei einem Lächeln. »Wir waren den ganzen Sommer lang ausgebucht und mussten sogar Gäste ablehnen. Fast alle kommen aus dem Ausland, aber manchmal buchen auch Isländer. Vor allem im Herbst, im September und Oktober waren etwa ein Drittel unserer Gäste Einheimische.«

»Schön hier«, sagte Hörður und blickte sich um. »Sehr geschmackvoll.«

Wieder lächelte Edda, und Sævar meinte, etwas Hochmut in ihrem Blick zu erkennen. Er konnte es auch ein wenig nachvollziehen. Das Hotel war von renommierten Architekten nach strengen Vorgaben entworfen worden. *Geschmackvoll* wäre nur nicht das Wort, mit dem Sævar das Hotel beschreiben würde. Er benutzte den Begriff sonst für Dinge, die sorgfältig ausgewählt und harmonisch angeordnet waren. Aber hier passte er nicht so ganz, das Hotel war mehr ein modernes Kunstwerk als ein Gebäude.

»Danke«, sagte Edda.

»Die Gäste sind alle noch hier, richtig?«, fragte Hörður.

»Ja, niemand ist abgereist, wie von euch gewünscht.«

»Gut«, sagte Hörður. »Wir müssen mit allen Gästen und Mitarbeitern sprechen.«

»Natürlich.« Edda greift nach dem Anhänger ihrer Halskette und reibt damit über ihr Dekolleté.

Sævar fragte sich, ob sie bereits erfahren hatte, dass der vermisste Gast tot aufgefunden worden war, denn schließlich hatte sie nicht weiter nachgefragt. Vielleicht gehörte sie aber auch zu den Menschen, die grundsätzlich nicht viele Fragen stellten, sondern ihre Neugier unter Kontrolle hatten.

Bevor sie weitersprechen konnten, hörten sie Schritte auf dem Flur, als würde jemand angelaufen kommen. Als Sævar das Gesicht des Mannes sah, verspürte er einen stechenden Schmerz in der Brust, den er immer bekam, wenn er jemanden über den Tod eines geliebten Menschen informieren musste.

Als der Mann Hörður und Sævar erblickte, wurden seine Schritte langsamer und kürzer, als falle es ihm zunehmend schwer, voranzukommen. Sævar sah, wie sein Gesicht erschlaffte, das Kinn sank und der Blick sich entfernte. Bevor der Mann sie erreichte, fiel er auf die Knie, als hätte ihm jemand den Boden unter den Füßen weggezogen.

Zwei Tage vorher
Freitag, 3. November 2017

Irma

Hotelangestellte

Ich weiß nicht, warum ich so nervös bin. Meine Hände zittern, als ich das Tablett trage. Mit glühenden Wangen serviere ich die Getränke. Ich kann nicht aufhören, sie anzustarren, während ich die sauberen Gläser ins Regal sortiere. Ständig muss ich mir sagen, dass sie nicht bemerkenswerter sind als andere, aber in ihrer Gegenwart bin ich völlig eingeschüchtert. Mir kommt es vor, als würde durch ihre Adern eine ganz andere Art von Blut fließen als durch meine, was natürlich nicht stimmt, aber so fühlt es sich an.

Als Petra an der Bar vorbeigeht, lächelt sie kurz, aber das Lächeln vergeht sofort wieder. Sogar jetzt, völlig durchnässt und mit zerzausten Haaren, sieht sie gut aus.

»Vielen Dank«, rufe ich ihr hinterher und beiße mir sofort auf die Zunge. *Vielen Dank.* Ich klinge wie ein verzweifelter Fan, wie ein kleines Mädchen, das sich nicht unter Kontrolle hat.

Hákon Ingimar bleibt vor dem Kamin sitzen und ist tief in sein Handy versunken. Er hat die Schuhe auf einen der Sessel gelegt, aber ich werde nichts sagen. Seine Schuhe sehen ohnehin sauber aus, die Sohle glänzt weiß. Ich bezweifle, dass er je auf etwas anderem als Asphalt mit ihnen gegangen ist.

»Noch eins.« Hákon winkt mit dem leeren Bierglas. Ich nicke, um ihm zu zeigen, dass ich verstanden habe.

Seine Augen verfolgen mich, als ich ihm ein neues Bier bringe. Ein paar Tropfen schwappen über und laufen mir über die Finger.

»Danke dir«, sagt er. Ich lächle und will wieder gehen, aber er hält mich auf. »Äh …« Hákon fährt sich mit der Zunge über die Zähne und kneift die Augen ein wenig zusammen. »Du kommst mir irgendwie bekannt vor.«

»Echt? Ich denke nicht, dass wir uns schon einmal begegnet sind, aber … aber man weiß ja nie, oder?«

»Woher kommst du?«

Die Frage fand ich schon immer schwer zu beantworten, genau wie vorhin mit Elísa, als sie fragte, wann ich wieder nach Hause fahren würde.

Woher komme ich? Darauf gibt es viele mögliche Antworten. Die meisten Menschen würden wahrscheinlich ihren Geburtsort nennen, aber dort habe ich nur wenige Monate gelebt und erinnere mich natürlich nicht daran, deshalb hat es sich nie richtig angefühlt zu sagen, ich würde von dort kommen.

Als ich klein war, sind meine Mutter und ich oft umgezogen, erst von einem Ort in den nächsten und dann innerhalb von Reykjavík. Ich fand es toll, mich ständig neu einzurichten. Meine Sachen in den Regalen meines neuen Zimmers aufzureihen, die Tagesdecke auf das Bett zu legen und das Bild von dem Kind mit den dicken Backen, das laut Mama so aussah wie ich früher, an die Wand zu hängen. Ich war immer die Neue in der Schule und erzählte meinen Klassenkameraden stolz, dass ich bereits in fünf Orten gelebt hatte und schon in acht Schulen war. Ich mochte es, ihre erstaunten Blicke zu sehen.

Es klingt, als müsste man Mitleid mit mir haben, aber das ist nicht nötig. Ich hatte kein Problem damit, oft umzuziehen, wahrscheinlich bin ich eine Nomadenseele, genau wie meine Mutter. Und ich hatte Spaß daran, mich andauernd neu zu erfinden. Neu ist immer aufregender, nicht wahr? Und wenn etwas schiefging, konnte ich einfach verschwinden und von vorne anfangen. Um es beim nächsten Mal besser zu machen, ohne dass jemand über meine früheren Fehler und Sünden Bescheid wusste.

Ein Psychologe behauptete einmal, diese ständigen Umzüge seien der Grund dafür, dass ich mich nicht festlegen könne. Die meisten Orte und Menschen langweilen mich schnell. Aber ich will meinen, dass ich viel eher den Reiz in Neuem sehe. Die Welt ist ein aufregender und vielfältiger Ort, und ich will einfach alles erleben.

»Von hier und da«, antworte ich auf Hákons Frage und hoffe, dass es interessant und nicht unsympathisch klingt. Um nicht zu kurz angebunden rüberzukommen, füge ich hinzu: »Ich bin immer viel umgezogen und habe nirgendwo so richtig Wurzeln geschlagen.«

»Verstehe«, sagt Hákon.

»Aber ich würde gerne ins Ausland ziehen. Mal woanders leben.«

»Echt? Wo denn?«

»Vielleicht Japan. Oder Kuba.« Ich friemle an den Spitzen meines Zopfes herum. »Irgendwo, wo es sonnig ist.«

Hákon lacht so laut, dass ich erschrecke. »Cool«, sagt er. »Finde ich super.«

Hákon Ingimar findet mich cool ruft eine kleine Stimme in mir. *Er findet mich super.*

»Also gut, ich sollte weiter …« Ich zeige etwas verlegen auf die Bar.

»Ja, ja. Stimmt.« Hákon lehnt sich zurück und sucht nach etwas in den Taschen seiner zerrissenen Jeans. Sie sind bestimmt nicht abgenutzt, sondern so gekauft worden. Jedes Loch genau designt.

Hákon zieht die Nase hoch und reibt sich dann mit dem Zeigefinger über die Nasenspitze. Er schiebt den Kiefer seltsam hin und her und scheint seinen Fuß nicht stillhalten zu können.

Als ich weggehe, frage ich mich, ob er auf irgendwelchen Drogen ist. Ob er Kokain genommen hat oder andere Aufputschmittel. Mit den Bewegungen und Ticks bin ich vertraut, ich habe sie schon oft gesehen. Eigentlich sollte ich nicht überrascht sein; die Kommentare unter den Meldungen zu Hákon Ingimar haben oft genau das angedeutet. Und Kokain ist die Droge der Reichen, nicht wahr? Ich bin aber etwas enttäuscht, das Klischee erfüllt zu sehen. Von ihm hätte ich mehr erwartet. Mir mehr erhofft, wenn ich ehrlich bin.

Aber egal. Vielleicht hat das nichts zu bedeuten. Womöglich nimmt er nur am Wochenende was, wenn er feiern geht, wie so viele.

Innerlich mache ich Freudensprünge, weil Hákon Ingimar und ich miteinander gesprochen haben. Er wollte mehr über mich wissen. Ich lächle in mich hinein und die Vorfreude auf das Wochenende ist beinahe überwältigend.

Ich kann es kaum erwarten, sie alle besser kennenzulernen.

Lea Snæberg

»Ist das die Tasche?« Harpa zeigt auf meine Handtasche und grinst.

»Was?«

»Du weißt schon, die Tasche.« Harpa verdreht ungeduldig die Augen. »Die, über die online alle gesprochen haben.«

»Ach so, das. Ja, das ist sie.« Ich muss kichern, auch wenn mir bei dem Gedanken an die Berichterstattung über die Handtasche alles andere als zum Lachen zumute ist.

Meine Mutter hat sie mir von einer ihrer Reisen mitgebracht, als verspätetes Geburtstagsgeschenk. Damit wollte sie die Tatsache wiedergutmachen, dass sie meinen Geburtstag vergessen und sich genau an dem Wochenende für einen Workshop in Paris angemeldet hatte. Sie hat so getan, als täte es ihr furchtbar leid, und für eine Weile ließ ich sie denken, ich wäre tatsächlich verletzt.

Ich fand es eine schöne Abwechslung, dass sie auch einmal einsichtig und demütig war. Und dann kam sie zurück mit dieser Handtasche von Yves Saint Laurent, die über zweihunderttausend isländische Kronen gekostet hat.

»Als ich die Tasche gesehen habe, musste ich sofort an dich denken, also konnte ich nicht anders«, sagte sie und sah mir gespannt beim Öffnen der Box zu.

Und sie traf damit tatsächlich ins Schwarze. Die Tasche ist genau mein Stil, schwarz mit goldenem Logo und Lederbändern, in die Goldketten eingeflochten waren.

Am Abend stellte ich Bilder davon online, und am nächsten Tag sah ich die Meldungen in den Medien: *Petra Snæberg schenkt ihrer Tochter zum Geburtstag eine YSL-Tasche*, und dazu das Bild, das ich hochgeladen hatte.

Zwei Tage lang stand die Meldung ganz oben auf der Liste über die meistgelesenen Beiträge der Nachrichtenseite. Es kam mir vor, als würden alle in der Schule darüber sprechen. Als könnte ich nirgendwo hingehen, ohne alle Blicke auf mich zu ziehen.

Ich habe die Tasche seitdem kaum benutzt. Der Medienaufruhr nahm mir die ganze Freude daran. Die Meldung zerstörte alles, was an diesem Geschenk von meiner Mutter gut war.

»Wir müssen bald zum Abendessen«, sage ich zu Harpa, und sie reicht mir die Handtasche zurück.

»Ja, ich schätze schon.« Sie gähnt. »Bis gleich.«

Als ich den Flur entlang zurück zu meinem Zimmer gehe, kommt es mir vor, als würde sich alles bewegen. Der Boden und die Wände tanzen um mich herum, und der Türgriff will einfach nicht still bleiben. Kurz vergesse ich, wie man ins Zimmer kommt, ich stehe nur davor und wanke ein wenig. Ich lache. Finde die Situation witzig, bis ich Stimmen höre und versuche, mich zusammenzureißen. Ich will niemanden treffen, nicht jetzt und nicht so.

Ich erinnere mich an die App und schaffe es, die Tür schnell zu öffnen.

»Eine halbe Stunde bis zum Essen«, flüstere ich leise und mache hinter mir zu. »Eine halbe Stunde.«

Ari ist nirgendwo zu sehen, und ich atme auf. Wobei ich mich nicht davor fürchte, ihm zu begegnen, er würde nie etwas zu unseren Eltern sagen.

Ich blicke auf die Uhr, gehe dann ins Bad und ziehe mich aus. Starre eine Weile auf mein Spiegelbild. Dann setze ich mich aufs Bett und streiche über die goldenen Buchstaben der Handtasche, die mir meine Mutter geschenkt hat.

Eines Abends habe ich den Fehler gemacht, die Kommentare unter der Meldung zu lesen. Die meisten Menschen ließen sich darüber aus, wie schrecklich verwöhnt und realitätsfremd ich sei. Andere fragten, ob das denn wirklich einen Bericht wert sei, oder behaupteten, noch nie von meiner Mutter oder mir gehört zu haben. Ich denke, dass sie lügen, denn seit ihre Firma so gut läuft, wissen alle, wer sie ist. Im Fernsehen, in den Zeitungen und auf Werbeschildern im ganzen Land sind regelmäßig die Anzeigen zu sehen. Immer mit einem großen Bild von meiner Mutter, die dunklen Haare in schönen Wellen und mit knallrotem Lippenstift.

In einem Kommentar fragte ein Mann, für wen ich mich eigentlich halten würde. Was denn mit diesem Mädchen los sei. Manche haben mich aber auch verteidigt, dass ich ja erst sechzehn sei und mir meine Eltern nicht ausgesucht hätte.

Nach dem Lesen der Kommentare habe ich mich gefragt, ob die Menschen wirklich so über mich und meine Familie denken. Sie kennen uns doch gar nicht, und trotzdem scheinen alle zu glauben, dass wir anders sind als sie. Als hätten wir keine Gefühle oder könnten nicht lesen, was sie schreiben.

Ich hätte so gerne aus vollem Halse geantwortet und schrieb sogar eine Antwort auf einen der Kommentare. Als ich einmal angefangen hatte zu tippen, konnte ich gar nicht mehr aufhören. Die Finger flogen über die Tastatur, und als ich nach einer Weile zu mir kam, waren meine Hände schwitzig und mein Atem schnell und flach, als wäre ich gerannt. Ich las mir das Geschriebene noch einmal durch und stellte mir die Reaktionen vor.

Mein Herz raste, als mein Finger auf der Eingabetaste lag.

Nur eine kleine Bewegung, dachte ich. *Eine winzige Bewegung, und alle würden wissen, was mir passiert ist.*

Schließlich zog ich die Hand weg und löschte alles. Jetzt frage ich mich, ob es eine Erleichterung gewesen wäre, wenn ich von allem erzählt hätte. Ob mir überhaupt jemand geglaubt hätte oder ob die Worte in den Kommentaren verrissen worden wären, genau wie die Meldung.

Petra Snæberg

Gestur hat gerade fertig geduscht, als ich zurück aufs Zimmer komme.

Jetzt steht er vor dem Spiegel und knöpft sich das Hemd zu, seine Haare sind noch nass und die Luft ist feucht von der Dusche. Ich öffne das Fenster, und ein frischer Windstoß weht die dünnen Vorhänge auf.

»Ganz schön kalt geworden«, sage ich und blicke hinaus. Ich sehe nur wenige Meter weit, denn es ist stockdunkel draußen und im Zimmer sind alle Lichter an.

»Wo warst du?«, fragt Gestur.

»Ich habe mich unten verquatscht«, sage ich. »Mit Hákon Ingimar.«

»Ah.« Gestur legt eine Krawatte an. Er mochte Hákon noch nie sonderlich und findet, dass er sich aufführt wie ein Teenager, der weder Ehrgeiz noch Zukunftspläne hat. Was Hákon eigentlich ganz gut beschreibt, wenn ich ehrlich bin. »Was gibt es bei ihm Neues?«

»Nicht viel. Er ist nicht mehr mit seiner Freundin zusammen.«

»Dieser Sängerin?«

»Nein, der Brasilianerin«, sage ich. »Mit der Sängerin ist schon lange Schluss.«

Gestur schaut konzentriert auf sein Spiegelbild, während er die Krawatte bindet.

Ich sage, dass ich kurz duschen will, gehe ins Bad und schließe hinter mir ab. Ich lege die Plastiktüte von Hákon neben das Waschbecken und starre darauf. Sie ist klein und sieht harmlos aus, aber trotzdem wird mir schwindlig, und das liegt nicht nur an dem Drink, den ich getrunken habe.

Am vernünftigsten wäre es, den Inhalt in der Toilette hinunterzuspülen, aber Hákon wäre darüber wahrscheinlich nicht erfreut. Wie kommt er auf die Idee, mir diese Tüte zu geben? Er denkt doch nicht etwa, dass ich Drogen nehmen würde?

Aber dann erinnere ich mich plötzlich daran, wie ich Hákon vor zwei oder drei Jahren einmal in Reykjavík getroffen habe. Ich hatte meine Mitarbeiter zum Essen eingeladen. Wir sind in ein Restaurant in der Innenstadt gegangen und waren auf einmal ziemlich betrunken, oder vielleicht war ich auch die Einzige. Ich weiß noch, dass ich mit ein paar aus der Gruppe in eine Karaokebar weitergezogen bin und *All by myself* gesungen habe, mit einem roten Cocktail in der Hand, der auf meine Bluse getropft ist. Im Nachhinein betrachtet war es genau wie in der Szene aus Bridget Jones. Ich muss genauso mitgenommen und tragisch ausgesehen haben.

Als ich vor der Karaokebar eine Zigarette geraucht habe, traf ich Hákon Ingimar und ging mit ihm in eine andere Bar, wo alle unglaublich jung waren. Es war so laut und voll, dass ich mich kaum bewegen konnte. Und das Schlimmste – so schlimm, dass ich bei dem Gedanken daran immer noch das

Gesicht verziehe – war, als ich mit Hákon in einer Toilette verschwand, er eine kleine Tüte genau wie diese hier hervorgeholt hat und ich den Inhalt ohne nachzudenken in die Nase gezogen habe. Ohne auch nur eine Sekunde zu überlegen, ob es eine gute Idee ist.

Erbärmlich. Das ist das Wort, das mir in den Kopf kommt. Ich bin erbärmlich.

Ich vergrabe die Tüte tief in meiner Handtasche, bevor ich mich ausziehe und unter die Dusche steige. Das Wasser kommt direkt von der Decke, und ich schließe die Augen, lege den Kopf in den Nacken und lasse den kräftigen Strom von heißem Wasser auf mein Gesicht donnern.

Durch das Plätschern höre ich ein Klopfen an der Tür und drehe das Wasser ab.

»Was?«

»Ich gehe hinunter«, sagt Gestur.

»Okay.«

Die Zimmertür fällt zu, und ich steige aus der Dusche und wickle mich in ein Handtuch.

Die Vorhänge im Zimmer sind immer noch offen, aber draußen ist nichts zu sehen. Ich dimme die Lichter, gehe zum Fenster und lege meine Finger auf das kalte Glas. In der Ferne ist ein winziges Licht zu sehen, wie eine orange Flamme, die sich bewegt. Eine Zigarette vielleicht?

Ich trete näher, aber das Licht verschwindet sofort. Es ist unmöglich, in der Ferne etwas zu erkennen. Die Nacht ist so dunkel, und trotz des gedimmten Lichts sehe ich nichts.

Aber jeder könnte mich sehen.

Ich trete ein paar Schritte zurück, klammere das Handtuch fest und beschließe, zum Anziehen ins Bad zu gehen. Ich entscheide mich für eine schwarze Hose mit engen Beinen und hohem Bund, Absatzschuhe und ein weites Top, das an den richtigen Stellen eng sitzt. Es hat beinahe so viel gekostet wie die Schuhe, was für die meisten wahrscheinlich eine absurde Summe für ein Oberteil wäre.

Ich habe es vor ein paar Jahren in Paris gekauft, auf einem der Wochenendtrips, die Gestur und ich damals öfter gemacht haben. Als Lea und Ari klein waren, haben Gestur und ich für diese Auslandsreisen gelebt. Nichts war schöner als die Abende, an denen wir alles hinter uns gelassen haben, den ganzen Plunder und das Geheule, und einfach die Zweisamkeit genossen haben. Wir gingen aus, waren in unserer eigenen Welt und hatten nur Augen füreinander. Zurück im Hotel hatten wir stundenlang Sex. Ich vermisse die Zeit. Jetzt machen wir nichts mehr zusammen. Gestur geht mit seinen Freunden weg und ich trinke allein zu Hause. Mir wird klar, dass ich schon lange nicht an unsere guten Jahre zurückgedacht habe.

Das Handy klingelt, und ich sehe den Namen meiner Mutter.

»Kommst du, Petra? Alle sitzen bereits, was machst du so lange?«

Ich sage, dass ich auf dem Weg bin, und schminke mich. Dann sprühe ich Parfüm auf die Handgelenke und reibe sie hinter die Ohren. Die Handtasche steht neben dem Waschbecken, und ich kann meinen Blick nicht davon abwenden. Die Vorstellung, das gesamte Wochenende am selben Ort wie Steffý zu verbringen, ist erdrückend.

Ich kann ihr kaum die Schuld dafür geben, wie schwer es mir fällt, in ihrer Nähe zu sein, ohne ein schlechtes Gewissen oder Angstzustände zu bekommen. Dieses schlechte Gewissen verfolgt mich jeden Tag, aber in Steffýs Gegenwart wird es beinahe unerträglich.

Es zehrt an den Kräften, ein Geheimnis mit sich herumzutragen. Seit vielen Jahren fühlt es sich an wie eine Last, die sich auf meine Beziehungen zu Verwandten und Freunden auswirkt. Ich kann nie ganz ich selbst sein, denn nach dem, was ich getan habe, verdiene ich nicht, glücklich zu sein.

Irma
Hotelangestellte

»Kommen die Vorspeisen alle auf einmal oder nacheinander?« Haraldur klingt, als ginge es um eine ernste Sache. Seine Frau Ester steht neben ihm und unterhält sich mit ihrer Schwägerin.

»Die Vorspeisen kommen gleichzeitig«, sage ich und füge hinzu, dass es nur zwei unterschiedliche gibt, das Rinder-Carpaccio und die Jakobsmuscheln.

»In Ordnung. Ich denke, während der Vorspeisen ist der beste Zeitpunkt für die Ansprache.«

Vermutlich redet er mit sich selbst, aber ich antworte trotzdem: »Gute Idee. Ich werde darauf achten, dass zwischen den Gängen genug Zeit bleibt.«

»Gut«, sagt er und geht weg, ohne mich weiter zu beachten.

Haraldur hat mir während des kurzen Gesprächs kein einziges Mal direkt in die Augen gesehen. Das macht er sowieso nicht oft, so viel ist mir bereits aufgefallen. Er sieht einen zwar an, beachtet einen aber nicht wirklich. Haraldur ist ein Mann, der nur wahrnimmt, was ich anhabe und welche Tätigkeit ich ausübe, aber nicht, wer ich wirklich bin. Das interessiert ihn nicht.

Ich lasse den Blick durch den Raum schweifen, der jetzt voller Menschen ist, aber kaum jemand von ihnen könnte meinen Namen nennen, ohne auf meinem Namensschild nachzusehen.

»Irma.« Edda winkt mich zu sich. »Stell doch bitte die Brotkörbe auf die Tische.«

»Kein Problem.«

Ich gehe in die Küche, wo das Brot und kleine Lavateller mit aufgeschlagener Butter bereitstehen.

»Vergiss nicht, zu lächeln«, flüstert Arne, einer der Kellner.

»Ach, halt die Klappe.« Ich strecke ihm die Zunge raus.

Arne hat schon oft mitbekommen, wie ich nach anstrengenden Abenden meine Wangen massiere und Angst habe, dass mein aufgesetztes Lächeln festgefroren ist. Heute wird mit Sicherheit wieder so ein Abend. Die Feier wird lange gehen, alle werden etwas zu viel trinken und etwas zu viel reden.

Nachdem ich Brot und Butter auf alle Tische gestellt und jede Menge Getränkebestellungen entgegengenommen habe, obwohl auf jedem Tisch bereits Weinflaschen stehen, trete ich ein paar Schritte zur Seite in eine dunkle Ecke, von der aus ich einen guten Blick habe.

Die Familie ist sehr laut. Sie reden wild durcheinander, lachen viel und haben kräftige Stimmen. Ich habe mir immer eine große Familie gewünscht, auch wenn ich das nie meiner Mutter erzählt habe. Vor allem an Feiertagen, Weihnachten, Ostern und im Sommer. Manchmal habe ich meine Mutter um Geschwister gebeten, aber sie meinte immer, sie brauche erst einen Mann, bevor sie über weitere Kinder nachdenken könne.

Ich habe nicht verstanden, warum. Mich hat sie doch auch ohne Mann bekommen, obwohl ich natürlich wusste, dass es am Anfang irgendwann einen gegeben haben musste.

Diese Familie hat es gut, sie ist Teil eines großen Ganzen, aber ich frage mich, ob sie wissen, wie glücklich sie sich schätzen können. Ob sie jemals darüber nachdenken, dass manche in dieser Welt mehr oder weniger allein sind. Dass sie zu einer Minderheit gehören, einer kleinen Gruppe Privilegierter, denen alle Türen offen stehen.

Irgendwie bezweifle ich, dass ihnen das bewusst ist.

Als die Krankheit meiner Mutter ernster wurde, war ich lange sehr einsam. Mit der Zeit wurde ich immer niedergeschlagener und verlor die Freude am Leben. Aber dann sah ich das Licht, wenn man das so sagen kann, und jetzt habe ich wieder etwas, wofür es sich lohnt weiterzumachen.

Zum ersten Mal habe ich wieder das Gefühl, dass mein Leben einen Sinn hat.

Die Tische sind zu vier langen Tafeln zusammengeschoben. Der freie Platz neben Gestur ist wahrscheinlich für mich gedacht. Ich werfe einen Blick durch den Raum, sehe Steffý an dem Tisch, der am weitesten von unserem entfernt steht. Neben ihr sitzt Viktor.

»Hast du es?«

Ich zucke zusammen, als Hákon in mein Ohr flüstert.

»Nicht hier«, flüstere ich und gebe ihm mit einer kleinen Handbewegung zu verstehen, dass er mir in den Flur folgen soll. Dort hole ich die Tüte aus meiner Handtasche und reiche sie ihm so unauffällig wie möglich.

Hákon lacht über meine Verlegenheit. »Hast du etwa Angst, dass die Polizei kommt, oder was?«

»Manche sind schlimmer als die Polizei«, fauche ich.

»Hast du was genommen?«, fragt Hákon.

»Nein, natürlich nicht.«

Hákon grinst, als glaube er mir nicht.

»Im Ernst, Hákon, ich …«

»Ganz ruhig.« Hákon legt seine Hände auf meine Schultern. »Komm runter. Das ist keine große Sache.«

Ich sehe Hákon direkt in die Augen, und er verzieht den Mund langsam zu einem Lächeln. Als ich unwillkürlich zurücklächle, beginnt er laut zu lachen.

»Du bist unfassbar, Hákon. Einfach unfassbar.«

»Wenn du wüsstest …« Hákon zwinkert mir zu und zeigt auf die Toiletten. Ich muss nicht fragen, was er dort vorhat.

Ich gehe zurück ins Restaurant und nehme meinen Platz zwischen Gestur und meiner Mutter ein. Ich bin am Verhungern und froh, dass schon Brot und aufgeschlagene Butter auf dem Tisch stehen. Als ich mir davon nehmen will, sehe ich den strengen Blick meiner Mutter und lasse es.

Meine gesamte Kindheit über hat sie versucht, meine Essgewohnheiten zu beeinflussen, und darauf geachtet, dass ich nicht zu viel esse. Ich nehme an, sie kann einfach nicht damit aufhören. Zu ihrer Verteidigung muss ich sagen, dass ich tatsächlich ein molliges Kind war und so viel gegessen habe wie eine Erwachsene. Die Süßigkeiten in unserem Haus hat sie meist versteckt, aber ich habe sie trotzdem gefunden. Heute macht mir mein Gewicht aber keine Probleme mehr. Mit siebzehn habe ich ziemlich viel abgenommen und irgendwann war ich so dünn, dass meine Mutter mich zum Arzt geschickt hat. Er hat keine Anzeichen auf eine Essstörung gefunden, aber meinte, einiges deute darauf hin, dass ich ein Trauma erlitten hätte. Meine Mutter meinte, noch nie etwas Unsinnigeres gehört zu haben.

Plötzlich erklingt ein dumpfer Schlag. Ich drehe mich hastig um und sehe, dass Oddný auf dem Boden liegt, als wäre sie vom Stuhl gefallen. Sie schimpft, flucht und lacht. Tryggvi reagiert schnell und kommt ihr zu Hilfe.

An dem steifen Lächeln meiner Mutter erkenne ich, dass sie nicht amüsiert ist.

»Was soll ich nur mit meiner Schwester tun?«, flüstert sie mir ins Ohr, während sie sich ein Brot schmiert. »So kann es nicht mehr weitergehen.«

»Muss sie nicht einfach auf Entzug?«

»Entzug?« Meine Mutter schnaubt. Sie denkt, dass solche Behandlungen nur etwas für andere Menschen sind. Ich hatte schon immer den Eindruck, dass sie die Welt nur in schwarz und weiß sieht. Hier sind wir und dort die anderen. Wir zeigen keine Schwäche oder zu viele Gefühle, sind immer stark und reißen uns zusammen. Und dann sind da die anderen, die das nicht können, weil sie schwach sind.

Sie ist anderen Menschen gegenüber nicht unverschämt oder unhöflich. Ihr Auftreten wirkt nie arrogant, ganz im Gegenteil. Aber trotzdem ist da etwas, das ich nie ganz verstanden habe, so ein Gefühl, dass meine Mutter einen Unterschied zwischen uns und dem Rest der Welt macht.

»Es ist nichts dabei, einen Entzug zu machen, Mama«, sage ich. »Vielleicht würde es ihr guttun.«

»Ach, so ist das nicht.«

»Was meinst du?«

Meine Mutter trinkt einen Schluck Weißwein. »Das ist eine Trotzreaktion und geht wieder vorbei. Es passt ihr nicht, dass wir ... wir die Sache in die Hand genommen haben.«

»Welche Sache?«

»Du weißt schon.« Meine Mutter schiebt das Weinglas auf dem Tisch hin und her.

»Ihr habt das doch nicht wirklich durchgezogen?« Soweit ich weiß, haben meine Mutter und ihr Bruder vor einer Weile überlegt, Oddný auszukaufen, aber ich hätte nie gedacht, dass sie es tatsächlich tun würden.

Meine Mutter seufzt. »Ich dachte nur, so wäre es einfacher für sie. Sie hat genug Sorgen mit sich selbst und Hákon.«

»Aber Mama.«

Meine Mutter presst die Lippen zusammen. »Und dieser Mann, mit dem sie da zusammen ist ...«

»Tryggvi?«

»Genau.« Sie seufzt, als würde allein der Name bei ihr Unbehagen auslösen. Dann beugt sie sich vor und fügt leise hinzu: »Vor einer Weile hat Oddný darüber gesprochen, dass sie heiraten wollen. Kannst du das glauben?«

»Na und?«

»Meine Schwester war noch nie für ihre Vernunft bekannt«, sagt meine Mutter. »Ich mache mir nur Sorgen, dass sie die Sache überstürzt und später bereut. Und dass sie ... na ja ... Folgen hat.«

Ich würde sie am liebsten anfauchen, dass sie sich offenbar nicht um Oddný sorgt, sondern nur um das Geld, aber ich sage nichts. Als ich mich umdrehe, sehe ich, wie Tryggvi unter dem Tisch Oddnýs Hand hält. Sie scheint sich wieder gefangen zu haben und trinkt stur weiter. Vor Tryggvi steht nur eine Cola in einer Glasflasche, kein Alkohol.

Tryggvi hat wahrscheinlich nichts getan, um die Abneigung meiner Mutter zu verdienen. Ich vermute, sie hat nur einen Blick auf ihn geworfen und sofort beschlossen, dass er zu den *anderen* gehört, nicht zu *uns*. In gewisser Hinsicht kann ich das nachvollziehen. Er sieht aus wie ein Cowboy, trägt karierte Hemden und Lederstiefel, und seine Haare sind lang und ungepflegt. Aber mein Eindruck von ihm war immer gut und ich sehe, wie er sich um Oddný kümmert. Er wirkt völlig harmlos.

Es ist, als könne meine Mutter meine Gedanken lesen, denn sie lehnt sich zu mir und flüstert:

»Oddný macht eine schwierige Zeit durch. Und das schon länger. Und es gibt Männer, die nicht zögern würden, das auszunutzen.« Aus dieser Nähe sehe ich, dass der Lippenstift in die kleinen Falten um ihren Mund geronnen ist. Sie lehnt sich zurück, setzt ein Lächeln auf, das völlig fehl am Platz wirkt, und greift wieder nach ihrem Weinglas. »Wir müssen auf das aufpassen, was uns gehört, Petra. Uns nur mit Menschen umgeben, denen wir vertrauen, verstehst du?«

Ich verstehe, auch wenn ich es nicht verstehen will.

Dann erklingt ein Klirren, wie wenn etwas Metallenes gegen ein Glas geschlagen wird.

Ingvar, der Bruder meiner Mutter, ist aufgestanden und wartet, bis alle still sind. »Liebe Familie, liebe Freunde.«

Ich brauche etwas Stärkeres als Wein. Etwas deutlich Stärkeres. Sonst überstehe ich diesen Abend nicht.

Je mehr Alkohol fließt, desto lauter werden die Stimmen. Mir tun die Angestellten leid, die kaum mit den Bestellungen hinterherkommen.

»Hast du in der Werkstatt genug zu tun?«, fragt Ingvar mit geheucheltem Interesse.

»Mal so, mal so«, sage ich. »Im Winter läuft es meist ganz gut.« Ich merke, dass sein Blick umherwandert, während ich spreche. Niemand in der Familie interessiert sich wirklich für meine Arbeit, aber sie fragen immer aus Höflichkeit. Manchmal kommt es mir vor, als würden ihnen keine anderen Gesprächsthemen einfallen.

»Ah ja.« Ester lächelt höflich und trinkt von ihrem Sekt. Ihr Lippenstift hinterlässt einen dunkelroten Abdruck auf dem Glas. Wir haben uns nicht viel zu sagen. Vermutlich hat sie noch nie einen Fuß in eine Tischlerei gesetzt. Ich gehöre nicht zu den Menschen, die andere immer in Schubladen stecken, aber wir sind in völlig unterschiedlichen sozialen Kreisen unterwegs. Haben ganz andere Lebenserfahrungen und Ansichten.

»Wir hatten neulich einen Blechschaden mit dem Auto«, sagt Haraldur nach ein paar Sekunden Stille. »Ich habe an einer roten Ampel angehalten, und auf einmal rollt mein Wagen weiter und trifft das Auto davor. Der Stoßdämpfer hat das meiste abgefedert, aber den anderen hat es ganz schön erwischt. Einen Yaris. Das sind ziemliche Schrottkisten.«

Ich nehme an, Haraldur hat vergessen, dass ich in einer Tischlerei arbeite und nicht einer Autowerkstatt. Für ihn macht es vielleicht auch keinen Unterschied. Ich korrigiere ihn nicht, sondern mache eine Bemerkung über Kleinwagen. Haraldur lacht, und damit ist das Thema durch. Das Gespräch kann sich wieder um Menschen drehen, die sie kennen, Bekannte der Familie und Geschäftsfreunde.

In dieser Familie gibt es keine Handwerker. Sie tragen Anzüge und Hemden zur Arbeit, keine Arbeitshosen und Warnwesten. Wenn sie nach Hause kommen, sind sie so sauber und gepflegt wie am Morgen und stinken nicht nach Öl oder sind voller Sägespäne und Farbflecken.

»Wie läuft es in der Firma?«, frage ich Ingvar.

»Großartig. Es sind ...« Ingvar zögert. »Die Zeiten sind gut. Viel Fisch im Meer, dann sind wir zufrieden, nicht wahr?«

»Stimmt.« Ingvar dreht sich um und unterhält sich weiter mit Haraldur.

Seit ich zum ersten Mal mit Oddný bei einem Abendessen mit der Familie war, hatte ich den Eindruck, dass sie sehr formell miteinander sprechen. Zu höflich, um aufrichtig zu sein. Erst dachte ich, das wäre nur so gewesen, weil ich neu war, aber seitdem ist mir aufgefallen, dass manche Dinge nur unter vier Augen besprochen werden.

Oft habe ich das Gefühl, sie denken, ich sei hinter dem Geld der Familie her, dass ich deshalb mit Oddný zusammen bin. Nichts ist ferner von der Wahrheit. Ehrlich gesagt, interessiert mich Geld einfach nicht, und das war noch nie anders. Ich mag es, die Früchte meiner Arbeit zu sehen, und es macht mir keinen Spaß, nur ein kleines Glied in der Kette irgendeiner großen Firma zu sein. Deshalb habe ich schon immer überwiegend selbstständig gearbeitet. Mit der Tischlerei meinen Lebensunterhalt verdient, was ganz gut funktioniert hat, auch wenn ich davon nicht reich werde.

Meiner Meinung nach schafft Geld meist mehr Probleme als es löst. Deshalb habe ich versucht, es einfach als Zahlungsmittel zu sehen, um mich mit den Lebensnotwendigkeiten zu versorgen. Trotzdem habe ich in den letzten Jahren eine beträchtliche Summe angespart. Die Tischlerei lief gut, es gab genug Aufträge und ich habe mir nur das Nötigste gekauft.

Oddný ist mit ihrem Geld leider immer sehr unbedacht umgegangen. Darum finde ich es keine gute Idee, dass sie ihre Anteile an der Firma verkauft, wie ihre Geschwister offenbar von ihr wollen. Ich frage mich, wann Oddný mir eigentlich davon erzählen will, oder ob sie es überhaupt tun wird. Sie redet nicht gerne über Geld, wahrscheinlich musste sie sich noch nie Gedanken darum machen.

»Lass uns tanzen«, sagt Oddný, als die Musik einsetzt.

Und wir tanzen. Ich wirble sie im Kreis, lege meine Hand um ihre Taille und ziehe sie eng an mich heran. Atme ihren süßen Duft ein.

Wir haben es gut zusammen, Oddný und ich, egal was ihre Familie denkt.

Lea Snæberg

Harpa sitzt am Tisch gegenüber, und ich sehe, dass sie ab und zu vom Drink ihres Vaters trinkt. Er tut so, als würde er nichts bemerken, vielleicht ist es ihm aber auch egal, denn angeblich weiß er, dass sie trinkt. Harpa meinte, er hätte ihr sogar schon ein paarmal Alkohol gekauft.

Vermutlich ist es nicht weiter seltsam. Harpa wird bald achtzehn, und in ihrem Alter trinken viele schon.

Mein Körper scheint den Alkohol abgebaut zu haben, zumindest spüre ich ihn kaum noch. Auf dem Weg zurück aufs Zimmer vorhin habe ich mich betrunken gefühlt, aber jetzt frage ich mich, ob das vielleicht nur Einbildung war. Vielleicht war das schwindlige Gefühl nur Aufregung.

Aus den Boxen erklingt irgendein alter isländischer Schlager, und viele tanzen. Papa ist weg, ich sehe ihn nirgendwo, und meine Mutter steht mit Hákon an der Bar.

»An wen denkst du?«

Harpa kommt zu mir. Sie hält mir ihr Glas zum Probieren hin, und ich gehe davon aus, dass es keine Limonade ist. Ich nippe daran, um sie zufriedenzustellen, weil ich immer versuche, es allen recht zu machen. Schon seit Jahren. Ich gebe mir in der Schule Mühe, um meine Lehrer glücklich zu machen, und versuche alles zu tun, was meine Freundinnen von mir erwarten, sage alles, was sie hören wollen, dass sie süß sind, dass ihre Outfits gut aussehen und dass dieser oder jener Junge bestimmt auf sie steht.

Wie lange ist es her, dass ich etwas nur für mich getan habe? Wann habe ich es mir zuletzt selbst recht gemacht?

»Niemanden«, antworte ich.

»Birgir?«

»Ja«, sage ich.

»Weißt du was?«, sagt Harpa und hält mir wieder das Glas hin. »Ich glaube, du solltest es so sehen: Wenn er interessiert ist, wird er schreiben. Wenn nicht, was soll's? Es gibt Millionen andere Jungs, verstehst du? Warum wegen einem durchdrehen?«

»Ja, vielleicht.« Ich will sagen, dass sie damit recht haben mag, aber niemand von ihnen wie Birgir ist. Die meisten Jungs, die ich kenne, sind kindisch und egoistisch.

Der letzte Junge, mit dem ich ausgegangen bin, hat mich zu sich nach Hause eingeladen, und während wir uns zusammen einen Film angesehen haben, hat er seine feuchtkalte Hand auf meinen Oberschenkel gelegt. Bei jeder Bewegung hat er sie ein Stück weiter nach oben geschoben, es hat sich angefühlt wie ein schleimiger Wurm auf mir. Und noch bevor der Film zu Ende war, bin ich aufgestanden und nach Hause gegangen.

»Lass uns tanzen«, sagt Harpa und greift nach meiner Hand.

Ich weigere mich erst, aber Harpa ist entschlossen.

Es ist anders als die Bälle, auf denen ich bisher war. Hier wird nur isländische Musik gespielt, und fühle mich wie in einer Parallelwelt. Es ist irgendwie seltsam, meine Großeltern tanzen zu sehen.

Harpa und ich hüpfen albern herum, verziehen unsere Gesichter und singen mit, obwohl wir die Lieder kaum kennen. Dann reicht sie mir ein Glas mit irgendeinem Cocktail und ich frage mich, wo sie den herhat.

Plötzlich spüre ich, dass mich jemand von hinten anfasst. Eine Hand greift um meine Taille und die andere dreht mich um. Ich lache, gehe davon aus, Papas Gesicht zu sehen, aber erschrecke, als Hákon Ingimar vor mir steht.

Er sagt nichts, lächelt nur und schiebt mich erst weg, bevor er mich nah an sich heranzieht. Ich atme seinen schweren penetranten Geruch ein und schließe die Augen. Meine Knie zittern, und mir wird ein wenig schwindlig.

»Freust du dich nicht, mich zu sehen?«, flüstert er mir ins Ohr.

Ich schlucke und öffne den Mund, um etwas zu sagen, aber der Kloß in meinem Hals wird größer und ich bekomme kein Wort heraus. Dann spüre ich etwas anderes als Worte hochkommen.

Mir wird schlecht und ich reiße mich los, laufe ins Bad und würge über dem Waschbecken, ohne dass etwas herauskommt.

Petra Snæberg

»Ich glaube, du hattest genug, Petra«, flüstert Gestur mir ins Ohr. Ich sitze an der Bar, und vor mir stehen zwei Shotgläser.

Er greift nach meinem Oberarm, aber ich schüttle ihn ab.

»Ist das dein Ernst, Gestur?« Er tut so, als wäre ich sturzbetrunken, aber das bin ich nicht. Ich habe nicht mehr getrunken als er.

»Du solltest jetzt ins Bett gehen«, sagt Gestur ruhig.

»In Ordnung«, sage ich. »Gut.« Dann stürme ich weg. Hinter mir fällt etwas um, aber ich blicke nicht zurück. Will nicht die entsetzten Blicke von Gestur und meiner Mutter sehen.

Aber ich gehe nicht nach oben. Ich setze mich zum Kamin, wo das Feuer immer noch lichterloh brennt, und starre in die Flammen. Plötzlich fühle ich mich ganz anders, und alles um mich herum beginnt sich zu drehen. Der Boden wellt sich, und ich will nur, dass es wieder aufhört. Vielleicht bin ich doch ein wenig betrunkener, als ich dachte.

»Kann ich was bringen?«, fragt die Kellnerin mit dem komischen Namen, die mir scheinbar nicht mehr von der Seite weicht. Eine perfekte Hotelangestellte, überlege ich. Immer zur Stelle und doch unsichtbar.

»Whiskey«, sage ich. »Ohne Eis.«

Erst als sie mit dem Drink wiederkommt, sehe ich Maja ein paar Sessel weiter sitzen. Sie starrt gedankenverloren ins Leere und bemerkt erst nicht, dass ich sie beobachte.

»Oh, hallo«, sagt sie, als unsere Blicke sich treffen. »Ich habe dich gar nicht gesehen.«

»Nein«, sage ich und lache kurz.

Maja zögert, dann steht sie auf und setzt sich zu mir. Ich nehme den Drink von dem Mädchen entgegen, das dazu übergeht, die Tische um uns herum abzuwischen. Sie wollen die Bar bestimmt bald schließen, aber im Restaurant ist die Party noch in vollem Gange und die alten Schlager dröhnen aus allen Lautsprechern.

»Mir war da drinnen alles etwas zu viel«, sagt Maja.

»Mir auch.« Ich gähne. »Ich denke, ich werde bald ins Bett gehen.«

»Mmh.« Maja senkt den Blick und knibbelt an ihren Fingernägeln. Während wir so zusammensitzen, wird mir bewusst, dass Maja wahrscheinlich noch jünger ist, als ich anfangs dachte.

»Wie alt bist du, Maja?«, frage ich.

»Zweiundzwanzig«, antwortet sie beinahe verlegen.

Ich versuche, mir die Verwunderung nicht anmerken zu lassen. Zweiundzwanzig! Sie ist noch ein Kind, denke ich.

Dann fällt mir wieder ein, dass ich mit zweiundzwanzig schon mit Gestur zusammen war und Lea bereits auf der Welt war. Aber trotzdem, Gestur war fünf Jahre älter als ich, und der Altersunterschied kam mir riesig vor. Viktor ist so alt wie ich, was bedeutet, dass er mehr als zehn Jahre älter ist als Maja. Was wohl ihre Eltern dazu sagen?

»Und woher kommst du?« Plötzlich fühle ich mich uralt. Maja ist altersmäßig näher an Lea dran als an mir.

»Innri-Njarðvík«, sagt Maja. »Dort habe ich schon immer gelebt. Oder zumindest, bis ich vor ein paar Monaten zu Viktor gezogen bin. Aber du weißt schon, meine Eltern sind noch dort und mein altes Zimmer und das alles, also bin ich mit einem Bein dort und mit dem anderen in Reykjavík.«

»Ich wusste nicht, dass ihr zusammenwohnt.«

»Ja.« Maja starrt ins Feuer und atmet tief ein. »Das ist einfach so passiert.«

»Und was machst du?« Langsam kommt es mir vor, als würde ich das arme Mädchen verhören.

»Gerade studiere ich soziale Arbeit«, sagt Maja. »Ich würde später gerne beim Jugendamt arbeiten oder etwas in die Richtung. Vielleicht in einem Therapiezentrum für Minderjährige.«

»Wow«, sage ich. »Die Menschen in diesen Jobs habe ich schon immer bewundert. Das muss unglaublich schwer sein.«

Majas Gesicht leuchtet auf. »Ja. Es ist schwierig, aber erfüllend. Ich ... ich habe eine kleine Schwester, meine Eltern haben sie erst zur Pflege aufgenommen und dann adoptiert. Seitdem wollte ich Kindern wie ihr helfen.«

Ich nicke, spüre, dass Maja noch etwas sagen will, es ihr aber schwerfällt.

»Meine Schwester Lóa, sie ... Sie kam mit fünf Jahren zu uns ... und ihre Hände waren voller Wunden. Voller blauer Flecken und ...« Maja schließt kurz die Augen. »Du solltest sie jetzt sehen. Mittlerweile ist sie zehn und nicht mehr wiederzuerkennen.«

»Wie schön, dass deine Eltern ihr ein besseres Zuhause bieten konnten.« Ich spüre, dass mir die Tränen kommen.

»Ja.« Maja lächelt. »Jedenfalls will ich so etwas später auch einmal machen.«

»Bist du bald fertig mit dem Studium?«

»Ja, aber …« Maja seufzt. »Aber jetzt muss ich bestimmt erst einmal eine Pause einlegen.«

»Warum das?«

Maja blickt sich einmal um, doch dann lehnt sie sich vor und flüstert: »Ich bin schwanger.«

»Echt?« Mein Herz schlägt schneller. »Weiß Viktor davon?«

»Nein, noch nicht«, sagt Maja. »Ich weiß nicht, wie ich es ihm sagen soll. Das war nicht geplant und ich habe bisher nur meiner älteren Schwester Líf davon erzählt.«

»Er wird sich bestimmt freuen«, sage ich. Ich muss an Elín denken, Viktors Mutter, die sich seit Jahren noch mehr Enkelkinder wünscht. Sie wird überglücklich sein. Aber was ist mit Viktor? Wird er sich freuen?

»Ja. Ja, bestimmt.« Maja scheint sich nicht so sicher zu sein. Sie streicht unwillkürlich über ihren Bauch und steht auf. »Also gut, höchste Zeit, schlafen zu gehen.«

»Gute Nacht«, sage ich.

»Du …« Maja tritt von einem Fuß auf den anderen. »Ich wollte dich noch etwas fragen, wegen Viktor.«

»Ja?«

»Denkst du … Hat er jemals …« Maja senkt den Blick und umfasst ihr Handgelenk. »Nein, es ist nichts.«

»Bist du sicher?«, frage ich.

Maja zögert. »Könnten wir morgen mal in aller Ruhe reden?«

»Natürlich«, sage ich.

»Okay«, sagt Maja und lächelt. »Gute Nacht dann.«

Ich blicke ihr hinterher, bis sie um die Ecke verschwindet, und öffne dann meine Handtasche. Ich hole eine Schlaftablette hervor und schlucke sie mit dem Rest meines Drinks hinunter.

Jetzt
Sonntag, 5. November 2017

Sævar
Kriminalpolizist in Akranes

Sævar blickte aus dem Fenster der Kaffeeküche und betrachtete das raue schwarze Lavafeld, das Moos und den Raben, der draußen seine Kreise zog. Er versuchte, an etwas anderes zu denken als den trauernden Mann. Es war schon schwer genug gewesen, vorhin die Leiche zu sehen, aber nichts im Vergleich zu dem Moment, als die Welt dieses Menschen in sich zusammenbrach. Sævar wusste, dass er das Gesicht des Mannes, als ihm klar wurde, was passiert war, so schnell nicht wieder vergessen würde.

»Wie lief das Wochenende?«, fragte Hörður.

»Ziemlich gut«, sagte Edda. »An beiden Abenden ging die Party bis spät in die Nacht, ich glaube, die Letzten waren gegen vier auf ihren Zimmern. Da war die Bar natürlich schon lange zu, aber wir haben den Gästen erlaubt, noch weiterzufeiern, denn sie hatten ja schließlich das ganze Hotel gebucht. Außer ihnen war ohnehin niemand da, den es gestört hätte, also konnte ich kaum etwas dagegen sagen.«

»Verstehe«, sagte Hörður.

»Wie war die Stimmung gestern Abend?« In seiner Familie hatte man bei größeren Familientreffen immer irgendwo draußen in der Natur gezeltet und gegrillt. Obwohl er damals noch sehr klein war, erinnerte er sich an Menschen in Strickpullis, die einen Flachmann herumreichten. Er hatte lange aufbleiben dürfen und aufmerksam die fröhlichen Menschen beobachtet, die bis spät in die Nacht um das Lagerfeuer saßen und sangen und Gitarre spielten. Die Familienfeier der Snæbergs hatte vermutlich etwas anders ausgesehen, dachte er. In diesem feinen Hotel wurden wohl kaum Flachmänner herumgereicht und aus Flaschen getrunken. Wahrscheinlich stieß man mit Champagner an, in feinen Abendkleidern und Hemden mit Krawatte.

»Die Stimmung war gut«, sagte Edda.

»Wurde viel getrunken?«, fragte Sævar.

»Ja, das kann man wohl sagen. So ist das oft bei solchen Zusammenkünften.« Edda rutschte auf ihrem Stuhl hin und her, und Sævar fragte sich, ob es zwischen Hotelangestellten und Gästen eine Art Schweigepflicht gab, ähnlich wie zwischen Ärzten und Patienten. Er ging zwar nicht davon aus, dass in Hotels derartige ungeschriebene Gesetze galten, aber etwas in Edda sträubte sich offenbar, über die Gäste zu sprechen.

»Wobei ...«, sagte Edda. »Eigentlich wurde das ganze Wochenende über durchgehend getrunken.«

»Ist das so?«, sagte Hörður.

Edda griff wieder nach ihrer Halskette und rieb sie zwischen den Fingern. »Ja. Wahrscheinlich sollte ich nicht überrascht sein, aber es war mehr, als ich erwartet hatte. Die Vorräte im Keller waren beinahe aufgebraucht, das ist uns noch nie zuvor passiert.«

»Und ist irgendetwas Ungewöhnliches vorgefallen?«

»Was meinst du?«

»Ein Streit oder Ähnliches«, antwortete Hörður. »Auseinandersetzungen oder Konflikte.«

»Nein, so spontan erinnere ich mich an nichts Konkretes. Jedenfalls nicht, bis ... bis es kam, wie es kam.« Edda ließ die Kette los und verschränkte ihre Hände auf dem Tisch. »Wobei ... gestern schon noch etwas vorgefallen ist. Ein Mädchen kam her, sie war auf der Suche nach ihrer Schwester. Sie wirkte sehr besorgt, hatte davor auch schon angerufen. Sie hieß Maja. Also das Mädchen, nach dem sie suchte.«

»María Sif?«

»Ja, genau«, sagte Edda.

Sævar und Hörður sahen einander an. Der Name María Sif war ihnen beiden geläufig.

Zwei Tage vorher
Freitag, 3. November 2017

Tryggvi

Haraldur stellt zwei Drinks auf den Tisch und gibt mir einen Klaps auf den Rücken.

»Männer wie du«, sagt er, »werden in unserer Gesellschaft nicht genug wertgeschätzt. Ich finde es beeindruckend, wie ihr mit den Händen arbeitet und völlig Neues erschafft.«

Ich nicke und murmle etwas zur Antwort. Wenn Männer wie er anfangen, so zu reden, ist es meist höchste Zeit, ins Bett zu gehen.

»Du warst schon einmal verheiratet, nicht wahr?«, fährt Haraldur fort.

»Ja, fünfzehn Jahre lang.«

»Ah ja. Keine Kinder?«

»Sie hatte schon ein Kind.«

»Aber ihr hattet keine gemeinsamen?«

»Nein.« Nanna und ich hatten es zwar versucht, aber es sollte offenbar nicht sein. Wir ließen allerlei Untersuchungen machen, aber die Ärzte fanden nichts. Sie meinten, alles wäre in bester Ordnung. Aber geklappt hat es nie.

»Da ist nichts dabei«, sagt Haraldur. »Man muss sich das nicht antun, wenn man nicht will. Ein Leben ohne Kinder hat wahrscheinlich seine Vorteile.«

Ich könnte ihm erklären, dass es nicht daran lag. Könnte ihm sagen, dass ich mich nie als kinderlos angesehen habe. Denn schließlich hatten Nanna und ich ja ein Kind. Aber ich habe wenig Lust, mit ihm darüber zu reden.

»Ester wollte noch mehr Kinder«, sagt Haraldur. Um uns herum unterhalten sich noch einige, aber die Musik ist mittlerweile leiser geworden. Wahrscheinlich versuchen die Hotelangestellten langsam, den Abend zu beenden. »Ich habe Nein gesagt. Zwei sind mehr als genug.«

»Man muss dankbar sein für das, was man hat.«

»Ja, ja.« Haraldur zuckt mit den Schultern. »Aber Ester sah das anders. Sie war sauer, als ich mich aus dem Rennen gezogen habe, du weißt schon, schnipp, schnapp.«

»Oh.«

»Ja.« Haraldur lehnte sich näher. »Ich dachte, die Ehe würde das nicht aushalten. Die Frau war völlig hysterisch.«

»Aber am Ende habt ihr es doch geschafft.«

»Was?« Haraldur lehnt sich zurück. Er ist in seine eigenen Gedanken versunken, starrt auf die Wand hinter mir. »Ja, früher hat man so einige dumme Sachen gemacht. Aber so ist es nun einmal, man kann nicht immer das Richtige tun.«

»Nein, nein«, sage ich und merke, wie wenig ich zu dem Gespräch beitragen kann. Aber meine Ansichten interessieren Haraldur wahrscheinlich ohnehin nicht.

»Ja«, fährt Haraldur fort. Er lacht leise und trinkt einen Schluck aus seinem Glas. »Man hat so einiges angerichtet.«

»Was denn etwa?«

»Tja, unter uns, ich habe vielleicht nicht vorausschauend genug gedacht. Ich stand ziemlich unter Druck, und Ester war andauernd genervt und …« Haraldur streicht über sein Kinn und verzieht das Gesicht.

Ich sehe Haraldur an und versuche zu verstehen, was er sagen will.

»Aber nichts, was man nicht mit Geld aus dem Weg schaffen kann«, fügt Haraldur hinzu und trinkt einen großen Schluck.

Bevor ich nachfragen kann, kommt Oddný zu uns. »Na, Tryggvi, mein Schatz«, sagt sie, »ich glaube, es ist Zeit fürs Bett.«

Das lasse ich mir nicht zweimal sagen, und wir verabschieden uns. Oddný schläft ein, sobald ihr Kopf das Kissen berührt, und schnarcht leise.

Ich setze mich aber noch eine Weile hin und starre hinaus in die Finsternis. Das Gespräch mit Haraldur hat Erinnerungen an früher geweckt. An Nanna und unser gemeinsames Leben. Ich denke nur selten darüber nach, wie alles hätte sein können, aber jetzt lasse ich die Gedanken schweifen.

Ein plötzlicher Schrei lässt mich aufschrecken. Ich stehe schnell auf und blicke mich um. Woher kam er?

Vor dem Fenster ist es stockdunkel und ich bin relativ sicher, dass er nicht von draußen kam. Jemand hat im Hotel geschrien. Ich lausche, gehe langsam zur Tür und wage kaum zu atmen, aber ich höre nichts. Ich frage mich, ob ich mir das vielleicht nur eingebildet habe, ob es derselbe Schrei war, der mich manchmal nachts aufschrecken lässt. Aber dann erklingt er erneut, diesmal leiser, und doch deutlich.

Kein Schrei aus Angst oder Furcht, sondern Wut.

Petra Snæberg

Nachdem ich die Pille geschluckt habe, nehme ich meine Handtasche und stehe auf. Der Boden wölbt sich immer noch und ich stoße gegen einen Stuhl, falle beinahe hin, aber schaffe es, wieder ins Gleichgewicht zu kommen. Ich schaue, ob mich jemand gesehen hat.

»Ari«, sage ich, als ich meinen Sohn bemerke, der im Empfangsbereich mit seinem Handy beschäftigt ist. »Solltest du nicht bald auf dein Zimmer? Es ist schon spät.«

»Doch, ich gehe gleich.«

»Guter Junge.« Ich beuge mich hinunter und küsse ihn auf den Kopf. In der oberen Etage krame ich mein Handy hervor und öffne über die App die Zimmertür.

Ein eiskalter Luftzug tritt mir entgegen und ich atme schnappartig ein. Ich taste mich an der Wand entlang und suche den Lichtschalter, bis mir einfällt, dass die Beleuchtung auch über die App gesteuert wird. So interessant ich die Idee anfangs fand, bin ich langsam etwas genervt davon.

Als mir endlich gelingt, das Licht anzumachen, sehe ich das weit offen stehende Fenster und die Vorhänge, die im Wind flattern. Auf dem Boden hat sich eine kleine Pfütze gebildet. Ich mache schnell das Fenster zu und hole ein Handtuch.

Das Wetter hat umgeschlagen. Der Sturm heult und der Regen hämmert gegen das Glas, als versuche er einzudringen.

Ich ziehe mich aus, werfe meine Sachen auf den Stuhl und putze mir eilig die Zähne. Ich fühle mich schmutzig und drehe die Dusche auf. Versuche mich zu erinnern, wann genau ich die Schlaftablette genommen habe. Ich muss schnell duschen, damit ich im Bett liege, wenn sie anfängt zu wirken.

Die Dusche ist kräftig und heiß. Ich drehe die Temperatur noch höher, spüre, wie das Wasser die Haut wärmt und den Abend in den Abfluss spült. Den Blick meiner Mutter, Steffýs Lächeln und die Enttäuschung in Gesturs Gesicht. Sofort fühle ich mich ein wenig besser.

Dann höre ich ein Geräusch durch das prasselnde Wasser, als würde die Tür des Zimmers zuschlagen. Wahrscheinlich ist Gestur nach oben gekommen.

Ich drehe das Wasser ab und winde die Haare aus. Als ich aus der Dusche steige, wird mir schwindlig. Vermutlich liegt es an der heißen Dusche, dem Alkohol und der Schlaftablette. Ich lausche, kann aber nicht hören, was Gestur macht. Ich sehe vor mir, wie er auf dem Bett sitzt und wartet. Vielleicht will er über mein Benehmen reden. Über meinen Zustand.

In unserer Beziehung ist Gestur meist derjenige, der das Gespräch sucht, am liebsten würde er alles ausdiskutieren, was ich fühle und warum. Er denkt, dass es hilft, über die Dinge zu reden, weil er nicht weiß, dass es alles eigentlich nur noch schlimmer macht. Die Gespräche zwingen mich zu lügen und lassen die Kluft zwischen uns mit jedem Wort größer werden.

Ich trinke etwas Wasser direkt aus dem Hahn. Als ich den Beschlag vom Spiegel wische, erschrecke ich bei meinem Anblick. Die Wimperntusche ist in der Dusche verronnen, und ich sehe aus wie eine Figur aus einem Horrorfilm. Nachdem ich mich gewaschen habe, ist es schon etwas besser, aber immer noch nicht gut. Mein Blick ist gläsern und ich spüre, dass die Schlaftablette zu wirken beginnt. Ich sollte mich schleunigst hinlegen.

Das Zimmer ist dunkel, und als ich Gesturs Namen sage, bekomme ich keine Antwort.

Er ist nicht hier. Die Lichter scheinen von selbst ausgegangen zu sein, und ich taste mich zum Bett vor, auf dem ich mein Handy abgelegt habe.

»Gestur«, sage ich wieder, und meine Stimme klingt fast wie ein Flüstern. Obwohl ich weiß, dass außer mir niemand im Zimmer ist, habe ich das Gefühl, nicht allein zu sein. Ich bin sogar ziemlich sicher, dass mich jemand in der Dunkelheit beobachtet.

Habe ich nicht vorhin die Tür gehört? War das Geräusch nur Einbildung?

Ich finde das Handy auf dem Bett, öffne die App und mache das Licht an, doch das Zimmer sieht aus wie vorher. Alles ist auf seinem Platz, das Fenster ist immer noch zu und die Vorhänge bewegen sich nicht.

Ich schlüpfe unter die Decke, bevor ich das Licht wieder ausmache. Sofort spüre ich die Müdigkeit und bin kurz davor, in einen tiefen Schlaf zu fallen.

Doch dann geht plötzlich das Licht an. Die Deckenleuchte

taucht das Zimmer in ein grelles, weißes Licht, und ich kann die Augen kaum öffnen. Die Technik muss irgendwie kaputt sein.

Ich richte mich hastig auf und mache das Licht über das Handy wieder aus. Die Finsternis ist noch schwärzer als vorher. Hier gibt es keine Straßenlampen vor dem Fenster, die das Umfeld beleuchten. Ich schließe die Augen, aber bin nicht mehr so müde wie zuvor. Mein Körper ist in Alarmbereitschaft. Das Herz pocht wie wild.

Und dann geht das Licht wieder an. Ich verziehe das Gesicht und schirme die Augen ab.

»Das kann doch nicht sein«, sage ich laut.

Wieder schalte ich das Licht über die App aus, aber diesmal leuchtet es sofort wieder auf. Es geht noch dreimal aus und an, während ich hilflos darauf starre und mich frage, ob ich schreien oder heulen soll. Was ist hier eigentlich los? Morgen früh muss ich sofort zum Empfang gehen und mich beschweren. Man hat wenig von einem SmartHotel, wenn die Technik nicht ordentlich funktioniert.

Dann höre ich einen lauten Knall und ein Surren, bevor alles wieder dunkel wird. Ich starre eine Weile auf die ausgehende Lampe, bis nichts mehr zu sehen ist. Auch wenn ich es beim Schlafen dunkel haben will, nehme ich mein Handy, um das Licht noch einmal anzumachen. Nichts funktioniert. Weder die Nachtlampe noch die Deckenleuchte.

Die Vorstellung, im Dunkeln festzusitzen, löst ein Unbehagen in mir aus, aber trotzdem spüre ich, wie meine Gedanken langsam verschwimmen und die Lider immer schwerer werden. Für eine Weile wehre ich mich dagegen, versuche klare Gedanken zu fassen, aber sie lösen sich in Luft auf und ich verfalle in einen tiefen, traumlosen Schlaf.

Als ich wieder aufwache, ist immer noch Nacht und im Zimmer scheint ein grelles Licht. Ich habe keine Ahnung, wie viel

Zeit vergangen ist und wie lange ich geschlafen habe. Gestur liegt nicht neben mir, ich bin ganz allein.

Draußen hat es aufgehört zu regnen, und der Wind scheint sich gelegt zu haben. Im Zimmer herrscht Totenstille, doch plötzlich höre ich Rascheln und ein leises Klicken.

Der Türknopf.

»Gestur?«, flüstere ich.

Ich versuche mich aufzurichten, aber mein Körper gehorcht nicht. Ich liege starr da, und wieder erklingt das Geräusch, jetzt ganz nah an meinem Ohr. Mein Herz pocht und ich zwinge mich, die Finger zu bewegen. Nach einer Weile ziehe ich die Hände unter der Decke hervor und stehe auf. Ich gehe zur Tür, um sie aufzumachen und Gestur ins Zimmer zu lassen. Vielleicht will ich auch selbst hinaus.

Als ich die Tür sehe, erstarre ich. Meine Nerven sind zum Zerreißen gespannt, und ich höre meinen eigenen Atem, schnell und flach.

Die Tür zum Flur steht halb offen.

Lea Snæberg

Ich fühle mich miserabel, mein Kopf dröhnt und ich kann kaum gerade stehen.

Harpa ruft hinter mir her, aber ich ignoriere sie. Ich klammere mich an das Waschbecken und bemerke, wie schrecklich ich aussehe. Meine Augen sind weit aufgerissen und glasig, das Gesicht blass.

Aber trotzdem hat niemand etwas gesagt. Niemandem ist aufgefallen, wie betrunken ich bin.

Plötzlich kann ich es nicht mehr zurückhalten. Ich schaffe gerade noch, mich vorzubeugen, als der Inhalt meines Magens mit einer derartigen Wucht hochkommt, dass er über das ganze

Waschbecken spritzt. Ich höre ein Geräusch, ein grauenvolles Röcheln, und irgendwann merke ich, dass es von mir kommt. Ich bin diejenige, die dieses Geräusch macht.

Ich stehe noch lange da und würge alles aus mir heraus.

Dann gehe ich zu dem anderen Waschbecken, wasche mir das Gesicht mit kaltem Wasser und trockne mich mit einem Papiertuch ab. Ich schiele hinaus auf den Flur, und als ich niemanden sehe, husche ich nach oben. Als ich gerade versuche, die Zimmertür mit der App zu öffnen, höre ich die Stimme meiner Großmutter. Sie bewegt sich auf mich zu und mein Herz beginnt zu rasen.

Ich gehe schnell hinein und schließe vorsichtig hinter mir die Tür, aber dann fällt mir auf, dass ich ohnehin allein bin. Ari ist anscheinend noch nicht zurück.

Im Bad putze ich mir in aller Ruhe die Zähne, wasche mein Gesicht und spüle ein paar Reste von Erbrochenem aus meinen Haaren. Der Geruch geht nicht ganz weg, aber ich bin zu müde, um mir deshalb Gedanken zu machen.

Als ich mich ins Bett lege, dreht sich alles um mich herum.

Ich sehe auf mein Handy und muss ein paarmal blinzeln, bevor ich die Nachricht von Birgir lesen kann.

Wie ist das Hotel? So krass wie auf den Bildern?

Er hat schon vor mehr als einer Stunde geschrieben, aber ich antworte trotzdem. Bemühe mich, richtig zu buchstabieren. Sage, wie toll das Hotel ist und alles andere auch.

Ich warte ein wenig, aber nichts passiert. Wahrscheinlich schläft er schon. In Schweden ist es eine Stunde früher und bereits mitten in der Nacht.

Ich scrolle durch die Bilder von ihm. Er hat nicht viele geschickt und sie zeigen wenig, nur sein Gesicht, wie er vor dem Computerbildschirm sitzt.

Birgir ist nicht besonders aktiv in den sozialen Medien, er hat ein Instagram-Profil, aber postet fast nie. Es gibt nur ein paar

Bilder aus seinem Heimatort in Schweden. Sein Haus ist gelb mit rotbraunem Dach und weißen Fensterrahmen. Sehr schwedisch. Eines der Bilder ist von seinem Hund Captain, einem Mix aus Labrador und Border Collie mit schwarz-weißem Fell, den Birgir über alles liebt.

Vielleicht, weil ich ein Einzelkind bin, hat er einmal gesagt. *Captain ist fast wie ein Bruder für mich.*

Ich habe oft das Gefühl, dass er einsam ist, was seltsam klingt, weil er gut aussieht und viele Freunde hat. Aber ich sollte am besten wissen, wie allein man sich trotz vieler Leute um einen herum fühlen kann.

Birgir hat einmal erzählt, dass er sich manchmal gerne in ein Café setzt und die Passanten beobachtet. Er denkt sich Geschichten über sie aus, versucht zu erraten, was sie tun und wohin sie gehen.

Ich starre auf Birgirs Namen auf dem Display und wünsche mir, er wäre bei mir. Die Verbindung, die ich zwischen uns spüre, ist einzigartig. Sie ist echt und stark und ich will ihm zeigen, dass ich es ernst meine.

Ich scrolle nach oben und lese noch einmal seine Nachricht von vorhin. *Schick mir mal Bilder.*

Bilder, überlege ich. Meint er Bilder vom Hotel oder von etwas anderem? Bestimmt nicht vom Hotel, die findet man auch im Internet.

Ich lächle und mache ein Selfie. Es ist nicht ganz scharf und der Blitz ist viel zu grell, sodass ich aussehe wie ein Geist.

Ich mache die Nachttischlampe an und versuche es noch mal. Mache ein paar Bilder von mir selbst. Bilder, auf denen ich lächle, und dann noch andere, auf denen etwas mehr zu sehen ist. Bilder, bei deren Anblick er sich hoffentlich danach sehnt, mich so bald wie möglich zu treffen.

Irma

Hotelangestellte

Ich bin so müde und meine Rückenschmerzen setzen sich bis in die Zehen fort. Ich kann es kaum erwarten, ins Bett zu kommen.

Die meisten sind auf ihren Zimmern, und im Hotel ist Ruhe eingekehrt. Ich mochte es schon immer, spätabends oder frühmorgens herumzugehen, wenn alles still ist.

Der Abend war um einiges beschwingter, als ich erwartet hatte. Ich dachte, eine Familie wie die Snæbergs würde viel Alkohol vertragen und vielleicht etwas höflicher sein. Aber sie haben das Hotel natürlich für sich, hier ist niemand, der sie beobachtet und etwas weitererzählen würde. Also sind sie vielleicht ungehemmter, denken nicht wirklich darüber nach, was sie sagen und tun.

»In der Damentoilette hat jemand erbrochen. Könntest du …?« Edda sieht mich entschuldigend an, denn sie weiß genau, dass Putzen nicht zu meinen Aufgaben gehört. Aber seit meiner Ankunft habe ich vieles übernommen, was nicht in der ursprünglichen Jobbeschreibung stand. Ich will es einfach immer allen recht machen.

»Kein Problem«, sage ich. »Ich wische das weg und gehe dann schlafen.«

»Was für ein Abend«, sagt Edda und reibt sich den Nacken.

»Die Gäste hatten Spaß«, sage ich.

»Ja, oder?«, sagt Edda und lächelt. »Ich denke, alle waren sehr zufrieden.«

»Das denke ich auch.«

Edda neigt den Kopf ein wenig zur Seite und verabschiedet sich. Ich höre den Wind draußen rauschen, als sie hinausgeht. Dann schließt sie die Tür vorsichtig hinter sich. Sie ist so eine nette Frau, und lebt für das Hotel. Tut alles für die Gäste und strahlt übers ganze Gesicht, wenn sie zufrieden sind. Ich habe nie verstanden, wie sie bei Gísli gelandet ist. Die Wut und die

Enttäuschungen des Lebens scheinen sich in seinen Gesichtszügen festgeschrieben zu haben. Er ist wahrscheinlich nie über den Tod seiner Tochter hinweggekommen.

Ich gehe auf die Damentoilette, das Erbrochene ist vor allem im Waschbecken. Wer war so hackedicht, um ins Waschbecken zu kotzen? Könnte es Lea gewesen sein? Sie war sichtlich betrunken, auch wenn ich bezweifle, dass ihre Eltern etwas bemerkt haben.

Lea ist sensibel, und ich glaube, ihren Eltern ist nicht bewusst, wie zerbrechlich sie ist. Aber ich sehe es. Ich sehe es von Weitem.

Ich habe mich in meinem bisherigen Leben schon immer mehr wie eine Beobachterin gefühlt als eine aktive Teilnehmerin. Bereits in meiner Kindheit habe ich mich aufgrund der vielen Umzüge daran gewöhnt, Menschen nicht wirklich näher kennenzulernen. Ich habe den Versuch aufgegeben, Freunde zu finden und Freundschaften aufrechtzuerhalten, die ich schon kurz darauf beenden musste. In jeder neuen Klasse habe ich die anderen Kinder beobachtet, mir überlegt, wie ihr Leben wohl aussieht. Ich hatte ein Tagebuch, in dem ich alle Namen und meine ersten Vermutungen festgehalten habe.

Anna – lächelt selten, liest Bücher und liebt Tiere. Einzelkind.

Þór – verliert nicht gerne, ist sportlich, aber bekommt schlechte Noten. Er hat ältere Brüder und seine Eltern streiten viel.

Dann habe ich sie beobachtet, und vor dem nächsten Umzug meine ersten Eindrücke mit dem verglichen, was ich danach erfahren habe. In den letzten Schuljahren war ich so gut darin, dass ich fast immer richtiglag.

»Hey.« Hákon Ingimar taucht in der Tür zur Damentoilette auf. Seine Stimme klingt rauchig und er scheint seine Augen nicht richtig aufzubekommen.

»Hi«, sage ich und ziehe die Gummihandschuhe aus. Ich warte ab, ob Hákon noch mehr sagt, aber das tut er nicht. Er steht nur da und sieht mich an, lehnt sich gegen die Wand und verzieht das Gesicht zu einem leichten Grinsen. Einem unangenehmen Grinsen.

Plötzlich merke ich, wie klein das Bad ist. Soweit ich weiß, ist von den anderen Gästen niemand mehr wach, und alle anderen Hotelangestellten sind weg. Wir sind allein, Hákon und ich.

Ich spüre, dass mein Puls nach oben schießt, aber ich versuche, mir nichts anmerken zu lassen.

»Also gut, ich sollte ins Bett gehen«, sage ich und greife nach dem Eimer mit den Putzmitteln.

Aber Hákon rührt sich nicht vom Fleck, sondern bleibt wie angewurzelt in der Tür stehen.

»Kann ich irgendwie behilflich sein?«, frage ich mit einem aufgesetzten Lächeln.

Hákon lacht und beißt sich auf die Unterlippe. Seine Pupillen sind so erweitert, dass die Augenfarbe nicht mehr zu erkennen ist. Er sieht aus wie ein wildes Tier.

Draußen rauscht der Wind, und ich schrecke auf, als das Unwetter plötzlich doppelt so laut tobt. Der Regen klingt, als würde jemand mit aller Wucht Kieselsteine gegen das Fenster werfen.

Er nutzt den Augenblick, um näher zu treten. Alles geschieht so schnell, erst steht er noch im Türrahmen und plötzlich ist er direkt vor mir. Der Eimer fällt mir aus der Hand, doch der laute Regen verschluckt den Aufprall auf dem Betonboden.

Dann spüre ich seine Hände.

»Was soll das?«, frage ich, aber meine Stimme klingt dumpf, wie aus weiter Ferne.

Ich versuche gar nicht erst, um Hilfe zu rufen, weil ich weiß, dass es nichts bringen würde. Und am Ende höre ich auf, mich zu wehren.

Samstag, 4. November 2017

Petra Snæberg

Als ich aufwache, hat Gestur sich so auf eins meiner Beine gelegt, dass ich es nicht mehr spüre. Ich betrachte sein Gesicht, das zur Hälfte vom Kissen bedeckt ist. Die Wange wird zusammengedrückt und sein Mund steht ein wenig offen. Erwachsene sind nicht schön, wenn sie schlafen, das trifft leider nur auf Kinder zu.

Ich ziehe mein Bein vorsichtig weg, um ihn nicht zu wecken. Bewege die Zehen und spüre, wie das Blut langsam wieder hineinströmt. Mein Kopf fühlt sich überraschend gut an, wenn man bedenkt, wie viel ich gestern getrunken habe, aber ich habe ziemlichen Durst.

Während ich ein Wasser aus der Minibar trinke, sehe ich aus dem Fenster. Die Sonne geht langsam auf, der Wind hat sich gelegt und eine dünne Schneeschicht bedeckt den Boden.

Im Tageslicht wirkt die Nacht ganz fern, aber trotzdem läuft es mir kalt den Rücken hinunter, als ich an die offene Tür denke. Ich versuche, die Geschehnisse der letzten Nacht in die richtige Reihenfolge zu bringen, aber die Erinnerungen sind so verschwommen, dass es mir nicht leichtfällt. Aufgrund der Schlaftablette fühle ich mich immer noch benebelt und kann kaum klare Gedanken fassen. Aber ich weiß, dass ich während des Duschens gehört habe, wie eine Tür zugefallen ist. Hatte ich überprüft, ob die Zimmertür abgeschlossen war?

Ich kann mich einfach nicht erinnern. Und dann war da das Problem mit dem Licht, obwohl ich mir relativ sicher bin, dass ich kurz danach eingeschlafen bin.

Aber erinnere ich mich richtig, dass ich mitten in der Nacht aufgewacht bin und mich nicht bewegen konnte? Habe ich nicht den Türknopf gehört, so als hätte jemand versucht, ihn zu öffnen. Das Geräusch kam mir so nah vor, dass es wohl kaum real sein konnte. Trotzdem erinnere ich mich klarer daran als an vieles andere. Ich weiß auch noch, dass ich irgendwann endlich aufstehen konnte und die offene Tür gesehen habe.

War die Tür die ganze Zeit offen gewesen? Während ich geduscht und geschlafen habe? Der Gedanke ist unangenehm, aber anders kann ich es mir nicht erklären. Wahrscheinlich ist sie nicht ins Schloss gefallen, als ich ins Zimmer gegangen bin. Das würde das Geräusch erklären, das ich unter der Dusche gehört habe, ein Windstoß, der die Tür bewegt hat.

Während ich mir Sportsachen und Laufschuhe anziehe, rede ich mir ein, dass ich überreagiere. Im ganzen Hotel ist niemand außer meiner Familie, und es gibt nichts zu befürchten. Wegen der Hotelangestellten muss ich mir bestimmt keine Sorgen machen, auch wenn ich an den Mann denken muss, den ich gestern im Flur gesehen habe. Mittlerweile weiß ich, dass er Eddas Mann ist, vermutlich also harmlos.

Aus der Küche dringt der Geruch von Bacon und frischen Waffeln, aber ich gehe schnell am Restaurant vorbei nach draußen. Beim ersten Atemzug spüre ich, wie der Nebel in meinem Kopf sich lichtet und die letzte Schläfrigkeit aus dem Körper weicht. Ich überlege, wohin ich laufen soll. Um mich herum ist überall Lava, also gibt es nicht viele Strecken zur Auswahl und ich jogge erst mal auf der Zufahrt Richtung Straße.

Weit und breit ist kein Auto zu sehen. Ich laufe schnell, spüre den Wind in den Ohren und höre meine Schritte auf dem nassen

Asphalt. Je weiter ich mich von dem Hotel entferne, desto besser fühle ich mich. Als könnte ich ewig weiterrennen.

Ein Auto nähert sich von hinten und bremst. Ich werde langsamer und weiche auf den Straßenrand aus. Als ich auf das lose Geröll trete, rutscht mein Fuß ab und ich falle, kann mich aber noch mit den Händen abstützen. Die Steine bohren sich in meine Handflächen, und mein Knie schleift über den Boden.

Verdammt. Ich verziehe das Gesicht vor Schmerzen. Das Auto wird langsamer und kurz sehe ich, dass der Fahrer mich im Rückspiegel beobachtet. Doch dann gibt er Gas und verschwindet aus meinem Blickfeld.

Ich bleibe sitzen und picke kleine Steinchen aus den Wunden. Mein Knie schmerzt und die Kniekehle fühlt sich feucht an, aber ich sehe nicht nach, sondern hinke zurück, die Energie von vorhin ist weg.

Aus dem Restaurant des Hotels hört man jetzt Stimmengewirr und klapperndes Besteck. Mein Magen knurrt, aber ich beschließe, erst zu duschen. Auf halbem Weg die Treppe hinauf ruft die Hotelbesitzerin Edda meinen Namen.

»Verzeihung, ich bräuchte kurz Hilfe«, sagt sie und kommt schnell auf mich zu. Sie hält ein Blatt Papier, und mir fällt auf, dass sie ungewöhnlich dünne und lange Finger hat.

»Ja«, sage ich, und versuche, aufrecht zu stehen.

»Eine junge Frau namens Líf hat gerade angerufen und nach Maja gefragt.« Edda lächelt entschuldigend. »Ich weiß nur nicht mehr, wer Maja ist, und auf der Namensliste taucht sie nicht auf, also hatte ich gehofft, du könntest mir weiterhelfen.«

»Natürlich, ihr Zimmer ist wahrscheinlich auf Viktors Namen«, sage ich. »Viktor Ingvarsson.«

»Viktor Ingvarsson. Okay, danke.« Edda öffnet den Mund, als wolle sie noch etwas hinzufügen, aber überlegt es sich anders.

»Wenn du willst, kann ich Bescheid sagen«, sage ich und merke, dass sie darauf gehofft hat.

»Ja, das wäre toll«, sagt Edda. »Es scheint dringend zu sein, offenbar geht Maja nicht an ihr Handy.«

»Ich spreche mit ihr.«

»Danke schön«, sagt Edda und nennt mir noch die Nummer von Viktors Zimmer, bevor sie wieder geht.

Ich versuche, möglichst viel Erde von meiner Laufhose zu wischen, und richte meinen Pferdeschwanz. Vielleicht wäre jetzt ein guter Zeitpunkt, um mit Maja zu sprechen. Gestern wollte sie über etwas reden und ich bin neugierig, worum es geht. Ich will wissen, ob sie Viktor schon von der Schwangerschaft erzählt hat und wie er reagiert hat.

Viktors und Majas Zimmer liegt im Erdgeschoss, genau wie das von Lea und Ari. Ich lausche an der Tür der Kinder. Frage mich, ob ich sie wecken soll, aber beschließe dann, sie in Ruhe zu lassen. An einem Samstag würden sie um diese Uhrzeit noch nicht akzeptieren, von mir geweckt zu werden.

Viktor ist in Zimmer Nummer zwölf und ich stehe eine Weile zögernd davor. Es ist noch nicht spät, vielleicht schlafen sie noch. Aber laut Edda ist die Angelegenheit dringend, also muss ich Maja Bescheid sagen. Ich nehme mich zusammen und klopfe vorsichtig an die Tür. Zu vorsichtig vermutlich, denn drinnen bleibt es still. Ich klopfe wieder, diesmal fester, und die Tür geht auf.

Viktor steht vor mir, vollständig angezogen und offenbar frisch geduscht, denn er riecht nach Shampoo.

»Guten Morgen«, sagt er und betrachtet mich. »Du bist ja früh auf den Beinen.«

»Ja, ich mache morgens gerne Sport. Entschuldige, dass ich euch so früh störe«, sage ich.

»Gibt es in dem Hotel ein Fitnessstudio?«

»Nein, ich war draußen«, sage ich. »Eigentlich bin ich aber hier, um mit Maja zu sprechen. Ist sie da?«

»Maja?«, fragt Viktor und runzelt die Stirn.

»Ein Anruf«, sage ich schnell. »Jemand hat versucht, sie zu erreichen.«

»Verstehe.« Viktors Gesichtsausdruck wird schnell ernst. »Maja ... ähm ... musste nach Hause.«

»Was?«

»Ja, ein Vorfall in der Familie. Nichts Schlimmes, aber sie wollte trotzdem nach Hause. Sie ist in der Nacht abgereist.«

»Oh. Verstehe.«

»War es was Wichtiges?«, fragt Viktor.

»Nein, ich sollte Maja nur Bescheid sagen, dass ... dass Líf versucht, sie zu erreichen.«

»Ah ja, Líf ist ihre Schwester.«

»Aber ...« Ich zögere. »Hat sie kein Handy? Ist ihr auf dem Weg vielleicht etwas zugestoßen?«

»Nein, sicher nicht«, sagt Viktor. »Auf der Strecke gibt es ein paar Funklöcher. Sie wird sich bestimmt bald melden.«

»Ja, okay.« Soweit ich mich erinnere, hatten wir während der Anreise durchgehend Empfang. Wenn nicht, hätten die Kinder sich sofort beschwert. Aber ich lasse es unerwähnt und lächle nur. »Sag ihr doch Bescheid, wenn du mit ihr sprichst.«

»Natürlich.«

»Also gut, ich wollte kurz duschen.«

»Mach das.« Viktor lächelt. »Bis gleich. Das Wetter könnte für die Bootsfahrt nicht besser sein.«

Ich höre, dass Viktor die Tür hinter mir schließt, und drehe mich noch einmal um.

Wenn Maja in der Nacht losgefahren ist, müsste sie bereits bei ihrer Familie angekommen sein. Deshalb wundert mich, dass Viktor sich keine Sorgen gemacht hat. Ist zwischen ihnen etwas vorgefallen? Hat er Majas Neuigkeit vielleicht so schlecht aufgefasst, dass ihm egal ist, ob sie sicher nach Hause gekommen ist oder nicht?

Ich gehe die Treppe hinauf und sehe Majas Gesicht deutlich vor mir. Das Leuchten in ihren Augen, als sie mir von der Schwangerschaft erzählt hat, wie sie sich über den Bauch gestrichen und leicht gelächelt hat. Überglücklich.

Jetzt
Sonntag, 5. November 2017

Sævar

Kriminalpolizist in Akranes

»Lass uns noch einmal durchgehen, was wir gestern über das vermisste Mädchen erfahren haben«, sagte Hörður, als sie allein in der Kaffeeküche saßen. Edda war gegangen, um mehr Kaffee zu holen.

Sævar erzählte von dem Anruf, den er am Tag zuvor bekommen hatte. Majas Schwester hatte bei der Polizei in Suðurnes im Südwesten Islands angerufen und mitgeteilt, dass María mit ihrem Freund für das Wochenende in ein Hotel nach Snæfellsnes gefahren sei. Da das Hotel in den Zuständigkeitsbereich der Kriminalpolizei Vesturland in Akranes fiel, wurde sie mit Sævar verbunden.

Sie stellte sich als Líf vor, und meinte, sie hätte am Freitagabend zuletzt mit ihrer Schwester gesprochen. Maja sei etwas nervös gewesen, weil sie vorhatte, ihrem Freund von ihrer Schwangerschaft zu erzählen.

»Seitdem habe ich nichts von ihr gehört«, hatte Líf gesagt.

»Ist das denn ungewöhnlich?«, fragte Sævar, während er auf dem Computer durch die Speisekarte des Restaurants in der Nähe der Polizeistation scrollte und sich fragte, ob er einen Hamburger oder doch lieber etwas Gesünderes bestellen sollte.

Líf bejahte das und meinte, dass Maja ihr Handy eigentlich immer anhätte.

»Hat sie vielleicht das Ladegerät vergessen?«

»Nein, das ist es nicht«, antwortete Líf leicht genervt. »Ich habe das Hotel angerufen und ihr Freund meinte, Maja hätte sich in der Nacht auf den Weg nach Hause gemacht. Wegen eines Vorfalles in der Familie.«

»Aha?«

»Aber niemand aus der Familie hat mit Maja gesprochen. Da muss etwas passiert sein.« Líf zog die Nase hoch, und Sævar hörte, dass sie kurz davor war, in Tränen auszubrechen.

Er schloss das Browserfenster und stand auf. »Warum denkst du das?«

»Maja ist schwanger. Sie wollte ihrem Freund heute Abend davon erzählen, aber sie war sehr nervös«, erklärte Líf. »Und jetzt ist sie verschwunden, sie ist mitten in der Nacht abgereist, obwohl sie gar kein Auto hat, und ihr Handy ist ausgeschaltet. Irgendetwas muss passiert sein, es gab keinen Vorfall in der Familie, wie ihr Freund behauptet hat. Niemand von uns hat von ihr gehört.«

Damit war Sævars Aufmerksamkeit geweckt gewesen. Hatte sich die junge Frau mit ihrem Freund gestritten, weil sie schwanger war? Hatte er sie mitten in der Nacht rausgeworfen?

Sævar hatte sich von Líf verabschiedet und versprochen, sich den Fall anzusehen. Außerdem hatte er die Polizei in Snæfellsnes gebeten, sich in der Umgebung des Hotels nach Maja umzusehen. Aber niemand hatte sie gesehen oder auch nur eine Spur von ihr gefunden.

Am Tag davor
Samstag, 4. November 2017

Tryggvi

Als ich aufwache, macht Oddný sich gerade zurecht.

»Hallo, mein Schatz«, sagt sie. »Wie hast du geschlafen?«

»Ganz gut«, sage ich, obwohl ich lange nicht einschlafen konnte. Ich lag nur regungslos da und lauschte den Geräuschen.

Zwischendurch bin ich einmal auf den Flur hinausgegangen und stand eine Weile dort. Ich hatte das Gefühl, als müsste ich etwas tun, aber ich wusste nicht was. Der Schrei war kein gewöhnlicher Ausruf gewesen, wie wenn jemand sich den Zeh angestoßen hätte. Nein, das war ein anderer Schrei. Ein Wutschrei.

Oddný neigt den Kopf zur Seite, während sie sich Ohrringe anlegt. Sie macht sich immer schick, wenn wir unter Leute gehen, trägt eine Bluse, Schmuck und Lippenstift. Meine Ex-Frau war ganz anders. Ich kann mich nicht erinnern, ob Nanna sich je geschminkt oder Schuhe mit hohem Absatz getragen hat. Das war nicht ihr Ding. Es wäre unfair, die beiden zu vergleichen, das habe ich versucht zu vermeiden, aber solche Details fallen mir nun einmal unweigerlich auf. Kleine Nebensächlichkeiten, von denen man denken könnte, ich hätte sie vergessen.

Auch wenn sich unsere Wege schon vor vielen Jahren getrennt haben, ist Oddný meine erste Partnerin seit Nanna. Vor Oddný hatte ich mich bereits an das Alleinsein gewöhnt. War ehrlich gesagt auch davon ausgegangen, dass es so bleiben würde.

»Hast du gestern ein Geräusch gehört?«, frage ich.

»Wann?« Oddný hält einen Pullover hoch, betrachtet ihn kurz und entscheidet sich dann für einen anderen.

»Ich habe kurz vor dem Einschlafen was gehört, wie einen Schrei.«

Als ich Oddnýs Gesichtsausdruck sehe, bereue ich sofort, es aufgebracht zu haben. »Einen Schrei?« Sie setzt sich zu mir auf die Bettkante. »Hast du das nicht nur geträumt?«

»Nein, das glaube ich nicht. Aber vielleicht hatte es nichts zu bedeuten.«

Ich ziehe mir eine Hose an und suche ein T-Shirt heraus. Etwas an Oddnýs Tonfall nervt mich. Sie weiß, dass ich manchmal Albträume habe. Nachts verschwitzt aufschrecke. Dann versucht sie immer, aus mir herauszubekommen, worum es bei dem Traum ging, aber das will ich ihr nicht erzählen.

»Du weißt, dass Träume auch Omen sein können«, sagt Oddný. »Und manchmal versuchen Verstorbene uns über die Traumwelt zu kontaktieren. Angeblich sind wir in den Momenten zwischen Wachsein und Schlaf sehr aufnahmefähig. Und dann kommen sie zu uns.«

»Nicht ...« Ich schließe die Augen und wende den Blick ab.

»Ich will damit nur sagen ...«

»Ja, tu es nicht. Nicht jetzt.« Ich stehe auf und gehe ins Bad. Dort setze ich mich auf den hinuntergeklappten Klodeckel und versuche, ruhig zu atmen.

Ich weiß, dass der Schrei kein Traum war, und ich weiß auch, dass die Toten uns im Halbschlaf nicht eher aufsuchen als zu anderen Zeiten. Wenn es eine Art Jenseits gibt, hoffe ich für uns alle, dass es nichts mit der Welt gemein hat, in der wir jetzt leben.

Was die Albträume betrifft, sind sie weniger geworden, seitdem ich mit dem Trinken aufgehört habe. Wenn ich die Augen schließe, höre ich keine Schreie mehr. Spüre niemanden, der an mir zerrt und um Hilfe bittet.

Als ich aufwache, sehe ich als Erstes auf mein Handy. Ich habe einige Nachrichten, aber keine davon ist von Birgir. Er hat nicht geantwortet, nichts zu den Bildern gesagt, die ich ihm in der Nacht geschickt habe. Wenn ich sie jetzt in unserem Chat sehe, sind sie mir nur noch peinlich.

Was habe ich mir dabei gedacht?

Mit einem flauen Gefühl im Magen lege ich das Handy beiseite. Mein Mund ist ganz trocken, und ich habe das Gefühl, ich könnte mehrere Liter Wasser in einem Zug trinken. Nach und nach kommen lückenhaft die Erinnerungen an gestern Abend zurück. Harpa und ich, wie wir albern herumtanzen. Wie wir auf die Toilette gehen, um unbemerkt aus der Flasche zu trinken, die sie in ihrer Handtasche versteckt hat. Wie ich am Ende des Abends ins Waschbecken kotze. Ich versuche mich zu erinnern, ob jemand etwas mitbekommen hat. Eigentlich würde es mich wundern, wenn nicht. Aber vielleicht war die gesamte Familie auch genauso betrunken, wenn nicht sogar noch betrunkener als wir.

Neben mir zieht Ari sich gerade an.

»Ich gehe schon mal zum Frühstück«, sagt er.

»Okay«, sage ich. »Ich komme gleich nach.«

»An deiner Stelle würde ich vorher duschen.« Ari rümpft die Nase. »Kaugummi wäre bestimmt auch nicht schlecht.«

Ich verziehe das Gesicht und seufze. »Ari.«

»Ja?«

»Sag bitte nichts zu Mama.«

Er lacht. »Nein, nein. Keine Sorge. Aber wenn du nicht duschst, kann ich dir auch nicht helfen.«

Als ich aufstehe, ist mein Magen so leer, dass ich Krämpfe bekomme. Ich gehe zu dem kleinen Kühlschrank in unserem Zimmer und trinke in einem Zug eine halbe Flasche Wasser. Danach geht es mir sofort etwas besser. Ich spüre, wie das kalte Wasser durch meinen Hals in den Magen fließt.

Dann vibriert mein Handy, und ich schrecke auf. Beinahe fällt mir die Flasche hinunter.

Die Erleichterung breitet sich in meinem ganzen Körper aus, und ich lächle unwillkürlich. Natürlich, denke ich. Natürlich meldet Birgir sich. Ich bin neugierig und nervös zugleich, wie er auf die Bilder reagiert hat. Meine Hände zittern ein wenig, als ich das Handy aufnehme. Aber die Nachricht ist nicht von Birgir, sondern einem unbekannten Absender, und die Enttäuschung fühlt sich an wie ein Schlag in die Magengrube.

Wo ist Birgir und warum antwortet er nicht?

Der Username des Senders ist nur eine willkürliche Zusammensetzung von Buchstaben und Zahlen, als hätte ein kleines Kind auf der Tastatur herumgespielt. Als ich die Nachricht öffne, kommt es mir vor, als würde das eiskalte Wasser von vorhin plötzlich durch meinen ganzen Körper strömen.

Hi Lea. Von meinem alten Account kann ich dir irgendwie keine Nachrichten mehr schicken. Aber das ist kein Problem, ich habe einen neuen gemacht und dich wiedergefunden. Das Bild von dir ist sehr schön. Liebe Grüße, Gulli.

Petra Snæberg

Auf dem Weg zum Frühstück kreisen meine Gedanken immer noch um Maja, und ich erschrecke, als Gestur mir seine Hand reicht. Er lächelt, und ich überlege, ob er sich damit für etwas entschuldigen will. Ich habe immer noch nicht gefragt, wo er in der Nacht so lange war oder was er gemacht hat.

Das ist aus unserer Ehe geworden, wir stellen keine Fragen mehr. Früher, als die Kinder klein waren, hatten wir noch Erwartungen aneinander. Damals haben wir um Erlaubnis gefragt, wenn wir mit Kollegen was trinken gehen oder nach der Arbeit noch einen Abstecher ins Fitnessstudio machen wollten. Aber als die Kinder älter wurden, hat sich das verändert. Jetzt frage ich nicht mehr, was Gestur vorhat, wenn er abends weggeht. Vielleicht, weil ich die Frage nicht selbst gestellt bekommen will. Obwohl ich abends, wenn ich ausgehe, nichts anderes mache, als in einer Art Trance durch die Gegend zu fahren.

Also frage ich ihn auch jetzt nicht und wundere mich, wie gut es sich anfühlt, Gesturs Hand zu halten. Es ist wie in einer alten Erinnerung.

Der Zauber löst sich sofort in Luft auf, als ich meine Eltern beim Frühstück sehe, zusammen mit meinem Bruder Smári und seiner Familie. Am Tisch hinter ihnen sitzen Stefanía und Hákon Ingimar.

»Das sieht ziemlich gut aus«, sagt Gestur, als er das Buffett sieht. Er schaufelt reichlich Bacon, Pfannkuchen und kleine Würstchen auf seinen Teller.

Ich nehme mir Rührei, Brot mit Marmelade und Obst. Wir setzen uns, doch schon beim ersten Bissen spüre ich eine Übelkeit in mir aufkommen. Ich zwinge mich trotzdem, das Brot mit einer dicken Schicht Marmelade zu essen. Der Zucker hilft bestimmt, die Durchblutung anzuregen.

»Wie habt ihr geschlafen?«, fragt mein Vater.

»Gut. Sehr gut«, lüge ich.

»Habt ihr in der Nacht den Lärm gehört?«, fragt er.

»Wann?« Ich schiebe das Rührei mit der Gabel hin und her, es sieht aus, als hätte es schon jemand gegessen und wieder auf den Teller gespuckt.

»Wann war das, Ester?« Mein Vater sieht meine Mutter an. »Gegen eins, zwei?«

»Ja, Viertel nach eins«, sagt sie mit derselben Überzeugung wie immer. Selbst wenn sie sich irrt, hat sie recht. Das war schon immer so.

»Was für ein Lärm war das denn?«, fragt Gestur mit dem Mund voller Würstchen.

»Na ja, es klang so, als hätte jemand geschrien«, sagt meine Mutter. »Nicht wahr, Halli? Klang es nicht wie ein Schrei?«

Mein Vater brummt zustimmend.

»Und etwas ist zerbrochen«, fügt Smári hinzu.

Gestur und ich sehen einander an.

»Ich habe schon geschlafen. Was ist mit dir?«

»Ich habe nichts gehört«, sagt Gestur und scheint den Vorwurf in meinem Tonfall nicht zu bemerken.

»Wie auch immer«, sage ich und beschließe, das Thema zu wechseln, »die Lichter in meinem Zimmer spinnen irgendwie. Sie gingen ständig an und aus, egal was ich in der App gemacht habe. War das bei euch auch so?«

Alle schütteln die Köpfe.

»Du solltest mit den Leuten am Empfang sprechen«, sagt mein Vater.

»Geister«, meint Smári und grinst.

»Ich gehe mal und wecke die Kinder«, sagt Gestur und wischt sich den Mund mit einer Serviette ab, die er danach auf den leeren Teller legt.

Mein Bruder und seine Familie stehen ebenfalls auf. Sie wollen die warmen Sachen für die Bootsfahrt zusammensuchen. Mein Vater geht mit ihnen, wahrscheinlich, um seinen Schnupftabak zu holen, also bleiben meine Mutter und ich allein am Tisch zurück.

»Kaffee?«, fragt sie nach einer kurzen Stille.

»Ja, bitte.«

»Also, was ist los?«, fragt meine Mutter, als sie eingeschenkt hat.

»Was soll los sein?«

»Gestern«, antwortet sie. »Ich hatte damit gerechnet, dass Smári viel trinken würde, aber von dir hätte ich das nicht gedacht. Normalerweise hast du dich besser unter Kontrolle, Petra.«

Ich spüre, dass ich rot werde. Gestern war ich gar nicht so betrunken. Und warum darf Smári sich gehen lassen, aber ich nicht? Eigentlich weiß ich aber, dass ich gestern etwas neben mir stand und nicht getrunken habe, um Spaß zu haben. Ich habe getrunken, weil es mir schlecht ging, und das ist meist kein gutes Zeichen.

»So schlimm war es nun auch wieder nicht«, antworte ich.

Meine Mutter trinkt einen Schluck Kaffee und sieht mich dabei an.

»Dein Vater und ich haben vor einigen Jahren einmal eine schwierige Zeit durchgemacht«, sagt sie dann.

»Zwischen Gestur und mir ist alles in Ordnung«, sage ich. Natürlich geht meine Mutter davon aus, dass die Wurzel des Problems in unserer Ehe liegt. Ich trinke einen Schluck Kaffee und versuche, mich von ihrem prüfenden Blick nicht irritieren zu lassen.

»Du erinnerst dich bestimmt daran«, fährt sie fort, als hätte sie mich nicht gehört. »Du warst erst sechs oder sieben Jahre alt.«

»Was ist passiert?«, frage ich.

»Dein Vater ist fremdgegangen«, sagt sie gleichgültig, als würde sie über das Wetter sprechen.

»Was?« Ich reiße den Mund auf. »Hat Papa dich betrogen? Aber ...«

»Sch«, sagt meine Mutter und strafft die Schultern. »Wie ich immer sage, in einer Ehe muss man gewisse Opfer bringen. Das ist nicht immer leicht.«

»Aber ...« Ich weiß nicht, was ich sagen soll. Wann? Mit wem? Warum? Aber schon als sich die Fragen in meinem Kopf formen, überlege ich, ob ich die Antworten überhaupt wissen will.

»Die Details spielen keine Rolle mehr«, sagt meine Mutter und presst die Lippen zusammen. »Wichtig ist nur, dass wir es überstanden haben.«

»Aber warum erzählst du mir das? Gestur betrügt mich nicht«, sage ich. »Wir haben es gut. Das gestern war nur ... war nur, weil ich müde war.«

»Na gut, mein Schatz«, sagt sie in einem Tonfall, in dem man sonst mit kleinen Kindern spricht.

Sie setzt sofort eine andere Miene auf, als Ingvar und Elín das Restaurant betreten, viel wärmer und fröhlicher. Mit einer Handbewegung lädt sie die beiden ein, sich zu uns zu setzen. Sie bedienen sich am Kaffee, und Elín fragt mich, wie es bei der Arbeit läuft. Dann setzt sich auch Viktor mit einem vollen Teller zu uns.

»Du hast aber Hunger«, sagt Elín.

»Ich muss noch wachsen«, sagt Viktor und grinst.

»Wie geht es deinem Rücken, Ingvar?«, fragt meine Mutter.

Ingvar erzählt ausführlich von seinen Rückenschmerzen nach einem kleinen Autounfall, den er vor zwei Wochen hatte.

»An dem Auto war fast nichts zu sehen«, sagt Elín. »Nicht wie damals, als du den Unfall hattest, Viktor.«

»Hm?« Viktor wischt sich mit einer Serviette den Mund ab.

»Als du ein Teenager warst und ein Schaf angefahren hast«, sagt Elín. »Die Delle im Auto sah eher aus, als wärst du mit einem Elefanten zusammengekracht.«

»Ja, ja.« Viktor schüttelt den Kopf.

»Du warst ein schrecklicher Fahrer«, scherze ich.

Viktor kneift mich in die Seite.

Ich merke trotzdem, dass ich keine Lust auf den Small Talk habe, und entschuldige mich.

In meiner Vorstellung war die Ehe meiner Eltern immer stabil. Jetzt fühlt es sich an, als hätte man mir etwas weggenommen, zusammen mit der Erinnerung an meine Kindheit.

Mein Vater hatte eine Affäre. Er hat nicht nur meine Mutter betrogen, sondern auch Smári und mich.

Der Eingangsbereich des Hotels füllt sich langsam, alle tragen Regenanzüge und sind bereit für den Tag. Ich gehe aufs Zimmer und hole meine wetterfesten Sachen. Die Hose ist immer noch nass von gestern, aber ich ziehe sie trotzdem an und spüre sofort, wie sich die Kälte in meinem Körper ausbreitet.

Als ich nach unten komme, sind meine Kinder bereits da. Ari sagt etwas zu seiner Schwester, und sie lächelt schal. Leas Haut ist blass und ihre Augen sind glasig.

»Ist alles in Ordnung, Lea, Schatz?« Ich streiche über ihre Stirn. Sie zuckt ein wenig zurück, als hätte sie sich an meiner Hand verbrannt. Als wäre ihr die Berührung unangenehm.

»Bitte nicht, Mama«, sagt sie.

»Ich dachte, du hättest vielleicht Fieber«, sage ich.

»Darf ich hierbleiben?« Lea sieht mich hoffnungsvoll an.

»Nur, wenn du wirklich krank bist«, sage ich.

»Aber ich habe Bauchschmerzen.«

»Vielleicht, weil du nicht gefrühstückt hast«, sagt Gestur und zieht an ihrem Pferdeschwanz. Ich habe ihn nicht gesehen und erschrecke, als er plötzlich neben mir auftaucht.

»Ich habe keinen Hunger«, murmelt Lea.

»Du kommst mit«, sage ich, strenger als ich wollte.

»Außerdem gibt es nachher Sushi«, sagt Gestur.

»Sushi?«, fragt Ari.

»Ja.« Gestur lacht. »Wikinger-Sushi. Sie servieren den frischen Fisch und die Meeresfrüchte roh auf dem Boot. Das ist eine Delikatesse.«

Die Vorfreude verschwindet aus Aris Gesicht. »Warum klingt das so eklig?«

Ich kann nicht anders, als über seinen entsetzten Blick zu lachen.

Als wir zum Auto gehen, hat sich meine Laune wieder etwas gebessert. Die Sonne lacht uns entgegen, hell, aber kalt. Es ist ein schöner Tag, klarer Himmel und absolut windstill. Über die Vergangenheit ist Gras gewachsen, und da meine Mutter meinem Vater vergeben hat, sollte ich das wohl auch tun. Gestur lächelt mir zu, bevor er sich ins Auto setzt, und ich denke darüber nach, wie unterschiedlich sie sind, mein Vater und er. Gestur ist für gewöhnlich ausgeglichen und freundlich, aber mein Vater ist herrisch und stur zugleich. Er hat sein Temperament oft nicht unter Kontrolle, weshalb meine Mutter ihn mit Samthandschuhen anfasst. Gestur würde sich nie so verhalten, er würde mich nie willentlich verletzen.

Als ich die Autotür öffne, sehe ich auf dem Griff einen Post-it. Ich nehme ihn und streiche ihn glatt. Darauf stehen nur zwei Wörter. Oder drei. Ungläubig starre ich auf die Notiz, als könne ich nicht glauben, dass sie echt ist.

Sei vorsichtig. M.

Irma

Hotelangestellte

Ich will keine große Sache daraus machen. Natürlich nicht. Ich habe schon in genug Klubs gearbeitet, um zu wissen, dass Menschen nicht immer sie selbst sind, sondern die Substanzen, die sie einnehmen oder trinken. Das klingt, als würde ich es rechtfertigen wollen, und vielleicht stimmt das auch. Wahrscheinlich habe ich mich zu sehr an aufdringliche Männer gewöhnt, Männer, die um jeden Preis ihren Willen durchsetzen wollen. Ich habe eine Resistenz gegen sie aufgebaut. Sie können mir nichts mehr anhaben.

Ich steige aus der Dusche, wickle ein Handtuch um meine Haare und betrachte meinen rechten Arm. Der Fleck wird bereits blau, und auf dem Oberarm zeichnet sich ein Handabdruck ab, wie ein Brandmal. Ich erkenne deutlich vier Finger und an der Innenseite einen Daumen.

Und während ich die Abdrücke betrachte, frage ich mich, was passiert wäre, wenn wir nicht Schritte auf dem Flur gehört hätten.

Hákon hielt inne, blickte auf und ließ sofort meinen Arm los. Ich nutzte die Gelegenheit, um mich zu befreien und aus dem Staub zu machen.

Er ist mir nicht gefolgt, natürlich nicht. Gräueltaten finden nur in geschlossenen Räumen statt, nicht wahr? Aber als ich davongerannt bin, habe ich ihn noch lachen gehört. Ein Lachen, wie um zu zeigen, dass wir nur herumgespielt haben, dass es nicht ernst gemeint war.

Anscheinend gibt es in allen Familien schwarze Schafe, auch in denen, die perfekt wirken.

Ich bin bereit für meine Schicht, obwohl es noch gar nicht zwölf ist, und Edda lächelt zufrieden. Sie mag mich, das sehe ich. Was gibt es auch nicht zu mögen? Ich bin pünktlich, verlässlich, fröhlich und mache meist mehr, als von mir verlangt wird. In jeglicher Hinsicht eine vorbildliche Angestellte.

»Ach, Irma«, sagt Edda. »Könntest du bitte nachsehen, ob in den Zimmern noch genug Seife und dergleichen ist? Die Betten sind bereits gemacht, aber du weißt ja, wie das ist.« Sie beugt sich zu mir und senkt die Stimme. »Manchmal ist es einfach nicht gut genug.«

Edda lächelt mir verschwörerisch zu. Sie weiß, dass wir beide gleich sind, dass wir die gleiche Einstellung haben. Die Gäste sind uns nicht egal und wir wollen aus dem Hotel mehr machen als einen Übernachtungsort. Der Aufenthalt soll ein Erlebnis sein. Das Ziel ist Perfektion, und wir geben uns große Mühe, sie zu erreichen. Es gibt kaum etwas, das wir nicht bereit wären zu tun.

»Natürlich«, sage ich und lege los.

Zu den interessantesten Dingen meines Jobs gehört, während ihres Aufenthalts die Zimmer der Gäste zu sehen. Es ist unglaublich, wie viele ihre persönlichen Gegenstände dort lassen, obwohl sie wissen, dass die Mitarbeiter Zugang haben. Bisher sind mir jede Menge Sexspielzeug, dreckige Unterwäsche, Kondome, Drogen und einmal eine Perücke untergekommen. Ich habe immer das Gefühl, als würde ich die Gäste vom Fenster aus beobachten oder ihr Tagebuch lesen. Es ist ein intimer Einblick.

Ich muss zugeben, dass ich es kaum erwarten kann, zu sehen, was an diesem Wochenende so herumliegt.

Erst finde ich leider wenig Spannendes. Die meisten Zimmer sind relativ ordentlich im Vergleich zu sonst. Ich prüfe, ob die Betten gemacht wurden und die Handtücher sauber sind. Befülle die Seifenspender mit unserer Seife aus Thymian und Birke, die Edda eigens für das Hotel anfertigen lässt.

Als ich beim Zimmer von Hákon Ingimar ankomme, bleibe ich erst in der Tür stehen und sehe mich um. Es riecht nach ihm, ein schwerer Männergeruch mit einem Hauch von etwas Süßem. Ich betrachte die Lederjacke auf dem Garderobenständer und den Kulturbeutel auf dem Schreibtisch. Er steht offen und darin sehe ich Rasierwasser, eine Dose Haargel und eine Packung Kondome. Vorsichtig öffne ich die Tasche etwas weiter, aber plötzlich höre ich Schritte im Flur. Ich schrecke auf und spüre, wie mein Puls in die Höhe schießt. Sehe mich nach einem Fluchtweg um, aber sage mir dann, dass ich in dem Zimmer sein darf und an der Situation nichts unangemessen ist. Die Schritte entfernen sich, und es wird wieder still, bis auf das Pochen meines Herzens und meinen schnellen Atem.

Als ich weitermachen will, zittern meine Hände so sehr, dass ich mich erst beruhigen muss. Ich streiche über den blauen Fleck auf meinem Arm und schließe die Augen. Konzentriere mich auf meine Atemzüge. Sage mir, dass es keine große Sache war, nur ein harmloses Spiel.

Ich überprüfe die nächsten Zimmer, bin aber nicht wirklich bei der Sache, sondern tief in meine eigenen Gedanken versunken.

Erst bei einem Zimmer im Erdgeschoss mache ich große Augen. Es sieht ausgesprochen ordentlich aus, weder Klamotten noch

Müll liegen herum. Aber mir fällt sofort auf, dass die große Vase auf dem Schreibtisch fehlt. Ich sehe mich um und frage mich, wo sie hingekommen ist. Eine so gut betuchte Familie würde doch wohl kaum eine Vase klauen?

Ich sehe unter dem Bett nach, die Vase ist nicht dort, aber dafür etwas anderes. Glasscherben.

Ich hole einen Besen und sammle die Scherben in einer Kehrschaufel. Unter dem Bett liegt auch ein Kleidungsstück, vielleicht noch von früheren Gästen. Mit dem Besen fische ich den Stoff hervor, es ist ein Trägertop mit einem großen Fleck. Man muss kein Experte sein, um zu erkennen, was es ist. Blut ist über das Top geflossen, als hätte jemand Nasenbluten bekommen.

Ich stecke das Oberteil in eine Tüte und beseitige sorgfältig alle Glasscherben, bevor ich zum Lagerraum gehe, wo alles aufbewahrt wird; Bettüberzüge, Laken und hoffentlich noch eine Vase. Als ich am Empfang vorbeigehe, klingelt das Telefon.

Die Frau am anderen Ende ist sehr aufgewühlt. »Ich suche nach meiner Schwester, sie heißt Maja. Also eigentlich heißt sie María Síf Pálsdóttir, aber alle nennen sie Maja.«

»Moment«, sage ich und will gerade auf dem Computer nachsehen, als Edda kommt.

»Fragt sie nach dieser Maja?«, flüstert sie und fügt hinzu, dass Maja in der Nacht abgereist ist.

Als ich das an die Frau am Telefon weiterleite, reagiert sie verwundert.

»Sicher? Ich ... seit gestern Abend hat niemand von ihr gehört.« Die Frau zögert. »Könntest du noch einmal nachsehen, um ganz sicher zu sein?«

»Ich weiß nicht so recht ...«

»Aber wie?«, unterbricht mich die Frau.

»Was?«

»Wie ist Maja abgereist?«, fragt die Frau, und diesmal bricht ihre Stimme. »Maja hat keinen Führerschein. Sie hat kein Auto.

Kannst du mir sagen, wie sie mitten in der Nacht weggekommen ist?«

Lea Snæberg

»Halte dich am Handlauf fest, Liebes, die Treppe könnte rutschig sein.«

Als ich mich umdrehe, sehe ich Tryggvi, den Mann meiner Großtante Oddný, der hinter mir am Ende der Gangway steht.

»Okay«, sage ich und halte mich fest.

Auf dem Weg nach oben spüre ich ihn hinter mir. Ich kann es nicht ausstehen, wenn Männer mich *Liebes* nennen. Vor allem Männer, die ich gar nicht kenne, wie Tryggvi.

Vor Kurzem kam meine Großmutter einmal zu Besuch und hat meiner Mutter von Oddný erzählt. Sie war entrüstet und fragte, was sie überhaupt mit diesem ungebildeten und ungepflegten Mann wolle.

Erst fand ich das etwas harsch, aber dann habe ich ihn kennengelernt und verstanden, was sie meinte. Seine grauen Haare sind lang und zerzaust. Sie sehen dreckig aus und ich bezweifle, dass er jemals Shampoo benutzt, geschweige denn Pflegespülung. Die Klamotten sind auch furchtbar. Er trägt immer weite verwaschene Jeans, ein T-Shirt mit irgendeinem Bandlogo und eine Jacke von einem Label, das ich noch nie vorher gesehen habe. Außerdem hat er immer diese seltsamen Cowboystiefel an. Aber das Schlimmste an ihm ist der Geruch. Er stinkt nach fettigen Haaren, Schweiß und etwas anderem, das ich nicht ganz zuordnen kann. Vielleicht irgendeine Chemikalie, Öl oder Farbe. Was passen könnte, denn anscheinend arbeitet er als Tischler.

Aber jetzt dominiert der Gestank des Meeres. Ich verziehe das Gesicht, als ich auf dem Boot ankomme. Alles stinkt nach Salz und Fischinnereien.

»Guck nicht so böse«, sagt Oma und legt ihren Arm um mich. »Das ist doch nicht so schlimm. Du weißt, dass deine Vorfahren damit aufgewachsen sind. Bei jedem Wetter wurde hinausgefahren aufs Meer …« Oma führt mich an der Hand weiter, erzählt davon, als sie in ihrer Kindheit einmal mit ihrem Vater auf dem Boot war.

»Bist du nicht seekrank geworden?«, frage ich, denn ich spüre sofort die Übelkeit, obwohl wir noch gar nicht losgefahren sind.

»Aber ja doch, und wie«, antwortet Oma und lacht. »Den Kopf musste ich mehr oder weniger die ganze Zeit über Bord halten. Deshalb bin ich nur einmal mitgefahren und hab es dann gelassen.«

Ich kann mir meine Großmutter nur schwer auf einem Fischerboot vorstellen. Oma Ester ist immer so schick angezogen, in hohen Schuhen und mit Schmuck, sodass mir die Vorstellung von ihr in Seemannskleidung und Lopapeysa-Island-Pullover absurd vorkommt. Ähnlich seltsam, wie wenn Opa Ballett tanzen würde. Ich versuche, mir meine Großmutter als Kind vorzustellen, aber es geht nicht. Das Bild von ihrem jetzigen Gesicht auf dem Körper eines Kindes ist einfach nur eigenartig.

Nach dem Ablegen schwankt das Boot weniger, und die Übelkeit vergeht, als der kalte Wind um mein Gesicht tanzt. Als Oma weggeht, um sich mit jemandem anderes zu unterhalten, halte ich mich an der Reling fest und drehe mich zur Sonne.

Die Meeresluft stinkt nicht mehr, und die Aussicht ist atemberaubend. Das Wasser schäumt um das Boot herum, und der Himmel leuchtet hellblau. In der Ferne sind die vielen Inseln und Schären des Breiðafjörður zu sehen, zum Teil nur einzelne Steine, die aus dem Meer ragen, aber auch größere Inseln mit Vegetation. Jede Menge Vögel schweben über uns oder sitzen in den Felsvorsprüngen.

Ich schließe die Augen und atme tief ein.

»Wusstest du, dass sie unzählbar sind?«

»Was?« Ich öffne die Augen, und neben mir steht Oddnýs Mann Tryggvi.

»Die Inseln im Breiðafjörður, manche sagen, sie seien unzählbar«, meint er. »Aber es müssten so um die 2700 oder 2800 sein.«

»Ach so.«

Ich wusste das mit den Inseln, aber wollte nichts sagen. Wieder überkommt mich ein unwohles Gefühl, das ich nicht ganz erklären kann.

»Ja«, fährt Tryggvi fort, als würde er mit sich selbst reden. »Definitiv sehr viele.«

Er stützt sich mit den Ellbogen an der Reling ab und starrt aufs Meer hinaus. Plötzlich muss ich an den Mann denken, der mir immer wieder Nachrichten schickt und sich gulli58 nennt. Ein alter Mann, der einem sechzehnjährigen Mädchen Nachrichten schickt. Es ist ebenso seltsam wie unangenehm.

Wie hat er wohl reagiert, als er gemerkt hat, dass ich ihn wieder blockiert habe?

Gulli58 weiß, wo ich dieses Wochenende verbringe, und ist irgendwo in der Nähe. Ich habe ihn mir immer als alten einsamen Mann vorgestellt, aber was, wenn das nicht stimmt? Was, wenn er eine Familie, vielleicht sogar Kinder hat? Was, wenn er gar nicht so aussieht wie jemand, der sechzehnjährigen Mädchen Nachrichten im Internet schickt?

Was, wenn es Tryggvi ist?

Der Gedanke kommt mir so plötzlich, dass ich beinahe erschrecke. Könnte der Mann, der sich Gulli nennt, Tryggvi sein? Wenn 58 bedeutet, dass er 1958 geboren ist, könnte das Alter vielleicht sogar hinkommen. Ich rechne im Kopf nach und stelle fest, dass es tatsächlich passen könnte, auch wenn Tryggvi wahrscheinlich etwas älter ist. Jahrgang 1958 würde heißen, dass er jetzt neunundfünfzig wäre. Ich finde es schwer, Tryggvis Alter einzuschätzen. Er ist einfach ein alter Mann, älter als Papa, aber vielleicht ähnlich alt wie Opa, würde ich sagen. Opa und Tryggvi sind aber so unterschiedlich, dass es mir sogar schwerfällt, ihr Alter zu vergleichen.

Mein Handy klingelt, also habe ich einen guten Vorwand, ein paar Schritte zur Seite zu gehen.

»Lea?« Meine Freundin Solla hat offenbar etwas Wichtiges zu erzählen.

»Was?« Ich drehe mich um, und sehe, dass Tryggvi immer noch auf das Meer hinausstarrt.

»Lea, bist du da?«

»Ja«, sage ich.

»Ich wurde nominiert«, sagt Solla.

»Was?«

»Für die Nationalmannschaft. Also, die U-16-Mannschaft.«

»Ach so.« Kurz bin ich so erleichtert, ihre Stimme zu hören, dass ich ganz vergesse, mich für sie zu freuen. Doch dann füge ich hinzu: »Wow, Glückwunsch, Solla. Das ist ja Wahnsinn.«

Solla erzählt weiter, wer alles nominiert wurde und wer nicht. Ich stehe an einer weißen Wand im Windschatten und versuche, mich auf das Gespräch zu konzentrieren, aber ihre Worte gehen bei einem Ohr rein und beim anderen wieder raus.

Ich beobachte Tryggvi, er redet gerade mit meinem Vater und Smári. Er dreht sich nicht wieder zu mir um, und ich beruhige mich ein wenig. Wahrscheinlich bin ich paranoid. Die Vorfälle der letzten Jahre haben mich neurotisch gemacht. Und ich bin angespannt, weil ich andauernd an Birgir denken muss. Alle paar Minuten schaue ich auf mein Handy, zucke jedes Mal zusammen, wenn ich eine Benachrichtigung höre oder das Vibrieren spüre.

»Lea?« Solla klingt genervt. »Bist du da?«

»Ja.«

»Ich hab dich was gefragt«, sagt Solla. »Du kommst doch morgen, oder? Ich will auf keinen Fall allein mit Tara sein, sie ist manchmal so unverschämt.«

»Ich weiß nicht, wann ich zurückkomme«, sage ich und spüre plötzlich, dass ich viel lieber zu Hause wäre als hier. Die Landschaft, die vorhin noch so schön aussah, wirkt plötzlich unheimlich. Der Wind ist nicht mehr erfrischend, sondern eiskalt, und als das Boot langsamer wird, kehrt der Gestank zurück. Ich sitze hier fest, überlege ich. Ich könnte nicht weg, selbst wenn ich wollte.

Als ich mich von Solla verabschiede, ist die Kälte bereits durch meine Daunenjacke gedrungen, und plötzlich friere ich bis auf die Knochen. Ich lehne mich über die Reling, versuche mich von dem Frost und dem Gestank abzulenken.

Wir segeln vorbei an einer kleinen Insel, eigentlich ist es nur ein Felsen, der aus dem Meer ragt. Auf ihm sind ein paar Vögel, vorwiegend Möwen, die kerzengerade dastehen und mit ihren starren Augen auf das Meer blicken. Dann sehe ich, dass einer der Vögel anders aussieht. Schwarz, mit langem Hals und aufstehenden Federn im Nacken. Der Vogel dreht sich zu mir, es wirkt so, als würde er mich ansehen, obwohl ich weiß, dass ich mir das wahrscheinlich nur einbilde. Dann breitet er die Flügel aus und flattert schnell damit, setzt aber nicht zum Flug an. Die Bewegung ist ziemlich Furcht einflößend, als wollte er mich verscheuchen, und ich trete unwillkürlich ein paar Schritte zurück, bis ich im Schatten an der Wand stehe.

Dann fliegt er auf, und ich sehe ihn weit über den anderen Vögeln schweben.

Ich verdränge das unwohle Gefühl, ziehe den Reißverschluss meiner Jacke bis unters Kinn und werfe noch einmal einen Blick auf mein Handy. Obwohl Birgir mir nicht geantwortet hat, finde ich es beruhigend, sein Gesicht zu sehen und zu wissen, dass er da draußen irgendwo ist. Wenn es mir schlecht geht oder ich mich einsam fühle, scrolle ich oft durch seine Bilder. Allein sein Anblick bringt mich zum Lächeln und weckt eine Vorfreude in mir.

Ich tippe Birgirs Namen in die Suchfunktion bei Instagram ein, aber statt seinem Profil erscheint ein ganz anderer Birgir. Ich versuche es noch mal, aber kann seinen Account nicht finden. Ich prüfe, ob ich den Namen richtig geschrieben habe, obwohl ich eigentlich sicher bin.

Mein Herz rast, und ich habe einen schlechten Geschmack im Mund, als komme mir etwas hoch. Ich atme flach und mir wird schwindlig. Ich bekomme nicht genug Luft, um meine Lungen zu füllen.

Ich tippe den Namen immer wieder ein, starre auf das Display. Scrolle durch die Suchergebnisse, aber Birgirs Name wird nicht angezeigt. Sein Account existiert nicht mehr.

Er ist weg.

Petra Snæberg

Das Boot wird langsamer und ich starre auf die ruhigen Wellen unter uns. Die Meeresoberfläche sieht aus wie eine weiche Matratze, auf die man sich legen und einschlafen könnte.

Sei vorsichtig. M.

Die Worte hallen in meinem Kopf wider, und ich frage mich, was Maja damit gemeint hat. Denn das M. muss ja für Maja stehen. Wer sonst hätte mir diese Nachricht hinterlassen sollen?

Ich vermute, dass es mit der Sache zusammenhängt, über die sie gestern Abend mit mir sprechen wollte. Und weil wir nicht dazu gekommen sind, hat sie mir eine Nachricht hinterlassen. Aber warum ist sie so kurz und kryptisch?

Meine einzige Idee ist, dass sie vielleicht Angst hatte, jemand anderes könnte den Zettel finden. Nur ich sollte sie verstehen, aber das tue ich nicht. Ich weiß nicht, warum ich vorsichtig sein soll.

Ich versuche, mich in Maja hineinzuversetzen. Mir vorzustellen, wie sie mitten in der Nacht eilig abgereist ist und schnell noch die Notiz geschrieben hat. Sie am Auto festgemacht hat, in der Hoffnung, dass ich sie dort finde.

Sei vorsichtig.

Sie muss gedacht haben, dass ich sofort verstehen würde, vor wem ich mich in Acht nehmen sollte, aber der Einzige, der mir einfällt, ist Gestur. Denn er steht mir am nächsten, ihm vertraue ich am meisten.

»Ist alles in Ordnung?«, fragt Gestur. Er tritt von hinten an mich heran, greift links und rechts von mir nach der Reling und legt sein Kinn auf meine Schulter.

»Alles gut«, sage ich. Ich überlege, ob ich ihm von dem Zettel erzählen soll, aber beschließe, es zu lassen.

Er legt seine Hand auf meine, und ich spüre die Wärme, die von ihm ausgeht.

»Nachher im Hotel müssen wir noch ein wenig ausnutzen, dass wir hier ein Zimmer für uns allein haben«, flüstert er mir ins Ohr.

Ich antworte nicht und spüre, wie er sich näher an mich lehnt und an meinen Haaren riecht. Trotz allem bin ich ein wenig erregt.

Maja kann mit der Nachricht nicht Gestur gemeint haben. Es gibt keinen Grund, warum ich mich vor Gestur hüten müsste, den gab es noch nie. Vielleicht meinte Maja auch nicht, dass ich mich vor jemandem in Acht nehmen müsste, sondern einfach nur, dass ich vorsichtig sein sollte. Wie eine besorgte Mutter ihre Kinder bittet, draußen vorsichtig zu sein.

Wir fahren langsam, sodass ich die Vögel in den Felsen und auf dem Meer sehe, Möwen, Eissturmvögel und Papageitaucher. Ich vergesse immer, wie klein die Papageitaucher eigentlich sind, mit ihren klobigen rot-blauen Schnäbeln und den roten Streifen um die runden Augen. Ich starre sie gebannt an, und sie erwidern meinen Blick.

Jemand ruft, dass ein Adler über uns fliegt, und Gestur lässt mich sofort los, um seinen Feldstecher zu holen. Er hat eine eigenartige Faszination für Vögel, bei der ich nicht einmal so tun kann, als würde ich mich dafür interessieren. Trotzdem blicke ich wie alle anderen auf und sehe, dass der Adler weit über uns die Flügel ausbreitet. Er scheint sich beim Fliegen gar nicht anstrengen zu müssen, die Spannweite ist so groß, dass der Aufwind ihn trägt. Langsam kommt er immer näher, bis er sich auf einer Insel nicht weit von uns entfernt niederlässt. Dort thront er auf dem Felsen und blickt majestätisch über den Fjord.

Als ich das eiskalte Metallgeländer loslasse, läuft es mir plötzlich kalt über den Rücken. Ich habe das Gefühl, dass mich jemand beobachtet, und blicke mich um. Hinter mir steht Viktor.

»Sie sind beeindruckend«, sagt er und lächelt.

»Ja«, sage ich. »Das sind sie.«

Ich blicke nicht wieder auf, sondern betrachte Viktors Gesicht. Er sieht so sorglos aus.

Es ist unwahrscheinlich, dass Maja mit dem Auto abgereist ist. Als wir uns an der Raststätte getroffen haben, sind sie danach zusammen mit Viktors Auto weitergefahren. Sie wird wohl kaum sein Auto genommen haben und damit zurückgefahren sein? Wahrscheinlich hat jemand sie abgeholt oder sie ist zu Fuß ins nächste Dorf gegangen, was aber mindestens eine Stunde dauert, wenn nicht mehr. Bei dem Wetter gestern hoffe ich auf Ersteres, auch wenn es unwahrscheinlicher ist. Wenn jemand gekommen wäre, um sie abzuholen, würde ihre Familie jetzt nicht nach ihr suchen. Dann hätte sie sich gemeldet. Außer sie ist per Anhalter gefahren. Vielleicht wollte sie ins nächste Dorf gehen, und jemand hat sie auf dem Weg gesehen und mitgenommen.

Bei der Vorstellung von Maja allein da draußen in der Finsternis muss ich unwillkürlich an die gruselige Geschichte von Axlar-Björn denken, einem berüchtigten Serienmörder aus dem

16. Jahrhundert, der ganz in der Nähe unseres Hotels gelebt hat. Reisende, die an seinen Hof Öxl kamen, hat er ausgeraubt und brutal ermordet, bevor er ihre Überreste im Lavafeld bei den Knarrarklettar-Felsen versteckte. Das ist lange her, aber die Leichen der Opfer, die nie richtig begraben wurden, gehen mir trotzdem nicht aus dem Kopf. Die Landschaft hier auf Snæfellsnes ist wunderschön, aber entsetzliche Geschichten wie diese haben die Gegend geprägt. Axlar-Björn wurde letztendlich zum Tode verurteilt, sein Körper zerstückelt und an drei verschiedenen Orten begraben, unter anderem auch in Hellnar, wo wir gestern waren. Damit sollte verhindert werden, dass er wiederkehrt. Ich habe keine Angst vor seinem Geist, aber bei dem Gedanken daran bekomme ich dennoch ein klammes Gefühl.

Ein kalter Schauder läuft mir über den Rücken, als ich mich frage, was es bedeuten könnte, dass seit Majas Abreise niemand von ihr gehört hat.

Tryggvi

Ich habe vorerst genug davon, auf dem Deck zu stehen, und gehe hinunter in die kleine Cafeteria, wo ich zwei Kaffee und Haferkekse mit Schokolade kaufe. Dann setze ich mich zu Oddný, der vermutlich nach wenigen Minuten draußen auf dem Deck kalt geworden ist.

»Wie geht es dir?«, frage ich und reiche ihr einen der Becher.

»Gut«, sagt sie und bedankt sich mit einem Lächeln. »Ganz schön kalt draußen.«

»Ja, es ist etwas kalt.«

Oddný fragt nicht, wie es mir geht, und ich will mich zwar nicht beschweren, aber es ging mir schon einmal besser. Es war zu erwarten, dass der heutige Tag nicht einfach werden würde. In siebzehn Jahren war ich an diesem Tag niemals nüchtern, aber irgendwann ist immer das erste Mal. Man ist nie zu alt, um sich zu bessern.

In letzter Zeit habe ich oft darüber nachgedacht, wie ich ein besserer Mann werden kann. Die ersten positiven Erfahrungen am Anfang haben mich ermutigt, mein Leben weiter umzukrempeln. Denn obwohl ich aufgehört habe zu trinken, werde ich ein paar schlechte Angewohnheiten nicht los. Ich schlafe zu wenig, arbeite zu viel und spreche oft nicht aus, was mir auf dem Herzen liegt. Und so, wie mein Leben verlaufen ist, konnte ich die meisten meiner Träume nie realisieren. Zum Beispiel, das schottische Hochland zu bereisen oder die Südstaaten der USA.

»Irgendwie bin ich ganz schön erschöpft«, seufzt Oddný. »Ich freue mich schon darauf, zurück ins Hotel zu kommen und mich ein wenig hinzulegen.«

»Oh ja. Das wird gut.« Ich breche ein Stück von dem Haferkeks ab, stecke ihn in meinen Mund, und dabei fällt mir auf, dass ich mir nicht vorstellen kann, diese Reisen zusammen mit Oddný zu unternehmen.

Ich schiebe ihr den Teller zu. »Willst du nichts essen?«

Sie starrt kurz auf den Keks, als müsse sie darüber nachdenken, bevor sie ein kleines Stück abbricht und isst. Als sie den Blick von mir abwendet, sehe ich eine Wunde auf ihrer Stirn, direkt über der Schläfe. Ein kleiner Schnitt und ein Fleck, der sich bereits blau färbt. Das Make-up kann ihn vollständig kaschieren.

Ein schlechtes Gewissen überkommt mich und ich esse nicht weiter. Als würde es etwas ändern, wenn ich mir das Gebäck verwehre.

»Habt ihr genug von der frischen Meeresluft?«, fragt Haraldur und setzt sich zu uns. Er hat kleine Weinflaschen dabei, die er in der Cafeteria gekauft hat, und verteilt sie, als wären es Aufgaben. Seltsam, wie besorgt Oddnýs Geschwister wegen ihres Alkoholkonsums sind, ihr aber trotzdem immer wieder was zu trinken anbieten. Ich lehne dankend ab, aber Oddný nicht.

»Was? Seid ihr immer so langweilig?«, fragt Haraldur und lacht laut auf, bevor er die Flasche in einem Zug leert.

Sie unterhalten sich eine Weile über die aktuellen Koalitionsverhandlungen, über die Medienangriffe auf die Rechten und die Dummheiten der Linken.

»Ich verstehe nur nicht, was dieses kleine Mädchen als Premierministerin ausrichten soll«, sagt Haraldur. Er schüttelt seine Tabakdose. »Glauben die Menschen wirklich, dass jetzt alles besser wird? Wollen sie bei jeder Kleinigkeiten Neuwahlen ausrufen? Was denkst du?«

Haraldur sieht mich plötzlich an. Seine Stimme klingt bissig und streitlustig.

»Na ja …« Ich könnte ihm sagen, dass ich schon immer links gewählt habe, dass ich eher Sozialdemokrat bin als Kapitalist. Aber dann wäre wahrscheinlich die Hölle los. »Ich habe mir noch keine Meinung gebildet, aber ist sie nicht bestens geeignet für den Job?«

»Fang mir nicht damit an, Tryggvi.« Haraldur verzieht das Gesicht und wendet sich Oddný zu. »Was denkst du Oddný, auf welcher Seite steht dein Mann hier?«

Oddný lächelt schal. »Wir reden nicht viel über Politik.«

»Ach, ja«, sagt Ester, als sie sich zusammen mit ihrem Bruder Ingvar und seiner Frau Elín zu uns setzt. »Lasst uns über etwas anderes als Politik reden, Halli.«

Haraldur gibt ein wenig Tabak auf seinen Handrücken und zieht ihn mit einem lauten Schnauben in die Nase.

»Oddný, was ist denn passiert?«, fragt Ester, als sie das Gesicht ihrer Schwester sieht.

»Oh, nichts«, antwortet sie. »Ich habe mir nur den Kopf gestoßen.«

Ester zieht die Augenbrauen hoch, und ich habe eine Vermutung, was ihr durch den Kopf geht. Den Zustand ihrer Schwester hat sie gestern mit eigenen Augen gesehen. Sie wechselt schnell das Gesprächsthema und sagt mit gespielter Fröhlichkeit: »Das Essen dort, wo wir nachher hingehen, soll richtig gut sein.«

»Wie heißt das Restaurant noch mal?«, fragt Elín.

»Viðvík«, antwortet Ester. »Ich habe tatsächlich sehr viel Gutes über die Muschelsuppe gehört.«

»Warst du schon einmal hier in der Gegend, Tryggvi?«, fragt Ester. Ich vermute, dass die Frage eine Art Entschuldigung für das Benehmen ihres Mannes sein soll. Er sieht etwas betrunken aus, ist bereits rot im Gesicht.

»Hey!«, ruft Haraldur und winkt die Mitarbeiterin herbei. Ich bezweifle, dass es zu ihrem Aufgabenbereich gehört, die Gäste an den Tischen zu bedienen, aber sie kommt trotzdem und bringt weitere Flaschen.

»Und was sagt ihr zu dem Hotel?«, fragt Elín. »Ich habe richtig gut geschlafen heute Nacht. Wie ein Stein.«

»Es ist wirklich sehr schick«, sagt Ester. »Und der Wasserdruck in der Dusche erst ... Ich glaube, ich war noch nie so sauber. Ich wollte dir ohnehin noch sagen, dass du eine gute Wahl getroffen hast.«

»Ich?« Elín schüttelt den Kopf. »Ich hatte noch nie zuvor von diesem Hotel gehört.«

»Hattest du nicht den Link dazu in die Gruppe gestellt?«, fragt Ester. »Du weißt schon, die Facebook-Gruppe, über die wir das Familientreffen organisiert haben.«

»Nein, das war jemand anders. Ich bin nicht auf Facebook, das macht alles Ingvar.«

»Ach so«, sagt Ester. »Wie auch immer. Mir gefällt es jedenfalls sehr gut.«

»Nur die Seife riecht etwas eigenartig«, sagt Ingvar. »Ein bisschen wie ... wie ...«

»Birke«, sagt Ester. »Sie wird aus Birke und Thymian gemacht.«

»Ist überall Thymian drin?«, fragt Elín. »Auch im Tee, den wir bei der Ankunft bekommen haben. Der hat aber tatsächlich sehr gut geschmeckt.«

»Ich bin da ganz bei Ingvar. Der Geruch und der Geschmack sind furchtbar. Von wem sind die?« Haraldur zeigt auf die Kekse auf dem Tisch.

»Nimm dir, bitte«, sage ich.

Er nimmt einen halben Keks und stopft ihn sich in den Mund. Die Krümel bröseln auf seine königsblaue Regenjacke.

»An dem Personal ist aber nichts auszusetzen«, sagt Ingvar. »Das eine Mädchen ist äußerst zuvorkommend.«

»Sehr zuvorkommend, ja«, sagt Haraldur. »Ich hoffe, sie ist nachher auch für meine Massage zuständig.«

»Hör auf mit dem Unsinn, Halli«, sagt Ester und kneift ihn. Haraldur lacht schallend auf und es ist ihm egal, dass niemand mit ihm lacht. Dann trinkt er sein Glas in einem Zug aus.

Ich würde ihn gerne daran erinnern, dass wir noch ein Stück fahren müssen. Wir sind mit unseren eigenen Autos zum Hafen nach Stykkishólmur gefahren. Um zwei Uhr fahren wir dann weiter ins Restaurant Viðvík in Hellissandur und danach zum Strand bei Djúpalónssandur. Aber ich weiß, dass Männer wie Haraldur sich über Regeln und Gesetze erhaben sehen. Dass sie sich besser fühlen als der Rest der Bevölkerung, denken, sie könnten tun und lassen, was sie wollen. Und vielleicht stimmt das auch, denn Geld bedeutet Macht. Hohe Strafen würden Haraldur nicht sonderlich treffen. Im Ernstfall würde er es wahrscheinlich sogar mit Bestechungsgeldern versuchen. Auch wenn ich mir Bestechung in einem kleinen Land wie Island nur schwer vorstellen kann, bin ich sicher, dass sie gang und gäbe ist.

Diese Selbstbeweihräucherung und gedankenlose Rücksichtslosigkeit machen mich so wütend, dass ich beinahe zittere. Menschen, die angetrunken fahren und denen völlig egal ist, dass andere ein Recht auf sicheren Verkehr haben. Eine derartige Missachtung des Lebens anderer Menschen finde ich abscheulich.

Ich sehe, dass Oddný noch eine weitere Flasche von Haraldur entgegennimmt. Plötzlich verspüre ich einen starken Drang wegzurennen. Am liebsten gleich vom Boot hinunter und immer weiter weg. Ich fühle mich hier nicht wohl und kann nicht länger sitzen bleiben.

»Sie werfen bestimmt bald das Netz aus«, sage ich und stehe auf.

Obwohl in mir eine berechtigte Wut brodelt, bin ich ein Heuchler der schlimmsten Sorte. Denn an meinen schlechtesten Tagen habe ich genau das getan, was ich anderen vorwerfe, und noch viel Schlimmeres.

Jetzt
Sonntag, 5. November 2017

Sœvar
Kriminalpolizist in Akranes

Edda kam mit Kaffee und Schokolade wieder.

»Also gut, lass uns die Vorfälle des gestrigen Abends noch einmal durchgehen«, sagte Hörður.

»Ja, okay.« Edda reibt ihre Hände zusammen. »Ich war aber eigentlich schon zu Hause, als das passiert ist. Ein paar Angestellte waren noch hier, um die Gäste zu bedienen, die etwas an der Bar bestellen wollten, und … und ja, dann gibt es natürlich immer einen Nachtdienst.«

»Und wann hast du erfahren, dass ein Gast vermisst wird?«

»Um vier habe ich den Anruf bekommen, dass ein Gast hinausgegangen und nicht wiedergekommen ist. Alle waren natürlich sehr besorgt. Das Wetter war schlecht, starker Sturm und Frost, also völlig unvernünftig, einfach nach draußen zu gehen. Außerdem wird es hier nachts so dunkel, dass man sich kaum orientieren kann, wenn man sich nicht auskennt. Da verirrt man sich schnell …«

»Wer hat dich angerufen?«, fragte Hörður.

»Einer der Kellner, Arne«, sagte Edda. »Er meinte, drei Gäste wären aus irgendeinem Grund hinaus ins Unwetter gegangen, aber nur zwei von ihnen wieder zurückgekommen.«

»Und was ist dann passiert?«

»Ich habe Arne gebeten, umgehend den Rettungsdienst anzurufen, was er auch getan hat. Sie kamen kurz darauf an und machten sich sofort auf die Suche.« Edda starrte in ihre Tasse. »Ich muss euch wahrscheinlich nicht erklären, dass es bei diesem Wetter auf jede Minute ankommen kann.«

Edda verstummte und trank von ihrem Kaffee, aber den Rest der Geschichte kannte Sævar ohnehin. Er wusste, dass die Rettungsmannschaft erst zum Tagesanbruch die Leiche gefunden hatte. Und dass es nicht so war wie in alten isländischen Geschichten, wo Menschen sich in stürmischen kalten Nächten in der Wildnis verirrten und erfroren. Bei diesem Todesfall hatten die Naturgewalten, wenn überhaupt, nur eine kleine Rolle gespielt.

Am Tag davor
Samstag, 4. November 2017

Petra Snæberg

»Meine kleine Nichte interessiert sich brennend für Innenarchitektur«, erzählt Katla, die Frau meines Bruders Smári. »Momentan lebt sie zwar nur im Studentenwohnheim, aber du solltest sehen, wie schön sie ihr Zimmer eingerichtet hat. Sie hat ein tolles Auge für die kleinen Details.«

Während sie spricht, gestikuliert Katla wild und reißt ihre Augen weit auf. »Jedenfalls sollte ich für sie fragen, ob ihr auch Sommerpraktika vergebt. Ihr müsstet ihr auch nicht unbedingt etwas zahlen. Ehrlich, sie würde es auch unbezahlt machen.«

»Oh, wie schön«, sage ich. »Wir hatten zwar noch nie Praktikanten, aber ich schau mal, was ich tun kann.«

»Das wäre großartig. Sie würde sich so sehr freuen.«

Ich lächle und heuchle Interesse, aber in Wahrheit überlege ich mir schon mögliche Ausreden. Katla und ich haben uns noch nie sonderlich gut verstanden. Zu Beginn ihrer Beziehung mit Smári habe ich noch bei meinen Eltern gelebt. Unsere erste Begegnung fand statt, als ich einmal früh aus der Schule nach Hause gekommen bin und dachte, das Haus wäre leer. Auf dem Weg in mein Zimmer habe ich ein leises Geräusch gehört und nach Smári gerufen, aber keine Antwort bekommen. Dann tauchte plötzlich Katla auf, sie trat hochrot und verschämt aus meinem Zimmer.

»Entschuldige«, sagte sie. »Ich ... ich war auf der Suche nach einer Haarbürste.«

»Einer Haarbürste?«

»Ja. Ich ähm ... ich bin Katla.«

Smári hatte von ihr erzählt. Katla war das Mädchen, das ständig bei uns angerufen hat. Smáris Freunde haben ihn manchmal wegen ihr aufgezogen. Ich weiß nicht mehr, wie ich sie mir vorgestellt hatte, aber definitiv anders. Sie trug ein T-Shirt mit Minnie-Maus-Aufdruck und einem kleinen Loch über dem Bauchnabel, hatte mausbraune Haare, ein hervorstehendes Kinn und eine runde Brille. So stand sie verlegen vor mir, nachdem sie in meinem Zimmer herumgeschnüffelt hatte, denn wir wussten beide, dass die Sache mit der Haarbürste eine Lüge war. Ich konnte sie von Anfang an nicht leiden.

Diese erste Begegnung habe ich ihr nie wirklich verziehen, obwohl in meinem Zimmer alles so war wie vorher. Außerdem habe ich ihr wahrscheinlich auch nie verziehen, dass sie sich Smári geangelt hat, der bestimmt eine Bessere bekommen hätte.

Ich bin froh, als ein Mann uns zum Heck des Bootes ruft.

»Jetzt holen wir das Netz ein«, sagt er und bittet alle, sich zu versammeln.

Ich lasse Katla allein zurück und gehe zu Ari, der weiter vorne in der Gruppe steht.

»Willst du es nicht probieren?«, flüstere ich.

Er verzieht erst das Gesicht, zuckt aber dann mit den Schultern. »Doch, vielleicht.«

Das Netz ist zum Bersten voll. Der Mann hebt es über einen langen Tisch vor sich. Wir stehen auf der anderen Seite und beobachten, wie er es von unten öffnet und der Inhalt herausgleitet.

»Und hier habt ihr es, Wikinger-Sushi, frischer geht es nicht, direkt vom Meeresgrund.« Der Mann verteilt den Fang auf dem Tisch. »Hier sind ein paar köstliche Jakobsmuscheln und Seeigel, die ihr probieren könnt. Außerdem haben wir natürlich ein paar hübsche Krebse mitgefangen, die nehmen wir am besten schnell raus, bevor sie jemanden verletzen, die Zangen können ganz schön gefährlich sein. Und hier haben wir noch Seesterne und eine Seegurke.«

Ein paar Crewmitglieder in Öljacken holen Messer hervor und beginnen, die Muscheln zu öffnen.

»Dann lasst uns mal reinhauen, oder?«, sagt Viktor. Er steht direkt neben mir, so nah, dass ich seine Wärme spüre.

»Ja«, sage ich und nehme mir eine offene Muschel. Ich betrachte den weißen Muskel, der ziemlich schleimig aussieht, aber lasse mich davon nicht einschüchtern.

Er sieht mir beim Essen zu, beobachtet meine Reaktion.

»Mmh«, sage ich und nicke. »Das ist gut. Probier ruhig.«

Eigentlich schmeckt es mir nicht wirklich, aber ich kann Viktor überzeugen.

Er nimmt eine Muschel auf und betrachtet sie skeptisch.

»Ist das wirklich lecker?«, fragt er.

»Ja, ehrlich.« Ich setze ein unschuldiges Gesicht auf und stupse ihn an. »Probier einfach mal.«

»Nur für dich«, sagt Viktor und schlürft an der Muschel. Kurz wirkt es, als würde er den Bissen gleich wieder ausspucken, er schüttelt sich, aber schluckt schließlich mit Müh und Not hinunter.

»Verräterin«, sagt er und tut, als wäre er sauer auf mich. »Ich habe ganz vergessen, wie hinterlistig du bist.«

Ich bringe kein Wort hervor, lache so laut, dass mir die Tränen kommen.

»Wollt ihr die auch probieren?«, fragt der Mann mit dem Netz und hält uns Rogen hin. »Die sind eine Delikatesse.«

»Nein, danke«, sagt Viktor. »Auf keinen Fall.«

»Nein, danke«, sage ich.

»Lass uns nachher vor dem Essen noch was trinken, komm auf mein Zimmer, okay?«, sagt Viktor, als der Mann den Versuch aufgibt, uns noch mehr von seinem Fang anzubieten. »Ich kann mir nicht vorstellen, morgen nach Hause zu fahren, ohne mich richtig mit dir unterhalten zu haben.«

»Ja, gerne«, sage ich. Vielleicht will Viktor darüber reden, was in Wahrheit zwischen ihm und Maja vorgefallen ist.

»Super. Ich habe noch was von dem Champagner, den du so gerne magst.«

Viktor schmunzelt und ich spüre, dass ich rot werde. Vor ein paar Jahren hat er diesen Champagner einmal zu mir nach Hause mitgebracht, als Gestur gerade beruflich in Polen war. Wir haben die ganze Flasche zu zweit ausgetrunken und noch einen Rotwein. Irgendwann bin ich auf dem Sofa eingeschlafen und erst wieder aufgewacht, als Lea mich am nächsten Morgen wach gerüttelt hat. *Mama, warum hast du auf dem Sofa geschlafen? Bist du krank?*

Viktor hatte zum Glück noch die Beweise vernichtet und die Flaschen und Gläser weggebracht. Er hatte mich auch zugedeckt und mir das Kissen aus meinem Schlafzimmer unter den Kopf gelegt.

»Uff«, sage ich. »Ich weiß nicht, ob ich den noch einmal trinken sollte …«

Viktor antwortet nicht, aber lächelt, und in seinen Augen ist ein Leuchten, das ich noch nie zuvor gesehen habe. Auf dem engen Heck stößt uns jemand an, und wir werden näher aneinandergedrängt, sodass sich unsere Körper berühren.

Ich lache etwas verlegen. Versuche, einen Schritt zurückzutreten, aber hinter mir steht der Tisch mit den glitschigen Meerestieren. Braune und lila Seeigel, zappelnde Krabben und offene Jakobsmuscheln, deren schleimige Innereien zum Essen bereitliegen.

Auf einmal steigt mir ein übler Geruch in die Nase, ein schwerer, brackiger Meeresgestank, und es fühlt sich an, als wäre mein Kopf voller Fischschleim. Um mich herum höre ich Menschen lachen und schmatzen. Neben unserer Familie sind auch noch einige Urlauber auf dem Boot, die meisten aus dem Ausland. Jemand füllt Weißwein in Gläser, und ein schaler Alkoholgeruch mischt sich mit dem Gestank. Die Übelkeit wächst in meinem Magen an, kriecht langsam höher und ich schlucke. Ich komme hier nicht weg. Hinter mir steht Viktor, der offenbar nicht vorhat, mir mehr Platz zu geben. Ganz im Gegenteil, er rückt immer näher, drückt sich an mich, sodass ich kaum noch atmen kann.

Lea Snæberg

Wir halten bei Djúpalónssandur an. Die Sonne geht langsam unter, und ein Nieselregen liegt in der Luft. Ich war schon oft hier am Strand. Als Kind habe ich bei jedem Ausflug nach Snæfellsnes darum gebettelt, hierherzufahren. Es ging mir vor allem um die Steine, sie sind rund und glatt, vom Meer geschliffen, fast wie Perlen. Ich habe viel Zeit damit verbracht, nach den schönsten Steinen zu suchen, um sie mit nach Hause zu nehmen. Dann habe ich sie in meinem Zimmer aufgereiht oder Freundinnen geschenkt.

»Kommst du?«, fragt Papa, der ein paar Meter vor mir Hand in Hand mit meiner Mutter geht.

Ich taste mich die Stufen hinunter, bis ich zwischen den sonderbar geformten schwarzen Lavafelsen stehe. Ein paar Schritte weiter offenbart sich das Meer. Ich nehme meine Mütze ab, weil ich es hören will, das Rauschen und den Klang der Wellen, wenn sie sich über die Steine legen und wieder zurückziehen.

Der Strand ist wie eine andere Welt, und für eine Weile fühle ich mich besser. Hier kann ich atmen. Und während ich die Steine und das Meer betrachte, überlege ich, wann ich zuletzt glücklich war. Wirklich glücklich.

Bei dem Gedanken bekomme ich immer ein schlechtes Gewissen. Denn eigentlich habe ich ja alles, was man sich wünschen kann, warum bin ich also nicht glücklich? Ich sollte doch glücklich sein.

Ich habe es viel besser als die meisten Menschen. In Momenten wie diesen muss ich immer an das Mädchen denken, mit dem ich mich als Neunjährige angefreundet habe. Sie hieß Dagbjört und kam im Herbst in meine Klasse. Eines Tages schlug ich vor, nach der Schule mal zu ihr zu gehen, anstatt immer nur zu mir. Am Ende ließ sie sich überreden.

Beim Anblick ihrer Wohnung erschrak ich. Blieb im Vorraum stehen und starrte nur. Die Wohnung war wie ein Lagerraum. Schlimmer als das. Der Boden war voller Kram, das dachte ich anfangs jedenfalls. Aber dann fiel mir auf, dass es Müll war: Pizzakartons, Getränkedosen und andere Essensverpackungen. Im Wohnzimmer lief ein Fernseher, und es war dunkel. Die Vorhänge waren zugezogen, obwohl draußen eigentlich die Sonne schien. Am schlimmsten war der Geruch, säuerlich und schwer, als würde etwas verrotten. Dann kam Dagbjörts Vater in seltsamen Klamotten und mit einem komischen Gesichtsausdruck. Er befahl uns, leise zu sein, und verschwand in einem der Zimmer.

Wenn ich Freunde mit nach Hause brachte, unterhielten sich meine Eltern immer mit ihnen und brachten uns Snacks.

Als Dagbjört mich hineinbat, erfand ich schnell irgendeine Ausrede und lief nach Hause. Danach redeten wir nur noch miteinander, wenn es sein musste. Immer wenn ich Dagbjört sah, drehte ich mich um und ging weg.

Ich muss immer noch oft an sie und diese kleine Wohnung denken, den Geruch und den Gesichtsausdruck ihres Vaters. Aus irgendeinem Grund blieb diese Erinnerung bei mir hängen. Obwohl ich Dagbjört gar nicht mehr kenne und seit Jahren nicht gesehen habe. Wahrscheinlich ist es eine Art schlechtes Gewissen, das mich daran erinnern soll, wie undankbar ich bin, wie vorurteilsbehaftet und gemein, weil ich nach Hause gegangen bin und Dagbjört allein in dieser schrecklichen Wohnung zurückgelassen habe. Danach habe ich manchmal beobachtet, wie sie allein nach Hause gegangen ist, auf dem Gehsteig angehalten und uns Mädchen beobachtet hat. Ich habe immer so getan, als würde ich sie nicht sehen.

Damals war ich nur ein Kind, war glücklich und ging allem aus dem Weg, das irgendwie unangenehm war. Erst ein paar Jahre später verstand ich, wie es sich anfühlte, eine Außenseiterin zu sein, genau wie Dagbjört.

Alle meinten, ich sei auf einmal still geworden. In der Schule zog ich mich immer mehr zurück, hob während des Unterrichts nicht mehr die Hand oder bat die Lehrer um Hilfe. Nach der Schule wollte ich nicht mehr spielen. Meine Freundinnen dachten, ich würde sie absichtlich ignorieren, und irgendwie war alles immer meine Schuld. Manchmal überlege ich, ob sie vielleicht eine Schwäche in mir erkannt und ausgenutzt haben. Ob sie die ideale Gelegenheit gesehen haben, um mich niederzumachen.

Meine Mutter dachte immer, ich hätte mich wegen der Vorfälle in der Schule verändert, und hat es auf die anderen Mädchen geschoben. Ich habe ihr nie den wahren Grund erzählt, warum alles auf einmal anders war. Sie weiß nicht, dass ich mit zwölf Jahren bei einer Weihnachtsfeier meiner Großeltern in einem ihrer Betten aufwachte und jemand seine Hand unter meinen Pulli geschoben hatte, unter mein Oberteil. Ich zuckte zusammen, als ich verstand, was los war, aber konnte mich nicht bewegen.

Hákon Ingimar lachte, als er sah, dass ich aufgewacht war. »Da wächst ja langsam was bei dir«, sagte er.

Es fühlte sich an, als hätte er etwas Fragiles zerstört, das ich nicht erklären konnte. Mit einer Berührung nahm er mir von einem Moment auf den anderen eine Unschuld, von der ich nichts wusste, bis ich sie verloren hatte.

Jetzt frage ich mich, was passiert, wenn Birgir, oder wie auch immer der Junge heißt, mit dem ich geschrieben habe, meine

Bilder oder die Chats veröffentlicht. Was würden meine Eltern sagen? Was würden meine Freunde sagen?

Es fühlt sich an, als hätte ich Steine im Magen, alle Steine, die ich als Kind gesammelt habe.

Dann kommen ganz andere Erinnerungen auf; mein Vater, der mir eine heiße Schokolade gemacht hat, wenn ich von der Schule nach Hause gekommen bin und mir so kalt war, dass meine Zähne geklappert haben. Oder die Abende, an denen wir als Familie ins Schwimmbad gegangen sind und ich danach lange aufbleiben durfte. Papa, wie er mich abends in meine Decke gewickelt hat, sodass ich die Hände nicht mehr bewegen konnte. Ich weiß nicht, warum ich jetzt darüber nachdenke, aber plötzlich spüre ich einen Kloß im Hals.

Ich atme tief ein und langsam wieder aus. Schließe die Augen. Vergesse die Menschen um mich herum. Was, wenn alles verschwinden würde. Was, wenn ...

Ich gehe vor bis zum Wasser. Die Wellen streifen meine Schuhe und legen sich über die Steine, bevor eine unsichtbare Kraft sie wieder zurück ins Meer zieht.

Ich trete noch ein paar Schritte vor. Die nächste Welle reicht mir bereits bis zu den Knöcheln, und das Wasser dringt durch meine Sneaker. Die Socken werden nass. Erst spüre ich die eisige Kälte, aber kurz darauf wird mir warm.

Ich gehe weiter.

Petra Snæberg

Okay, zum Mittagessen habe ich etwas Wein getrunken und es geht mir schon besser. Die Kopfschmerzen sind nicht mehr so schlimm. Wahrscheinlich war die Situation mit Viktor auf dem Boot nur Einbildung. Er hat bestimmt nicht absichtlich versucht, sich an mich zu drängen. Majas Nachricht hat mich verwirrt, mich paranoid gemacht. Vielleicht war der Zettel nicht einmal von Maja, oder gar nicht erst für mich gedacht. Maja weiß nicht, welches Auto Gestur und ich fahren, und woher hätte sie wissen sollen, dass er sich ans Steuer setzen würde und ich auf den Beifahrersitz?

Als Gestur auf dem Parkplatz bei Djúpalónssandur anhält, spüre ich einen angenehmen Rausch im Körper. Ich habe zwar nicht viel getrunken, nur zwei Gläser Wein, aber trotzdem scheint alles jetzt etwas einfacher. Die Welt ist in einen wohligen Schleier gehüllt.

»Hoppla.« Auf dem Weg zum Strand rutsche ich auf nassem Moos aus.

Gestur stützt mich. »Vorsicht«, sagt er und ich lache auf. So laut, dass Ari mich ansieht und fragend eine Augenbraue hochzieht.

Gestur schmunzelt. Er findet es lustig, wenn ich betrunken bin, meistens jedenfalls. Dann nutzt er oft die Gelegenheit und sucht den Körperkontakt, weil er weiß, dass ich ihn nicht sofort abweisen werde.

Ich habe nichts dagegen. Vorhin hat Gestur eine Lust in mir geweckt, die ich schon lange nicht mehr gespürt habe.

In einer langen Ehe lernt man die wenigen Momente, in denen Funken fliegen, zu schätzen. Wir gehen zusammen zum Strand, Hand in Hand, und ich kann es kaum erwarten, nachher mit ihm allein zu sein.

»Du siehst gut aus«, sagt Gestur.

»Du lügst«, sage ich und lache. »Aber danke trotzdem.«

»Ich lüge nicht.« Gestur beißt sich auf die Unterlippe. Er betrachtet mein Gesicht und den Hals, ich spüre, dass mir ganz warm wird. »Wo ist die Kette, die ich dir geschenkt habe?«, fragt er dann.

»Die Kette?«

»Ja, die Halskette.« Gestur muss sich nicht weiter erklären. Die Kette hat er mir zu Beginn unserer Beziehung geschenkt, ich trage sie seit beinahe sechzehn Jahren. Vor ein paar Monaten habe ich sie einmal vor dem Duschen abgenommen und sie muss irgendwie weggerutscht sein, ich konnte sie nirgendwo finden. Ich habe bei der Suche das ganze Bad auf den Kopf gestellt, aber vergeblich. Anscheinend hat sie sich in Luft aufgelöst.

»Oh, die habe ich zu Hause vergessen«, lüge ich und streiche über mein leeres Dekolleté. Nachdem ich die Kette so viele Jahre lang getragen habe, fühlt es sich an, als fehle dort etwas. Ich greife immer ins Leere, wenn ich über das kleine goldene Herz streichen will.

»Nicht weiter schlimm.« Gestur lächelt mir zu. »Wir sollten ohnehin mal etwas Neues für dich finden.«

Ich atme erleichtert auf, und wir gehen weiter.

Ich war schon oft hier am Strand, aber trotzdem bleibt mir jedes Mal die Luft weg. Djúpalónssandur ist einer meiner Lieblingsorte. Als Kinder sind Steffý und ich oft mit unseren Großeltern hierhergekommen, haben unsere Taschen mit den schön geschliffenen Steinen befüllt und sie zurück im Sommerhaus auf den Fensterläden aufgereiht. Wir haben in den Höhlen Verstecken gespielt und so getan, als wären wir Elfen. Später kam ich mit Ari und Lea hierher und habe sie dabei beobachtet, wie sie Steine sammelten und vor den Wellen davonliefen.

Trotz der stürmischen Brandung und den lauten Vögeln herrschen hier Ruhe und Frieden. Der Alltag rückt in weite Ferne, und die Perspektive verändert sich. Die wichtigen Dinge erscheinen plötzlich in klarem Licht.

Ich bleibe vor einem Infoschild über ein Schiffsunglück von 1948 stehen. Von der neunzehnköpfigen Besatzung überlebten nur fünf. Die Trümmer des Schiffes liegen immer noch auf dem Strand verteilt, mittlerweile rostbraun, wie zum Andenken an das schreckliche Ereignis.

Ich blicke aufs Meer hinaus, sehe die Wellen aufsteigen und fallen; wie der Atem der Welt. Die Sonne steht noch am Himmel, aber am Horizont beginnt es bereits zu dämmern. Als warte die Nacht etwas abseits darauf, sich über das Land zu legen.

Mein Blick fällt auf Steffý, die unweit von mir ebenfalls wie gebannt auf das Meer starrt. Sie trägt eine dunkelgrüne Regenjacke und Wanderschuhe, die vermutlich eher schick als praktisch sind. Ihre rotbraunen Haare werden von einem Pelzstirnband zurückgehalten, und der Pferdeschwanz schwingt ruhig im Wind.

Vielleicht war ich zu hart zu ihr. Ich habe die schlimmen Dinge auf sie übertragen und ihr die Schuld für alles gegeben. Dabei vergesse ich manchmal, wie jung wir waren. Mit sechzehn oder siebzehn hat man das Gefühl, die Welt läge einem zu Füßen. Ich dachte damals, ich wüsste, wer ich bin und was ich will. Dachte, ich hätte alles im Griff. Jetzt muss ich nur einen Blick auf Lea werfen, um zu sehen, dass wir nur Kinder waren, die sich für erwachsen hielten. Trotzdem habe ich Steffý achtzehn Jahre lang bestraft.

Achtzehn Jahre. Wie kann das sein? Oft fühlt es sich an, als wäre ich noch in derselben Situation wie damals. Als hätte ich mich nicht verändert, als wäre ich immer noch dasselbe Mädchen, das an dem Abend vor so vielen Jahren nach Hause gekommen ist.

Steffý bemerkt mich erst nicht, aber dann scheint sie meinen Blick zu spüren und dreht sich um.

»Hier hat sich nichts verändert«, sagt sie.

»Nein«, sage ich. »Weißt du noch, als wir mit Oma und Opa hierhergekommen sind?«

»Natürlich.« Steffý lächelt. »Wir konnten uns stundenlang beschäftigen und Steine sammeln.«

»Uns in den Höhlen verstecken.«

»Uns die Elfen vorstellen«, fährt Steffý fort.

Ich lächle und halte mein Gesicht in die Sonne. Die kalte Meeresbrise verhindert, dass die Strahlen mich wärmen.

»Neulich war ich übrigens einmal kurz davor, dich anzurufen«, sagt Steffý. »Ich bin zu Hause alten Kram durchgegangen und habe unser Freundebuch gefunden. In das alle irgendwelche Sprüche schreiben sollten.«

»So etwas wie: *Lebe lustig, lebe froh, wie der Mops im Haferstroh?*«

»Ja, und *Rosen, Tulpen, Nelken, alle Blumen welken, nur ... nur ... ?*«

»... *nur die eine nicht, und die heißt Vergissmeinnicht.*« Wir sagen die letzten Wörter zusammen und lachen auf.

»Das habe ich schon wieder völlig vergessen«, sage ich.

»Ich habe das Buch mitgebracht«, sagt Steffý.

»Echt?«

Steffý wird plötzlich verlegen, was ein seltsamer Anblick ist. Ich glaube, ich habe sie noch nie so gesehen. »Ja, falls du es vielleicht wiederhaben willst.«

»Ja, sehr gerne.« Ich zögere. »Also ... wenn du Lust hast, Viktor und ich wollten uns nachher vor dem Essen auf seinem Zimmer treffen.«

»Oh ja, das klingt toll.« Steffý verzieht das Gesicht. »Das war doch eine Einladung, oder?«

»Ja, ich lade dich ein«, sage ich.

»Danke.« Steffý lächelt, und für eine Weile schweigen wir.

»Hast du noch mehr gefunden?«, frage ich dann. »Unter den alten Sachen?«

Steffý wirkt plötzlich wieder aufgeweckter und wir erinnern uns zusammen an unsere Sticker-Sammlung, die Ankleidepuppen und Briefmarken.

»Wir haben echt alle Trends mitgemacht«, sage ich. »Warum konnten wir nicht einfach mit unseren Barbies spielen?«

»Das haben wir auch«, sagt Steffý. »Aber deine Art zu spielen war etwas ... unanständig.«

»Nein«, widerspreche ich. »Du warst diejenige, die sie immer nackt ausgezogen hat.« Ich will sie gerade daran erinnern, dass sie die Puppen einmal ohne Kleidung ins Barbiebett gelegt hat und uns ihre Mutter Oddný daraufhin zur Rede gestellt hat, als ich höre, dass jemand Leas Namen ruft.

Ich blicke mich um und muss mich kurz orientieren, aber dann sehe ich sie.

Mein Herz macht einen Sprung. Lea ist ins Meer hinausgewatet. Das Wasser geht ihr bereits bis zu den Knien, und sie scheint Gesturs Rufe nicht zu hören. Ruhig und besonnen geht sie weiter, Schritt für Schritt.

Ich sehe die Verzweiflung in Gesturs Gesicht, als unsere Blicke sich treffen. Er versteht auch nicht, was los ist. Was in aller Welt macht Lea da?

Schließlich hört Gestur auf zu rufen und rennt ihr hinterher. Erst als ihr Vater sie an den Schultern packt, dreht Lea sich um. Was für ein seltsamer Anblick; die beiden stehen im Meer, das Lea bis zur Hüfte reicht, und sehen einander an. Soweit ich erkennen kann, sagen sie nichts, aber sie scheinen irgendwie zu kommunizieren, denn am Ende geht Lea mit ihm zurück an Land.

»Was hast du bloß gemacht, Lea?«, frage ich, als ich zu ihnen laufe.

Lea bleibt stehen und sieht mich an. Ihre Augen sind groß und der Blick starr, als würde sie durch mich hindurchsehen.

»Ich wollte nur das Wasser berühren«, sagt sie nach einer Weile. »Ich wollte es nur spüren.«

Irma

Hotelangestellte

Alles ist bereit für ihren letzten Abend im Hotel. Ich kann meine Aufregung kaum verbergen. Wie es aussieht, könnte es ein ereignisreicher Abschluss werden.

Vorhin habe ich die Angestellten in der Küche reden hören, dass die Social-Media-Kanäle des Hotels gerade durch die Decke gehen. Jede Menge neue Follower sind dazugekommen, und die

Buchungen strömen nur so herein. Im Dezember gibt es bereits keine freien Zimmer mehr. Kaum vorstellbar, wie viel Einfluss eine Familie haben kann.

Trotzdem denke ich, dass es vor allem an Hákon Ingimar und Petra liegt. Ihre Kanäle gehören zu den größten Islands, und ich weiß, dass sie bereits einige Bilder von dem Hotel und der Umgebung gepostet haben. Ich folge ihnen beiden schon länger, auch wenn sie bestimmt nichts davon wissen. Für sie bin ich nur ein Name unter Tausenden anderen.

»Echt verrückt«, sagt Edda und lässt sich auf einen Stuhl fallen. Sie streicht sich über die Knie und verzieht das Gesicht.

»Hast du Schmerzen?«, frage ich.

»Ach ja, es tut irgendwie weh«, sagt sie.

Ich setze mich ihr gegenüber und schenke uns zwei Kaffee ein.

»Danke dir«, sagt sie. »Ich muss nur aufpassen, so spät nicht zu viel Kaffee zu trinken, sonst kann ich nachher nicht einschlafen. Wobei ich kurz nach dem Einschlafen ohnehin wieder aufwachen würde, aber das ist schon seit vielen Jahren so.«

»Echt?«, frage ich. »Warum?«

Edda überlegt. »Seit dem Tod von Elísas Mutter kann ich nicht mehr richtig schlafen. Das ist Jahre her, ich weiß, aber wahrscheinlich habe ich mit ihr auch die Fähigkeit zu schlafen verloren.«

Sie lächelt, was den Ernst ihrer Aussage abschwächt und sie fast beiläufig erklingen lässt.

»War Elísa nicht erst ein Jahr alt, als ... als ...?«

»Als ihre Mutter gestorben ist?«

Ich ärgere mich über mich selbst, weil es mir so schwerfällt, mich auszudrücken, während Edda kein Problem damit zu haben scheint.

»Doch, Elísa war erst ein Jahr alt, als Marta sich das Leben genommen hat«, fährt Edda fort.

»Oh.«

Edda sieht mich fragend an.

»Es ist nur …« Ich zögere. »Elísa meinte, es wäre ein Unfall gewesen.«

Eddas Lächeln reicht nicht bis zu ihren Augen. »Du weißt ja, wie Elísa ist. Sie hat eine ausgeprägte Fantasie.«

Ich lache, aber merke dann, wie unangebracht das ist, und versuche mich zu erklären. »Ich war genauso. Habe mir ständig Geschichten ausgedacht, über dies und das. Zum Beispiel meinen Vater, den ich nie kennengelernt habe.«

»Ja, so sind Kinder«, sagt Edda und steht auf. »Schade nur, dass diese Fantasie mit der Zeit abnimmt. Manchmal wäre es schön, sich einfach in den eigenen Gedanken zu verlieren.«

Ich nicke und stelle meine Tasse in die Spüle. Ihre Aussage macht mich plötzlich traurig, denn als ich jünger und meine Fantasie noch stärker war, kam mir das Leben tatsächlich etwas einfacher vor. Ich konnte mir selbst etwas vormachen und so tun, als wäre alles besser.

Im Flur sehe ich Elísa, die aus dem Fenster starrt. Ich trete leise an sie heran.

»Siehst du was Spannendes?«, flüstere ich ihr ins Ohr.

Sie reagiert nicht, dreht sich nicht einmal um.

»Ja«, sagt sie.

»Was?«

»Egal, du kannst es nicht sehen.«

Ich blicke hinaus und sehe tatsächlich nichts, also ziehe ich nur leicht an ihrem Zopf und lasse sie allein beim Fenster zurück, um ins Restaurant zu gehen.

Der Raum sieht richtig schön aus, die Stühle stehen in einer geraden Reihe, und auf den Tischen flackern Teelichter. Jetzt in der Dämmerung legt sich ein geheimnisvoller Schleier über das Hotel, der alles düster erscheinen lässt. Die Menschen reden plötzlich etwas leiser, als würde sie jemand belauschen. Wenn ich etwas an diesem Hotel liebe, dann die Abende. Die Dunkelheit. Manchmal spaziere ich nachts durch die Flure, setze mich in die Sessel und stelle mir vor, ich wäre in einer anderen Welt, an einem Ort, wo alles möglich ist.

Ich gehe in die Küche und betrachte die Tabletts mit den Vorspeisen. Heute ist der wichtigste Abend und das Menü ist noch imposanter als gestern.

»Darf ich naschen?«, frage ich und zeige auf die schokoladeüberzogenen Erdbeeren.

»Nimm dir«, sagt Arne. »Hast du schon die Garnelen probiert?«

»Nein, wie sind die zubereitet?«, frage ich mit vollem Mund.

»In Tempura-Teig frittiert«, sagt Arne und hält mir eine kleine Plastikdose hin. »Mit Chili-Mayonnaise.«

»Wow, sind die gut. O mein Gott.« Ich schließe die Augen und stöhne laut.

Arne lacht. »Dann frage ich mich, wie du klingst, wenn …«

»Ach, halt die Klappe.« Ich schubse ihn an und gehe hinaus.

Hákon Ingimar steht mit einem Drink an der Bar und sieht mich an, als gehe er davon aus, dass ich nach dem gestrigen Abend erst recht scharf auf ihn bin. Bei dem Gedanken wird mir schlecht, aber ich lächle und erwidere seinen Blick, bis er wegsieht. Als ich hinter den Tresen gehe, spüre ich, wie wackelig meine Knie sind. Ich versuche mich zusammenzureißen und reihe sorgfältig die sauberen Gläser auf.

Ich muss an Elísa und ihre Fantasiewelt denken, in der ihre Mutter bei einem Unfall verstorben ist, anstatt sie willentlich mit einem Jahr allein zurückzulassen. Ich habe Mitleid mit ihr und mir wird bewusst, dass wir uns vielleicht ähnlicher sind, als ich dachte.

Meine Mutter meinte immer, ich hätte eine gestörte Fantasie. Als Kind habe ich mir eine geheime Parallelwelt erdacht. Meine Welt war viel heller und besser, wie ein Märchen oder eine Sage. Wenn ich ein Buch las, bin ich zu den Figuren darin geworden.

Ich habe mich in die Welt hineingelebt, die der Autor oder die Autorin erschaffen hat, und konnte die Geschichte nach der letzten Seite weiterspinnen.

Aber je älter ich wurde, desto schwieriger fiel es mir. Ich begann, mich mit anderen zu vergleichen. Mir wurde bewusst, dass die Wohnung, in der meine Mutter und ich lebten, nicht wirklich schön war und unser Leben nicht sonderlich aufregend. Dass es vielleicht nicht erstrebenswert war, andauernd umzuziehen, ständig die Schule zu wechseln und die meisten Abende allein zu Hause zu verbringen.

Eine kleine Stimme in mir wurde plötzlich lauter. Eine Stimme, die verlangte, was ihr zustand. Die einforderte, was mir verwehrt worden war, obwohl ich ein Recht darauf hatte.

Tryggvi

Nach dem Vorfall bei Djúpalónssandur ist Oddný etwas aufgewühlt. Während der Rückfahrt erzählt sie von Lea und scheint den Flachmann in ihrer Jackentasche vergessen zu haben.

»Petra kommt ganz nach ihrer Mutter«, behauptet sie, als wir zurück in unserem Hotelzimmer sind.

»Inwiefern?«, frage ich.

»Ester war schon immer nur mit sich selbst beschäftigt und hat gar nicht gemerkt, wie es den Menschen um sie herum geht. Sie hat nie einen Blick über den eigenen Tellerrand hinaus geworfen.«

Ich könnte nachfragen, ob Oddný damit ihre gemeinsame Kindheit meint. Sie scheint irgendein Problem mit ihrer Schwester zu haben, aber was es genau ist, weiß ich nicht. Ester war die Lieblingstochter ihres Vaters Hákon, und vielleicht kam Oddný damit nicht zurecht. Vor allem, weil nur sie bestraft wurde und ihre Geschwister nicht.

»Und du denkst, dass Petra genauso ist?«, frage ich.

»Ja, natürlich. Petra ist genau wie ihre Mutter. Sie merkt nicht einmal, was in ihrer Tochter vorgeht. Lea wirkt so verloren. Weißt du nicht mehr, wie süß sie als kleines Mädchen war?«

»Nein ...« Als ich die Familie kennenlernte, war Lea bereits fünfzehn. Ich habe sie nie als süßes kleines Mädchen erlebt. Von Anfang an war sie in meinen Augen eher schön als niedlich, und ziemlich reif für ihr Alter.

»Sie war wundervoll«, fährt Oddný fort. »Hat sich immer gefreut, einen zu sehen. Aber mittlerweile ist sie immer so ... bedrückt. Findest du nicht?«

Ich brumme etwas, das als Zustimmung gewertet werden könnte, aber eigentlich habe ich keine Meinung. Meiner Ansicht nach ist es völlig normal, dass Jugendliche nicht mehr so fröhlich und unkompliziert sind wie als Kinder.

»Es ist eine Schande«, murmelt Oddný, während sie sich die Socken auszieht. »Petra war auch so.«

»Wie?«

»Petra und Stefanía waren als Kinder unzertrennlich. Sogar bis zur Oberstufe. Sie traten immer im Doppelpack auf, haben immer irgendetwas ausgeheckt, entweder bei uns zu Hause oder bei Ester und Halli. Ich war wie eine zweite Mutter für Petra.«

Oddný klingt ziemlich ernst, als sie fortfährt:

»Dann hat sie Gestur kennengelernt und Stefanía links liegen gelassen«, sagt Oddný. »Sie war einfach weg und hat ihre Freundin vergessen. Steffý war am Boden zerstört und ich glaube, es war einer der Gründe, warum sie fürs Studium ins Ausland gehen wollte.«

»Aha.« Ich nicke und frage mich, ob sich der anschuldigende Tonfall, den ich immer in Oddnýs Stimme höre, vor allem gegen Petra richtet. Es war immer schwer für sie, dass Stefanía weit weg in Dänemark war, aber ich wusste nicht, dass sie Petra die Schuld dafür gibt.

»Ja«, seufzt Oddný. »Also ist es nicht wirklich überraschend.«

»Was meinst du?«, frage ich, weil ich den Zusammenhang nicht ganz verstehe.

»Die Sache mit Lea, dass es ihr so schlecht geht. Offenbar ist Petra viel zu sehr mit sich selbst und ihrer Karriere beschäftigt, um sich um ihre Tochter zu kümmern. Die arme Lea.«

Oddný geht ins Bad und dreht die Dusche auf.

Ich frage mich, ob sie vielleicht recht haben könnte. Dass es sowohl Ester und Petra an mütterlicher Zuneigung fehlt. Ich muss an Leas starren Blick denken, als sie aus dem Meer kam und ihre Mutter angesehen hat. War darin eine Abneigung zu erkennen gewesen? Ein Vorwurf? Ich kann es nicht sagen. Nach allem, was ich gesehen habe, scheint mir Petra eine ganz gute Mutter zu sein.

Das Problem mit Oddný ist, dass sie schnell über andere urteilt, aber ihr eigenes Leben nicht hinterfragt. Ich überlege manchmal, wie die Kindheit von Stefanía und Hákon wohl ausgesehen hat, wenn sie damals schon so viel getrunken hat wie heute. Hákon Ingimar ist die lasche Erziehung definitiv anzumerken, und ich könnte mir vorstellen, dass Stefanía mehr hinter sich lassen wollte als eine Freundin, die wegen ihrer neuen Beziehung nicht mehr so viel Zeit für sie hatte.

Aber wahrscheinlich mache ich mir zu viele Gedanken. Heutzutage wird frei über Gefühle gesprochen und so ziemlich alle haben in ihrer Kindheit etwas durchgemacht. Früher hat man sich nicht lange mit Traumata aufgehalten, aber mittlerweile spricht man schon bei Kleinigkeiten von posttraumatischen Belastungsstörungen oder Angststörungen oder wie das alles heißt. Manchmal denke ich, das größte Problem ist nicht die Sache selbst, sondern wie darüber geredet wird. Die Reaktion, die darauf folgt.

Aber darüber lässt sich natürlich diskutieren, wie über alles andere auch. Schlauere Menschen als ich würden vielleicht sagen, dass Traumata verarbeitet werden müssen. Andererseits habe ich die Erfahrung gemacht, dass man auch einfach damit leben kann. Ich hatte noch nie das Bedürfnis, mich über meine Probleme zu öffnen. Stattdessen habe ich gelernt, mit der Trauer zu leben, die ein Teil von mir ist, genau wie alles, was ich durchgemacht habe.

Ich öffne mein Portemonnaie und betrachte das Bild hinter dem Plastikschutz. Es ist immer noch glatt und schön. Seit vielen Jahren steckt es dort hinter der Hülle, damit ich es mir immer ansehen kann, wenn die Erinnerungen hochkommen.

Aus dem Badezimmer höre ich, dass Oddný fertig geduscht hat. Kurz darauf kommt sie nur in ein Handtuch gewickelt zurück ins Zimmer. In der Zwischenzeit ist es dunkel geworden, bei unserer Ankunft haben wir kein Licht angemacht, aber mittlerweile ist die Sonne untergegangen.

Oddný setzt sich neben mich auf die Bettkante, legt ihre Hand auf meine Wange und dreht mein Gesicht zu sich.

»Ich bin froh, dass du da bist, Tryggvi«, sagt sie. »Ich weiß nicht, was ich ohne dich machen würde.«

Ich schließe die Augen, und wir küssen uns. Ihre Worte sind schön und ich sollte dabei ein wohliges Gefühl bekommen, aber stattdessen läuft mir ein Schauer über den Rücken.

Lea Snæberg

Mir ist nicht kalt. Was vielleicht seltsam klingt, denn die Meerestemperatur lag um die null Grad. Das wusste ich auch und ich nahm die Kälte wahr, aber sie hat mir nichts ausgemacht.

Als ich unter die Dusche steige, werden meine Beine von der Hitze seltsam taub. Für einen Moment ist es unangenehm, aber dann gewöhne ich mich daran und spüre, wie das Blut wieder in meine Zehen fließt und sie warm werden. Heiß sogar.

Das Komische ist, dass ich mich nicht erinnere, bewusst ins Meer gegangen zu sein. Ich weiß, dass ich es getan habe und wie es sich angefühlt hat, als das Meer in meine Schuhe gedrungen ist und erst die Socken und dann die Hose nass geworden sind. Aber ich erinnere mich nicht daran, den Entschluss gefasst zu haben, es hat sich eher angefühlt, als würde jemand anderes für mich entscheiden, als hätte jemand die Kontrolle über meinen Körper übernommen.

Für einen Augenblick kam es mir vor, als würde ich über mir schweben und meinem Körper dabei zusehen, wie er ins Meer geht. Und eigentlich hatte ich das Gefühl, als ginge mich das alles gar nichts an, als hätte ich keine Verbindung mehr zu mir selbst, sondern nur noch zu etwas anderem und Größerem.

Ich weiß, dass es verrückt klingt, aber besser kann ich es nicht erklären.

Auf dem Weg zurück meinte meine Mutter, ich solle nicht immer so dramatisch sein. Aber das wollte ich auch gar nicht, es war nur irgendwie so schön, dort zu stehen. Vor dem Meer und dem Himmel schien alles andere plötzlich unwichtig. Als wäre ich nur eine kleine unbedeutende Randnotiz im Universum, als würde nichts von dem, was ich tue oder sage, eine Rolle spielen. Und das hat sich gut angefühlt. Besser als gut sogar. Es war überwältigend.

Vor allem war all das Schlimme auf einmal egal.

Ich schließe die Augen und lasse das Wasser über mein Gesicht fließen. Öffne den Mund und schmecke die Tropfen.

Ich komme mir dumm vor, weil ich mich von Hákon Ingimar durcheinanderbringen lasse. Und weil ich dachte, dass Birgir mich wirklich mag und ich ihm vertraut habe. Einem Jungen, dem ich nie begegnet bin und von dem ich nicht einmal weiß, ob er wirklich existiert. Vor allem aber fühle ich mich dumm, weil ich ihm diese Selfies geschickt habe.

Die Bilder sind jetzt bei einem Unbekannten. Wahrscheinlich

einem alten Mann, genau wie in der Doku über Internetbetrüger, die ich im Fernsehen gesehen habe. Wie peinlich, wenn ich tatsächlich auf so jemanden reingefallen wäre.

Ich steige aus der Dusche und trockne mich ab. Ich kann nur hoffen, dass die Bilder nie an die Öffentlichkeit geraten, denn dann ... dann weiß ich nicht, was ich tun würde.

»Warum hast du das getan?«, fragt Ari, als ich aus dem Bad komme. Er sitzt auf dem Bett, als hätte er auf mich gewartet. Sein Blick ist ernst, ein wenig verängstigt, und es trifft mich, dass die Frage ganz anders klingt als bei unserer Mutter, auch wenn die Worte die gleichen sind. Ari wirkt besorgt und fürsorglich. Meine Mutter klang vorwurfsvoll.

»Ich weiß es nicht«, sage ich und das stimmt auch.

Ari sieht mich an, sagt aber nichts. Dann reicht er mir eine Tüte mit Süßigkeiten. »Magst du was?«, fragt er.

»Danke«, sage ich und nehme mir ein paar.

»Ich ... ähm ... würde dann jetzt mal runtergehen.« Er zögert. »Oder soll ich hierbleiben?«

»Ari«, sage ich und lache. »Du musst jetzt nicht auf mich aufpassen.«

»Nein, ich weiß. Ich will nur ...«

»Im Ernst, Ari. Ich hatte nicht vor ... Ich wäre nie weit hinausgegangen.«

»Du warst schon ziemlich weit draußen«, sagt Ari.

»Ja, aber ...« Ich überlege, wie ich mich erklären kann, ohne zu dramatisch zu klingen. »Ich wollte nur sehen, wie es sich anfühlt. Wolltest du noch nie einfach mal etwas Verrücktes tun, nur um es auszuprobieren?«

»Nein.« Ari lacht und steht auf. »Du bist so verrückt, Lea.«

»Ich weiß.« Ich lächle. »Etwas bekloppt.«

»Durchgeknallt.«

»Völlig durchgeknallt«, stimme ich zu.

Ari lächelt und für einen Moment denke ich, dass er mich umarmen will. Aber dann geht er hinaus und ich bleibe allein im Zimmer zurück.

Ich ziehe mir Jeans und einen Pulli an. Ohne Schminke und unfrisiert wirke ich ziemlich kindlich. Es fühlt sich an, als würde ich mein dreizehnjähriges Ich im Spiegel betrachten. Damals habe ich mich andauernd gefragt, was an mir verbessert werden könnte. Wie ich mit größeren Lippen und markanteren Wangenknochen aussehen würde.

Und jetzt wird mir bei dem Gedanken daran plötzlich klar, wie dumm das ist. Auf einmal werde ich wütend, auf mich selbst und auf die Gesellschaft. Junge Mädchen sollten sich nicht mit solchen Fragen beschäftigen. Sie sollten sich nicht so große Sorgen um ihr Aussehen machen. Bevor ich den Gedanken weiterführen kann, klopft es an meiner Tür. Erst denke ich, es ist meine Mutter, aber sie ruft immer auch meinen Namen, wenn sie anklopft. Und ihr Klopfen ist bestimmter, das jetzt klang leise und zögerlich, als wolle die Person auf der anderen Seite nicht wirklich, dass es gehört wird.

»Hallo?«, frage ich durch die geschlossene Tür. »Wer ist da?«

Keine Antwort.

Ich starre auf die Tür vor mir. Draußen ist ein Sturm aufgezogen und pfeift vor den Fenstern. Mir stockt der Atem, und ich weiß nicht genau, warum mein Herz rast. Es ist nicht so, als hätte ich vor jemandem in diesem Hotel Angst. Hier ist doch nur meine Familie.

Mein Handy leuchtet auf, eine neue Benachrichtigung. Wieder von jemandem mit einem Usernamen aus willkürlichen zusammensetzten Buchstaben und Zahlen. Ich öffne die Nachricht, aber sie hat keinen Text, nur ein Video.

Das Video ist dunkel, es wurde nachts draußen aufgenommen. Ich halte das Handy unwillkürlich näher, um besser zu sehen. Stelle die Lautstärke höher. Der Ton rauscht, erst höre ich nur den Wind, und dann ein Knarzen. Schritte. Jemand geht draußen auf einem Schotterweg. Das Video endet damit, dass die Person sich räuspert und hustet. Ich bekomme schwitzige Hände und sehe aus dem Fenster. War der Pfad zum Hotel nicht ein Schotterweg?

Wieder höre ich ein leises Rascheln an der Tür, und dann klopft es. Zweimal, genau wie vorhin.

Klopf, klopf.

Jetzt
Sonntag, 5. November 2017

Sævar
Kriminalpolizist in Akranes

»Hier ist das Zimmer«, sagte Edda.

Sævar war verwirrt, als Edda nicht die Tür öffnete, sondern etwas in ihr Handy tippte. Wollte sie ihn dort vor der Tür stehen lassen, während sie Nachrichten beantwortete oder Facebook checkte?

Er erschrak ein wenig, als ein Klicken erklang und Edda die Tür aufmachte.

Sie bemerkte seine Reaktion und erklärte: »Die Türen werden über eine App gesteuert. Man kann zwar auch einen Schlüssel benutzen, aber über die App geht es einfacher.«

»Ah, verstehe.« Sævar blickte sich in dem Zimmer um.

»Wie ihr seht, wurde noch nicht aufgeräumt.«

Auf dem Schreibtisch standen ein paar Flaschen Wein, und Sævar sah seine Annahme bestätigt; hier war neben Wein aus feinen Gläsern auch Wodka direkt aus der Flasche getrunken worden. Eines der Gläser war noch halb voll, wahrscheinlich roch es deshalb in dem Zimmer so stark nach Alkohol. Das Fenster war geschlossen und die Luft stickig. Sie wussten aber, dass letzte Nacht niemand in dem Zimmer geschlafen hatte.

»Müssen hier etwa ... etwa Spuren gesichert werden?«, fragte Edda.

Hörður nickte. »Wir werden das Zimmer jedenfalls abschließen. Ich lasse es nachher von den Kollegen untersuchen.«

Sævar warf einen Blick ins Bad und bemerkte auf den ersten Blick nichts Auffälliges. Es sah sehr ordentlich aus. Nur ein benutztes Handtuch hing auf dem Haken und der Mülleimer war fast leer.

Und doch war da was. Eine kleine Blisterverpackung für Tabletten. Er hob sie hoch und las: *Sertralin.* Ein Antidepressivum. An sich nichts Ungewöhnliches, aber es könnte eine Rolle spielen.

Er öffnete den Badezimmerschrank und sah Pflegeprodukte, sowohl für Frauen als auch Männer. Plötzlich fiel sein Blick auf die Rückseite der Schranktür und er rief über seine Schulter:

»Hörður, das musst du dir ansehen.«

Am Tag davor
Samstag, 4. November 2017

Petra Snæberg

»Mit ihr stimmt schon länger etwas nicht«, sagt Gestur. »Das hättest du mitbekommen, wenn du …«

»Wenn ich was?«, frage ich. Gestur wendet den Blick ab, doch er muss den Satz nicht zu Ende sprechen. Ich weiß genau, was er sagen will.

Der Funke, der vorhin zwischen uns war, ist erloschen. Obwohl wir im selben Zimmer stehen, könnte die Distanz zwischen uns nicht größer sein. Statt dem Rausch, diesem angenehmen Taubheitsgefühl, das ich vorhin gespürt habe, höre ich jetzt ein permanentes Quietschen oder Fiepen im Ohr.

»Wenn du dich für sie interessiert hättest.« Gestur schüttelt den Kopf. »Siehst du es nicht, Petra?«

»Was sehe ich nicht?«

»Dass sie es andauernd versucht.« Gestur klingt nicht mehr wütend, sein Blick ist eher mitleidig. Oder enttäuscht. »Lea versucht immer, dir zu gefallen.«

»Aber ich ihr ja auch«, sage ich und höre sofort, dass ich wie ein verbohrter Teenager klinge.

Gestur reibt sich die Schläfen und schließt die Augen. »Ich glaube, es wäre am besten, wenn sie zu einem Psychologen geht.«

Ein Psychologe, denke ich. Dann wäre ich, genau wie meine Eltern damals, eher bereit, einen Außenstehenden zu holen, der sich um die Probleme meiner Kinder kümmert, als mich selbst mit ihnen auseinanderzusetzen.

»Vielleicht sollten wir einfach mit ihr reden«, sage ich. »Schauen, ob sie mit uns reden will. Vielleicht ist die Sache nicht so schlimm wie wir denken. Vielleicht ...«

»Findest du also normal, dass sie ins Meer gehen wollte?«, fragt Gestur. »Was, wenn wir nicht dabei gewesen wären? Wie weit wäre sie gegangen?«

»Sie hat gesagt, dass sie nicht weitergehen wollte«, sage ich leise. Bevor Gestur sich aufregen kann, füge ich hinzu: »Aber ich weiß, sie braucht Hilfe. Natürlich. Und wir werden ihr helfen. Wenn wir Montag zurück sind, werde ich mich sofort informieren.«

Gestur zögert, aber dann entspannen sich seine Schultern ein wenig. »Gut. Wir müssen es tun, Petra. Ich habe Angst um sie.«

»Ich auch«, sage ich und lasse zu, dass Gestur mich umarmt. Stehe starr da, während er seine großen Arme um mich legt. Als er die Umarmung ein wenig löst und versucht, mich zu küssen, wende ich das Gesicht aber ab. Tue so, als hätte ich nicht verstanden, was er will. Als hätte ich den Versöhnungsversuch nicht bemerkt.

Ich bereue es sofort. Gestur lässt mich los und tritt einen Schritt zurück, bestimmt genug, um mir zu zeigen, dass er verletzt ist.

»Ich gehe duschen«, sage ich. Gestur sieht mich nicht an, und als ich im Bad verschwinde, sehe ich im Augenwinkel, dass er die Minibar öffnet.

Als ich allein bin, holt die Angst um Lea mich ein. Was, wenn mit ihr etwas Ernstes los ist? Bisher habe ich ihre schlechte Laune und die Anfälle von Missmut auf die pubertären Hormone geschoben, aber was, wenn etwas anderes und Größeres dahintersteckt? Ich dachte, sie hätte sich nach den Vorfällen in ihrer alten Schule wieder gefangen, in dieser schrecklichen Clique, in der sie war, aber was, wenn das nicht stimmt? Vielleicht hat

Gestur recht, vielleicht bin ich als Mutter zu gleichgültig. Und zu selbstbezogen.

Gestur hält mich jedenfalls für egoistisch und distanziert, auch wenn er mir das nie ins Gesicht gesagt hat. Aber ich sehe es in seinem Blick. Er hat mir als Mutter nie wirklich vertraut. Ich erinnere mich an einen Vorfall, als Lea drei Jahre alt war. Ich habe gekocht und mich für einen Augenblick umgedreht, um etwas aus dem Kühlschrank zu holen. Plötzlich hörte ich Lea entsetzlich schreien. Sie hat mit ihrer kleinen Hand zum Küchentisch hochgegriffen und die Schneide eines scharfen Messers erwischt, mit dem ich gerade Zwiebeln geschnitten habe.

Ich denke zwar, dass es nicht so sehr wehtat, wie der Schrei vermuten ließ, sondern sie sich vor allem erschrocken hat, als das Blut auf den Boden tropfte. Sie hielt immer noch das Messer fest und ich musste ihre Hand vorsichtig von der scharfen Schneide lösen.

In dem Moment trat Gestur in die Küche und das Erste, was er sagte, war: »Petra, was hast du getan?«

Nicht, was passiert sei, sondern was *ich* getan hätte.

Danach hat Gestur Lea in den Arm genommen, ihre Hand in ein Küchentuch gewickelt und sie zum Auto gebracht. Er wartete nicht auf mich, fuhr einfach los, und ich sah ihnen hinterher, mit blutverschmierten Händen und dem Abendessen immer noch im Backofen.

Ich habe mich noch nie so nutzlos gefühlt wie in diesem Moment.

Wenn ich distanziert wirke, ist das nicht, weil ich gleichgültig bin, sondern weil ich Angst habe, Fehler zu machen. Ich habe Angst davor, etwas Dummes zu tun oder zu sagen und Lea zu verlieren.

Ich öffne meine Handtasche und finde eine kleine Flasche Wodka, die ich seit einem Arbeitstrip nach London letztes Jahr mit mir herumtrage. Ich trinke sie in einem Zug aus, spüre das

Brennen im Hals und die Wärme im Magen. Beschließe, dass ich mir heute nicht noch mehr Sorgen über Lea machen werde, später bleibt genug Zeit, um ihre Probleme anzugehen.

Als ich nach der Dusche aus dem Bad komme, ist Gestur weg. Es riecht nach Aftershave, und seine Sachen liegen zusammengelegt auf dem Schreibtischstuhl. Das feine Hemd hängt nicht mehr im Schrank und auch die Anzugschuhe sind weg. Er hat sich fertig gemacht und ist nach unten gegangen, ohne zu duschen oder mir Bescheid zu sagen.

Lea Snæberg

»Schönen guten Abend«, sagt Harpa und kommt herein. »Sorry, ich wusste nicht, ob du allein bist oder nicht.«

»Ich bin allein«, sage ich und versuche so zu tun, als wäre ich ganz entspannt. Als hätte ich mir wegen ihres Klopfens nicht gerade fast in die Hose gemacht.

Wer dachte ich denn, dass es sein könnte? Dieser Mann, der sich Gulli nennt? Birgir?

Ich lege das Handy beiseite und frage mich, ob das Video von Gulli sein könnte. Trotz allem hat er eigentlich immer sehr höflich geschrieben und nie konkret etwas Unangebrachtes gesagt. Wobei es irgendwie an sich unangebracht ist, dass ein älterer Mann einer Jugendlichen, die er nicht kennt, Nachrichten schickt.

Ich gehe zum Fenster und öffne die Vorhänge ein Stück, blicke in die Finsternis hinaus, aber sehe nichts, weil es im Zimmer so hell ist.

»Was ist?«, fragt Harpa. »Gibt es was Spannendes da draußen?«

»Nein, nichts.« Ich drehe mich um. »Das Wetter wird immer schlechter.«

»Und?« Harpa lacht. »Wir wollten doch nicht nach draußen, oder?«

»Nein, ich schätze nicht.«

Harpa sieht mich an. »Bist du etwa krank?«

»Nein«, sage ich und streiche mir durch die Haare. »Ich habe nur gerade geduscht.«

»Okay.« Harpa lächelt schief und setzt sich auf Aris Bett. Sie trägt ein schwarzes Kleid und eine schwarz gepunktete Strumpfhose, in der Hand hält sie einen schwarzen Rucksack mit einer roten Quaste am Reißverschluss.

»Was?«, frage ich, als sie den Blick nicht von mir abwendet.

»Nichts.«

Irgendetwas hat sich seit gestern verändert. Harpa sieht mich anders an und erst nach einer Weile verstehe ich, dass es wahrscheinlich mit dem Vorfall bei Djúpalónssandur zu tun hat. Sie denkt bestimmt, mit mir stimme etwas nicht. Hält mich für irgendwie komisch.

Aber Harpas Blick ist nicht besorgt, sondern eher neugierig.

»Fahrt ihr morgen nach Hause?«, frage ich.

»Nein. Wir müssen bis nächste Woche hierbleiben.«

»Willst du das nicht?«

»Nein. Ich meine, doch. Aber ...« Harpa streicht über die rote Quaste an ihrem Rucksack. »Aber es ist ziemlich anstrengend, nicht zu Hause zu sein. Du weißt schon, nicht im eigenen Bett zu schlafen und nur aus dem Koffer zu leben. Und dann erst die vielen Besuche, obwohl ich eigentlich niemanden kenne. Nicht wirklich, jedenfalls.«

»Ich verstehe.«

»Ja.« Harpa seufzt. »Aber so ist es immer mit meinem Vater.«

»Bist du nicht gerne bei ihm?«

»Doch, doch«, sagt Harpa. »Momentan schon.«

Wir lächeln einander zu.

»Wir sollten runtergehen«, sage ich.

»Ja. Ja, das sollten wir.« Harpas Gesichtsausdruck ist erst ernst, doch dann lächelt sie verschmitzt. »Ich war vorhin sogar schon unten. Du weißt schon, beim Barkeeper.«

»Dem Mädchen?«

»Welchem Mädchen?« Harpa zieht die Augenbrauen hoch. »Nein, dem Jungen. Dem süßen.«

»Was? Was hast du mit ihm gemacht.«

»Nichts Besonderes. Wir haben nur geredet.«

»Worüber?«

»Worüber?« Harpa nestelt an dem Reißverschluss ihrer Tasche. »Darüber, dass er uns nachher jedes Mal heimlich einen Shot ins Glas kippen wird, wenn wir was bestellen.«

»Was?« Ich starre sie verwundert an. »Im Ernst? Aber ... aber ...«

»Ich habe ihn schon im Voraus bezahlt«, sagt Harpa. »Das Einzige, was wir tun müssen, ist nach unten gehen und Sprite bestellen, oder du weißt schon, eine Cola oder so was in der Art.«

Ich spüre, dass mein Herz vor Aufregung schneller schlägt. Ich kann kaum glauben, wie forsch Harpa ist. Und dass dieser Junge wirklich mitmacht. Er muss doch wissen, was passiert, wenn unsere Eltern Wind davon bekommen.

»Er meinte, es wäre ohnehin sein letztes Wochenende hier«, sagt Harpa. »Ihm ist also egal, ob es auffliegt.«

»Und was ist mit uns?«

»Was soll mit uns sein?«, fragt Harpa.

»Was, wenn jemand mitbekommt ...«

»Lea.« Harpa öffnet ihren Rucksack und zeigt mir eine Flasche Wodka. »Du hast doch gesehen, wie das gestern war. Sie hätten es nicht einmal bemerkt, wenn ich ihnen vor die Füße gekotzt hätte. Sie waren selbst viel zu betrunken.«

»Ja, vermutlich«, sage ich.

»Außerdem denke ich«, fährt Harpa fort, »dass wir einfach machen sollten, worauf wir Lust haben. Oder etwa nicht?«

Ich nicke. »Doch.«

Als ich zu Viktor nach unten gehe, hat er sich bereits fertig zurechtgemacht und hält ein Glas mit einer goldenen, prickelnden Flüssigkeit in der Hand. Das muss der gute Champagner sein.

»Wow, du siehst toll aus«, sage ich und betrachte ihn in seinem blauen Slim-Fit-Anzug mit Weste und einem Einstecktuch in der Brusttasche. Er sieht aus, als wäre er von einem Werbeplakat gehüpft, mit dem perfekt getrimmten dunklen Bart, den säuberlich nach hinten gekämmten Haaren und den glänzenden cognacbraunen Schuhen.

Viktor hatte schon immer ein gutes Händchen bei der Kleidungswahl. Früher hat er sich auch immer stilvoll gekleidet. Wenn ich eine ehrliche Meinung zu einem Outfit wollte, habe ich Viktor gefragt und nicht Steffý.

»Du kannst dich aber auch sehen lassen«, sagt Viktor und reicht mir einen Drink, der so aussieht wie seiner.

»Woher hast du die Gläser?«, frage ich und setze mich auf den Schreibtischstuhl, während Viktor auf der Bettkante Platz nimmt.

»Von der Bar.«

»Oh, wie edel«, sage ich, trinke einen Schluck von dem süßen Getränk und sehe mich im Zimmer um.

Im Prinzip sieht es genauso aus wie bei uns, die Möbel und Bettbezüge sind die gleichen, aber der Raum ist etwas kleiner und viel ordentlicher. Alle Dinge haben ihren Platz, der Anzug hängt auf einem Kleiderbügel und nichts steht auf den Tischen herum, was nicht dorthin gehört. Nicht einmal eine Vase, wie auf dem Schreibtisch in unserem Zimmer.

»Schade, dass Maja wegmusste«, sage ich. »Weißt du, was in ihrer Familie vorgefallen ist?«

Viktor zuckt mit den Schultern. »Irgendetwas mit ihrer Schwester.«

»Haben sie inzwischen herausgefunden, wo sie ist?«

Viktor antwortet nicht auf die Frage, sondern lächelt und sagt: »Wenn ich ganz ehrlich sein soll, bin ich nicht sicher, ob das mit Maja und mir so funktioniert.«

»Warum?«

»Wir sind einfach zu unterschiedlich.«

»Oh, okay.« Ich trinke mein Glas aus, und Viktor schenkt nach. »Soweit ich das mitbekomme, trifft das bei dir mit vielen Frauen zu …«

»Na ja …« Viktor starrt auf sein Glas und ein Lächeln huscht über seine Lippen. »Ich habe es eben nicht wirklich eilig.«

»Ja, ihr Männer habt alle Zeit der Welt.« Ich klinge verbittert, obwohl das nicht meine Absicht war, und füge hinzu: »Ich meine, um Kinder zu bekommen.«

»Würdest du etwas anders machen?«, fragt Viktor. »Wenn du könntest?«

»Ja.« Als das Wort meinen Mund verlässt, bekomme ich sofort ein schlechtes Gewissen. »Oder, du weißt schon, ich würde Ari und Lea für nichts in der Welt eintauschen wollen, aber ich hätte sie gerne etwas später bekommen …«

»Was ist mit Gestur?«

»Gestur?« Ich sehe Viktor verwundert an. »Meinst du, ob ich trotzdem mit ihm zusammen wäre?«

Viktor nickt.

»Ich … ich …« Die Worte bleiben mir im Hals stecken. Ich würde gerne Ja sagen, ja, natürlich hätte ich mich trotzdem für ihn entschieden, aber stimmt das überhaupt? Ich habe oft darüber nachgedacht, dass Gestur als Partner eine sichere Wahl war. Er ist zuverlässig und angesehen. Aber zwischen uns gab es nie ein Feuerwerk oder eine brennende Leidenschaft, jedenfalls nicht von meiner Seite. Das hat mich nie gestört, ich war noch nie sehr romantisch und fand diese Art von Liebe unreif und realitätsfremd. Dachte, was so schnell entfacht, verglüht auch schnell wieder.

Gestur hat alle Erwartungen erfüllt, sowohl meine als auch die meiner Familie. Guter Job, interessante Persönlichkeit und zuverlässig.

Wobei Gestur in letzter Zeit nicht wirklich zuverlässig war. Er hat sich anders verhalten als sonst. War gereizter, und wenn er mich angesehen hat, wirkte es auf einmal, als fehle etwas. Irgendeine Nachsicht, die er zuvor mit mir hatte. Mittlerweile bin ich nicht mehr sicher, wie er zu mir steht, ob er mich vielleicht schon aufgegeben hat. Genug von mir hat.

»Du musst nicht antworten«, sagt Viktor. Er trinkt einen Schluck und betrachtet mich. Sieht wahrscheinlich, wie sehr mich die Frage beschäftigt. Das Lächeln auf seinen Lippen ist ein wenig verschmitzt.

»Was?«, frage ich unsicher. Komisch, denn früher war ich mit Viktor immer so selbstbewusst. Plötzlich kommt es mir vor, als hätte sich das Kräftegleichgewicht zwischen uns verschoben.

»Nichts«, sagt Viktor. Für eine Weile schweigt er. »Das erinnert mich nur ein wenig an früher, abends saßen wir oft bei mir zu Hause im Bett und haben gequatscht.«

Ich lächle. »Wir hatten immer Spaß.«

»Haben nicht viel gebraucht, um uns eine gute Zeit zu machen.«

Ich denke zurück und weiß, dass er recht hat. Wir brauchten nur einander, sonst nichts. Meist waren wir bei Viktor zu Hause, denn seine Eltern ließen ihm fast alles durchgehen.

Viktor war ein Wunschkind seiner Eltern, das aber einige Jahre auf sich warten ließ. Als die Adoption dann endlich klappte, waren Elín und Ingvar so glücklich, dass sie ihm alles geben wollten und mehr.

Ich will noch einen Schluck trinken, aber das Glas ist bereits leer. Viktor holt die Flasche und füllt es wieder auf. Ich trinke viel zu schnell, spüre jetzt schon den Alkohol. Nicht nur ein bisschen, sondern so, dass sich das ganze Zimmer zu drehen beginnt.

Ich erinnere mich, wie es war, als ich meine Geheimnisse nicht mit mir allein herumtragen musste, sondern alles mit Viktor und Steffý geteilt habe.

»Ich habe Steffý eingeladen«, sage ich.

»Oh?« Viktor sieht überrascht aus. »Ich dachte, ihr wärt ... also, ich weiß nicht genau, was ihr seid.«

»Ich auch nicht.«

»Du hast mir nie erzählt, was zwischen euch passiert ist.« Viktor sieht mich an. »Ich dachte, ihr wärt einfach eure eigenen Wege gegangen, aber nachdem ich euch hier zusammen gesehen habe, vermute ich eher, dass etwas vorgefallen ist.«

Ich starre in mein Glas, schwenke es, sodass der Champagner fast überläuft.

»Was ist eigentlich passiert?«, fragt Viktor.

»Nichts«, sage ich, aber es klingt nicht wirklich überzeugend.

»Doch, da war was«, sagt Viktor. »Los jetzt, raus mit der Sprache. Was zur Hölle ist passiert?«

»Nichts ist passiert.« Ich trinke einen Schluck und sehe Viktor an. Er starrt zurück, als wolle er mich mit seinem Blick dazu bringen, es auszusprechen. Ich lache, weil ich nicht anders kann, und für einen Moment fühlt es sich an, als wären wir wieder Kinder.

»Petra«, sagt Viktor.

»Okay, okay.« Ich gebe auf, und als ich anfange zu reden, spüre ich sofort, wie sich die Wirkung des Alkohols verändert. Der angenehme Rausch weicht einer Ernsthaftigkeit. Plötzlich ist mir ganz und gar nicht mehr zum Lachen zumute. Ich schlucke und sage: »Erinnerst du dich an Teddi?«

»Ja.«

Natürlich erinnert sich Viktor an ihn. Noch Monate danach war es immer Viktors Schulter, an der ich mich ausgeheult habe, wenn ich betrunken war. Er hat mich getröstet, mir über den Kopf gestrichen und geflüstert, dass alles gut wird. Beim Gedanken daran muss ich lächeln, auch wenn die Erinnerung eine traurige ist. Viktor hat alles ein wenig erträglicher gemacht, auch wenn ich bezweifle, dass er mich getröstet hätte, wenn er die ganze Wahrheit gewusst hätte.

»Okay.« Ich trinke das Glas in einem Zug aus und bitte um Nachschub. »Du weißt sicher noch, was passiert ist.«

»Natürlich«, sagt Viktor, er klingt plötzlich ziemlich ernst. »Wir müssen nicht ...«

»Nein, ich will aber.« Ich stelle das Glas ab, weil meine Hände angefangen haben zu zittern. Dann schließe ich die Augen, in der Hoffnung, dass es mir erleichtert zu sprechen. »Also, an dem Abend, als ... als das passiert ist.« Ich atme tief ein und bereite mich darauf vor, zum ersten Mal laut auszusprechen, worüber ich noch nie geredet habe. Worüber ich trotzdem jeden Tag nachdenke. Was ich nicht vergessen kann, egal wie sehr ich es versuche.

Tryggvi

Ich sage Oddný, dass sie ruhig schon einmal nach unten gehen kann. Dann sitze ich da und fixiere mein Handy auf dem Nachttisch, als wäre es etwas anderes als ein Gegenstand aus Plastik und Metall.

Die Entscheidung zu trinken, fiel unbewusst, und ich versuche nicht einmal, mich dagegen zu wehren. Der erste Schluck Bier ist eiskalt und so gut, dass ich die Augen schließe. Der zweite Schluck folgt sofort und dann der dritte. Kurz darauf starre ich auf die leere Bierdose und frage mich, ob es das wert war. Ob diese Zeit, in der ich nicht getrunken habe, wirklich so gut war. Vielleicht, wenn ich früher angefangen hätte. Früher hätte es sich bestimmt gelohnt, den Alkohol aufzugeben, aber jetzt nicht mehr. Jetzt ist es zu spät.

Als ich endlich nach dem Handy greife, stehen zwei leere Bierdosen auf dem Schreibtisch und ich bin halb durch mit der dritten. Jetzt ist nur noch eine Dose im Kühlschrank, aber das wird nicht reichen. Wenn ich noch mehr trinken will, werde ich früher oder später nach unten gehen müssen.

Ich blicke auf die Uhr und sehe, dass ich mich beeilen muss. Oddný kommt wahrscheinlich bald, um mich zum Essen abzuholen.

Das bevorstehende Telefonat ging mir schon den ganzen Tag im Kopf herum, schließlich gehört es zu diesem Datum dazu, und ich weiß, dass Nanna darauf wartet. Sie geht auch sofort ran, als hätte sie mit dem Handy in der Hand dagesessen.

»Wie geht es dir?«, frage ich.

»Gut. Mir geht es gut.« Nanna klingt gleichgültig, wie immer, wenn ich anrufe. Aber so war sie schon, als wir uns kennenlernten. Ich war mir absolut sicher, dass sie nichts von mir wollte. Sie war so kurz angebunden und schien immer das Ende des Gesprächs herbeizusehnen. Mir wurde erst später klar, dass sie mich getestet hat. Prüfen wollte, ob mein Interesse ehrlich war. Sie hatte keine Zeit für Spielchen. Als alleinerziehende Mutter eines kleinen Sohnes wollte sie einen Mann, der bereit war, ihm ein Vater zu sein. Einen Mann, der sich nicht bei der ersten Gelegenheit aus dem Staub machte.

»Was hast du zur Feier des Tages gemacht?«, frage ich.

»Nicht viel«, antwortet Nanna. »Aber ich habe einen Kuchen gebacken. Einen Mandelkuchen. Du weißt schon, den mit der rosa Creme.«

»Ja, ich weiß«, sage ich und lächle bei der Erinnerung daran. »Der war immer gut.«

Für eine Weile schweigen wir, doch dann sagt Nanna: »Du bist auf Snæfellsnes.«

Es ist nicht wirklich eine Frage, aber ich antworte trotzdem. »Ja, wir sind hier in einem schicken Hotel.«

»Natürlich.«

Ich muss schmunzeln, was Nanna natürlich nicht mitbekommt. Sie hat sich Oddný gegenüber immer etwas seltsam verhalten. Als sie von unserer Beziehung erfuhr, war sie erst ziemlich neugierig und hat mir lauter Fragen zur Familie Snæberg gestellt. Komische Fragen, was es bei Treffen zu essen gebe etwa oder wie sie mich behandeln würden.

Nanna hatte noch nie viel für reiche Menschen übrig. In ihren Augen sind sie immer Schwindler. Als hätte niemand verdient, viel Geld zu haben.

In unserer Beziehung ging es andauernd um Geld. Oder eher den Mangel an Geld. Wir mussten jede Krone zweimal umdrehen, so wenig wie möglich ausgeben, um irgendwie über die Runden zu kommen. Kaum etwas bereitete Nanna so viel Freude, wie ein gutes Sonderangebot, und sie konnte aus den billigsten Zutaten solide Mahlzeiten kochen. Sie war tatsächlich eine Meisterin darin, aus wenig viel zu machen. Ihr Einfallsreichtum gehörte zu den Dingen, die ich an ihr am liebsten mochte.

»Ja, das Hotel ist sehr schick«, sage ich und stelle mir vor, wie es wäre, mit Nanna hier zu sein. Wie sie beim Anblick des ganzen Firlefanzes den Kopf schütteln würde. »Wir bleiben noch bis morgen.«

»Ich habe ihn vorhin besucht«, sagt Nanna und geht nicht weiter auf mich ein.

»Ach ja? Ich sollte bei Gelegenheit auch mal wieder vorbeischauen.«

»Es tut immer gut.«

»Ja, ja. Ich rede immer noch mit ihm«, sage ich und öffne die letzte Bierdose. »Abends meistens.«

»Ich weiß«, sagt Nanna. »Ich auch.«

Wir schweigen.

»Mein Bruder Tóti hat ein paar Bilder eingescannt«, sagt Nanna in einem etwas leichteren Tonfall. »Also, Bilder von Bildern. Soll ich sie dir schicken?«

»Ja, bitte«, sage ich. »Du hast meine E-Mail-Adresse, nicht wahr?«

»Ja, die sollte ich noch wo haben«, sagt Nanna. Dann fragt sie: »Trinkst du?«

»Das habe ich lange nicht.«

»Ich kann es verstehen.«

Ich höre ein Geräusch, wie wenn ein Glas auf einem Tisch abgestellt wird. Nanna trinkt also auch. Ich sehe sie plötzlich vor mir, wie sie auf der Terrasse vor dem Haus sitzt, in dem wir zusammen gelebt haben. Erinnere mich daran, wie sie jeden Schluck von ihrem Weißwein genossen hat. Die Augen geschlossen und ihr Gesicht in die Sonne gehalten hat. Ich erinnere mich, wie viel sie in diesen Momenten gelacht hat. Nanna hat immer viel gelacht. Mit ihr war es immer lustig. Sie war wie ein Schmetterling, hat wie ein Wasserfall geredet, oft ohne lange zu überlegen.

Aber mit der Zeit wurde auch der Alkohol zu einem wiederkehrenden Gesprächsthema in unserer Beziehung. Genauer gesagt, meine Trinkerei. Wenn ich einmal angefangen hatte, schien ich mich nicht mehr unter Kontrolle zu haben. Das Problem ist, dass ich mich beim Trinken verändere, Dinge tue, die ich sonst nicht tun würde.

Wir telefonieren noch eine Weile, aber sagen nicht viel. Die Stille ist angenehm. Ich weiß, dass Nanna genau wie ich nicht wirklich in der Gegenwart lebt, sondern in Erinnerungen festhängt. In einer Vergangenheit, die wir zusammen erlebt haben. Trotz allem sind die allermeisten Erinnerungen gut. Vielleicht halte ich auch nur an den guten fest. An die Streitereien und die Scheidung erinnere ich mich kaum noch, viel eher an die fröhlichen Zeiten und die Fürsorge. An die Abende, an denen ich heimlich an ihren Haaren roch, wenn wir vor dem Fernseher auf dem Sofa lagen, oder Nanna mich aufgeweckt hat, wenn ich bei der Gutenachtgeschichte für unseren Sohn selbst eingeschlafen bin.

Wir hätten es gut zusammen haben können, Nanna und ich. Oft überlege ich, ob wir trotz der Scheidung nicht wieder zusammengefunden hätten, wenn alles danach nicht gewesen wäre. Eigentlich bin ich mir ziemlich sicher.

Als ich auflege, fühle ich mich innerlich leer. Ich stehe auf und stolpere über einen Koffer auf dem Boden, aber finde rechtzeitig wieder das Gleichgewicht. Ich öffne noch einmal die Minibar, aber dort ist kein Alkohol mehr, was ich eigentlich bereits wusste.

Für eine Weile bleibe ich mitten im Zimmer stehen und frage mich, was ich tun soll. Vielleicht sollte ich einfach abhauen. Die Idee klingt gar nicht so schlecht.

Draußen ist ein Sturm aufgezogen, und die großen Fenster beben, aber ich wäre trotzdem lieber dort als hier drinnen.

»Und du weißt nicht einmal, was aus uns geworden ist, oder?«, sage ich laut zu jemandem, der nicht mehr da ist. Trotzdem kommt es mir vor, als würde er antworten, mir sagen, ich solle mich mal wieder einkriegen.

Petra Snæberg

Bevor ich Viktor erzählen kann, was an dem Abend passiert ist, klopft Steffý an die Tür, und ich bin froh darüber. Normalerweise kann ich mich gut ausdrücken. Kann fast alles schön verpacken, wenn ich Kunden etwas verkaufen oder meine Ideen erklären will. Aber jetzt bin ich sicher, dass alles falsch herausgekommen wäre, wenn ich überhaupt ein Wort herausgebracht hätte.

Steffý trägt ein glänzendes Oberteil mit langen Ärmeln, das je nach Lichteinfall die Farbe ändert. Ihre Lippen sind knallrot und an den Handgelenken trägt sie ein paar goldene Armreifen.

»Na dann, prost«, sagt sie bestimmt, als Viktor ihr ein Glas gereicht hat.

Wir stoßen an und trinken. Ich bin schon etwas betrunken und blinzle ein paarmal, damit das Zimmer aufhört, sich zu drehen.

»Hast du auch Wasser?«, frage ich Viktor.

Er holt eine Flasche aus der Minibar und reicht sie mir. Ich trinke fast die halbe Flasche leer, aber fühle mich nicht besser. Während Steffý und Viktor sich unterhalten, frage ich mich, was ich Viktor erzählt hätte, wenn Steffý nicht gekommen wäre. Ob es richtig gewesen wäre, die Geschichte mit diesem Abend zu beginnen. Ob nicht alles an dem Tag begann, an dem ich Teddi zum ersten Mal traf.

Teddi kam im Herbst auf unsere Schule, wir waren im zweiten Jahr der Oberstufe. Ich musste lange den Raum suchen, in dem wir Mathe hatten, und kam viel zu spät, hochrot im Gesicht und völlig außer Atem. Ich setzte mich auf den erstbesten freien Platz, und die Lehrerin kam sofort zu mir.

»Wie heißt du?«, fragte sie und ihre schmalen Lippen verzogen sich zu einem Lächeln, auch wenn ihre Augen nicht mitlachten. Ihre Stimme war tief und hatte einen schönen Klang, als gehöre sie eigentlich ins Radio.

»Petra«, stammelte ich hervor.

»Steh auf, Petra, und dreh dich zur Klasse um.«

Ich dachte erst, sie würde Witze machen, aber als sie mich weiter anstarrte und wartete, stand ich zögerlich auf. Meine Hände zitterten und mein Herz pochte laut, ich war sicher, dass es alle hören konnten.

»Und jetzt entschuldige dich bei deinen Mitschülern, dass du mit deinem Zuspätkommen den Unterricht gestört hast«, sagte sie im gleichen Tonfall und mit dem festgefrorenen Lächeln im Gesicht.

Ich wurde noch roter, obwohl das eigentlich gar nicht möglich war. Meine Wangen glühten und ich schwitzte unter den Achseln und auf dem Rücken. Ich wusste, dass mein Deo den Geruch nicht überdecken konnte, auch wenn ich es selbst nicht roch.

»Ent … entschuldigt bitte, dass ich zu spät gekommen bin.« Ich erkannte meine Stimme kaum wieder, so zittrig und schwach klang sie.

Für einen Moment war es still in der Klasse, und ich hörte die Lehrerin hinter mir.

»Danke, Petra«, sagte sie.

Erniedrigt setzte ich mich wieder hin und versuchte, nicht zu weinen. Ich konnte mich kaum auf den Unterricht konzentrieren. Deshalb bemerkte ich erst gar nicht, dass mein Sitznachbar mir einen Zettel hingelegt hatte.

Eine Karikatur, wie ich sie aus Zeitungen kannte. Ich sah sofort, dass es die Lehrerin sein sollte, obwohl Teddi die Gesichtszüge stark übertrieben hatte, die Nase war riesig und die Lippen nur ein dünner Strich. Er hatte sie so gut eingefangen, dass ich beinahe laut losgelacht hätte und mir die Hand vor den Mund halten musste.

Teddi konnte unglaublich gut zeichnen, und später fand ich heraus, dass er Karikaturen nur zum Spaß machte. Zu Hause zeichnete er Porträts. Bilder, die Menschen anders zeigten als Fotografien. Mit dem Bleistift schien er ihren wahren Kern einzufangen, zeichnete die Modelle mit charakteristischen Gesichtsausdrücken, die viele gar nicht bewusst wahrnahmen, die aber auf den Bildern sofort vertraut wirkten.

Als ich Teddi zum ersten Mal zeichnen sah, konnte ich den Blick nicht von ihm abwenden, er war hoch konzentriert und seine Bewegungen waren präzise. Der Bleistift tanzte über das weiße Papier und wie durch einen Zauber entstanden Bilder. Ich verstand nicht, was genau passierte, aber mir war sofort klar, dass Teddi ausgesprochen talentiert war. Ich mochte ihn auf Anhieb. Er brachte mich so sehr zum Lachen, dass mir die Luft wegblieb. Und sein Lächeln hatte denselben Effekt.

»Petra, hallo?« Viktors Stimme holt mich in die Gegenwart zurück.

»Ja?«, sage ich und tue so, als wäre nichts gewesen. »Was?«

»Ist alles in Ordnung?« Viktor runzelt die Stirn. »Gib mir dein Glas, ich glaube, du brauchst Nachschub.«

Ich protestiere erst, höre aber selbst, wie wenig überzeugend ich klinge. Denn in Wahrheit will ich gerade einfach nur betrunken sein. Mit Steffý und Viktor in einem Raum zu sein, ist sowohl nostalgisch als auch erdrückend. Ich fühle mich in die Vergangenheit zurückversetzt. Wir könnten genauso gut kurz vor der Jahrhundertwende in Viktors Zimmer sitzen.

Viktor reicht mir das Glas und fragt, was mir durch den Kopf gehe.

»Nichts Besonderes«, sage ich und trinke. Ich sehe, dass Viktor mir nicht glaubt, aber zumindest so tut, und sich wieder Steffý zuwendet.

»Also, was ist mit dir und ... und ...?«

»Per«, sagt Steffý. »Schon gut, ich erinnere mich selbst kaum an seinen Namen.«

»Was ist passiert? Wolltet ihr euch nicht zusammen ein Haus kaufen?«

»Ja, wir waren kurz davor.« Steffý lacht und seufzt. »Kein Haus, aber eine Wohnung. Wir hatten uns sogar schon einige angesehen, darunter eine wunderschöne Wohnung in der Innenstadt von Kopenhagen, mit hohen Decken und bogenförmigen Türrahmen und Fenstern. Sie war in einem romantischen Stil, mit Rosetten und Zierleisten und französischen Fenstern. Ich sag's dir, Petra, du hättest diese Wohnung geliebt.«

»Und was dann?«, fragt Viktor.

»Dann habe ich eines Tages eine Nachricht auf Pers Computer gesehen und, tja ...« Steffý hebt das Glas und lacht. »Ich meine, wenn man schon fremdgeht, sollte man zumindest so schlau sein, sich aus dem E-Mail-Postfach auszuloggen und den Laptop zuzuklappen.«

Ich sehe Steffý verwundert an. Hat er sie wirklich betrogen? Sie war immer diejenige, die alle Jungs um ihren Finger wickelte. Steffý hat sich von niemandem etwas gefallen lassen und war allen immer einen Schritt voraus.

»Im Ernst?«, sagt Viktor. »Was für ein Idiot.«

»Jap.« Steffý hebt ihr leeres Glas und Viktor schenkt ihr nach. »Auf den verdammten Per.«

»Auf den will ich nicht anstoßen«, sagt Viktor.

»Okay, auf wen dann?«, fragt Steffý. »Hast du irgendwelche Vorschläge, Petra?«

»Auf ...« Ich versuche, mir etwas Neutrales einfallen zu lassen. »Darauf, dass wir wieder beisammen sind.«

»Darauf, dass wir wieder beisammen sind«, wiederholt Steffý. »Nicht besonders knackig, aber gut, darauf kann ich anstoßen. Möge es das erste Wiedersehen von vielen sein.«

Wir heben die Gläser, und sie klirren beim Anstoßen.

»Okay, ich weiß, was wir machen«, sagt Steffý. Sie strafft die Schultern, als wolle sie eine Rede halten. »Ich hab noch nie ...«

Sie wird von Viktors lautem Lachen unterbrochen.

»Ach, Steffý«, sagt er. »Ich hab noch nie ...? Sind wir für das Spiel nicht schon viel zu alt?«

»Pst«, sagt Steffý. »Sag so was nicht. Können wir nicht für einen Moment so tun, als wären wir wieder sechzehn?«

Viktor und ich sehen uns an.

»Bitte, bitte«, sagt Steffý und macht einen Schmollmund. »Ich will jetzt an etwas anderes denken als an Per und seine Schlampe.«

Wir lenken ein. »In Ordnung«, sage ich. »Du fängst an.«

»Yay.« Steffý lächelt breit und legt den Zeigefinger auf den Mund, als würde sie angestrengt nachdenken. »Ich hab mir als Teenager nie in die Hose gemacht.«

Ich trinke und werfe Steffý einen wütenden Blick zu. »So wollen wir also spielen?«

»Okay, was habe ich verpasst?«, fragt Viktor.

Ich seufze. »Das war mit zwölf.«

»Dreizehn«, korrigiert Steffý.

»Dreizehn, von mir aus«, sage ich. »Wir waren in dem kleinen Kino in Akranes, wo irgendein Film lief.«

»Clueless«, sagt Steffý. »Wir wollten beide so sein wie Alicia Silverstone.«

»Stimmt«, sage ich und erinnere mich sofort an die lange Schlange vor dem Kino, Jungs und Mädchen, die alle unbedingt eine Karte wollten. Und an die kleine Luke beim Eingang, wo alle ihr Geld hineinreichten und dafür ein Ticket bekamen. Ich erinnere mich auch an den Geruch, wenn man hineinging, und wie es sich anfühlte, wenn man sich in die weichen roten Sessel fallen ließ und der Film begann. An das leise Surren des Projektors und das Rascheln der Popcorntüten.

»Wir haben sofort bemerkt, dass die coolsten Jungs der Schule hinter uns saßen. Sie waren schon in der zehnten Klasse und wir hätten uns nie getraut, sie anzusprechen. In der Pause musste Steffý dann aufs Klo und ... und dann standen diese Jungs plötzlich vor uns und einer von ihnen fragte ...«

Steffý übernimmt, weil ich vor lauter Lachen kein Wort mehr herausbekomme. »Er fragte: Hat eine von euch Feuer? Als hätten wir mit dreizehn ständig ein Feuerzeug dabei.«

»Und was?« Viktor runzelt die Stirn. »Hast du dir in die Hose gemacht?«

»Petra war so durch den Wind, sie ist hochrot geworden und hat einen Lachanfall bekommen«, sagt Steffý. »Weißt du noch, wie sie immer lachen musste, wenn ihr etwas peinlich war.«

»Ja, das weiß ich noch.« Viktor findet die Geschichte amüsant.

»Jedenfalls konnte sie nicht mehr aufhören und hatte aber auch gerade eine große Cola getrunken ...«

»Also gut, das reicht«, sage ich laut, aber ich muss trotzdem noch einmal lachen.

Wir spielen ein paar Runden weiter. Die Aussagen sind relativ harmlos. Ich hab noch nie bei einem Test geschummelt oder ich hab noch nie geweint, wenn wir in der Schule einen Film geschaut haben. Wir lachen und ich vergesse alles Negative. Denke nicht mehr an Teddi. Denke nur noch an die guten Momente, von denen es viel mehr gab als von den schlechten. Ich überlege, ob jetzt vielleicht alles anders wird. Steffý wird zurück nach Island ziehen, und wir drei könnten uns vielleicht wieder öfter sehen und dort weitermachen, wo wir aufgehört haben, als wäre nichts passiert. Die Vorstellung ist schön, es fühlt sich an, als hätte ich nach vielen Jahren in der Schwebe endlich wieder festen Boden unter den Füßen.

Ich denke gerade darüber nach, wie sehr ich sie vermisst habe, als Steffý mich fröhlich anstupst und sagt: »Ich hab noch nie meinen Cousin geküsst.«

O Gott. Bei dem Gedanken an den Kuss mit Viktor werde ich hochrot im Gesicht.

Irgendwann hat sich Steffý einmal Sorgen gemacht, dass ich nicht gut genug küssen könnte, wenn es so weit sei. Ihr Vorschlag war, dass ich mit Viktor üben sollte. Ich hielt das für keine gute Idee, aber als wir eines Abends bei mir zu Hause getrunken haben, ließen wir uns überreden. Sie meinte, das sei keine große Sache, Viktor wäre perfekt zum Üben, denn er könnte mir direktes Feedback geben.

Sie hat uns kritisch beobachtet und sogar angeleitet. Irgendwie konnte ich die Sache damals vor mir selbst rechtfertigen, und Viktor schien auch nichts dagegen zu haben. Ich erinnere mich daran, dass ich während des Kusses die Wölbung in seiner Hose gespürt habe, aber nichts gesagt habe, weil ich ihn nicht bloßstellen wollte.

Ich schob es auf seine sexuelle Unerfahrenheit. Er hatte noch nie eine Freundin gehabt, Mädchen waren ihm egal. Die einzigen Mädchen, für die er sich interessierte, waren Steffý und ich, aber für uns war Viktor nicht wie die anderen Jungs. Er war einfach einer von uns. Wir haben nicht zweimal darüber nachgedacht, uns vor ihm umzuziehen, über Sex und unsere Periode zu reden und alles andere, was Freundinnen untereinander besprechen. Es schien ihm nie etwas auszumachen, er hörte uns einfach zu, ohne viel zu sagen.

Ich sehe Viktor an, der die Erinnerung offenbar nicht so schlimm oder peinlich findet. Er hebt sein Glas und schwenkt es, während er redet: »Also, eigentlich bin ich gar nicht euer Cousin«, sagt er und merkt nicht, dass er auf den Boden kleckert.

»Natürlich bist du unser Cousin«, sagt Steffý.

»Wir sind nicht blutsverwandt.«

»Nein, aber rein rechtlich sind wir sehr wohl verwandt.«

»Okay, okay.« Viktor hebt die Hände. »Dann hatte ich meinen ersten Kuss eben mit meiner Cousine. Wie erbärmlich ist das denn?«

»Ach, Viktor, mein Lieber«, sagt Steffý. »War das dein erster Kuss? Natürlich, wie konnte ich das vergessen. Aber warte, Petra, war das nicht auch dein erster Kuss?«

»Doch, doch«, sage ich. »Können wir jetzt bitte über etwas anderes reden?«

Steffý lacht sich krumm, aber Viktor wirkt ein wenig verunsichert. Die Tatsache scheint ihm unangenehm zu sein, und für einen Moment erinnert er mich wieder an den Viktor von früher. Den schüchternen Viktor, der sich nicht getraut hat, mit Mädchen zu sprechen oder allein schwimmen zu gehen.

Ich seufze, und Steffý bemerkt es. »Denkst du an Lea?«, fragt sie.

»Lea?« Ich verstehe erst nicht, warum sie jetzt von Lea spricht, aber dann fällt mir wieder ein, was heute passiert ist, und ich bekomme ein schlechtes Gewissen. »Ja, Lea. Ich weiß nicht, was das heute war.«

»Sie ist in einem schwierigen Alter«, sagt Steffý. »Hat sie einen Freund?«

»Nein, ich glaube nicht«, sage ich, obwohl ich davon ausgehe. Ich habe immer wieder gesehen, dass sie bei Nachrichten lächelt und vor dem Tippen länger nachdenkt, als wenn sie mit ihren Freundinnen schreibt.

»Es liegt sicher an einem Jungen«, sagt Steffý. »Hat sie gerade mit jemandem Schluss gemacht? Ich weiß jedenfalls noch, wie du warst, nachdem ...« Steffý hält inne und lächelt entschuldigend, als sie meine Reaktion sieht. »Tut mir leid.«

Ich spüre, dass mir kalt wird, und stehe schnell auf. Steffý hält mich fest. »Petra, geh nicht.«

»Ich gehe nicht«, sage ich und lächle gezwungen. »Ich muss nur aufs Klo.«

Im Bad stütze ich mich am Waschbecken ab. Liebeskummer. Kann ich deshalb nicht aufhören, an Teddi zu denken? Wir waren so jung, fast noch Kinder, und in der Zeit ist jeder Schwarm intensiv und überwältigend. Alles ist aufregend, schön und zerbrechlich zugleich.

Nein, es war kein Liebeskummer. Ich wusste nicht einmal, was Liebe war.

Ich krame ein paar Tabletten aus meiner Handtasche hervor, um mich zu beruhigen, und werfe die leere Verpackung in den Müll. Am liebsten würde ich mir das Gesicht mit kaltem Wasser waschen, aber das würde mein Make-up ruinieren. Stattdessen lasse ich das eisige Wasser über meine Hände laufen und hoffe, damit das feuchtkalte Gefühl loszuwerden. Ich rieche meinen eigenen Schweiß und sehe in Viktors Badezimmerschrank nach, ob er Deo hat. Dort sehe ich ein Frauen-Deo, das wahrscheinlich noch von Maja ist, und benutze es.

Maja. Die hatte ich völlig vergessen. Eigentlich wollte ich Viktor nach ihr fragen und herausfinden, was zwischen ihnen vorgefallen ist und warum er sich keine Sorgen um sie macht, aber wieder einmal habe ich nur an mich selbst gedacht.

Egoistisch. Gestur hatte recht.

Ich stelle das Deo vorsichtig zurück in den Schrank und will ihn gerade wieder schließen, als ich auf der Innenseite der Tür einen Fleck bemerke. Irgendein brauner Klecks oder Streifen.

Ich streiche mit dem Finger über den Fleck und er verteilt sich, die Farbe wird heller und verändert sich. Wird ein wenig rötlicher.

Irma

Hotelangestellte

Durch einen offenen Spalt im Fenster der Kaffeeküche höre ich das Brausen des Windes. Er hat in der letzten Stunde stark zugelegt. Für mich das perfekte Hintergrundgeräusch an einem Abend wie diesem, aber der Winter war auch schon immer meine Lieblingsjahreszeit. Nichts ist gemütlicher, als während eines Unwetters sicher in einem warmen Haus zu sitzen. Durch die unerklärlichen Geräusche und Schatten wird alles gleich ein wenig spannender. Es schafft eine gewisse Stimmung, nicht wahr? Wahrscheinlich hatte ich schon immer einen Hang zu den dunkleren Seiten des Daseins.

Ich trete näher ans Fenster und atme die feuchte Luft ein. Der Geruch ist vertraut. In der Wohnung, in der ich mit meiner Mutter am längsten gelebt habe, roch es am Fenster genauso. Es war morsch, der Rahmen verbogen und der Anstrich bröckelte. Wenn mir langweilig war, knibbelte ich an der Lackierung herum. Und bei schlechtem Wetter heulte der Wind, ähnlich wie jetzt, und dann kam dieser Geruch auf; nach nassem Holz. Modrig. Eigentlich komisch, wenn ich jetzt so darüber nachdenke, denn eigentlich ist das Hotel neu, Feuchtigkeit sollte also kein Problem sein.

»Irma, Liebes, mach doch das Fenster zu«, sagt Edda, als sie die Kaffeeküche betritt. Sie hüllt sich in ihre Stola und schaltet den Wasserkocher ein.

Ich tue, was sie sagt, und wische mit einem Lappen über den Fensterrahmen.

»Hier ist es ja eiskalt«, sagt Edda.

»Entschuldige«, sage ich. »Ich wollte nur etwas frische Luft.«

»Du machst Sachen.« Edda nimmt eine Strickjacke vom Haken und schlüpft hinein. Sie zieht die Schultern bis zu den Ohren hoch und reibt sich die Oberarme. »Das Wetter wird immer schlechter. Hoffentlich legt es sich bis morgen Mittag wieder, wenn die Gäste abreisen.«

»Ganz bestimmt.« Bei dem Gedanken an morgen Mittag wird meine Atmung schneller, denn dann werden sie weg sein. Um diese Zeit morgen werden ihre Zimmer leer sein und neue Gäste ankommen.

Abschiede fallen mir schwer. Wenn meine Mutter und ich wieder einmal umgezogen sind, habe ich die alte Wohnung oder das Klassenzimmer betrachtet und mir gedacht: Hierher komme ich nie wieder zurück. Bei der Erinnerung daran spüre ich immer ein Gefühl von Leere, als wäre jemand gestorben.

Ich hasse Abschiede.

Viele Menschen habe ich über die Jahre wiedergesehen, auch wenn sie es nicht wissen. Ich kann mir Gesichter unglaublich gut merken, aber mein eigenes scheint nicht sehr einprägsam zu sein.

Vor Kurzem habe ich eine ehemalige Klassenkameradin getroffen, die es witzig fand, mich Irmäh zu nennen statt Irma. Und wenn ich vorbeiging, blökte sie wie ein Schaf. Sehr originell.

Ich habe sie im Supermarkt gesehen, mit zwei kleinen Jungs, die pausenlos gemeckert haben. Sie war schick gekleidet und stark geschminkt, aber trotzdem sah sie müde aus. Mir fielen einige Details auf; ihre Mascara war verschmiert und der Gürtel ihres Mantels hatte schmutzige Enden, als hätten sie eine dreckige Pfütze gestreift. Wir sind vor dem Milchregal zusammengestoßen, sie hat das Gesicht zu einem Lächeln verzogen und sich knapp entschuldigt, ohne mich auch nur einmal anzusehen.

Manchmal habe ich Menschen aus meiner Kindheit auf der Straße wiedergesehen. Andere habe ich gegoogelt und mitverfolgt, was aus ihnen geworden ist. Ich finde es spannend zu sehen, wie sich Menschen entwickeln, welche Wege sie im Leben einschlagen und welche Spuren sie hinterlassen. Wer gute Jobs bekommt, Familien gründet und in den sozialen Medien aktiv ist. Wer auf die schiefe Bahn gerät oder zurückbleibt, bis der Name eines Tages mit einem kleinen Bild und einem kurzen Text hinten in der Zeitung auftaucht: *Unser geliebter Sohn und Bruder ...*

Edda tippt mir auf die Schulter. »Wir sollten uns an die Arbeit machen.«

»Ja, okay«, sage ich und stehe auf.

Edda lächelt, aber dann wird ihr Blick ernst. »Hör mal, ich habe vorhin etwas Seltsames mitbekommen.«

»Was denn?«

»Ein Mann, der um das Hotel geschlichen ist. Ich konnte nicht erkennen, ob er einer unserer Gäste war, aber er hat sich seltsam verhalten.« Sie zögert, bevor sie fortfährt: »Ich habe mich gefragt, ob er zu der Familie gehört, aber vielleicht ist er auch nur ein verrückter Schaulustiger. Sie haben schließlich keinen Hehl daraus gemacht, dass sie hier sind.«

»Ich halte die Augen offen«, sage ich und werfe einen Blick aus dem Fenster.

»Danke dir. Und dann wollte ich noch was mit dir besprechen«, sagt Edda. »Ich weiß, dass dein Vertrag nur bis Weihnachten geht, aber wärst du vielleicht bereit, länger zu bleiben? Wir können uns vor Buchungen kaum retten, da brauchen wir bestimmt die Unterstützung.«

»Ja«, sage ich. »Ja, natürlich. Ihr könnt auf mich zählen.«

»Danke, Liebes«, sagt Edda und geht hinaus.

Ich blicke ihr hinterher und denke darüber nach, wie schön es wäre, noch länger hier zu arbeiten. Aber in Wahrheit hängt alles davon ab, wie der heutige Abend läuft. Davor kann ich nichts versprechen.

Ich gehe zum Empfang, um mich zu versichern, dass die Lichter richtig eingestellt sind. An Abenden wie diesen ist die Beleuchtung unheimlich wichtig. Ich weiß nicht, ob die Stimmung bei grellem Licht genauso gut wäre. Manche Dinge passen besser an dunklere Orte. Sobald sie ans Tageslicht kommen, verändern sie ihre Form und werden irgendwie unangenehmer.

Ich habe gerade die perfekte Einstellung für die Zimmerflure gefunden, als die Außentür mit einem lauten Geräusch aufgeht und jemand eintritt. Mein erster Gedanke ist, dass es sich um den Typen handelt, den Edda gesehen hat, aber dem ist nicht so. Es ist ein Mädchen, kaum zwanzig Jahre alt, in einer weiten Jacke und mit einer Mütze auf dem Kopf.

»Verzeihung«, sagt sie. Sie eilt auf mich zu und legt die Hände auf den Empfangstisch. »Ich bin Líf und habe vorhin mit jemandem hier telefoniert.«

»Ja?«

»Ich suche meine Schwester.«

»Sie ist nicht hier«, sage ich. Das ist bestimmt die Schwester von Maja, die von ihrer Familie gesucht wird.

»Sie muss aber hier sein«, sagt Líf scharf. Doch dann bricht ihre Stimme, sie räuspert sich und strafft die Schultern. »Ihr Handy ist noch hier. Ich habe diese ... diese App benutzt, um ihren Standort herauszufinden, und der ist hier. Das Handy ist hier im Hotel, also muss Maja auch noch hier sein.«

Lea Snæberg

Harpa lacht so laut, dass es wahrscheinlich im ganzen Hotel zu hören ist. Ich habe versucht, ihr zu erklären, dass wir besser im Zimmer bleiben sollten, aber sie meinte, uns würde ohnehin niemand beachten, wir wären quasi unsichtbar. Also öffne ich vorsichtig die Tür zum Flur und sehe noch einmal nach links und rechts, bevor wir losgehen.

»Nur ein kleines bisschen mehr«, sagt Harpa und stolpert beinahe über die Fußmatte auf dem Boden.

Ich halte sie fest. »Harpa, man wird uns hören.«

»Was hören?«, fragt Harpa. »Hören, dass ich völlig …«

Als die Tür zu einem der Zimmer aufgeht, presst sie die Lippen aufeinander und unterdrückt einen Lachkrampf. Doch mir ist absolut nicht zum Lachen zumute, denn ich höre die Stimme meiner Mutter.

Harpa richtet sich auf und geht mehr oder weniger normal weiter, sodass meine Mutter, Viktor und Stefanía nichts bemerken.

Sie haben glasige Augen. Stefanía tritt einen Schritt zur Seite und hält sich an Viktor fest, der den Kopf schüttelt. Meine Mutter ist in einem ähnlichen Zustand, nur etwas ernster, und als sie mich ansieht, scheint sie mich erst nicht zu erkennen.

»Lea«, sagt sie mit etwas Singsang in der Stimme.

»Mama«, sage ich.

Sie lächelt, betrachtet mein Outfit und sagt: »Hattest du nichts anderes anzuziehen?«

»Mir gefällt dein Look«, sagt Viktor und zwinkert mir zu. »Sehr ›Ich scheiß auf alles‹.«

Ich lächle Viktor dankbar zu. Ihn mochte ich schon immer, auch wenn sein letzter Besuch bei uns eine Weile her ist. Damals kam er in mein Zimmer und wir haben uns lange über unsere Lieblingsbands unterhalten. Er hat sich auch die Bilder auf der Magnettafel über meinem Schreibtisch angesehen und meinte, dass ich auf einem Bild im Tivoli in Kopenhagen aussehen würde wie meine Mutter. In gewisser Hinsicht hat er vielleicht sogar recht; Haare, Augen und Lippen habe ich von ihr. Und wenn ich mir alte Bilder von ihr ansehe, erkenne ich durchaus Ähnlichkeiten, aber meine Mutter war molliger und größer als ich mit meinen eins fünfundsechzig.

»Genau das wollte sie mit dem Look ausdrücken«, sagt Harpa und sieht mich altklug an.

Ich schüttle den Kopf.

Wir blicken alle auf, als wir beim Empfang Stimmen hören, zwei Frauen kommen auf uns zu, eine der Hotelangestellten und eine andere Frau, oder eher ein Mädchen.

»Du kannst nicht einfach ...«, sagt die Mitarbeiterin des Hotels, aber verstummt, als sie uns bemerkt.

Das Mädchen ist wahrscheinlich nur wenige Jahre älter als ich. Sie trägt eine dicke Jacke, eine rote Mütze auf dem Kopf und Winterschuhe, die Fußabdrücke auf dem Boden hinterlassen. Ihre Nasenflügel beben, die Augen sind weit aufgerissen und der Blick starr, wie bei einem verängstigten Hund.

Als sie Viktor sieht, bleibt sie stehen und fixiert ihn mit ihrem Blick.

»Maja«, sagt sie. »Wo ist Maja?«

»Líf«, sagt Viktor. »Ich weiß nicht ...«

Er unterbricht mitten im Satz, als Líf mit schnellen Schritten auf ihn zugeht. Viktor tritt einen Schritt zurück und hebt die Hände, wie um sich zu wehren, und für einen Moment denke ich, dass sie ihn angreifen wird. Doch dann bleibt sie vor ihm stehen, lehnt sich vor und sagt leise: »Was hast du Maja angetan, du verdammter Mistkerl?«

Petra Snæberg

Viktor bleibt bei Majas Schwester, die irgendwann heulend zusammengebrochen ist. Auf dem Weg zum Restaurant versuche ich, die Situation zu verstehen. Maja ist offenbar noch nicht wieder aufgetaucht, und ihre Familie muss völlig verzweifelt sein.

Aber warum macht sich Viktor keine Sorgen um sie? Und warum ist Majas Schwester so wütend auf ihn?

Als Steffý und ich gegangen sind, hat Viktor ihr gut zugeredet. Ich habe nicht gehört, was er gesagt hat, aber sie schien sich ein wenig zu beruhigen. Zumindest hat sie nicht mehr geweint, sondern nur noch ab und zu geschluchzt.

Aber ich habe noch mitbekommen, dass sie Majas Handy zum Hotel getrackt hat, und wenn das stimmt, weiß ich nicht, was das zu bedeuten hat. Maja ist definitiv nicht mehr hier, aber hat sie ihr Handy vergessen? Ist sie mitten in der Nacht ohne Auto und ohne Handy abgereist? Ich stelle mir vor, wie sie im Unwetter der gestrigen Nacht am Straßenrand steht, und erschaudere bei dem Gedanken.

Ich muss an den Fleck auf der Innenseite des Badezimmerschranks denken. War das vielleicht Blut?

»Wo denkst du, dass sie ist?«, frage ich Steffý, als wir bei der Bar ankommen.

»Moment.« Steffý winkt den Barkeeper zu sich und bestellt zwei Cocktails. Erst dann antwortet sie: »Keine Ahnung.«

»Findest du es nicht komisch, dass Viktor sich gar keine Sorgen um Maja macht?«, frage ich.

»Ehrlich gesagt, bin ich bei der Sache nicht ganz mitgekommen.«

Steffý ist offenbar nicht so besorgt wie ich. Sie scheint die Sache nicht einmal ernst zu nehmen.

»Viktor hat von einem Vorfall in Majas Familie gesprochen, und dass sie deshalb abgereist ist. Aber das stimmt ja wohl nicht«, sage ich. »Sonst wäre doch ihre Schwester nicht hier und würde nach ihr suchen, oder?«

»Was meinst du?«

»Ich will nur sagen: Wenn Maja nicht nach Hause gefahren ist, wohin dann?«, frage ich und nehme den Drink vom Barkeeper entgegen.

Steffý lächelt. »Sie wird schon wieder auftauchen, mach dir keine Sorgen.«

»Aber Viktor …«

»Petra, du interpretierst da zu viel hinein«, sagt Steffý. »Maja und Viktor sind noch nicht lange zusammen. Deshalb macht sich Viktor wahrscheinlich keine großen Sorgen.«

»Aber was, wenn ihr etwas zugestoßen ist?«

»Was denn zum Beispiel?«

Ich zögere. Soll ich Steffý erzählen, dass Maja schwanger ist und ich etwas im Bad gesehen habe? Wenn die Notiz am Auto von Maja war, hatte sie vielleicht selbst Angst vor jemandem. War sie etwa auf der Flucht?

Steffý sieht mich an und wartet auf eine Antwort.

»Ich weiß es nicht«, sage ich schließlich. »ich dachte nur, dass ihre Beziehung mittlerweile etwas Ernstes war.«

Steffý zieht die Augenbrauen hoch. »Das passiert nicht einfach so von einem Tag auf den anderen.«

»Was meinst du?«

Steffý erklärt sich nicht weiter, lächelt nur und trinkt von ihrem Cocktail.

Ich rühre mit dem Strohhalm in dem Rest des orangen Drinks, den Steffý für mich bestellt hat. Das Glas ist fast leer, obwohl ich heute Abend eigentlich nicht noch mehr trinken wollte. Mein Kopf brummt bereits und ich sehe nicht mehr ganz scharf.

Ich muss an Maja denken und ihren vorfreudigen Blick, als sie liebevoll über ihren Bauch gestrichen und von ihrer Schwangerschaft erzählt hat. Was wollte sie mir noch sagen?

Aus dem Augenwinkel sehe ich, dass Viktor das Restaurant betritt. Er bemerkt Steffý und mich und lächelt breit, bevor er auf uns zugeht. Doch bevor er uns erreicht, wird er von seinem Vater aufgehalten, und ich atme auf. Als ich meinen Drink auf dem Tisch abstellen will, stoße ich mit der Hand gegen den Kerzenständer und verliere das Glas aus den Händen. Es zerschellt mit einem lauten Klirren auf dem Boden, und alle drehen sich zu mir um.

Ich entschuldige mich und trete einen Schritt zur Seite. Spüre, dass ich rot werde. Die nette Mitarbeiterin beginnt die Scherben aufzusammeln, aber ich starre weiter auf die Flüssigkeit, die sich schnell ausbreitet. Auf dem Tisch sieht sie knallrot und dickflüssig aus.

Lea Snæberg

Alle reden, lachen und trinken, aber Harpa und ich sind ihnen egal. Als ich an der Küche vorbeigehe, höre ich die Unterhaltungen der Angestellten und rieche das Essen. Ich habe Hunger, mir fällt auf, dass ich heute kaum etwas gegessen habe.

Harpa bestellt bei Arne an der Bar, einem süßen Jungen in schwarzem Hemd. Er lächelt mich an, und ich wende den Blick ab. Ich nehme das Glas entgegen, das Harpa mir reicht, und wir setzen uns an einen Tisch in der Ecke, etwas abseits der Feierlichkeiten.

Der Drink ist stark, und ich ziehe unwillkürlich eine Grimasse.

»Mach nicht so ein Gesicht«, flüstert Harpa. »Sonst sehen alle, dass du nicht nur Cola trinkst.«

»Sorry.« Ich stelle das Glas ab und versuche so zu tun, als würde ich mich dafür interessieren, was Harpa über einen Jungen in ihrer Schule erzählt.

Ich sehe mich nach ihrem Vater Frans um, der sich offenbar nicht wirklich für sie interessiert. Harpa lebt bei ihrer Mutter und besucht ihren Vater nur hin und wieder. Vorhin meinte sie, ihre Stiefmutter Jenný hätte sie gefragt, ob sie nicht schon zu alt für diese Papa-Besuche sei. Und ob sie nicht beim nächsten Mal auf dem Sofa schlafen und ihr Zimmer dem Baby überlassen könnte.

»… und obwohl wir miteinander geschlafen haben …«, höre ich Harpa sagen, obwohl ich nicht wirklich zugehört habe.

Ich unterbreche sie. »Habt ihr miteinander geschlafen?«

»Ja.« Harpa trinkt einen Schluck, und mein Blick scheint sie zu amüsieren. »Hast du es noch nie getan?«

»Nein«, sage ich. »Ich … ich hab schon andere Sachen gemacht, aber …«

»Was denn zum Beispiel?«

»Nur …« Ich weiß nicht, warum es mir so schwerfällt, vor Harpa zuzugeben, dass ich bisher nie weiter gegangen bin als Küssen. »Du weißt schon.«

»Was?«

Ich gebe auf. »Rumgemacht.«

Harpa lacht, aber ich bleibe ernst.

»Tut mir leid«, sagt sie und hört auf zu lachen. »Und warum nicht?«

Warum nicht? Vielleicht, weil mich in diesen Situationen immer ein unwohles Gefühl überkommt. Als würde ich eine Zeitreise machen. Auf einmal bin ich wieder zwölf und wache mit dieser ekligen Hand auf mir auf.

Ich muss nicht antworten, weil wir plötzlich ein Klirren hören und aufblicken. An der Bar steht meine Mutter und starrt auf eine Mitarbeiterin, die über den Boden wischt. Ein paar Tische weiter trifft mein Blick dann auf einen anderen, den ich nur zu gut kenne. Hákon Ingimar hebt sein Glas und prostet mir in der Luft zu. Ich sehe weg, tue so, als hätte ich ihn nicht bemerkt.

Ich muss an Birgir denken und vermisse ihn, was dumm ist, weil er wahrscheinlich gar nicht existiert. Mit irgendjemandem habe ich aber geschrieben, und die Unterhaltungen fehlen mir. Je länger ich darüber nachdenke, desto ängstlicher werde ich. Bisher war ich vor allem wütend und ein bisschen verletzt. Ich habe mich geschämt. Aber ich habe mir keine Gedanken darüber gemacht, dass selbst wenn Birgir nicht existiert, trotzdem jemand die ganze Zeit mit mir geschrieben hat. Es gibt jemanden da draußen, den ich überhaupt nicht kenne, der aber alles über mich weiß.

»Geht's dir nicht gut?«, fragt Harpa. »Du bist so blass.«

»Doch«, sage ich. »Ich geh nur kurz aufs Klo.«

»Soll ich mitkommen?«

»Nein«, antworte ich etwas zu schnell und füge mit einem aufgesetzten Lächeln hinzu: »Schon gut.« Aber ich gehe nicht auf die Toilette, sondern zum Ausgang, und öffne die Tür nach draußen. Sie weht auf, und ein eiskalter Wind kommt mir entgegen. Ich atme die frische Luft ein, schließe die Augen und lasse die Schneeflocken um mein Gesicht tanzen.

Alles ist egal, denke ich und versuche, mich wieder so zu fühlen wie vorhin im Meer. Versuche, meinen eigenen Körper zu verlassen.

»Ach, hallo.«

Als ich die Stimme höre, reiße ich die Augen auf. Ich blicke mich hastig um, aber sehe nur den schwach beleuchteten Pfad zum Hotel. Kam die Stimme von drinnen?

Ich drehe mich zum Hotel, aber sehe niemanden. Doch als ich wieder nach vorne schaue, erschrecke ich. Vor mir steht ein Mann. Er hat die Hände in den Taschen vergraben und lächelt durch seinen dichten Bart, aber sein Gesicht ist rot, als hätte er schon lange draußen gestanden.

»Lea«, sagt der Mann. »Endlich treffen wir uns, Sigrún Lea.«

Ich öffne den Mund, aber bekomme kein Wort heraus.

»Hast du meine Nachricht nicht bekommen? Das Video?«

Er kommt näher, und ich trete einen Schritt zurück. Schlagartig wird mir bewusst, dass ich völlig allein bin, und mein ganzer Körper erstarrt. Ich bin allein hier mit diesem Mann.

Und ich kann mich nicht bewegen.

Jetzt
Sonntag, 5. November 2017

Sævar

Nach der Überprüfung des Zimmers setzten sich Sævar und Hörður wieder in die Kaffeeküche, um die nächsten Schritte zu besprechen. Sie überlegten, ob sie mit den Gästen beginnen sollten, die nachts hinausgegangen waren, aber Sævar war nicht ganz sicher. Vielleicht wäre es gut, zuerst mit den anderen zu sprechen, um danach auch die richtigen Fragen zu stellen, denn diejenigen, die das Opfer zuletzt gesehen hatten, waren natürlich die wahrscheinlichsten Täter. Noch hatten sie außerdem keine Bestätigung, dass es sich tatsächlich um einen Mord handelte, auch wenn in der Hand des Opfers Haare gefunden wurden und die Position der Leiche darauf hindeutete.

»Alles begann also damit, dass Lea verschwand?«, fragte Sævar an Edda gerichtet.

Edda nickte. »Genau. Soweit ich weiß, hatte sie in den letzten Tagen einiges durchgemacht, auch wenn ich die Details nicht kenne.«

Edda wurde ein wenig verlegen, und Sævar sah, dass sie rot wurde. Er fragte sich, ob sie sich vielleicht verplappert hatte, womöglich ihre Gäste belauscht hatte.

»Welche Anzeichen gab es dafür?«

»Na ja …« Edda rieb ihre Hände aneinander. »Sie war klatschnass, als sie gestern vom Ausflug zurückgekommen sind, und es klang so … nicht, dass ich spionieren würde, man bekommt nur allerlei mit ... aber es klang, als wäre sie bei Djúpalónssandur im Meer gewesen. Genaueres weiß ich nicht, aber ... aber das war etwas seltsam. Sie war bis auf die Knochen nass, die Arme.«

Sævar sah Hörður an. Bei Djúpalónssandur ins Meer? Das klang in der Tat seltsam. Er war vor langer Zeit einmal dort gewesen und erinnerte sich nicht, dass es dort gefährliche Stellen gab, wo man leicht ins Wasser fiel. Jedenfalls nicht am Strand selbst. Er hatte auch noch nie gehört, dass es dort gefährliche Meeresströmungen gab, wie bei anderen Stränden an der Südküste Islands, wo unvorhersehbare Wellen die Menschen mit sich rissen, wenn sie zu nahe am Wasser standen.

Hörður schien genauso verwundert.

»Lea ist also verschwunden, und die anderen sind in der Nacht hinausgegangen, um nach ihr zu suchen«, sagte Hörður. »War Lea bei ihnen, als sie wiederkamen?«

»Nein.« Edda schüttelte den Kopf. »Nein, Lea war nicht bei ihnen.«

Sævar seufzte. Er wusste nicht, was er denken sollte.

Nach einer kurzen Stille fragte Edda, ob sie ihnen nicht ein Zimmer zur Verfügung stellen sollte, damit sie in aller Ruhe mit den Gästen sprechen könnten, was sie dankend annahmen.

»Sollten wir dann nicht loslegen?«, fragte Hörður, als Edda gegangen war.

»Doch, es gibt keinen Grund, damit zu warten«, antwortete Sævar.

Als sie aufstanden, klingelte das Handy in Hörðurs Tasche. Er ging zum Telefonieren ein paar Schritte zur Seite, und Sævar wartete auf ihn. Nachdem er aufgelegt hatte, war sein Gesichtsausdruck schwer zu deuten.

»Wer war das?«, fragte Sævar.

»Das?« Hörður seufzte. »Das waren Majas Eltern.«

Am Abend davor
Samstag, 4. November 2017

Tryggvi

Das Essen schmeckt ganz okay, was eigentlich enttäuschend ist, denn es roch unglaublich gut. Am besten sind die Vorspeisen, auch wenn die Portionen winzig sind. Das Lamm im Hauptgang war zäh, und es war zu wenig Soße dabei. Allen anderen schien das aber nichts auszumachen, und ich bin der Letzte, der sich beschwert. Manchmal ist ein Essen auch einfach nur ein Essen, mit dem einzigen Zweck, einen zu sättigen.

Haraldur sitzt mir gegenüber und schneidet eifrig sein Fleisch. Seine Kiefer kauen schnell, und im Halbdunkel fallen eigenartige Schatten auf sein Gesicht. Sie schärfen die Gesichtszüge, lassen sie gröber erscheinen.

»Tryggvi«, sagt Ester und reißt mich aus meinen Gedanken.

»Ja?«

»Hast du schon immer in Reykjavík gelebt?«

»Nein, aufgewachsen bin ich in Ísafjörður. Dort habe ich gelebt, bis ich dreißig war.«

»War das nicht schön?«, fragt Ester. »Ich mag den Ort sehr. Weißt du noch, als wir vor drei Jahren dort waren, Halli? Wir haben sogar übernachtet, in dem einen Hotel da. Hótel Horn hieß es doch, nicht wahr?«

»Richtig«, sagt Haraldur und kaut weiter sein Essen, während er einen Schluck Bier trinkt. »Hótel Horn. Gutes Hotel, aber unbequeme Betten.«

»An den Betten war nichts auszusetzen.« Ester lächelt. Manchmal habe ich den Eindruck, dass sie das Lächeln nicht unterlassen könnte, selbst wenn sie es versuchen würde. Es scheint bei jeder Gelegenheit hervorzubrechen.

Ester lobt ein weiteres Mal, wie toll unser Hotel hier ist, und alle außer Haraldur stimmen zu. Die Gespräche beim Essen sind höflich, aber es wird viel getrunken. Eine Weinflasche nach der anderen leert sich, und die aufmerksamen Kellner tauschen sie immer sofort gegen volle aus, also verliert man schnell den Überblick darüber, wie viel bereits getrunken wurde.

Wir sind gerade beim Nachtisch, als mein Handy in der Tasche vibriert. Ich nehme es auf, obwohl ich weiß, dass es einen bösen Blick von Oddný zur Folge haben wird. Weder sie noch andere in ihrer Familie mögen es, wenn man während des Essens am Handy hängt. Aber dieses Wochenende scheinen andere Regeln zu gelten als sonst, und viele haben ihre Handys auf dem Tisch liegen, machen Bilder vom Essen und voneinander.

Deshalb denke ich nicht, dass sich jemand daran stören wird, wenn ich jetzt auf mein Handy sehe. Für gewöhnlich mache ich das nicht andauernd, eigentlich benutze ich es vor allem zum Telefonieren. Ich weiß natürlich, dass ein Handy heutzutage nicht nur ein Handy ist. Aber ich habe erst kürzlich gelernt, wie ich darauf E-Mails lesen und Facebook nutzen kann, und seitdem bekomme ich andauernd diese Benachrichtigungen. Ich muss irgendwie herausfinden, wie ich das ständige Vibrieren abstellen kann.

Jetzt sehe ich, dass Nanna mir eine Mail mit den Bildern geschickt hat. Ich scrolle durch das Album und vergesse alles um mich herum.

Beim Essen sagt Gestur kaum ein Wort zu mir, und erst als wir mit dem Hauptgang fertig sind, lehnt er sich näher und fragt: »Wo warst du vorhin?«

»Bei Viktor, das weißt du doch«, sage ich. »Wo warst du?«

»Ich musste raus.« Gestur seufzt. »Entschuldige, wegen vorhin, ich hätte dir nicht die Schuld geben sollen.«

Das tust du aber immer, würde ich gerne sagen, aber ich presse die Lippen zusammen. Gestur lehnt sich noch näher und legt seine Hand auf meinen Oberschenkel.

»Petra, sollen wir zu Hause vielleicht mit jemandem sprechen?«

»Was meinst du?«

»Uns Hilfe suchen.« Gestur sieht mir tief in die Augen. »Ich denke, dass ... dass es uns guttun würde.«

Ich lache und höre selbst, wie gezwungen es klingt. »Warum denn?«

Gestur verzieht keine Miene. »Weil du ... weil wir in letzter Zeit nicht wir selbst waren. Ich habe das Gefühl, dass du nichts mit mir zu tun haben willst.«

Die Tatsache, dass er das Thema beim gemeinsamen Abendessen mit der Familie aufbringt, sagt mir, dass Gestur schon viel getrunken hat, auch wenn es ihm nicht anzusehen ist. Ich nehme seine Hand und spüre, wie unsere Finger sich auf meinem Schoß verschränken. Langsam entspanne ich mich ein wenig.

»Ja, das können wir ins Auge fassen«, sage ich. »Mit jemandem zu sprechen, meine ich.«

Gestur sieht mich an, ohne ein Wort zu sagen. Nach vielen Ehejahren weiß er, wann ich es ernst meine und wann nicht. Er weiß, dass mir schon länger etwas auf dem Herzen liegt. In den ersten Jahren dachte er, ich würde ihm irgendwann davon erzählen, aber jetzt rechnet er nicht mehr damit. Er weiß, dass ich nie ganz da sein werde, ich bleibe immer ein wenig auf Abstand. Die Frage ist, ob er sich damit abfinden kann.

Er zieht seine Hand wieder weg, und ich spüre sofort die Kälte auf dem Oberschenkel, wo sie gerade noch lag. Sobald er sich mit jemandem am nächsten Tisch unterhält, taste ich in meiner Tasche nach den Sertralin-Tabletten, drücke eine aus der Verpackung und schlucke sie mit etwas Rotwein hinunter.

Nach dem Dessert setzt sich mein Bruder Smári auf Gesturs Platz, der wahrscheinlich zur Bar gegangen ist.

»Hallo, du Schnapsdrossel«, sagt er.

»Ist es so offensichtlich?«

»Ja.« Smári greift nach der Wasserkanne auf dem Tisch und schenkt mir ein Glas ein.

»Danke«, sage ich.

Smári flüstert. »Was ist los mit dir, Petra?«

»Nichts.«

Smáris Gesichtsausdruck verrät, dass er mir nicht glaubt.

»Es ist nur ...« Ich trinke von dem Wasser. »Es ist nur das hier. Alles.«

»Alles was?«

»Alles«, sage ich so laut, dass meine Mutter an der anderen Seite des Tisches aufblickt. O Gott, bin ich wirklich so betrunken? Ich lehne mich näher zu Smári und flüstere: »Ich vermassle alles.«

»Was vermasselst du?«

»Alles.«

»Stell dich doch nicht so an, Petra. Nicht jetzt.«

Ich erinnere mich plötzlich daran, dass Smári das schon einmal zu mir gesagt hat. Die Erinnerung ist deutlicher als die Menschen um mich herum: Ich klettere durch das Fenster meines Zimmers und meine Bluse verheddert sich im Fensterhaken und reißt. Ich falle auf den Boden und muss lachen, spüre aber einen stechenden Schmerz am Kopf. Ich taste meine Stirn ab, fühle etwas Nasses. Dann sehe ich Smáris Gesicht über mir. Er sagt: *Stell dich doch nicht so an, Petra, nicht jetzt.* Und dann höre ich unseren Vater an die Zimmertür klopfen: *Was ist los da drinnen?*

Jemand klopft mit einem Löffel gegen ein Glas, und das Geräusch kämpft gegen das Stimmengewirr im Restaurant an. Smári wendet seinen Blick zunächst nicht von mir ab, wie um sicherzugehen, dass ich mich auch wirklich zusammenreißen werde. Aber als er es schließlich doch tut, sehe ich mich sofort nach Alkohol um. Ich finde mein Weinglas und trinke einen Schluck.

Alle Blicke sind auf meinen Großvater gerichtet, der angekommen ist, ohne dass ich es mitbekommen habe. Opa Hákon ist schon ziemlich schwach und kann nicht mehr allein aufstehen. Meine Mutter schiebt seine Pflegerin weg und hilft ihm selbst. Opa stellt sich vor die Tische und zieht ein Blatt Papier aus der Jackentasche. Seine Hände zittern, sodass der Zettel flattert, und kurz denke ich, er lässt ihn gleich fallen, aber dann reißt er sich zusammen und richtet sich auf. Seine Adern treten hervor, er schiebt den Kiefer ein paarmal hin und her. Dann räuspert er sich.

Im Restaurant wird es völlig still, und alle Blicke sind auf ihn gerichtet. Sogar der Wind draußen scheint eine Pause zu machen. Dann beginnt mein Großvater mit belegter Stimme zu sprechen:

Die Wellen schlagen gegen das eisig schöne Land,
Niemand kann ihre Kraft bändigen
Oder verhandeln mit dem Allmächtigen,
Denn alle Zügel liegen in seiner Hand.
Ein Rabe fliegt von Enni, ganz allein,
Doch ein Mensch, der viel gereist,
Hat keine Angst vor einem Geist.

Verlassen sind die Höfe der alten Bucht,
Vergessen die Leichen der Schlacht,
Die ruhen, an diesem sumpfigen Ort,
Verwest und von Würmern zerfressen.
Und deinen Ahnen, wenn knapp war das Essen,
Zuflucht boten dort.

Großvaters Stimme dringt unter meine Haut und bis in die Knochen vor. Ich kann meine Augen nicht von ihm nehmen, habe keinen Raum für eigene Gedanken. Etwas an seinen Worten lässt mich erschaudern. Erst als er fertig vorgetragen hat, merke ich, dass ich die ganze Zeit die Luft angehalten habe.

Ich blicke mich um und sehe, dass ich nicht die Einzige bin, die das Gedicht meines Großvaters bewegt hat. Mein Bruder Smári schüttelt fasziniert den Kopf und beginnt zu klatschen. Andere stimmen in den Applaus ein und irgendjemand pfeift.

Mein Großvater zeigt kaum Reaktion. Er faltet den Zettel, steckt ihn wieder in seine Tasche, und meine Großmutter hilft ihm zurück auf seinen Platz.

»Das war ja toll«, flüstert Smári, als der Applaus verstummt und das Stimmengewirr wieder einsetzt.

Ich nicke zustimmend. Mein Großvater hat in seinem Leben viel erreicht, und wir als seine Familie haben ihm so viel zu verdanken. Sofort überkommt mich ein Gefühl von Minderwertigkeit. Was habe *ich* gemacht? Was habe ich erreicht?

Ich sehe aus dem Fenster hinaus in die Finsternis. An den Scheiben hat sich Kondenswasser gebildet und die Tropfen fließen nach unten wie kleine Flüsse.

Plötzlich kommt es mir vor, als würden sich die Geräusche um mich herum entfernen und die Lichter eins nach dem anderen verlöschen. Alles um mich herum verschwindet, ich stehe allein im Dunkeln vor der Scheibe. Dann sehe ich sie. Eine Hand, die von außen gegen die Scheibe drückt.

Ich schnappe nach Luft und muss mich zusammenreißen, nicht laut aufzuschreien.

»Was? Was ist los?«, höre ich jemanden fragen.

Ich bekomme kein Wort heraus und starre immer noch auf das Fenster. Als ich blinzle, verschwindet die Hand, und auf der Scheibe rinnen die Tropfen nach unten.

Irma

Hotelangestellte

Als Erstes bemerke ich die Kälte. Vom Empfangsbereich her zieht es ordentlich. Dann fällt mir auf, dass nach draußen offen ist und Lea in der Tür steht. Sie starrt auf etwas vor sich. Den Mann sehe ich erst, als ich schon direkt hinter ihr bin.

»Ist alles in Ordnung?«, frage ich.

Der Mann draußen ist klein und stämmig. Er steht offensichtlich schon länger in der Kälte, das Gesicht wirkt verfroren, die Haare und der Bart sind an den Spitzen vereist und die Wangen rot gefleckt.

»Hier ist alles in bester Ordnung«, sagt er mit rauer Stimme und trotz des Sturms kann ich seine starke Alkoholfahne riechen. »Ich wollte meiner Freundin hier nur kurz Hallo sagen.«

Mir wird sofort klar, dass er wahrscheinlich der Mann ist, den Edda um das Hotel hat schleichen sehen.

»Kennst du diesen Mann, Lea?«, frage ich.

Sie schüttelt den Kopf. »Nein«, sagt sie kaum hörbar.

»Das dachte ich mir.« Ich lächle den Mann freundlich an und stelle mich zwischen ihn und Lea. »Leider kannst du nicht reinkommen. Wir haben eine geschlossene Gesellschaft, das Hotel ist nicht geöffnet.«

»Ich wollte nur ...«, sagt der Mann, aber ich mache die Tür zu und schließe ab, bevor er noch etwas sagen kann.

»So geht das«, sage ich und zwinkere Lea zu.

Sie lächelt, erst zögerlich, aber dann sehe ich ihre Erleichterung.

»Ist alles in Ordnung?«, frage ich. »Hast du dich erschrocken? Kanntest du den Mann?«

»Nein ... ich meine, ja. Er hat mir Nachrichten geschickt.«

»Was für Nachrichten?«

Sie starrt auf den Boden. »Auf Insta. Aber ich kenne ihn nicht. Er ist ... alt.«

»Verstehe.« Ich lege meine Hand auf ihre Schulter. »Im Internet wimmelt es nur so von seltsamen Kreaturen. Man muss aufpassen, was man so hochlädt.«

Lea nickt.

»Hey«, sage ich, »das ist nicht deine Schuld, so war das nicht gemeint. Aber die Welt ist voll von merkwürdigen Menschen, eigentlich kann man niemandem wirklich vertrauen.«

Lea lacht, auch wenn ihre Hände immer noch ein wenig zittern. »Ich verstehe, was du meinst.«

»Also gut, dann vergessen wir die Sache am besten und gehen wieder zurück. Ich passe auf, dass niemand reinkommt, versprochen. Du musst keine Angst haben.«

»Danke«, sagt Lea und lächelt, bevor sie wieder zu ihrer Familie geht.

»Vielleicht solltest du dir einen Hund zulegen«, rufe ich ihr hinterher.

»Was?« Lea dreht sich um.

»Du solltest dir einen Hund zulegen. Wenn ich mich nicht sicher gefühlt habe, hat mein Hund unter dem Bett geschlafen. Dann ging es mir immer besser.«

»Ach so. Ja, vielleicht.« Lea sieht mich verwundert an, aber blinzelt dann und lächelt. »Danke noch mal.«

Ich sehe ihr hinterher, bis sie das Restaurant betritt und aus meinem Blickfeld verschwindet.

Für gewöhnlich sehe ich mir mindestens einmal im Jahr die Bilder an. Erst fiel es mir schwer, aber mit der Zeit wurde es einfacher. Vermutlich hat der Schmerz mit den Jahren nachgelassen.

In den ersten Jahren nach dem Unfall konnte ich nicht einmal das Album öffnen. Ich schob es tagelang vor mir her und redete mir ein, ich müsse erst noch etwas anderes erledigen. Mittlerweile kann ich einfach durch die Bilder scrollen und mache es immer öfter. Ich spüre eine Wärme, und ja, auch etwas Trauer, aber vor allem Dankbarkeit. Nicht alle haben das Glück, Kinder zu bekommen, oder so tolle Bonuskinder. Das Wort Stiefkind mochte ich noch nie, ich wollte kein Stiefvater sein. Irgendwann habe ich gehört, dass man in Skandinavien Bonuspapa sagt, was viel besser klingt. Aber eigentlich war ich immer einfach Papa, ohne irgendwelche Zusätze.

Die ersten Bilder im Ordner sind von vor meiner Zeit, also lösen sie nicht das gleiche Gefühl von Vertrautheit aus wie die anderen. Eines zeigt Nanna auf der Geburtsstation, in ihren Armen ein kleiner Junge mit ausdrucksstarkem Gesicht und kaum Haaren auf dem Kopf. Dann kommen Bilder von seinen ersten Schritten, Zeltreisen und Weihnachtsfeiern. Bei dem Bild von ihm mit fünf Jahren halte ich inne. Darauf erkenne ich ihn wieder, in seinem Cowboy-Kostüm, mit dem Hut und der Pistole.

Auf den letzten Bildern ist er bereits ein Teenager. Er ging aufs Gymnasium und wollte Medizin studieren. Das Lernen fiel ihm nicht schwer und er wäre ein guter Arzt geworden. Nicht nur, weil er schlau war, sondern auch umsichtig und rücksichtsvoll. Er konnte gut mit Menschen. Er hätte auch Künstler werden können, Schauspieler zum Beispiel. Das haben viele erkannt, als er bei der Schulaufführung von *Der kleine Horrorladen* mitgewirkt hat. Außerdem konnte er ziemlich gut zeichnen, und das war vielleicht seine größte Leidenschaft; die bildende Kunst. Doch eigentlich ging ihm alles leicht von der Hand.

Bei einem Bild von ihm auf der Bühne seiner Schule halte ich inne. Jemand im Publikum hat es gemacht, wahrscheinlich Nanna oder ich. Es hat uns so viel Freude bereitet, ihn in seiner Rolle zu sehen, dass wir viermal in die Aufführung gegangen sind. Ich lächle bei dem Anblick von ihm auf der Bühne. Neben ihm stehen ein paar Mädchen in Oberteilen aus Spitze und mit toupierten Haaren.

»Was siehst du dir da an, mein Schatz?«, fragt Oddný und lehnt sich zu mir. Als sie die Bilder sieht, schnappt sie nach Luft und hält sich die Hand vor den Mund. »Mir war nicht klar, was heute für ein Tag ist, Tryggvi. Tut mir leid.«

»Kein Problem«, antworte ich ruhig. Aber ich würde lügen, wenn ich sagen würde, dass es mich nicht ein wenig verletzt hätte.

Oddný rückt näher, um die Bilder zu sehen, und meine Muskeln verkrampfen sich. Ich hatte kein Problem mit der lauten Umgebung, ich konnte schon immer alles um mich herum ausblenden, aber solange Oddný mir über die Schulter schaut, kann ich nicht weiterscrollen.

Ich beschließe, mir die Bilder später anzusehen, aber als ich das Handy weglegen will, hält Oddný mich davon ab.

»Warte …«, sagt sie. »Was ist das denn?«

»Bilder«, sage ich. »Zeichnungen.«

»Ja, ich weiß, aber dieses Porträt«, sagt sie, »das Gesicht kommt mir irgendwie bekannt vor.«

Ich betrachte das Bild, auf das Oddný zeigt. Es ist eines der Porträts aus seinem Zeichenblock. Darin haben Nanna und ich Bilder von allerlei Menschen gefunden, manche kannten wir von Erzählungen, auch wenn wir ihnen noch nie begegnet waren. Die Zeichnung zeigt ein Mädchen in einem Rollkragenpullover, mit

Locken und einem schüchternen Lächeln im Gesicht. Sie scheint sich auf die Lippe zu beißen, wie um sich ein größeres Lächeln zu verkneifen.

»Das ist Petra«, sagt Oddný nach einer Weile. »Siehst du das nicht? Auf dem Bild ist sie noch jünger, damals war sie etwas molliger und hatte diese dichten struppigen Haare. Das ist sie, ganz sicher.«

Ich starre auf das Bild und sehe tatsächlich eine Ähnlichkeit mit Petra, der Tochter von Ester und Haraldur. Aber ganz sicher bin ich trotzdem nicht. Bevor ich etwas sagen kann, reißt Oddný mir das Handy aus der Hand und ruft ihre Schwester.

»Schau mal, Ester«, sagt sie und zeigt ihr das Bild. »Ist das nicht Petra?«

Ester lehnt sich vor und nickt dann. »Was ist das?«

»Ein Bild, das Tryggvis Sohn gezeichnet hat«, sagt Oddný.

Ester sieht mich unschlüssig an und fragt dann, wer mein Sohn sei, wie er heiße.

»Teddi«, sage ich, und allein den Namen auszusprechen, macht mich stolz. »Mein Sohn hieß Theódór.«

Irma

Hotelangestellte

Nach dem Essen überprüfe ich die Toiletten, aber sie sind relativ sauber. Ich hole trotzdem frische Duftkerzen und sehe nach, ob die Herrentoilette leer ist, bevor ich sie neben das Waschbecken stelle. Dabei bemerke ich Spuren von einem weißen Pulver auf dem dunklen Holz und streiche mit dem Finger darüber.

Das Pulver ist fein, und ich weiß genau, was es ist.

Eigentlich überrascht es mich nicht. Ich habe gesehen, dass sich einer der Gäste immer wieder die Nase geputzt hat. Habe die erweiterten Pupillen und das Mahlen seines Kiefers bemerkt. Mich überrascht nur, wie wenig Mühe er sich gibt, es zu verstecken. Was man im Grunde über sie alle sagen kann.

Ich hätte nie gedacht, dass eine Familie wie die Snæbergs sich so benehmen würde. Ich dachte, sie würden hier genauso umsichtig sein wie anderswo auch. Aber vielleicht können sie sich erst im Kreis der Familie richtig gehen lassen. Hier muss niemand Angst haben, was die anderen sagen oder denken. Wegen uns Angestellten machen sie sich sowieso keine Gedanken. Sie wissen genau, dass wir nie etwas ausplaudern würden. Für sie sind wir wie Möbelstücke, einfach Teil der Einrichtung.

Ich will die Herrentoilette gerade wieder verlassen, als plötzlich ein großer Mann vor mir steht. Haraldur, denke ich. Er hat große Schweißflecke unter den Achseln und grinst mich an.

»Bist du hier nicht falsch?«, fragt er.

»Ich achte nur darauf, dass alles sauber und ordentlich ist«, sage ich.

»Demolieren wir hier etwa den Laden? Geben dir ordentlich zu tun?«

»Nein, ganz und gar nicht, ich habe nur …«

»Papa, hör auf, das Mädchen zu ärgern«, sagt sein Sohn, der hinter ihm eintritt.

Smári hat seine Krawatte abgenommen und die ersten beiden Knöpfe des Hemds geöffnet. Er sieht seinem Vater nicht im Geringsten ähnlich, ist viel schlanker und hat freundliche Augen. Smári ist jemand, den man gerne als Arzt hätte, aber Haraldur sieht viel herrischer aus.

Als ich mich an ihnen vorbei hinauszwänge, gibt mir Haraldur einen Klaps auf meinen nackten Arm. Seine Hand fühlt sich feuchtkalt an, er hat schlechten Atem und riecht nach Schweiß, vermischt mit schalem Aftershave, dessen Wirkung zur späten Stunde bereits nachgelassen hat.

Kaum ist die Tür hinter mir zugefallen, höre ich, wie ein Strahl von Flüssigkeit das Pissoir trifft. Ich beeile mich wegzukommen, will den beiden nicht beim Pinkeln zuhören.

In der Bar reicht mir Arne einen Shot. Er selbst nimmt auch einen, und wir kippen sie mit dem Rücken zu den Gästen hinunter. Als ich mich wieder umdrehe, um lächelnd die Bestellung eines unnötig lauten und frechen Mannes entgegenzunehmen, sehe ich, dass Haraldur zurück ist und den Arm um seine Tochter Petra legt.

Während ich Bier in ein Glas schenke, beobachte ich die beiden beim Tanzen. Neben ihm sieht Petra so zartgliedrig aus. Ich sehe, wie er sie anlächelt und ihre Augen aufleuchten. Bei dem Anblick verspüre ich ein Stechen in der Brust. Denn obwohl ich als Kind in einer Fantasiewelt gelebt und mir eingeredet habe, alles sei perfekt, konnte ich mir nie wirklich einen Vater vorstellen.

Manchmal habe ich mir eingeredet, mein Papa würde jeden Abend spät nach Hause kommen und wäre morgens, wenn ich aufwache, wieder weg. An einer der Stationen von mir und meiner Mutter habe ich allen erzählt, er arbeite im Ausland, wäre ein ranghoher Offizier beim Militär. Erst später lernte ich, dass Island gar kein Heer hat.

Aber ich sah meinen Vater nie wirklich vor mir. Konnte nicht sagen, ob er eher ein dunkler oder ein heller Typ war, ob er ein freundliches Lächeln hatte oder streng war. Konnte mir nicht vorstellen, wie seine Stimme klang.

Manchmal habe ich meine Mutter gebeten, mir von ihm zu erzählen, habe gefragt, ob wir uns ähnlich sehen würden und ob er von mir wisse. Sie meinte immer, ich sähe niemandem ähnlich und mein Vater sei nichts Besonderes gewesen, nur ein beliebiger Typ, der nicht mehr zu mir beigesteuert hat als diese eine Nacht.

Na gut, das Letzte hat sie so nicht gesagt, aber als Teenager habe ich eins und eins zusammengezählt. Erst später habe ich erfahren, dass der Samengeber, mein Vater, tatsächlich von mir wusste. Er kannte meine Adresse und hätte jederzeit vorbeikommen können.

Die Wahrheit ist, dass er mich nie aufgesucht hat, weil ich ihm einfach völlig egal war.

Tryggvi

Nachdem ich Theódórs Namen ausgesprochen habe, wird die Stimmung etwas unangenehm. Ester fragt zuerst, was er arbeitet. Manchmal kommt es mir vor, als sei das in dieser Familie am wichtigsten, als würden sie den Wert eines Menschen allein an seinem Beruf festmachen. Aber als ich erzähle, dass Teddi verstorben ist, reagiert Ester betreten und wirft ihrer Schwester einen scharfen Blick zu, weil Oddný sie nicht vorgewarnt hat. Sie ist sogar noch bestürzter, als ich ihr erzähle, dass Theódór zum Zeitpunkt seines Todes in Akranes gelebt hat.

Ester erinnert sich an den Unfall, das behauptet sie zumindest. Ich bin aber nicht sicher, ob sie die Wahrheit sagt.

Es wundert mich beinahe, dass Theódórs Name bei den Gesprächen mit Oddnýs Familie noch nie aufgekommen ist, aber seit dem Beginn unserer Beziehung vor einem Jahr haben wir Ester und Haraldur nur sehr selten getroffen und nie wirklich über Persönliches gesprochen. Sie stellten kaum Fragen und schienen sich nicht für meine Familienverhältnisse zu interessieren. Und eigentlich hatte ich auch kein Bedürfnis, mit Menschen, die ihn nicht kannten, über Theódór zu sprechen. Ich habe immer das Gefühl, dass ich ihm nicht gerecht werden kann und andere nicht verstehen, wie groß mein Verlust und die dazugehörige Trauer waren.

Nanna und ich waren kurz vor unserer Scheidung nach Akranes gezogen, ich lebte nur etwa einen Monat dort, und nach dem Unfall kehrte Nanna nach Ísafjörður zurück. Wir hatten beide keine Verbindungen nach Akranes, sind nur hingezogen, weil Nanna dort einen Job bekommen hatte und die Lage günstig war, nicht weit von der Hauptstadt entfernt, wo Teddi demnächst studieren würde. Außerdem waren die Immobilienpreise deutlich niedriger als in Reykjavík und durch die Eröffnung des Hvalfjörður-Tunnels im Jahr davor war es ganz gut angebunden.

Nach dem Essen gehe ich zur Bar, bestelle ein Bier und sitze eine Weile allein.

Im Augenwinkel sehe ich, dass Oddný mich beobachtet, sie hat ein schlechtes Gewissen, weil sie vergessen hat, dass Theódórs Tod sich heute zum achtzehnten Mal jährt. Was der Grund ist, warum ich schon den ganzen Tag nicht ich selbst war und das Trinken nicht lassen kann.

Als das Bierglas leer ist, gehe ich wieder ins Restaurant. Die Tische und Stühle wurden zur Seite geschoben, um eine Tanzfläche zu schaffen.

Mein Blick fällt auf Petra. Sie tanzt mit ihrem Vater. Haraldur ist selbst zu betrunken, um ihr Wanken und die leeren Augen zu bemerken. Nanna und ich haben uns oft gefragt, wen Teddi an dem Abend treffen wollte. Als er sich von ihr verabschiedete, hatte Nanna die Vermutung, dass er mit einem Mädchen verabredet war.

Ich hatte keine Ahnung von seinen Plänen an dem Abend und habe mir genug Vorwürfe gemacht, weil ich nicht da war. Ich wusste aber, dass Teddi ein Mädchen kennengelernt hatte, bei unserem letzten Treffen hat er mir davon erzählt und versprochen, uns bald vorzustellen. Ich fand es schön, dass Teddi sich mir anvertraut hat. Er strahlte über das ganze Gesicht, und ihm war von Weitem anzusehen, wie verliebt er war.

Nicht, dass Siebzehn- oder Achtzehnjährige wüssten, was Liebe ist. Die wenigsten Menschen tun das, unabhängig vom Alter. Aber Teddi war anders als die meisten. Er hielt sich nicht mit unwichtigen Dingen auf, war entschlossen, zielstrebig und sich selbst treu.

Nanna und ich wussten nur, dass er an dem Abend von jemandem abgeholt wurde. Wir haben nie erfahren, was genau passiert ist, als sein Leben an der Bundesstraße bei Akrafjall ein Ende nahm. Es ist ein ungelöstes Rätsel, mit dem wir jahrelang leben mussten, und manchmal denke ich, dass die Unwissenheit das Schlimmste ist. Keine Ahnung zu haben, was passiert ist und warum.

Jetzt sehe ich Petra tanzen und frage mich, ob sie das Mädchen war, das mein geliebter Teddi damals treffen wollte. Ob sie ein Geheimnis bewahrt, das uns schon vor Jahren Antworten hätte geben können.

Als sich unsere Blicke treffen, kommt es mir vor, als würde Petra durch mich hindurchsehen. Sie muss sehr betrunken sein. Plötzlich wird mir klar, dass sie, genau wie ich, heute möglicherweise trauert.

Petra Snæberg

Mein Vater lässt mich los und zieht Steffý zu sich heran. Er mochte sie schon immer, hat sie früher regelrecht vergöttert. Wenn meine Eltern in Urlaub gefahren sind, hat er von allen Geschenken zwei gekauft, und Steffý und ich bekamen die gleichen Anziehsachen und Spielzeuge von ihnen. Ich habe mich immer für meine Eifersucht geschämt. Verstand nicht, warum es schwer für mich war, dass Steffý auch beschenkt wurde. War sauer, aber traute mich nicht, es zu zeigen, und bekam ein schlechtes Gewissen.

Ich trete ein paar Schritte zurück, weg von der Tanzfläche, bis ich mit dem Rücken zur Wand stehe. Mein Blick fällt wieder auf das Fenster, aber dort ist nichts mehr. Es fühlt sich immer noch so an, als würde die Welt sich drehen, und ich denke, dass ich vermutlich ins Bett gehen sollte. Irgendeine Stimme der Vernunft im Hinterkopf sagt mir, dass die Hand wahrscheinlich Einbildung war, eine Nebenwirkung, wenn man Medikamente und Alkohol mixt.

Ich hatte schon öfter Halluzinationen, auch wenn die Bilder selten so klar waren wie vorhin. Einmal war ich sicher, dass in unserem Garten ein Mann war, und habe Gestur aufgeweckt. Ich bin mitten in der Nacht wach geworden und konnte nicht wieder einschlafen, also habe ich mich ins Wohnzimmer der oberen Etage gesetzt, mit gutem Ausblick auf das Grundstück. Ich weiß noch, wie still die Nacht war. Die Bäume hatten bereits ihr Herbstkleid, waren braun, rot und gelb, und in der Windstille bewegte sich kein Blatt. In Island hat man sich so sehr an den ständigen Wind gewöhnt, dass man das Rascheln des Laubs kaum noch wahrnimmt. Man hört nur, wenn es verstummt.

Doch plötzlich begann der Baum vor dem Fenster, sich zu bewegen. Unregelmäßig, als würde jemand daran rütteln. Ich ging zum Fenster, starrte auf den Garten, aber sah nichts. Erst nicht.

Einige Monate davor hatte bei uns jemand eingebrochen, und seitdem wurde ich nachts regelmäßig wach und dachte, jemand wäre in unserem Haus. Ich hörte, dass die Eingangstür aufging, das Parkett knarrte und die Schränke geöffnet wurden. Nichts von dem ist tatsächlich passiert. Die Alarmanlage, die wir nach dem Einbruch installiert haben, schlug nie an. Das änderte aber nichts an der Tatsache, dass ich jedes Mal erschrak. Ich konnte mich nicht bewegen, lag nur da, lauschte und wartete.

Aber wie ich da so am Fenster der oberen Etage stand und versuchte zu verstehen, ob das Rascheln der Blätter echt war oder Einbildung, sah ich plötzlich jemanden in unserem Garten. Die Figur hatte eine Mütze auf dem Kopf, trug dunkle Kleidung und verschwand so schnell, wie sie aufgetaucht war. Ich war sicher, dass sie mich bemerkt hatte. Gestur glaubte mir nicht. Er schob es auf die Medikamente, hatte den Beipackzettel von Sertralin und den Schlaftabletten gelesen und mich auf die möglichen Nebenwirkungen hingewiesen. Halluzinationen waren eine davon.

Ich gehe zur Bar, obwohl mir die Lust auf Alkohol plötzlich vergangen ist.

»Steffý erzählt gerade von ihrem Job in Dänemark«, sagt Smári und winkt mich zu sich. »Wusstest du, dass sie bei Chanel arbeitet?«

»Ja, das wusste ich«, sage ich.

»Ich habe das nie an die große Glocke gehängt«, sagt Steffý und wickelt eine Haarsträhne um ihren Zeigefinger. »Ich habe erst im Herbst angefangen, nachdem der Einstellungsprozess monatelang gedauert hat. Aber falls ihr irgendwelche Kosmetikartikel braucht, könnt ihr euch einfach melden.«

»Danke.«

Smári steht auf. »Also gut, dann lasse ich euch beide mal reden.«

Er geht, und Steffý und ich bleiben allein zurück. Der Barkeeper fragt nach unserer Bestellung, aber ich schüttle den Kopf, ich hatte bereits genug.

Für eine Weile schweigen wir, doch dann öffne ich den Mund: »Wir hätten etwas sagen sollen.«

»Ach, Petra«, sagt Steffý und winkt ab. »Du bist immer so dramatisch.«

Ich spüre ein flaues Gefühl im Magen. Dramatisch, denke ich. Steffý hielt mich auch für dramatisch, als ich nicht mehr schlafen konnte und den Appetit verloren habe. Sie fand mich dramatisch, als ich nicht mehr zur Schule oder ausgehen wollte. Sie hatte kein Problem damit zu schweigen. Aber ihr war Teddi auch egal gewesen. Er hatte für sie keine Rolle gespielt.

Ich stehe auf und lasse Steffý allein an der Bar zurück. Sie ruft mir hinterher. Folgt mir.

Aber ich gehe mit geschlossenen Augen weiter. Vielleicht liegt es an den Medikamenten, aber ich sehe Teddis Gesicht klar vor mir. Ich weiß noch genau, was er an dem Abend anhatte, als Steffý und ich ihn abgeholt haben. Er trug einen Adidas-Sweater und darüber eine dunkelblaue Windjacke. Und dazu seine neuen Converse, die er ein paar Wochen davor zum Geburtstag bekommen hatte. Ich saß im Auto, und als unsere Blicke sich trafen, musste ich lächeln. Unser beider Lächeln brach einfach hervor, wir konnten nichts dagegen tun. Die Erinnerung an zwei Teenager, die dachten, sie wären verliebt. Eine schöne Erinnerung, die ein wohliges Gefühl wecken sollte, mich aber erschauern lässt.

»Entschuldige Petra«, sagt Steffý, als sie mich im Flur einholt. »Ich wollte dich nicht kränken.«

Sie will meinen Arm fassen, aber ich trete einen Schritt zurück. Steffýs Blick ist genervt, als hätte sie mit einem trotzigen Kind zu tun.

»Was ist los mit dir?«, fragt Steffý. »Warum führst du dich so auf?« Sie lehnt sich näher, starrt mich an. »Bist du ... hast du was genommen?«

Sie sieht mir direkt in die Augen, und hier im hellen Flur erkennt sie wahrscheinlich, dass meine Pupillen nicht normal auf das Licht reagieren. Das liegt an den Medikamenten, sie lassen mich aussehen wie ein Zombie.

»Was mit mir los ist?«, frage ich langsam. »Du tust so, als wäre das irgendein Scherz. Als ... als wäre das irgendwie witzig.«

»Ich finde das überhaupt nicht witzig«, sagt Steffý und sieht sich um. »Das habe ich nie gesagt.«

»Teddi ist wegen uns gestorben.« Mir ist völlig egal, wer uns hört, und hebe sogar die Stimme. »Er ist wegen uns gestorben, Steffý. Wegen dir.«

»Sei still jetzt«, sagt Steffý. Sie tritt einen Schritt auf mich zu. »Ich habe dir geholfen. Das weißt du genau.«

»Mir geholfen?« Ich lache spöttisch. »Mir geholfen?«

Teddi und ich saßen auf dem Rücksitz des Autos und haben uns geküsst, als ich spürte, dass mein Atem flacher wurde und das Herz immer schneller schlug. Trotzdem wollte ich nicht aufhören, hoffte nur, die Panikattacke würde von selbst vorübergehen. Aber schon kurz darauf bekam ich keine Luft mehr, um mich herum wurde alles schwarz. Ich bat Teddi aufzuhören, aber er küsste mich weiter und hielt mich fest. Die Musik im Auto war laut, und entweder hat er mich nicht gehört oder den Ernst der Lage nicht verstanden. Er hörte erst auf, als ich ihn mit aller Kraft wegstieß.

Dann geschah alles ziemlich schnell. Steffý bremste scharf und befahl Teddi, sofort auszusteigen. Ich versuchte, mit ihr zu reden, aber ich bekam immer noch kaum Luft.

Teddi wollte mir nicht wehtun. Das hätte er nie getan. Das letzte Mal sah ich ihn durch die Heckscheibe des Autos, als er völlig verwirrt mitten auf der Straße stand. Er hatte die Arme um sich selbst gelegt, und die offene Jacke flatterte im Wind.

Das ist das Bild, das mich nachts verfolgt.

»Wir haben ihn einfach stehen lassen, Steffý«, sage ich.

»Ach, Petra.« Steffý schnaubt. »Weißt du was, du hast schon immer mir die Schuld dafür gegeben, und ich habe die Schnauze voll davon. Es war ein Unfall! Wann willst du das endlich begreifen und aufhören, dich selbst zu bemitleiden? Wir haben Teddi nicht umgebracht. Wir haben ihn nicht angefahren. Es war ein Unfall.«

»Denkst du nicht, dass wir mitverantwortlich waren?«

»Nein.«

»Wie kannst du das sagen?«

»Wir hätten ihn wieder abgeholt«, sagt Steffý.

Als wir nach Akranes zurückfuhren, flehte ich Steffý an, umzukehren. Sie wollte nicht auf mich hören, also packte ich ihren Arm. In dem Moment machte das Auto einen Schlenker und geriet auf die andere Fahrbahn, direkt vor ein Auto, das aus der anderen Richtung kam.

Wir wurden nur leicht verletzt, aber die Polizei kam, und wir wurden mit einem Rettungswagen zur Untersuchung ins Krankenhaus gebracht. Unsere Eltern holten uns ab. Mein Vater roch nach Tabak und Alkohol. Meine Mutter trug eine Strickjacke über dem T-Shirt, das sie immer zum Schlafen anzog.

Als ich am nächsten Morgen aufwachte, hatte meine Mutter Haferbrei gemacht, und der Geruch füllte die ganze Küche.

»Schreckliche Neuigkeiten, die mir Sigrún heute Morgen erzählt hat«, sagte meine Mutter, während sie mir das Frühstück servierte. Ich starrte auf den Brei, als sie mir von dem Jungen berichtete, den man tot an der Bundesstraße aufgefunden hatte. »Sie gehen davon aus, dass er angefahren wurde und der Täter geflohen ist«, erzählte sie. »Aber ich kann mir nicht vorstellen, was er mitten in der Nacht dort auf der Straße zu suchen hatte. Vielleicht wollte er davonlaufen. Was denkst du, Petra? Vielleicht hatte er es zu Hause nicht leicht?«

Statt zu antworten, übergab ich mich auf den Haferbrei.

Später an dem Morgen kam Steffý zu mir.

»Wir dürfen niemandem erzählen, was passiert ist, Papa würde mich umbringen«, sagte sie und zog meine Decke über ihre Zehen. »Das musst du mir versprechen, Petra?«

Und ich versprach ihr, nichts zu sagen. Versprach ihr, niemandem zu erzählen, dass wir ihn einfach stehen gelassen haben, weil Steffý Angst vor der Reaktion ihrer Eltern hatte.

»Wir hätten ihn abholen sollen«, sage ich und reibe mir die Schläfen, weil ich Kopfschmerzen bekomme.

Die Musik im Restaurant ist lauter geworden, und das Tanzen geht weiter. Das schallende Lachen meines Vaters erklingt an der Bar, und ich weiß, dass er bald nur noch undeutlich sprechen und auf sein Hemd kleckern wird. Ich kann nicht mehr, denke ich. Ich will nach oben gehen. Aber ich will auch Steffý gegenüber das letzte Wort haben, also drehe ich mich noch einmal zu ihr um: »Wir hätten zumindest seiner Familie davon erzählen sollen.«

»Ich habe Viktor gebeten, ihn abzuholen«, sagt Steffý. »Mehr konnte ich doch auch nicht tun? Vergiss nicht, dass mein Vater mich nie wieder nach draußen gelassen hätte, nachdem ich schon das Auto geschrottet hatte.«

Plötzlich bin ich wieder wach. »Was?«

»Das Auto hatte einen Totalschaden. Ich ...«

»Nein, ich meine«, unterbreche ich Steffý, »das mit Viktor. Du hast Viktor gebeten, ihn abzuholen?«

»Ja, direkt nach unserem Unfall habe ich Viktor angerufen«, sagt Steffý. »Warum denkst du, bin ich in den Kiosk gegangen, um zu telefonieren?«

»Ich dachte, du hättest deinen Vater angerufen.«

»Ja, den habe ich natürlich angerufen, aber Viktor auch. Ich habe ihn gebeten, Teddi abzuholen, weil ich ihn nicht mitten in der Nacht dort zurücklassen wollte. Papa hat dann die Polizei alarmiert.«

»Aber ...«

»Viktor hat Teddi nicht gefunden«, sagt Steffý. »Er hat nach ihm gesucht, ihn aber nicht gefunden, und vielleicht ist es tatsächlich unsere Schuld, aber ich wollte nie ... das hätte nicht so enden sollen. Es war keine Absicht.«

»Aber ...«

Steffý tritt einen Schritt auf mich zu, und diesmal weiche ich nicht zurück.

Sie lehnt sich zu mir, sieht mir tief in die Augen und sagt bestimmt: »Teddi wurde angefahren und starb, aber das war nicht meine Schuld, wie du immer behauptest. Es war ein Unfall.«

»Wenn du so ein reines Gewissen hast«, frage ich, »warum sagen wir den Leuten dann nicht, wie es gewesen ist?«

Irma
Hotelangestellte

Wir Mitarbeiter waren den ganzen Abend auf Trab, und jetzt ist Müdigkeit eingekehrt. Vorhin habe ich beobachtet, wie Edda in die Küche gegangen ist, die Augen geschlossen hat und bis zehn gezählt hat, bevor sie wiedergekommen ist.

»Wenn noch einmal jemand mit dem Finger schnippt, statt mich anzusprechen, dann ...«, sagt Vala, eine der Kellnerinnen, die heute aushilft. Sie seufzt laut.

»Ach, lass dich davon nicht irritieren«, sage ich. »So schlimm sind sie nun auch wieder nicht.«

»Nicht so schlimm?«, sagt Vala. »Als ich vorhin den alten Mann bedient hab, hat er mir an die Hüfte gefasst und mich *Liebelein* genannt. Liebelein! Unglaublich, oder?«

Ich schüttle den Kopf und tue so, als wäre ich entsetzt. Manche Mädchen sind eben empfindlicher als andere.

Vala schüttelt sich und steht auf.

Die Familie erwartet natürlich sehr viel. Ich konnte bisher kaum zwei Schritte machen, ohne dass mich jemand aufgehalten, angetippt oder an meiner Bluse gezerrt hat, um etwas zu bestellen oder mir mitzuteilen, dass gekleckert wurde. Mein Rücken ist bereits völlig verschwitzt und die Bluse klebt an meiner Haut.

Ich mag es, sie zu beobachten. Familien finde ich ganz besonders spannend, diese Ansammlungen von Menschen, die nur Zeit zusammen verbringen, weil dasselbe Blut durch ihre Adern fließt. Es ist faszinierend, wenn man darüber nachdenkt, was Menschen miteinander verbindet und wie weit manche deshalb bereit sind, füreinander zu gehen.

So war es auch mit meinem Vater. Ich wäre bereit gewesen, ihm seine Teilnahmslosigkeit zu verzeihen. Ich hätte ihm all die Jahre vergeben, wenn er mich nur mit offenen Armen empfangen hätte.

Als meine Mutter mir endlich erzählt hat, wer mein Vater ist, habe ich nach ihm gesucht. Habe alles gelesen, was ich über ihn finden konnte, und seine Adresse herausgefunden. Ich habe ihn beobachtet und gelernt, wie laut er ist, dass er oft lange wach bleibt und erst ins Bett geht, wenn seine Frau schon längst schläft.

Das klingt, als hätte ich die ganze Nacht lang in den Büschen vor seinem Haus gesessen, aber so war es nicht. Ich bin nur manchmal vorbeigefahren, wenn ich Zeit hatte. An den Wochenenden, an denen ich freihatte, oder wenn mir abends langweilig war. Andere Menschen zu beobachten, war schon immer eines meiner Hobbys, und es gezielt zu tun, vorsätzlich, war aufregend. Es ist unglaublich, was man über eine Person herausfindet, wenn sie denkt, dass niemand zusieht.

Mein Vater hat in seiner Nase gebohrt und den Rotz danach weggeschnippt. Soweit ich erkennen konnte, hat er im Haushalt keinen Finger gerührt. Die einzige Ausnahme war der Grill, und ich bin relativ sicher, dass er nur gegrillt hat, um vor den Nachbarn anzugeben und dabei ein paar Biere wegzukippen. An den Abenden, an denen er lange aufblieb, saß er im Wohnzimmer, nicht weit von einem großen Fenster, und trank ein Glas nach dem anderen, während er etwas auf seinem Laptop machte.

Und ich habe ihn beobachtet, ohne dass er auch nur die geringste Ahnung davon hatte.

Je öfter ich es tat, desto besser verstand ich, dass es vielleicht kein großer Verlust war, ihn nicht gekannt zu haben. Ich hatte nicht das Bedürfnis, ihn kennenzulernen oder an meinem Leben teilhaben zu lassen. Andere Dinge waren mir wichtiger.

Harpa drängt mich andauernd dazu, mit ihr zu trinken, und ich traue mich nicht, Nein zu sagen. Je betrunkener sie ist, desto forscher wird sie. Um es ihr recht zu machen, nippe ich an meinem Glas und tue so, als würde ich mit ihr mithalten. Ich habe mich so weit wie möglich von meinen Eltern und Großeltern weggesetzt, aber es kümmert sich ohnehin niemand um uns. Die Erwachsenen sind selbst alle betrunken. Im Restaurant ist es dunkel, und die Musik ist so laut, dass ich mich fast fühle wie in einem Klub.

»Noch einen?«, fragt Harpa, aber wartet die Antwort gar nicht ab, sondern rennt sofort zur Bar. Sie muss sich ein wenig gedulden, denn der Junge bedient noch andere. Mittlerweile gehen wir ihm auf die Nerven, und er sieht sich immer hastig um, bevor er unsere Drinks macht. Dann reicht er uns die Gläser mit den Worten *und zwei Cola für die Damen,* damit niemand Verdacht schöpft.

»Ich glaube, ich werde mit ihm schlafen«, sagt Harpa, als sie eines der Gläser nimmt.

»Was? Mit wem?«

»Dem Barkeeper. Ich weiß, dass er es will. Du solltest sehen, wie er mir auf die Brüste starrt.«

Eigentlich ist es nicht verwunderlich, dass er seine Augen nicht von Harpas Dekolleté nehmen kann. Ihre Brüste fallen fast aus dem engen Top.

»Aber ist er nicht viel älter?«

»Ach was. Höchstens um die zwanzig.« Harpa wischt sich über den Mund und beugt sich näher zu mir. »Aber wenn ich es mir aussuchen könnte, hätte ich lieber Hákon Ingimar.«

Sie blickt hinüber zum nächsten Tisch, an dem Hákon Ingimar sitzt. Er bemerkt uns und lächelt. Ich spüre ein flaues Gefühl im Magen und sehe sofort weg, meine Wangen glühen. Ich trinke einen großen Schluck, und Harpa grinst mich zufrieden an.

»Wie alt ist er überhaupt?«, fragt sie.

»Mitte zwanzig ungefähr«, sage ich, obwohl ich genau weiß, dass er fünfundzwanzig ist.

»Das geht ja noch«, sagt Harpa.

Ich rümpfe die Nase.

»Stell dich nicht so an«, sagt sie und kneift mich. »Er ist zwar dein Großcousin, aber dir muss doch auffallen, wie gut er aussieht. Er erinnert mich an diesen einen Schauspieler ... wie heißt er noch mal?«

»Ich weiß es nicht.«

Harpa flucht leise und versucht, sich an den Namen zu erinnern. Ich nutze die Gelegenheit, mein Handy zu checken, für eine Sekunde hatte ich vergessen, dass Birgir nicht existiert, und auf eine Nachricht von ihm gehofft, obwohl ich es natürlich besser wissen sollte. Aber als das Display meines Handys aufleuchtet, sehe ich eine ungelesene Nachricht, eine E-Mail, und beim Anblick des Absenders beginnen meine Hände zu zittern.

Bevor ich sie öffnen kann, greift jemand um meine Schultern.

»Hallo, Cousine.« Hákon Ingimar lehnt sich vor und flüstert mir ins Ohr. Ich spüre seinen Atem auf meiner Wange und zucke zusammen, sodass mir das Handy aus der Hand fällt.

Ich murmle ein kaum hörbares »Hallo«, aber Harpas Gesicht leuchtet auf und sie begrüßt ihn mit schriller Stimme.

Mein Handy ist unter den Tisch gefallen, und ich muss auf alle viere, um es zu holen. Als ich mich hinunterbeuge, greife ich in etwas Klebriges. Dann spüre ich eine Berührung auf meinen Rücken, so leicht, dass ich erst nicht sicher bin, ob sie wirklich echt ist. Doch dann wird mir klar, dass es Hákons Finger sind, die über meinen Rücken kriechen, wie ein kleines Insekt, und alle meine Muskeln spannen sich an.

»Brauchst du Hilfe?«, fragt Hákon.

Harpa lacht.

»Nein«, antworte ich und schüttle seine Hand ab.

Als ich mich wieder aufrichte, unterhalten sich Harpa und Hákon angeregt. Er hat den Stuhl ganz nah an sie herangezogen, und sie sehen mich nicht einmal an, würdigen mich keines Blickes.

Ich richte meine Frisur und wische ein paar Krümel von meiner Hose.

»Ich folge dir auf Instagram«, sagt Harpa in einem flirtenden Tonfall.

Hákon Ingimar reicht ihr sein Handy und bittet sie, ihren Usernamen einzutippen, damit er ihr zurückfolgen kann. Ich nutze den Moment, um mich davonzuschleichen.

Als ich an der Bar vorbeigehe, hält mich mein Vater auf. Seine Augen sind glasig, und er spricht ungewöhnlich laut.

»Lea, mein Schatz, gehst du schon ins Bett?«, fragt er.

»Nein, ich ...«, sage ich. »Oder ja, ich bin etwas müde.«

»In Ordnung, Liebes, sag Bescheid, wenn es dir zu laut ist.« Papa zwinkert mir zu. »Dann ziehe ich den Stecker der Boxen.«

Ich lächle, umarme ihn und wünsche ihm eine gute Nacht.

Ihm fällt nicht auf, dass ich nicht nach oben in mein Zimmer gehe, sondern zum Empfang. Dort setze ich mich auf einen der Sessel und hole mein Handy hervor. Mein Atem ist flach, und ich kann meinen Puls hören, als ich die Mail von dem Mann öffne, der sich Birgir nennt.

Petra Snæberg

Als Steffý geht, bleibe ich regungslos stehen. Ich höre das Stimmengewirr und die Musik im Restaurant. Draußen schmettert der Wind gegen die Fenster, und ein kalter Schauer läuft mir über den Rücken.

Nicht unsere Schuld.

Steffý ist überzeugt, dass Teddis Tod nicht unsere Schuld war, aber das stimmt nicht. Wir haben ihn mitten im Winter auf der Straße ausgesetzt. Es war schon nach Mitternacht und es gab keine Straßenbeleuchtung oder Schutz vor dem Wind. Für die zehn bis zwölf Kilometer nach Hause hätte Teddi zu Fuß etwa zwei Stunden gebraucht, aber er wurde nicht weit von der Stelle gefunden, wo wir ihn stehen gelassen haben. In den Nachrichten hieß es, dass er am Straßenrand gelegen habe und seine Verletzungen auf einen Autounfall hindeuten würden. Der Täter wurde nie gefunden, entweder hat er Fahrerflucht begangen oder nicht gemerkt, was passiert war. An einem Samstagabend ist es nicht unwahrscheinlich, dass er betrunken war.

Ich gehe schnell auf die Toilette, senke den Blick, damit niemand meine roten Augen sieht. Ich will nicht, dass mich jemand aufhält und fragt, was los sei. Vor der Toilette stoße ich mit jemandem zusammen und murmle eine Entschuldigung, ohne aufzublicken. An den Cowboystiefeln erkenne ich aber Tryggvi, Oddnýs Mann, und bin froh, dass er mich nicht anspricht.

Zum Glück ist niemand auf der Toilette. Ich stehe vor dem Spiegel und überlege, was ich tun soll. Kann ich wirklich so weitermachen?

Ich habe Kinder, die bereits Teenager sind, einen Mann, bei dem ich nicht sicher bin, ob ich mit ihm zusammen sein will, und ein Geheimnis, das ich seit Jahren wie ein schweres Gewicht mit mir herumtrage und das so viel kaputt gemacht hat. Das verändert hat, wer ich bin und wer ich hätte sein können. Denn tief im Inneren bin ich immer noch ein verängstigter Teenager. Es fühlt sich an, als könnte ich einfach nicht von ihm loskommen, egal was ich versuche.

Ich wasche mir das Gesicht und trinke etwas Wasser aus dem Hahn. Als ich wieder hinausgehe, steht Viktor vor mir. Er hat auf mich gewartet.

»Wie geht es dir?«, fragt er. »Steffý meinte, du wärst etwas schlapp.«

»Schlapp?« Ich schüttle den Kopf und räuspere mich. »Nein, mir geht es gut.«

Ich will an Viktor vorbeigehen, aber er hält mich auf.

»Was ist los, Petra?«

Ich antworte nicht sofort. Es kommt mir vor, als sähe ich Viktor plötzlich in einem neuen Licht. Wie konnte er wissen, was passiert war, aber nie etwas sagen?

Nach Teddis Tod haben Steffý und ich nie wieder über den Abend gesprochen. Steffý hat das verboten, und ich dachte, es wäre eine Sache zwischen uns. Dass Viktor Bescheid wusste, hätte ich nie gedacht. Eine Zeit lang bin ich den beiden aber aus dem Weg gegangen. Ich ging morgens zur Schule, oder habe zumindest so getan, kam nach Hause, verschwand in meinem Zimmer und hörte Musik. Ich konnte nicht schlafen. Und wenn ich einmal einschlief, schreckte ich kurz darauf wieder auf oder lag stundenlag halb wach in meinem Bett.

Als wir uns irgendwann wieder öfter trafen, war nichts mehr wie früher. Jedenfalls nicht für mich. Und dann habe ich Gestur kennengelernt, Steffý ging fürs Studium ins Ausland und ich wurde schwanger.

Viktor und ich haben uns weiterhin getroffen, wenn auch immer seltener, und er hat nie ein Wort über den Abend verloren.

»Warum hast du nie etwas gesagt?«, frage ich.

»Was meinst du?«

»Teddi«, sage ich. »Du hast mir nie erzählt, dass du nach ihm gesucht hast.«

»Wir haben beschlossen, dir nichts zu sagen«, sagt Viktor. »Und ich habe Teddi nie gefunden. Was hätte ich also erzählen sollen?«

Ich muss an die vielen intimen Gespräche denken, in denen wir uns gegenseitig unser Herz ausgeschüttet haben. Viktor weiß, dass ich jahrelang Medikamente gegen meine Angstzustände eingenommen habe und regelmäßig zur Therapie gehe. Aber wenn ich so darüber nachdenke, wird mir klar, dass er nie nach dem Grund gefragt hat.

Viele Jahre lang habe ich mich danach gesehnt, mit jemandem über die Geschehnisse zu sprechen, und Viktor wusste die ganze Zeit, was passiert war, aber hat nie ein Wort gesagt. Alles in meinem Kopf dreht sich, ich sehe nur noch unscharf und mir ist übel.

»Viktor, ich ... ich kann nicht mehr«, sage ich.

Viktor lacht erst, aber sieht dann, dass ich es ernst meine. »Was meinst du?«

»Ich kann einfach nicht mehr.«

Wieder hält er mich auf, als ich versuche, an ihm vorbeizugehen. »Willst du ... willst du auspacken?«

»Vielleicht«, sage ich und überlege, ob das nicht das Beste wäre. Vielleicht sogar notwendig, um unter das Kapitel einen Schlussstrich zu ziehen.

»Aber Petra«, sagt Viktor. »Das kannst du jetzt nicht tun.«

»Warum nicht?«, frage ich. Viktors Gesicht ist so nah an meinem, dass ich seinen Atem spüre, wenn er spricht. »Was kümmert es dich?«

»Mir ist das völlig egal«, sagt Viktor und kratzt sich im Nacken. Eine alte Angewohnheit, die zeigt, dass er nervös ist.

Ich sehe ihn eine Weile an, dann frage ich: »Wenn du sofort losgefahren bist, um Teddi zu suchen, warum hast du ihn dann nicht gefunden? Wie konntest du ihn verpassen?«

Teddi muss schon tot gewesen sein, als Viktor nach ihm gesucht hat, sonst wären sie einander begegnet. Viktor hätte ihn gesehen. Stand Teddi wirklich nur wenige Minuten auf der Straße, bevor er angefahren wurde?

»Petra«, sagt Viktor. »Du weißt doch, dass Teddi neben der Straße gefunden wurde. In der Dunkelheit hätte ich ihn nicht sehen können.«

Viktor hat recht, aber trotzdem werde ich das Gefühl nicht los, dass etwas nicht stimmt.

»Dann ist es also egal, wenn ich mit der Wahrheit herausrücke. Ich glaube wirklich, das wäre am besten«, sage ich.

»Ja.« Viktor nickt. »Ja, vielleicht.«

»Ja.« Ich lächle schnell. »Also gut, ich gehe jetzt schlafen.«

Viktor antwortet nicht und wirkt, als wäre er mit den Gedanken woanders.

Als ich losgehe, erinnere ich mich plötzlich, was Viktors Mutter beim Frühstück gesagt hat.

Ich drehe mich noch einmal um. Viktor steht immer noch da und blickt mir hinterher. Er hat die Stirn gerunzelt und für einen Moment kommt es mir vor, als würde ich ihn kaum kennen. Aber dann scheint er zu sich zu kommen und ich sehe wieder den alten Viktor in ihm.

»Viktor ...«, sage ich. »Deine Mutter hat heute Morgen etwas gesagt.«

»Was denn?«, fragt Viktor.

»Das mit dem Auto. Sie meinte, du hättest etwas angefahren ... was war das noch mal?«

»Ein Schaf.« Viktor lacht. »Worauf willst du hinaus, Petra?«

»Wann?«

»Was?« Viktor reibt sich die Nase und sieht mich scharf an.

»Wann ist das passiert?«, frage ich. »Deine Mutter hat nicht gesagt, wann es passiert ist, nur, dass du ein Teenager warst. Wann genau war das?«

Als Jugendliche wussten wir alles übereinander, aber ich erinnere mich nicht an einen Verkehrsunfall. Heute Morgen habe ich nicht weiter darüber nachgedacht, aber es ist seltsam. Von einem Unfall mit einem Schaf hätte ich damals gewusst.

»Ich weiß es nicht mehr, Petra«, sagt Viktor. »Erfinde jetzt bitte keine Geschichten.«

»Vielleicht frage ich besser deine Mutter.«

»Wow.« Viktor reibt sich die Stirn. »Steffý hatte recht.«

»Was?«

»Du verlierst den Verstand, Petra. Und was ist eigentlich mit deinen Augen? Bist du auf Drogen …? Was hast du heute Abend genommen?«

Ich spüre, wie meine Wangen heiß werden vor Scham, aber ich bin so wütend, dass mir völlig egal ist, wer mich in diesem Zustand sieht. Plötzlich ist mir völlig egal, was Viktor über mich denkt.

»Du hast Teddi angefahren«, sage ich leise.

»Nein, Petra …« Viktor lacht hohl, aber ich durchschaue ihn. Ich spüre, dass ich den Nagel auf den Kopf getroffen habe.

»Du warst es, nicht wahr?«, sage ich. »Ich wette, wenn ich deine Mutter frage, erzählt sie mir, dass du genau an dem Abend mit einem verbeulten Auto nach Hause gekommen bist. So war es doch, Viktor? Und wenn sie sich nicht erinnert, dann hat die Versicherung die Information. Solche Daten werden aufbewahrt.«

»Nein, also …«

»Deshalb wolltest du nicht, dass ich etwas sage. Deshalb hast du Teddi nie wieder erwähnt. Du hast ihn angefahren.«

»Sei jetzt leise«, faucht Viktor. Er packt mich am Handgelenk und drückt fest zu.

»Lass mich los«, sage ich und befreie mich. Ich senke die Stimme und versuche, ruhig zu klingen. »Sag einfach die Wahrheit, Viktor. Warum lügen? Das war doch ein Unfall, oder etwa nicht?«

Viktor benetzt seine Lippen, aber sagt nichts.

»Oder etwa nicht, Viktor?« Ich beobachte, wie er sich wieder im Nacken kratzt, und verstehe plötzlich, dass Teddis Tod eben kein Unfall war.

Auf dem Tisch im Empfangsbereich stehen einige halb volle Gläser, und ich trinke eines davon leer, obwohl mein Hals brennt und mir davon schlecht wird. Dann öffne ich die Mail, aber sie enthält keinen Text. Es sind nur die Bilder, die ich selbst geschickt habe.

Beim Anblick von mir selbst mit verführerischem Blick und Duckface bekomme ich ein flaues Gefühl im Magen. Ich kann nicht glauben, dass ich mir auf diesen Bildern gefallen habe und sie tatsächlich abgeschickt habe. Jetzt sehe ich, was ich wirklich bin; ein dämliches kindisches Mädchen, das sich groß aufspielt. In Dauerschleife erklingt in meinem Kopf: *Dumm, dumm, dumm ...*

Ich frage mich, wer mir das antun will. Wer mich so sehr hasst, dass er oder sie bereit war, sich monatelang mit mir zu unterhalten. Jemand Unbekanntes würde wohl kaum so weit gehen. Es muss jemand aus meinem Umfeld sein.

In Gedanken gehe ich alle meine Klassenkameraden aus der Schule durch. Meine Freundinnen und die Jungs, mit denen ich mal zusammen war. Würde jemand von ihnen sich so viel Mühe geben? Habe ich jemanden verletzt, ohne es zu wollen?

Oder sind es vielleicht die Mädchen aus meiner alten Klasse, die mich nicht davonkommen lassen wollen, weil sie es zu bequem finden, dass ich einfach weggezogen bin? Ich sehe ihre Gesichter vor mir und versuche, mich auf eines festzulegen, überlege, wer mich so sehr hassen könnte, aber mir fällt niemand ein.

Trotzdem hat jetzt jemand diese Bilder von mir und kann alles damit machen. Sie an alle schicken, die ich kenne, oder online stellen. Diese Mail soll mir vermutlich zeigen, wer die Macht hat.

Plötzlich kann ich einfach nicht mehr. Ich lege das Gesicht in die Hände und weine wie ein kleines Kind. Mir ist egal, wie ich aussehe oder klinge. In diesem Augenblick ist mir alles egal.

Irma
Hotelangestellte

Lea ist sichtlich aufgewühlt. Sie sitzt in einem der Sessel am Eingang, und vor ihr auf dem Tisch liegt ihr Handy. Die Haare fallen nach vorne, also kann ich ihren Gesichtsausdruck nicht genau erkennen, aber ich höre, dass sie weint.

»Ist alles in Ordnung?«, frage ich.

Lea blickt auf, und als ich ihr trauriges Gesicht und die Tränen auf ihren Wangen bemerke, habe ich sofort großes Mitleid mit ihr.

Sie sieht ihrer Mutter unglaublich ähnlich, hat die gleichen Wellen, zumindest, wenn sie ihre Haare nicht glättet. Mir gefällt der natürliche Look am besten. Zu viel Make-up steht ihr auch nicht, vor allem nicht dieser schwarze Kajal um die Augen.

»Ich ... ich ...«, stammelt Lea. »Ich muss mich übergeben.«

»Ganz ruhig«, sage ich. »Komm mit mir.«

Ich bringe Lea in das nächstgelegene leere Hotelzimmer und zeige ihr das Bad. Durch die Tür höre ich, dass sie zweimal würgt, bevor der Inhalt ihres Magens in der Kloschüssel landet.

»Willst du was trinken?«, frage ich, als sie aus dem Bad kommt, und gehe zur Minibar. »Wasser? Cola? Es gibt auch Orangenlimo.«

»Cola, danke.«

Ich zeige auf den Sessel und reiche ihr eine Cola. Sie setzt sich, trinkt die halbe Flasche und wischt über ihren Mund.

»Besser?«, frage ich.

»Mhm.« Sie sieht mich mit großen Augen an, als würde sie mich erst jetzt richtig wahrnehmen. »Sag meinen Eltern bitte nichts.«

»Natürlich nicht«, versichere ich. »Als ich zum ersten Mal betrunken war, habe ich mitten in der Nacht zu Hause in eine Bodenvase gekotzt. Dann habe ich es völlig vergessen und nicht verstanden, warum mein Hund Captain ständig um die Vase herumgetanzt ist. Es fiel mir erst wieder ein, als meine Mutter gefragt hat, warum es im Vorraum so stinkt.«

»Echt?« Lea rümpft die Nase. »Igitt.«

»Mhm.« Ich nicke. »Das war eklig. Du kannst dir gar nicht vorstellen, wie es war, die Vase zu putzen.«

»Nein.« Leas Blick wird wieder betrübt. »Nein, das kann ich nicht.«

»Ist etwas passiert?«, frage ich vorsichtig.

»Nein ... oder doch«, sagt sie. »Es ist nur ... Ich habe etwas Dum mes getan.«

»Dümmer, als in eine Vase zu kotzen?«

Lea lächelt müde. »Ja. Viel, viel dümmer.«

Sie erzählt mir die ganze Geschichte, auch wenn ich ihr nicht ganz folgen kann. Die Erzählung ist zusammenhangslos, und sie verhaspelt sich immer wieder, aber ich höre trotzdem zu. Nachdem sie eine Weile geweint hat, sehe ich, dass ihre Lider schwerer werden, und ich biete ihr an, sich in dem Zimmer hinzulegen.

»Captain«, sagt sie, als ich ihr aufhelfe. »Hieß dein Hund Captain?«

»Sch«, sage ich und decke sie zu. »Ruh dich erst mal aus.«

»Danke für deine Hilfe.«

»Nicht dafür«, sage ich.

»Schöne Halskette.« Lea kann kaum noch deutlich sprechen und bevor ich antworten kann, fallen ihre Augen zu. Ihr Mund steht offen und der Brustkorb hebt und senkt sich. Ich betrachte sie eine Weile und lächle leise. Lea ist so jung und unschuldig, und ich verspüre einen starken Drang, sie zu beschützen.

Ich greife nach dem Anhänger meiner Halskette und frage mich, ob einem jemand ans Herz wachsen kann, den man eigentlich gar nicht kennt.

Ich kann mich nicht bewegen, obwohl ich am liebsten vor Viktor davonlaufen würde. Meine Beine gehorchen mir nicht und mein Mund ist staubtrocken.

»Können wir in aller Ruhe darüber reden, Petra? Mein Zimmer ist gleich hier auf diesem Flur«, sagt er.

»Worüber?«

»Über das hier«, sagt Viktor. »Über uns.«

»Uns?«

Viktor kratzt sich wieder im Nacken und tritt einen Schritt auf mich zu. »Stell dich nicht so an, Petra.«

»Es war also kein Unfall?«

»Natürlich war es ein Unfall«, ruft Viktor und blickt sich hastig um. Wir sind immer noch allein, und aus dem Restaurant dringt laute Musik. Ich halte Ausschau. Hoffe, dass jemand kommt.

»Na gut, Viktor«, sage ich und lächle. »Ich glaube dir. Aber jetzt will ich schlafen gehen. Lässt du mich bitte vorbei?«

Viktor bewegt sich nicht vom Fleck. »Wohin willst du?«

»Nach oben ins Bett.« Ich versuche, ruhig zu atmen.

Viktor schweigt, aber wir sehen einander eine Weile an, es kommt mir wie eine Ewigkeit vor. Ich stehe mit dem Rücken zur Wand, kann nicht weiter zurückweichen, und spüre seinen Atem in meinem Gesicht, sehe das Farbenspiel in seinen Augen.

Meine Gedanken schwirren wild in meinem Kopf herum, einzelne Bilder erscheinen und verschwinden sofort wieder; Viktor, der spätabends zu mir kommt, weil er nicht bei sich zu Hause schlafen will, Viktor, der mir nicht von der Seite weicht, wenn wir abends ausgehen, und jeden Jungen vergrault, mit dem ich mich unterhalte. Immer in meiner Nähe, so umsichtig. Damals fand ich es fürsorglich.

Ich erinnere mich an Viktors Gesicht nach unserem Kuss, er

hat gesagt: »Du weißt, dass wir nicht verwandt sind, nicht wirklich.«

Die Vorstellung ist trotzdem absurd, völlig abwegig. Das hätte ich doch gemerkt, oder?

Dann muss ich an Maja denken, wie sie lächelnd über ihren Bauch streicht. Hat sie die Notiz hinterlassen, um mich vor Viktor zu warnen?

Plötzlich hebt Viktor den Arm und schiebt eine Haarsträhne aus meinem Gesicht. Seine Fingerkuppen berühren sanft meine Wange.

»Nicht«, sage ich, aber meine Stimme ist kaum zu hören.

Dann werden wir endlich unterbrochen, als jemand nach uns ruft. Viktor dreht sich um und ich nutze die Gelegenheit, mich an ihm vorbeizudrängen und schnell wegzugehen.

Tryggvi

Meine Hände zittern so stark, dass ich sie unter dem Wasserstrahl kaum still halten kann. Während ich sie wasche, überkommt mich ein komisches Gefühl. So ähnlich wie an dem Abend, als ich von Teddis Tod erfahren habe. Die gleiche Taubheit.

Als ich die Herrentoilette verlasse, sehe ich Oddný. »Da bist du ja. Wollen wir nicht nach oben gehen? Hier löst sich alles langsam auf.«

»Nein«, sage ich.

Oddný reißt die Augen auf. »Was?«

»Geh ruhig vor«, sage ich. »Ich komme gleich nach.«

Oddný sieht mich eine Weile an, aber dann lässt sie mich ohne weitere Bemerkung stehen. Sie ist kein Mensch großer Worte und schwierigen Unterhaltungen geht sie in der Regel aus dem Weg. Diesmal bin ich froh darüber, denn ich will sie jetzt nicht bei mir haben.

Es gibt etwas, das ich tun muss. Das Gefühl ist nämlich nicht genau wie an dem Abend von Teddis Tod. Damals kam ich mir hilflos vor, aber diesmal gibt es etwas, das ich tun kann.

Irma

Hotelangestellte

Viktor blickt auf, als ich rufe, aber Petra huscht an ihm vorbei in Richtung Zimmer.

»Petra«, sage ich wieder und folge ihr.

»Was?«, fragt sie und dreht sich um. Sie scheint mit den Gedanken woanders zu sein und sieht nicht mich an, sondern Viktor, der auf uns zukommt.

»Es geht um Lea«, sage ich und beobachte, wie er sich hinter Petra stellt. Bilde ich mir das nur ein, oder verkrampft sie sich plötzlich?

»Was ist mit Lea?«, fragt Petra und verschränkt die Arme.

»Sie ist nach draußen gelaufen. Ich wusste nicht, was ich tun sollte, aber ich wollte zumindest Bescheid sagen. Sie ... sie hat sehr aufgewühlt gewirkt.«

»Was meinst du, hinausgelaufen? Warum?«

»Sie ...« Ich zögere und senke die Stimme. »Ich glaube, sie war betrunken. Ich bin ihr hier am Empfang über den Weg gelaufen, da hatte sie sich gerade übergeben.«

»Lea?«, fragt Petra. »Betrunken?« Jetzt erst scheint sie mir wirklich zuzuhören.

Ich nicke langsam. »Ich wollte ihr helfen. Ich habe ihr in einem der Zimmer was zu trinken gegeben, dann bin ich kurz weggegangen, um den Schlüssel zu ihrem Zimmer zu holen, aber als ich zurückkam, war sie weg.«

»Nach draußen?«

Irma nickt.

»Aber …« Petra sieht mich skeptisch an. »Woher weißt du, dass sie nach draußen gegangen ist?«

»Ich habe gehört, wie die Tür zugefallen ist, und dann habe ich sie durch das Fenster gesehen.«

Petra scheint mir nicht zu glauben. Ich atme tief ein und füge hinzu, was ich am liebsten weggelassen hätte.

»Lea hat mir erzählt, dass sie einem Jungen, mit dem sie geschrieben hat, Bilder geschickt hat. Sie war sehr aufgewühlt.«

»Was für Bilder?«

Ich antworte nicht und sehe, dass Petra trotzdem versteht, was ich meine. Sie öffnet den Mund, aber macht ihn schnell wieder zu.

»Wir sollten sie suchen«, sage ich. »Bevor das Wetter noch schlechter wird.«

Draußen heult der Wind und das Geräusch vermischt sich mit der Musik und dem Stimmengewirr der Gäste, die sich hinter uns immer noch amüsieren. Petra wirft einen Blick in Richtung Restaurant, wo jemand so laut lacht, dass es die Musik übertönt.

»Soll ich jemanden holen?«, frage ich.

»Ich glaube …« Petra hält mitten im Satz inne, aber dann trifft sie eine Entscheidung. »Nein, wir sollten uns beeilen. Sie kann noch nicht weit sein.«

»Sie ist gerade erst raus«, sage ich. »Wir dürfen keine Zeit verlieren.«

»In Ordnung«, sagt Petra und eilt los.

»Ich komme mit.« Viktor folgt ihr auf den Fersen, aber Petra zeigt keine Reaktion.

Ich nehme zwei dicke Jacken von den Haken beim Eingang, ohne zu wissen, wem sie gehören, und reiche Petra eine davon. Sie zögert kurz, aber dann schlüpft sie hinein und zieht den Reißverschluss bis zum Hals hoch. Viktor kleidet sich ebenfalls ein und wirkt mehr als bereit, in den Sturm hinauszugehen.

Ich kann mir kaum ein Lächeln verkneifen, als ich die Tür

nach draußen öffne und uns ein kalter Wind entgegenweht. Der Himmel ist schwarz und die Wolken hängen tief, weit und breit ist kein Stern zu sehen.

»Hier lang«, sage ich und gebe ihnen ein Zeichen, dass sie mir folgen sollen.

Petra Snæberg

Draußen tobt ein Schneesturm, und die Sicht ist kaum einen Meter weit, aber Irma geht voran und scheint die Umgebung gut zu kennen.

Vielleicht war es keine gute Idee, bei diesem Wetter auf eigene Faust nach Lea zu suchen. Vernünftiger wäre es gewesen, die Rettungsmannschaft zu rufen und auf sie zu warten, oder zumindest noch weiteren Menschen Bescheid zu sagen. Ich habe kurz überlegt, Gestur zu holen, aber dann musste ich an seinen anschuldigenden Blick denken, nachdem Lea ins Meer gegangen war. Das Letzte, was ich jetzt brauche, ist, Gestur einen weiteren Anlass zu geben, mir Vorwürfe zu machen. Er hätte bestimmt auch diesmal sofort einen Weg gefunden, mir die Schuld in die Schuhe zu schieben.

Diesmal will ich also nicht untätig zusehen, so wie heute Nachmittag oder als sie mit drei Jahren nach dem Messer griff. Diesmal will ich die Sache in die eigenen Hände nehmen, Lea finden und sie nach Hause bringen.

Aber je dunkler und kälter die Nacht wird, desto mehr schwindet meine Entschlossenheit. Vielleicht war es nicht der richtige Moment, um etwas zu beweisen.

»Bist du sicher, dass sie in diese Richtung gegangen ist?«, rufe ich Irma zu.

Sie dreht sich um, ohne stehen zu bleiben. »Ja, hier ist zumindest jemand gegangen. Seht ihr nicht die Spuren im Schnee?«

Ich blicke hinunter und erkenne keine Spuren, die von Lea sein könnten, sondern nur die Abdrücke von Irmas klobigen Stiefeln. Trotzdem folge ich ihr weiter und überlege, wie Lea angezogen war. Ob sie in dieser Kälte vielleicht nur ihren Pulli anhat. Wie lange überlebt man in diesem Wetter ohne Jacke? Die Temperaturen liegen unter null, vielleicht minus zwei oder drei Grad, und durch den Wind fühlt es sich noch kälter an. Ohne Unterschlupf überlebt eine Person hier vermutlich nicht länger als eine Stunde. Vor allem kein schlaksiger Teenager.

Was hat sich Lea nur dabei gedacht?

Kurz vergesse ich die Sorgen und werde wütend auf sie. Was fällt ihr ein, mitten in der Nacht bei diesem Wetter einfach so rauszugehen?

Selbst wenn sie Bilder an irgendeinen Jungen geschickt hat, wäre das doch kein Weltuntergang.

Aber je länger ich darüber nachdenke, desto besser verstehe ich, dass es sich für sie tatsächlich wie das Ende der Welt angefühlt haben muss. Sie kann sehr schüchtern und unsicher sein, auch wenn sie es gut versteckt. In der Hinsicht sind wir uns ähnlich. Aber sie ist in dem Alter, in dem sie ihr Selbstwertgefühl danach festlegt, was andere von ihr halten. Für sie bedeutet die Veröffentlichung der Bilder, dass ihr ganzes Leben zusammenbrechen wird. Dass alle in ihrer Klasse sie anders ansehen, auslachen und demütigen würden.

Wie schlimm können die Bilder schon gewesen sein? Hat sie sich dafür komplett ausgezogen?

Ich will es mir gar nicht vorstellen, aber ich sehe Männer vor mir, die mit lüsternem Blick vor dem Display sitzen und auf mein Kind starren, das noch nicht einmal volljährig ist.

Ich muss Lea finden, koste es, was es wolle. Irma ist weit vor mir und ich lege einen Zahn zu, renne, um sie einzuholen.

Hinter mir höre ich Viktors Schritte.

Tryggvi

In den ersten Jahren nach Teddis Tod brodelte eine Wut in mir, wie heißes Magma. Ich trank viel, ging aus und geriet in Schlägereien, aber nichts konnte die Wut zähmen. Vor einigen Jahren habe ich endlich meinen Seelenfrieden gefunden und mich mit dem Schicksal abgefunden, aber jetzt spüre ich das Magma wieder hochkommen. Ich spüre, wie es langsam vor sich hin blubbert und mit jedem Drink an Kraft gewinnt.

Ich sitze am Fenster und sehe nach draußen, während die Menschen um mich herum weiterreden. Diese Leute sind mir mittlerweile egal. Das Einzige, woran ich denken kann, ist Teddi und was ihm passiert ist. Ich warte nur darauf, dass sie wieder ins Restaurant kommen, dann will ich sie zur Rede stellen. Ihnen in die Augen sehen und die Wahrheit erfahren.

Es juckt mich am ganzen Körper, und ich muss etwas dagegen tun. Aber es ist nicht die Art von Jucken, die man durch Kratzen wegbekommt.

Plötzlich sehe ich eine Bewegung vor dem Fenster, drei Figuren, die sich vom Hotel entfernen. Als sie an der Außenbeleuchtung vorbeigehen, erkenne ich ihre Gesichter.

Ich stehe auf und lasse die kleine Gruppe, die noch wach ist, allein im Restaurant zurück.

Irma

Hotelangestellte

Das Wetter ist sogar noch schlechter, als ich dachte. Die Sturmböen sind aggressiv, als wollten sie uns vorsätzlich zu Fall bringen.

»Wir sollten umkehren«, sagt Viktor. Er sieht Petra an, aber sie scheint seinem Blick auszuweichen.

»Nein«, widerspricht sie. »Ich werde Lea finden.«

»Aber wir sollten ein Auto holen. Das ist kein Wetter, um zu Fuß nach ihr zu suchen. Sie könnte überall sein.«

»Ganz genau«, sagt Petra. »Sie könnte überall sein. Und wahrscheinlich ist sie nicht in der Nähe einer Straße.«

»Bist du sicher, dass sie nach draußen gegangen ist?«, fragt Viktor an mich gerichtet.

»Ja«, sage ich. »Sie ist in diese Richtung gegangen. Hier in der Nähe ist ein Bauernhof. Vielleicht hat sie sich dort verkrochen.«

Wir gehen weiter. Ich habe keine Ahnung, wie lange wir schon unterwegs sind. Unauffällig versuche ich, auf mein Handy zu schauen, um unseren Standort zu sehen, aber der kleine Punkt auf der Karte sagt wenig aus.

Hinter mir höre ich Petra schluchzen. Sie ist nicht gut gekleidet, ihre Jacke ist dünn und sie trägt keine Mütze, weshalb sie versucht, sich mit der Kapuze abzuschirmen.

»Willst du meine Mütze?«, frage ich.

Sie sieht mich an, als verstehe sie die Frage nicht.

»Willst du eine Mütze?«, frage ich wieder.

»Nein«, sagt sie. »Ich komme schon klar.«

Aber Petra kommt gar nicht klar, ich höre ihre Zähne laut klappern. Und ich versuche mir vorzustellen, wie es sich wohl anfühlt, wenn das eigene Kind in einem Schneesturm verloren geht. Es muss unerträglich sein.

»Verdammt noch mal, so finden wir sie nie«, sagt Viktor nach einer Weile. »Wir müssen Hilfe holen.«

»Dann geh doch«, ruft Petra durch den Wind. »Geh doch wieder zurück. Ich werde weiter nach ihr suchen.«

»Petra, du bist nicht gut genug angezogen«, sagt Viktor etwas sanfter. »Wir könnten das Auto holen. Die Gegend abfahren und …«

»Nein«, sagt Petra und fügt langsam hinzu: »Mit dir gehe ich nirgendwohin.«

Sie starren einander an.

»Es war ein Unfall«, sagt Viktor.

»Ein Unfall, ja? Warum hast du dann nichts gesagt? Wie konntest du ihn so zurücklassen? Warum hast du nicht die Polizei gerufen?«

»Ich …« Viktor geht einen Schritt auf sie zu und Petra zuckt zusammen. »Ich konnte nicht.«

»Warum hast du nichts gesagt, nicht einmal zu mir?«, fragt Petra und beim letzten Wort bricht ihre Stimme.

Die Situation scheint aus den Fugen zu geraten, also unterbreche ich sie.

»Ich hab was gefunden«, sage ich und beuge mich hinunter, hebe den Gegenstand auf und putze den Schnee weg.

Petra hält sich die Hand vor den Mund.

»Ist das …?«, fragt Viktor.

»Leas Handy«, sagt Petra.

Jetzt
Sonntag, 5. November 2017

Sævar
Kriminalpolizist in Akranes

Edda brachte Sævar und Hörður in ein leeres Zimmer, wo sie sich ungestört mit den Gästen unterhalten konnten. Sie war so freundlich, frischen Tee für sie aufzugießen. Sævar trank zwar für gewöhnlich nicht viel Tee, aber nach dem langen Vormittag bei den Felsen war ihm nach etwas Warmem zumute. Obwohl die Sonne schien und das Wetter gut aussah, war es immer noch ziemlich kalt. Eine hinterlistige Kälte, die unter die Haut kroch, ohne dass man es bemerkte.

Kurz darauf betrat ihr erster Gesprächspartner den Raum, eine große elegante Frau. Als sie sich setzte, fiel Sævars Blick auf ihre gepflegten Hände, mit falschen Fingernägeln und zwei Ringen, die seiner Schätzung nach nicht billig waren.

»Vollständiger Name?«, fragte Hörður.

»Stefanía Hjaltadóttir.«

»Danke«, sagte Hörður. »Kannst du uns erzählen, was gestern Abend passiert ist?«

»Ja, natürlich. Ich, ähm ... ja, ich weiß gar nicht, wo ich anfangen soll.«

»Wo es passt.«

»Okay.« Stefanía senkte den Blick, und Sævar konnte beinahe sehen, wie sich die Zahnräder in ihrem Kopf drehten. Sie war offensichtlich nervös.

»Du könntest mit dem Abendessen anfangen«, schlug Hörður vor.

»Okay, ich bin gegen sieben ins Restaurant gegangen. Davor war ich mit Petra und Viktor auf seinem Zimmer. Wir haben getrunken.« Stefanía schnappte nach Luft und wischte sich Tränen weg, die gar nicht zu sehen waren.

»Warum habt ihr euch dort getroffen?«, fragte Sævar.

»Petra hat mich eingeladen. Wir wollten uns zu dritt unterhalten.«

»Und worüber habt ihr gesprochen?«

»Über alles und nichts«, sagte Stefanía. »Uns an die alten Zeiten erinnert und so. In unserer Kindheit waren wir unzertrennlich, aber dann ... dann haben wir uns auseinandergelebt.«

»Verstehe.« Sævar lächelte. »Haben Viktor und Petra gestritten?«

Stefanía öffnete den Mund, aber schloss ihn wieder, bevor sie antwortete. »Nein, zu dem Zeitpunkt nicht.«

»Später aber schon?«

»Ich habe es nicht wirklich mitbekommen«, sagte Stefanía.

»Was hast du nicht wirklich mitbekommen?«

»Es war nur ...« Stefanía rückte auf ihrem Stuhl zurecht. »Ich glaube, Petra hat sich Sorgen um das Mädchen gemacht. Viktors Freundin.«

»Maja?«

»Genau.«

Sævar sah Hörður an.

»Fällt dir irgendein Grund ein, warum Viktor mit Majas Verschwinden zu tun haben könnte?«, fragte Hörður.

Stefanía lachte, als wäre die Vorstellung absurd, aber hörte sofort auf, als sie Hörðurs und Sævars ernste Gesichter sah. »Nein, ich ... überhaupt nicht. Darauf wäre ich nie gekommen.«

»Aber Petra dachte das?«

»Sie fand es seltsam, dass Viktor sich nicht wirklich Sorgen gemacht hat.«

»Verstehe«, sagte Hörður. »Wirkte sie wütend auf Viktor?«

»Wütend?« Stefanía schüttelte den Kopf. »Nein, das glaube ich nicht.«

»War noch mehr zwischen ihnen? Fällt dir noch etwas ein?«

»Nein, nichts«, sagte Stefanía bestimmt.

Sie stellten noch ein paar Fragen, aber Stefanía lieferte keine weiteren Hinweise.

Als sie weg war, nahm Sævar zwei Zettel aus seiner Mappe und überflog, was darauf stand.

»Petra lag jedenfalls nicht völlig daneben«, sagte er zu Hörður.

»Was meinst du?«

»Ihre Sorge war durchaus berechtigt. In den letzten zwei Monaten wurde die Polizei Reykjavík zweimal zu Viktor und Maja nach Hause gerufen«, sagte Sævar. »Beim zweiten Mal hatten sich Nachbarn wegen Lärmbelästigung beschwert. Davor hatte ein Passant angerufen, weil er Schreie gehört hatte.«

In der Nacht auf Sonntag, den 5. November 2017

Petra Snæberg

Ich habe das Gefühl für Zeit verloren und bin mir auch nicht sicher, wie weit wir uns bereits vom Hotel entfernt haben. Die Lichter sind schon längst verschwunden. Die Sicht wird immer schlechter und das Schneegestöber dichter. Ich weiß nicht, wohin wir gehen, aber wahrscheinlich werden wir bald umkehren müssen. Wir sind darauf angewiesen, dass Irma den Weg zurück findet.

Ich gehe weiter und rufe Leas Namen, bekomme aber keine Antwort. Ihr Handy ist in meiner Tasche, und ich weiß, dass Lea es nie zurückgelassen hätte, wenn nicht etwas Schreckliches passiert wäre. Sie klebt an dem Ding, es ist wie ein Teil ihres Körpers, für sie genauso wichtig wie Hände und Füße. Ich versuche, die Gedanken wegzuschieben, stelle mir lieber vor, wie sie zurück im Hotel in ihrem Bett liegt, ohne blassen Schimmer, dass wir hier draußen nach ihr suchen.

Lea hat den ganzen Abend mit Harpa verbracht und sie schienen sich gut zu amüsieren.

Wenn ich ehrlich bin, erinnere ich mich gar nicht daran, Lea heute gesehen zu haben. Ich war zu sehr mit mir selbst und meinen eigenen Problemen beschäftigt. Das ist wahrscheinlich oft so. Ich bin zu sehr in meine Arbeit und meinen eigenen Kram vertieft, um mir über Lea Gedanken zu machen. Habe ihre Sorgen als typische Teenagerprobleme abgetan, die sich mit der Zeit von selbst lösen. Mir eingeredet, dass sie nur eine schwere Zeit durchmacht, wie die meisten in ihrem Alter.

Aber jetzt ist mir bewusst, dass ich nicht genug getan habe. Ich hätte ihr besser zuhören und versuchen sollen, mit ihr zu sprechen. Wir hätten den Mutter-Tochter-Ausflug machen sollen, den ich immer vorhatte. Wir haben nie etwas nur zu zweit gemacht. Nichts ist, wie ich es mir vorgestellt habe, als Lea klein war.

Lea war ein Frühchen, sie wurde mit einer Hand über dem Kopf geboren, wie ein kleiner Superman. Als ich sie zum ersten Mal im Arm hielt und ihre winzigen Hände und den zusammengezogenen Mund sah, empfand ich alle Klischees: Es gab nur noch sie, alles andere war unwichtig, mein Herz war mit einem Mal doppelt so groß und ich hatte noch nie einen anderen Menschen so sehr geliebt wie sie.

Aber in den letzten Jahren scheine ich das vergessen zu haben. Ich habe zugelassen, dass wir uns entfremdet haben, und war nicht für sie da. Ich war keine gute Mutter.

Die Tränen strömen über mein Gesicht, und ich tue nichts, um sie aufzuhalten. Es ist nicht so, als würde sie hier in der Dunkelheit jemand sehen.

»Das ist völlig irre«, höre ich Viktor vor mir murmeln. »Was machen wir hier eigentlich?«

Irma bleibt stehen und dreht sich zu uns um. Sie ist die Einzige von uns, die ordentlich angezogen ist, und wirkt nicht außer Atem.

Ich drehe mich in alle Richtungen um, in der Hoffnung, Lea zu sehen. In meiner Vorstellung liegt sie irgendwo, durchgefroren und nass. Mein kleines Mädchen, denke ich, und die Tränen fließen noch schneller über meine Wangen.

»Ich rufe jetzt an«, sagt Viktor und geht ein paar Schritte zur Seite. Das müsste er nicht, um in Ruhe sprechen zu können, durch den Wind hören wir einander ohnehin kaum.

»Wen willst du anrufen?«, fragt Irma.

»Ich weiß es nicht«, sagt Viktor und hebt die Arme. »Das Hotel vielleicht oder den Notruf. Vielleicht ist Lea wieder zurück.«

»Viktor könnte recht haben«, sage ich zu Irma, als er sich weggedreht hat. »Vielleicht ist Lea zurück im Hotel.«

»Das könnte sein«, sagt Irma und wirkt seltsam entspannt. Wahrscheinlich hat sie keine eigenen Kinder und versteht nicht, wie dringend ich Lea finden muss.

Ich versuche, mir die Kapuze besser über den Kopf zu ziehen. Meine Ohren sind eiskalt und ich habe das Gefühl, dass mein Gehirn langsam gefriert.

»Sollen wir umdrehen?«, frage ich und blicke Viktor hinterher, der offenbar keinen Empfang findet. Er hat sich noch weiter von uns entfernt und hält sein Handy hoch, durch das Schneegestöber kann ich ihn kaum noch sehen.

»Nicht sofort.« Irma lächelt und dann fügt sie hinzu: »Weißt du eigentlich, wer ich bin?«

»Was?« Ich sehe, dass Viktor sein Handy genervt wieder einsteckt. Ein Gefühl von Hoffnungslosigkeit überkommt mich. Schaffen wir es überhaupt zurück zum Hotel, bevor wir hier draußen erfrieren?

»Was hast du gesagt, Irma?«

»Du siehst mich nicht«, sagt sie und ihr Lächeln wird immer breiter. »Sieh mich an, Petra. Erkennst du mich nicht?«

Jetzt
Sonntag, 5. November 2017

Sævar

Kriminalpolizist in Akranes

Das junge Mädchen saß mit geradem Rücken vor ihnen und wartete darauf, befragt zu werden.

»Wie heißt du mit vollem Namen?«, fragte Hörður.

»Sigrún Lea Gestsdóttir.«

»Also gut, Sigrún …«

»Lea«, unterbrach sie. »Alle nennen mich Lea.«

»Also gut, Lea«, sagte Hörður. »Kannst du uns erklären, was gestern passiert ist?«

»Ja, ich …« Lea senkte den Blick und holte tief Luft. »Ich war den ganzen Abend mit Harpa zusammen. Sie kam vor dem Essen auf mein Zimmer und … und wir haben getrunken.«

Sie hob den Blick, hatte vielleicht mit einer Reaktion gerechnet, aber keiner von ihnen sagte etwas, also fuhr sie fort: »Dann sind wir zur Bar gegangen und Harpa war schon etwas betrunken. Ich auch. Doch sie brachte ständig neue Drinks, und ich …«

»Schon gut«, sagte Sævar. »Deswegen sind wir nicht hier.« Er lächelte Lea zu und wartete, bis sie weiterredete.

»Ja, jedenfalls …« Lea schloss die Augen, als falle ihr das Sprechen schwer. »Ich wollte gerade schlafen gehen, aber dann bekam ich eine Nachricht. Eine Mail.«

Sævar wusste, dass die drei nach Lea gesucht hatten, aber er hatte noch nicht verstanden, warum das Mädchen mitten in der Nacht in den Sturm hinausgegangen war.

»Ich, also … ich hatte mit diesem Jungen geschrieben. Birgir, so nannte er sich jedenfalls. Er hat erzählt, dass er in Schweden lebt, und das schon seit seiner Kindheit. Ich war so dumm, ich wäre nicht auf die Idee gekommen, dass er lügen könnte. Ich meine, sein Instagram sah ganz normal aus. Jede Menge Bilder und Follower und …«

»Es gab ihn also gar nicht, oder was?«

Lea wurde rot. »Nein.«

»Und was stand in der Mail?«

»Nichts«, sagte Lea. »Das waren nur Bilder. Von mir …«

Sævar und Hörður sahen einander an. Lea musste sich nicht weiter erklären. Sie hatten schon öfter mit Fällen zu tun gehabt, wo junge Mädchen aufreizende Bilder von sich an vermeintliche Freunde verschickt hatten, die sie dann weiter verbreiteten. Oft waren es nicht einmal Jungs, sondern Männer, die manchmal sogar für die Bilder bezahlten. Die Mädchen waren meist noch Kinder. Diese Männer nutzten ihre Unschuld aus, und den Reiz von leicht verdientem Geld.

»Und was ist dann passiert?«

»Ich habe mich in einen Sessel am Eingang gesetzt und war ziemlich betrunken. Ich dachte, ich müsste mich übergeben, aber dann kam eine Frau, die hier arbeitet, ihren Namen habe ich vergessen. Sie hat mir geholfen, mich auf ein leeres Zimmer gebracht und mir zu trinken gegeben, und dann wurde ich auf einmal unglaublich müde. Die Frau meinte, ich dürfte mich in eins der leeren Betten legen, und wahrscheinlich bin ich sofort eingeschlafen.« Lea blickte auf. »Die Erinnerungen sind alle etwas schwammig, aber sie hat … sie hat noch etwas gesagt.«

Lea war plötzlich sehr aufgewühlt, und Sævar sah, dass sie angestrengt nachdachte.

»Was hat sie gesagt?«

»Sie meinte … sie hätte einen Hund namens …« Lea schluckte.

»Einen Hund?«

Lea schüttelte den Kopf. »Ach, das hatte bestimmt nichts zu bedeuten.«

»Na gut«, sagte Sævar. »Du bist also in der Nacht nicht nach draußen gegangen?«

»Nein, ich bin nicht nach draußen gegangen.« Lea schüttelte wieder den Kopf. »Morgens bin ich in dem Zimmer aufgewacht und habe gesehen, dass mein Handy weg war.«

Sævar lehnte sich in seinem Sessel zurück. Wenn Lea die Wahrheit sagte, hatte die Hotelangestellte Irma die ganze Zeit gewusst, dass Lea eigentlich in Sicherheit war und im Hotel schlief. Das ließ den Fall in einem völlig neuen Licht erscheinen, vor allem Irma hatte offenbar so einiges zu verbergen.

Irma

Hotelangestellte

Viktor versucht immer noch anzurufen, aber ich hätte ihm sagen können, dass es nichts bringen wird. Hier ist kein Empfang.

»Erkennst du mich nicht?«, frage ich Petra, aber noch bevor sie antwortet, sehe ich an ihrem Gesichtsausdruck, dass sie keine Ahnung hat, wer ich bin.

Warum auch? Wir sehen einander nicht ähnlich. Ich komme ganz nach meiner Mutter, und je älter ich wurde, desto öfter bekam ich das zu hören. Wir haben beide ein rundliches Gesicht und helle Haut. Augen, die etwas zu nah zusammenstehen, um als schön zu gelten. Das Einzige, was ich von meinem Vater habe, sind die dunklen Haare – soweit ich weiß. Vielleicht habe ich noch andere Dinge von ihm geerbt; mein Temperament, bestimmte Ticks und Gesichtsausdrücke. Aber das weiß ich nicht, wir kennen uns ja nicht.

Als er am Freitag das Hotel betrat, wartete ich gespannt, ob er mich vielleicht erkennen würde, obwohl ich bei unserer letzten

Begegnung noch ein kleines Kind war. Ich suchte in seinem Gesicht nach winzigen Hinweisen, aber es scheint ihn nicht zu interessieren, was aus mir geworden ist. Falls er sich überhaupt jemals für mich interessiert hat.

Nicht, dass ich das erwartet hätte. Nachdem ich meinen Vater eine Weile beobachtet hatte, verstand ich, dass er sich kaum für etwas anderes interessiert als für sich selbst und sein Geld.

Ich wollte ihn gar nicht kennenlernen, aber es ging schließlich nicht nur um ihn. Wenn zwei Menschen ein Kind in die Welt setzen, bekommt es nicht nur einen Vater und eine Mutter, sondern wird in einen ganzen Stammbaum hineingeboren. Eine Schar von Cousins und Cousinen und Omas und Opas. Brüdern und Schwestern.

Seit ich klein war, habe ich mir immer Geschwister gewünscht, jemanden, der immer bei mir geblieben wäre. Bei jedem Umzug musste ich meine Freunde zurücklassen, aber wenn ich Geschwister gehabt hätte, wären sie mitgekommen. Je älter ich wurde, desto klarer wurde mir, wie sehr ich das vermisste. Wie viel mir genommen wurde, weil mein Vater nichts mit mir zu tun haben wollte.

Als ich eines Tages vor dem Haus meines Vaters im Auto saß, sah ich Petra und Gestur mit ihren Kindern, Lea und Ari. Sie sahen so schön aus, wie eine Vorzeigefamilie aus einem dieser heimeligen Werbespots. Ich weiß noch genau, was Petra an dem Tag anhatte: eine hellblaue Bluse, die unbändigen Locken mit einer Sonnenbrille nach hinten gehalten, und hochgekrempelte Jeans, sodass ihre Knöchel zu sehen waren. Dazu trug sie Sandalen, und ihre Zehennägel waren lackiert.

Ich wusste sofort, dass ich Teil ihres Lebens sein wollte. Nachdem ich von zu Hause ausgezogen war, drehte sich trotzdem alles weiterhin um die Krankheit meiner Mutter. Ich konnte nie lange einen Job behalten, um genug für meine Miete zu verdienen.

Petras und Gesturs Leben war völlig anders als meines. Sie waren Teil der Reykjavíker High Society, und wenn in den Klatschmagazinen über irgendwelche Partys berichtet wurde, waren immer Bilder von ihren lachenden Gesichtern zu sehen. Über die sozialen Medien erfuhr ich außerdem, dass sie immer in Bewegung waren; Auslandsreisen, Feste und Erfolge, im Beruf und den anderen Lebensbereichen auch. Dieser ganze Glamour, die schöne Kleidung, die großen Häuser und die Autos ... ich wollte das auch. Ich hatte ein Recht darauf.

Also parkte ich vor ihrem Haus, saß im Auto und beobachtete sie durchs Fenster. Fand heraus, wie ihr Alltag ablief, was sie am Wochenende machten und mit wem. Ich versuchte, meinen Mut zusammenzunehmen, einfach zu klingeln und mich vorzustellen, aber ich wusste nicht, was ich sagen sollte.

Ich habe so lange auf den richtigen Moment gewartet und jetzt ist er endlich gekommen.

»Sollte ich das denn?«, fragt meine Schwester und sieht mich fragend an. Plötzlich wirkt sie verunsichert, als hätte ich sie mit meiner Frage überrumpelt. Sie verschränkt die Arme, lehnt sich ein wenig zurück und sieht zu Viktor hinüber, wie um sich zu versichern, dass er uns nicht hört.

Petra ist feinsinnig, das haben wir gemeinsam. Ich kann es kaum erwarten herauszufinden, was wir sonst noch alles gemeinsam haben.

Jetzt
Sonntag, 5. November 2017

Sævar

Kriminalpolizist in Akranes

Ihnen wurde angeboten, im Hotel zu Abend zu essen. Sævar nahm dankend an, sein Magen knurrte schon den ganzen Tag. Er hatte nur eine kleine Dose Skyr auf dem Weg gegessen, nachdem ihn Hörður am Morgen mit einem Anruf geweckt und ihm von dem Leichenfund berichtete hatte.

Edda betrat das Zimmer und reichte ihnen zwei Speisekarten. »Bestellt einfach, was ihr wollt«, sagte sie. »Geht natürlich aufs Haus.«

»Vielen Dank«, sagte Sævar.

Er überflog schnell das Menü und bestellte einen Hamburger, Hörður entschied sich für ein Hähnchensandwich. Sie hatten nicht viel Zeit zum Essen, aber Sævar wusste, dass er ohne diese Stärkung nicht mehr lange durchgehalten hätte.

Die Vorgänge waren immer noch sehr unklar. Er verstand nicht, warum Irma allen vorgelogen hatte, dass Lea hinausgegangen war.

Das Essen kam schnell und sie redeten erst wieder, als nur noch ein paar Pommes auf ihren Tellern übrig waren.

»Denkst du, sie hat das geplant?«, fragte Sævar und trank einen Schluck Cola.

»Wer?«

»Irma. Das Mädchen, das hier arbeitet.«

»Puh, da sagst du was.« Hörður legte das Besteck ab.

»Warum hätte sie sonst wegen Lea lügen sollen?«

Edda kam, um ihre Teller zu holen. »Kaffee?«, fragte sie.

Sie nickten beide und blickten ihr hinterher, wie sie mit geübten Bewegungen die Teller aufnahm und die Tür hinter sich schloss.

»Sie hat dunkle Haare, genau wie die in der Hand der Leiche. Die könnten also von ihr sein«, sagte Sævar.

»Aber warum?«, fragte Hörður.

Sævar antwortete nicht. Er fragte sich dasselbe. Warum sollte eine Hotelangestellte zwei ihrer Gäste zu den Knarrarklettar-Felsen führen? Und wie in aller Welt kam es dazu, dass einer dieser Gäste die Felsen hinunterfiel?

Er konnte nicht anders, als sich zu fragen, ob die Sache nicht vielleicht sorgfältig geplant gewesen war.

In der Nacht auf Sonntag, den 5. November 2017

Petra Snæberg

»Schwestern«, sage ich so leise, dass es im Wind kaum zu hören ist. »Aber, das kann nicht sein.«

»Nicht?«, fragt Irma.

Ich will widersprechen und ihr sagen, dass sie sich irrt, aber ich muss an die Worte meiner Mutter denken. *Niemand hat behauptet, dass eine Ehe einfach ist.* Ich sehe sie vor mir, wie sie sich mit der Serviette den Mund abgewischt und mir von der Affäre meines Vaters erzählt hat.

Die Erinnerungsfetzen fügen sich zu einem Gesamtbild zusammen, wie bei einem Puzzle, dessen Teile endlich passen. Irma lächelt, als sie mein Gesicht sieht, aber bevor ich etwas sagen kann, kommt Viktor zurück.

Er hat den Versuch mit dem Handy aufgegeben und sieht uns abwechselnd an.

»Was ist los?«, fragt er.

Irmas Lächeln verschwindet, als Viktor auftaucht.

»Ich weiß es nicht, Viktor«, sagt Irma. »Vielleicht solltest du es uns sagen. Vielleicht solltest du Petra erklären, was los ist.«

Viktor starrt Irma eine Weile an und schüttelt den Kopf. »Was zur Hölle meinst du? Für wen hältst du dich eigentlich?«

Irma tritt einen Schritt auf mich zu und flüstert, sodass nur ich es höre: »Er ist nicht der, für den du ihn hältst, Petra.«

»Was sagst du da?«, fragt Viktor und kommt näher.

»Ich habe dich seit der Ankunft beobachtet«, sagt Irma. »Ich habe gesehen, was du Maja angetan hast. Ich habe die kaputte Vase unterm Bett gefunden und ihr blutverschmiertes Oberteil.«

Viktor lacht. »Was zur Hölle ...?«

Ich schließe die Augen und atme tief ein, während Irma fortfährt: »Ich habe gesehen, dass du dich gestern Nacht in Petras Zimmer geschlichen hast. Dass du an ihrem Bett gestanden und sie angestarrt hast.«

»Du lügst.« Viktors Nasenflügel beben, als er Irma ansieht, und wieder bemerke ich etwas Unheimliches in seinen Augen. Etwas, das ich überhaupt nicht von ihm kenne.

»Wenn ich gewusst hätte, wozu du fähig bist, hätte ich viel früher reagiert.« Irma sieht mich an. »Ich würde nie zulassen, dass er dir etwas antut, wir sind Schwestern. Ich habe die Lichter in deinem Zimmer angemacht, damit er weggeht.«

»Wie bist du ins Zimmer gekommen?«, frage ich Viktor.

»Es war offen«, sagt er. »Ich wollte nur ...«

»Was?«, unterbricht Irma. »Dort stehen und sie anstarren, nachdem du gerade Maja umgebracht hattest?«

Mir wird schlecht.

»Der Zettel?«, frage ich.

Irma lächelt. »Das war ich. Ich hätte vielleicht deutlicher sein sollen, aber ich konnte nicht riskieren, dass du Viktor oder sonst jemandem davon erzählst. Ich wollte nur, dass du auf der Hut bist.«

»Aber er war von ›M‹ unterzeichnet«, sage ich.

»Ich habe angenommen, du würdest dir die Nachricht eher zu Herzen nehmen, wenn du dachtest, sie wäre von Maja«, sagt Irma.

Seit wir hinausgegangen sind, habe ich mir so viele Sorgen um Lea gemacht, dass ich gar nicht mehr über Viktor und Teddi nachgedacht habe. Oder Maja. Was ist eigentlich mit ihr passiert? Kann es wirklich sein, dass Viktor sie umgebracht hat?

Mein Herz pocht wild, aber diesmal nicht aus Sorge um Lea, sondern aufgrund einer Angst, die mich völlig lähmt. Einer Angst, wie der eines Kaninchens vor der Schlange.

Viktor kommt auf mich zu, aber ich halte ihn auf.

»Was ist mit Maja passiert?«, frage ich, aber eigentlich ist es nicht sie, an die ich denke. Vor meinen Augen sehe ich das Bild, das mich fast zwei Jahrzehnte lang verfolgt hat. Teddi auf der Straße bei Akrafjall. Teddi, der winkt. Ein grelles, blendendes Licht.

Normalerweise war die Szene dort zu Ende, aber diesmal geht sie noch weiter. Ich sehe Viktors Hände am Steuer, seine Augen treffen Teddis Blick. Dieser Gesichtsausdruck, der sich vorhin angedeutet hat, den ich nicht kenne, obwohl Viktor und ich von Kindheit an unzertrennlich waren.

Und dann sehe ich vor mir, wie Viktor aufs Gaspedal tritt.

Jetzt
Sonntag, 5. November 2017

Sævar
Kriminalpolizist in Akranes

Nach dem Essen wurden die Ermittlungen fortgesetzt. Sævar hielt es nicht für Zufall, dass die Familie ausgerechnet das Hotel ausgewählt hatte, in dem Irma arbeitete. Er fragte Edda, wer die Buchung vorgenommen hatte, und sie verwies ihn auf Ester.

»Wir hatten eine Facebook-Gruppe, um das Familientreffen zu organisieren«, sagte Ester. Ihre Augen waren rot, und sie hielt ein Taschentuch in der Hand.

»War die Gruppe öffentlich?«, fragte Sævar.

»Das weiß ich nicht. Mein Sohn Smári hat das gemacht. Ich habe nicht darüber nachgedacht.« Ester überlegte. »Nein, man musste schon eine Anfrage schicken, um beizutreten.«

Ester zeigte ihnen die Gruppe auf Facebook. Sie sahen sich die Mitglieder an und erkannten auf den ersten Blick nichts Auffälliges. Erst als sie sich jedes der Mitglieder einzeln ansahen, fanden sie mit Esters Hilfe ein verdächtiges Profil. Die Seite von Elín, Esters Schwägerin, war erst vor wenigen Monaten angelegt worden. Ester wusste noch, dass Elín zuvor einmal behauptet hatte, nicht auf Facebook zu sein, und sie bestätigte dies später auch. Elín hatte keinen Facebook-Account, hatte auch noch nie einen gehabt.

Nach dem Gespräch mit Ester saßen Sævar und Hörður wieder Irma gegenüber und legten ihr ein paar ausgedruckte Seiten vor.

»Guten Tag, Irma«, sagte Sævar. »Wir haben uns gefragt, wie lange du das schon geplant hast.«

»Was geplant?«, fragte Irma, ohne einen Blick auf die Dokumente zu werfen.

»War es bereits, als du angefangen hast, im Hotel zu arbeiten?«, fragte Sævar und legte noch mehr Zettel auf den Tisch. »Oder hast du dich überhaupt erst im Hotel beworben, weil der Snæberg-Clan hier sein Treffen abhalten wollte?«

Von Edda wussten sie, dass Irma sich initiativ beworben hatte. Sie war sehr bestimmt gewesen, hatte gleich angerufen, als sie nicht sofort eine Antwort bekam, und sich vorgestellt. Genau deshalb hatte Edda so einen guten Eindruck von ihr gehabt.

»Ich weiß nicht, was du meinst«, sagte Irma.

»Oder hast du das sogar noch früher geplant?«, fuhr Sævar fort. »In der Zeit, als du Petras sechzehnjähriger Tochter Lea Nachrichten geschickt hast und dich als …« Sævar lehnte sich vor und las vom Zettel ab, »Birgir ausgegeben hast?«

Lea hatte ihnen nach einiger Überredung tatsächlich die Unterhaltungen mit dem Jungen, der sich Birgir nannte, gezeigt.

Sie hatten zwar noch keine Bestätigung, dass Irma diejenige war, die sich als Birgir ausgegeben hatte, denn um die IP-Adresse zurückzuverfolgen, brauchten sie die Hilfe der Technikabteilung, einen Gerichtsbeschluss und etwas mehr Zeit. Aber Lea war danach noch einmal zu ihnen gekommen und hatte etwas gesagt, das Sævar in seinem Verdacht bestätigte.

Sie erklärte, Birgir habe oft von seinem Hund Captain erzählt. Und am Samstagabend hatte Irma ihren Hund erwähnt, der ebenfalls Captain hieß. Das konnte kein Zufall sein. Wenn Sævar in seiner bisherigen Laufbahn etwas gelernt hatte, dann, dass derartige Zufälle fast nie vorkamen.

Sævar hielt es also für wahrscheinlich, dass Irma sich als Birgir ausgegeben hatte, alles deutete darauf hin, dass sie die Fäden in der Hand gehabt hatte. Er verstand nur noch nicht, warum.

Wozu die Lüge, dass Lea nach draußen gelaufen war, und warum hatte sie Viktor und Petra dazu überredet, mit ihr auf die Suche zu gehen?«

Irma senkte endlich den Blick und sah sich den Ausdruck von der Unterhaltung zwischen Lea und Birgir an. Sævar wartete auf eine Erklärung, aber sie schwieg.

»Also gut, dann fangen wir eben mit gestern Abend an«, sagte Sævar. »Warum hast du gesagt, dass Lea nach draußen gegangen wäre? Was war dein Plan?«

»Mein Plan?« Irma sah aus dem Fenster. »Ich wollte sie nur kennenlernen.«

»Wen kennenlernen?«

»Meine Familie«, sagte Irma. »Die Snæbergs.«

»Aber du bist doch nicht ...«

»Nicht mit ihnen verwandt. Oh doch. Man sieht es mir vielleicht nicht an, aber vor etwa einem Jahr hat meine Mutter mir endlich erzählt, wer mein Vater ist.« Irma lächelte und schien sich zu freuen, als sie hinzufügte: »Petra und ich sind Schwestern. Ihr Vater, Haraldur, ist auch mein Vater.«

Jetzt war Sævar derjenige, der schwieg. Damit hatte er nicht gerechnet.

»Ich mache gerne so einen Test, um das zu bestätigen«, sagte Irma. »Er hatte vor etwa dreißig Jahren eine Affäre mit meiner Mutter. Ich kannte den Snæberg-Clan natürlich. Ich meine, wer kennt sie nicht?«

»Kaum jemand«, gestand Sævar.

Irma ignorierte ihn und sprach weiter: »Ich habe lange darüber nachgedacht, zu ihm zu gehen, nur um zu sehen, was er sagen würde, aber ... aber ich konnte nicht. Mir war klar, dass er mich nicht mit offenen Armen empfangen würde, so ist er nicht. Er kommt nicht gerade warmherzig rüber.«

Das konnte Sævar bestätigen.

»Aber ich wollte trotzdem jemanden aus der Familie kennenlernen, zum Beispiel Petra«, fuhr Irma fort. »Meine Schwester. Ich saß lange vor ihrem Haus im Auto und habe versucht, mir ein Herz zu fassen und zu klingeln. Aber ... aber auch das konnte ich nicht. Ich konnte mich nicht überwinden.«

»Also hast du beschlossen, ihre Tochter zu hintergehen?«

»Das war nicht ...«, begann Irma in scharfem Tonfall, aber dann hielt sie inne und sah Sævar freundlich an: »Das war nie mein Plan. Ich dachte nur, es wäre einfacher, wenn ich etwas mehr über sie wüsste. Dass wir dann schneller eine Verbindung aufbauen könnten, wenn ich mich irgendwann vorstellte.«

»Aber das hast du nie getan, oder?«

»Nein.« Irma strich sich eine Haarsträhne hinters Ohr. »Ich dachte, hier im Hotel wäre die ideale Gelegenheit.«

»War das so?«, fragte Sævar.

»Ja.« Ein Lächeln breitete sich auf Irmas Gesicht aus. »Ja, ich habe Petra heute Nacht davon erzählt.«

»Und wie hat sie es aufgenommen?«

»Sie war überrascht, aber das war natürlich zu erwarten«, sagte Irma.

»Also gut«, sagte Sævar und versuchte, eine Vorstellung von den Abläufen zu bekommen. »Du findest also heraus, wo die Familie sich treffen will, besorgst dir eine Arbeit im Hotel und gibst dich im Internet als Teenager aus, um an Lea heranzukommen. All das, um sie besser kennenzulernen?«

»Du musst verstehen, dass sie mich nie hineingebeten hätten, wenn ich einfach geklingelt hätte. Sie hätten mich sofort wieder weggeschickt. Das wollte ich nicht riskieren.«

»Okay, aber was ist dann passiert, Irma? Du hast immer noch nicht erklärt, warum du gelogen und behauptet hast, Lea wäre rausgegangen.«

Irma lehnte sich zurück und schwieg für eine Weile. »Die Familie war anders, als ich dachte, viel verkorkster. Ich habe sie das ganze Wochenende über beobachtet und gesehen, wie kaputt sie sind. Über Lea wusste ich alles, aber ich war überrascht, wie viele schwarze Schafe es in der Familie gibt. Wie unglücklich sie in Wahrheit sind.

Und sie sind alle viel zu sehr mit sich selbst beschäftigt, sodass sie mich gar nicht wahrgenommen haben, mich überhaupt nicht bemerkt haben, während ich alles gehört und gesehen habe, was hier passiert ist. Ich habe gehört, was in Majas und Viktors Zimmer vor sich gegangen ist. Ich habe die Vase und das blutige Oberteil unter seinem Bett gefunden.« Irma sah plötzlich so aus, als wollte sie aufstehen. »Ich habe das Oberteil noch, ich werde ...«

»Irma.« Sævar gab ihr mit einer Handbewegung zu verstehen, sie solle sitzen bleiben. »Wir brauchen es nicht.«

»Aber Viktor war gefährlich«, sagte Irma. »Er hat Maja umgebracht und Petra bedroht. Ich habe sie beobachtet, ich habe gesehen, wie viel Angst Petra vor ihm hatte.«

»Du dachtest also, Viktor wollte Petra etwas antun?« Sævar hatte schon vermutet, dass Irma für ihre neue Familie bereit war, sehr weit zu gehen.

»Er hat Petra geliebt«, sagte Irma. »Ihr hättet ihn sehen müssen. Und sie hat es natürlich nicht gemerkt, aber in der Nacht auf Samstag ging er in ihr Zimmer und stand einfach da und starrte sie an. Ich musste die Lichter anmachen, damit er hinausgeht.«

»Du hast also beschlossen, die Sache selbst in die Hand zu nehmen?«, fragte Sævar. »Warum? Um Petra zu schützen, eine Schwester, die du gar nicht kanntest?«

Einen Moment lang meinte Sævar, bei ihr einen wunden Punkt getroffen zu haben. Er sah den Schmerz in Irmas Gesicht. Dann lächelte sie und sagte: »Ich kenne sie alle besser, als sie ahnen.«

»Also gibst du zu, Viktor umgebracht zu haben?«

»Natürlich nicht«, sagte Irma entschlossen. »Aber ich habe sie nach draußen gelockt, um Petra klarzumachen, wer Viktor wirklich ist. Ich wollte ihm eine Lektion erteilen.«

»Eine Lektion?«

»Ich wollte, dass er zugibt, was er Maja angetan hat«, sagte Irma. »Und ich dachte, wenn wir dort draußen wären und er nicht so schnell wegkönnte, würde er uns alles erzählen.«

Sævar glaubte ihr nicht. Er war sicher, dass Irma Viktor und Petra aus irgendeinem anderen Grund zu den Felsen gelockt hatte.

»Weißt du was?« Sævar lehnte sich in seinem Stuhl zurück. »Maja wurde wohlauf gefunden. Sie hat sich endlich bei ihren Eltern gemeldet, in der Nacht auf Samstag hatte sie sich nach einem Streit mit Viktor von ihrem Ex-Freund abholen lassen. In der ganzen Hektik hatte sie ihr Handy hier vergessen und sich erst jetzt gemeldet.«

Irma sagte kein Wort, aber er sah, dass die Neuigkeit sie aufwühlte. Sie griff nach ihrer Halskette und nestelte an dem goldenen Herzen.

Hörður, der die ganze Zeit still dagesessen und zugehört hatte, lehnte sich nun vor und fragte: »Was ist in der Nacht passiert, Irma?«

In der Nacht auf Sonntag, den 5. November 2017

Irma

Hotelangestellte

Diesen Moment habe ich mir schon tausendmal vorgestellt. Mir die verschiedensten Varianten ausgedacht, wie es laufen könnte, manche davon gingen gut aus und andere nicht.

Mir war bewusst, dass ich Petra damit keine frohe Botschaft überbringen würde. Wer hört schon gerne von den Sünden seiner Eltern? Wir wollen alle für immer an dem Bild festhalten, das wir als Kind von ihnen hatten. Es ist immer erschütternd zu sehen, dass unsere Eltern auch nur Menschen sind und Fehler machen.

Ich weiß nicht, was passiert wäre, wenn ich einfach geklingelt und mich Petra als ihre Schwester vorgestellt hätte. Aber ich wollte nicht mehr nur eine Beobachterin sein, die aus sicherer Entfernung alles mitverfolgt, aber nichts macht.

Es war wie eine Sucht. Wenn ich nicht in ihrer Nähe war, dachte ich an sie. Zu Hause starrte ich auf den Computerbildschirm und wartete auf Nachrichten, Bilder oder Statusmeldungen. Ich bekam nie genug. Hatte nie das Gefühl, genug über sie zu wissen oder nah genug an ihnen dran zu sein. Ich sehnte mich danach, ihr Haus zu betreten und mich darin umzusehen, aber das war zu kompliziert. Immer wenn sie ausgingen, stellten sie die Alarmanlage an. Auch nachts. Die wenigen Male, wenn sie alle zu Hause waren und nicht abgeschlossen war, gab es keine Möglichkeit hineinzukommen. Nur einmal schaffte ich es. Petra war allein zu Hause und duschte. Die Terrassentür war offen, und ich schlich hinein. Ich wollte nur ein paar Bilder machen und dann gleich wieder gehen. Aber es gab so viel zu sehen, und ich drang immer weiter in ihr Haus vor. Oben hörte ich die Dusche, also wusste ich, dass Petra nicht sofort kommen würde.

Irgendwann stand ich in Petras und Gesturs Schlafzimmer. Ich öffnete den Kleiderschrank und strich über die schönen Kleider und weichen Pullover. Ich hatte noch nie so einen schönen Kleiderschrank gesehen. Als ich im Bad kein Wasser mehr hörte, wusste ich, dass ich schnell wegmusste. Ohne nachzudenken, schnappte ich mir die Halskette, die auf dem Nachttisch lag, eine Kette mit einem kleinen goldenen Herzen, und eilte hinaus.

Dieser Besuch verstärkte nur meine Sehnsucht danach, sie besser kennenzulernen. Und am Ende fand ich einen Weg.

Es sollte nie so weit kommen, dass Lea mir Nacktbilder schickte. Mir wurde schlecht, als ich sie sah. Und danach hörte ich sofort auf, mich als Birgir auszugeben.

Eigentlich hatte ich das Profil nur erstellt, um die Familie besser kennenzulernen. Mir war klar, dass der einfachste Weg über Lea sein würde.

Kinder vertrauen jedem blind. Sie haben keine Ahnung, wie einfach es ist, jemanden zu täuschen.

Ich dachte, dass ich auf diesem Weg das Wichtigste erfahren würde, bevor ich selbst ein Teil der Familie wurde. Schließlich ist Lea meine Nichte, ich hatte ein Recht darauf, sie kennenzulernen. Außerdem wollte ich ihr helfen, ihr Selbstvertrauen zu stärken. Ich hatte gesehen, wie sie sich in der Schule und in den sozialen Medien verhielt, wie sie immer versuchte, es allen recht zu machen. Sie glaubte nicht an sich selbst, und Birgir hat ihr geholfen. Ihm konnte sie vertrauen, er baute sie auf und lobte sie.

Ich wollte Lea nie wehtun.

Aber ich sah, wie Viktor Petra bedrohte, und als mir bewusst wurde, wie gefährlich er war, wurde Lea ein Mittel zum Zweck. Ich bin nicht stolz darauf, aber ohne Lea hätte es nicht geklappt. Es brauchte ein aufgewühltes Teenagermädchen, ein paar Schlaftabletten und jede Menge Glück, um Petra und Viktor vom Hotel wegzulocken. Ich bin aber ehrlich überrascht, dass es so problemlos geklappt hat.

»Maja geht es gut«, ruft Viktor durch den Sturm. »Ihr ist nichts passiert. Wir haben uns gestritten, sie wurde wütend, weil ich nicht so reagiert habe, wie sie erwartet hatte, als sie mir von ihrer Schwangerschaft erzählt hat. Ich meine, was zur Hölle? Soll ich mich einfach freuen, wenn sie mir erzählt, dass wir ein Kind bekommen, nachdem wir gerade erst zusammengekommen sind? Gerade erst! Im Ernst, Maja hält mehr aus, als ihr denkt. *Sie* ist schreiend auf mich losgegangen. Schreiend, wie eine ... eine Wahnsinnige. Das Einzige, was ich getan habe, ist, zur Seite zu treten, als sie hingefallen ist und mit dem Kopf gegen den Schreibtisch geprallt ist, sodass die Vase hinunterfiel und zerbrach. Der Boden ist aus Beton, verdammt noch mal. Das Blut war überall. Und dann ist sie gegangen. Rausgestürmt. Ich habe keine Ahnung, wohin sie wollte, aber was sollte ich denn tun? Ihr hinterherrennen?«

»Ja«, sagt Petra so laut, dass ich erschrecke. »Natürlich hättest du ihr folgen sollen. Sie ist schwanger, ohne Auto, und wir sind hier mitten im Nirgendwo, Viktor! War dir das einfach egal?«

»Natürlich war es mir nicht egal.« Viktor nimmt seine Mütze ab und fährt sich durch die Haare.

»Ich glaube dir nicht«, sagt Petra. Ihre Stimme klingt rau, aber sie scheint die Kälte vorerst vergessen zu haben. Macht keine Versuche mehr, ihren Kopf zu bedecken, sodass die Haare wild im Wind wehen. Dann fügt sie hinzu: »Alles, was du bisher gesagt hast, ist eine Lüge, Viktor.«

»Petra.« Viktor schüttelt den Kopf, als würde Petra nur Unsinn reden.

»Du hast Teddi umgebracht«, sagt Petra leise. Dann hebt sie plötzlich die Stimme, als könnte sie sich nicht mehr zurückhalten. »Du hast ihn umgebracht.«

»Okay«, ruft Viktor. »Okay, ja, das habe ich getan. Ich habe ihn umgebracht. Aber nur, weil er nicht gut genug für dich war. Steffy hat mir erzählt, was passiert ist. Wie er im Auto über dich hergefallen ist und du ihn weggestoßen hast. Er hat nicht aufgehört, als du ihn darum gebeten hast.«

»Das war nicht seine Schuld«, sagte Petra. »Ich ... ich habe nur Panik bekommen. Ich habe ihn weggestoßen, ja, und dann hat er sofort gemerkt, dass ich das nicht wollte, und aufgehört. Das war nicht seine Schuld.«

»Petra.« Viktor geht einen Schritt auf sie zu. »Du hattest mehr verdient als ihn. Ich wollte dich nur beschützen.«

»Du hast ihn umgebracht«, sagt Petra wieder.

»Sag das nicht.« Viktor streckt hilflos die Hand aus, als wolle er sie beruhigen. Sie ist im Begriff, die Hand wegzuschlagen, als jemand auf sie zuläuft.

Jetzt
Sonntag, 5. November 2017

Sævar
Kriminalpolizist in Akranes

Petra zitterte, als sie nach dem Wasserglas griff. Sie trank es in einem Zug aus, stellte es wieder ab und wischte sich mit dem Handrücken über den Mund.

»Entschuldigt, aber ... aber ...«

»Keine Sorge«, sagte Hörður und lächelte. »Fang einfach an, wenn du bereit bist.«

»Ja, gut, also ...« Petras Stimme klang belegt und sie räusperte sich. »Was war noch mal die Frage?«

»Könntest du die Abläufe schildern, nachdem du mit Irma und Viktor das Hotel verlassen hast?«

»Ach ja.« Petra strich sich die Haare aus dem Gesicht und atmete tief aus. »Irma kam zu Viktor und mir und meinte, Lea wäre nach draußen gegangen. Lea ist meine Tochter. Sie war in letzter Zeit nicht immer ... nicht immer ganz sie selbst.«

Sævar nickte.

»Jedenfalls sind wir hinausgegangen, um Lea zu suchen, und das Wetter war so schlecht. Es hat schrecklich gestürmt, aber bin einfach Irma gefolgt, denn sie schien sich auszukennen.«

»Fandest du es nicht seltsam, dass sie genau wusste, wohin Lea gegangen war?«

»Doch ... oder, nein. Erst dachte ich das tatsächlich, aber dann haben wir Leas Handy gefunden.« Petra zuckte mit den

Schultern. »Ich weiß es nicht. Ich war ein wenig betrunken. Wir waren beide betrunken.«

Sævar wusste, dass Irma Leas Handy an sich genommen hatte, wahrscheinlich für den Fall, dass sie Viktor und Petra irgendwann überzeugen müsste, nicht umzukehren.

»Viktor und du?«, fragte er.

»Ja.« Petra benetzte ihre Lippen und warf einen Blick auf das leere Glas.

»Mehr Wasser?«, fragte Sævar.

Petra nickte, und er holte Nachschub.

»Danke«, sagte Petra und trank, diesmal nur einen kleinen Schluck. »Auf einmal waren wir auf irgendeiner Hochebene oder einem Berg. Ich erinnere mich an keine Steigung, es kam mir eher vor, als wären wir bergab gegangen, aber ich hatte absolut keine Orientierung mehr. Ich wollte umdrehen und hoffte nur, dass wir Lea mithilfe des Rettungsdienstes finden würden. Ich hatte solche Angst. Menschen sterben, wenn sie schlecht bekleidet in so einem Wetter draußen herumlaufen.«

»Das stimmt«, sagte Hörður. »Aber Lea war nie draußen, nicht wahr?«

»Nein. Nein, das war sie nicht«, sagte Petra.

»Was ist dann passiert?«, fragte Hörður. »Wann wurde dir bewusst, wer Irma wirklich ist?«

»Sie hat es mir irgendwann gesagt.« Petra schien sich weniger über die Tatsache zu freuen als Irma.

»Du weißt inzwischen, dass sie diejenige war, die deiner Tochter all diese Nachrichten geschickt hat? Dass sie sich für einen Jungen in ihrem Alter ausgegeben hat?«, fragte Hörður.

Petra nickte.

»Aber was ist danach passiert? Nachdem Irma dir erzählt hat, dass sie deine Schwester ist?«

»Wir …« Petra kaute an ihrem Daumennagel. Dann schien ihr etwas bewusst zu werden, und sie nahm die Hand schnell aus dem Mund und legte sie in den Schoß. »Das Wetter war so schlecht. Viktor ging los, um eine Stelle mit Empfang zu suchen, und im Schneesturm haben wir ihn aus den Augen verloren.«

»Ist das wahr?«

»Wir haben nach ihm gesucht, aber nichts gefunden. Irgendwann sind wir dann zurück zum Hotel gegangen.«

»Irma und du?«

Petra nickte. »Als Viktor nicht wiederkam, haben wir die Polizei gerufen, die Rettungsmannschaft kam und …«

»Und am Morgen haben sie die Leiche gefunden«, sagte Hörður.

Sævar betrachtete Petra. Könnte es sein, dass sie die Wahrheit sagte? Er zweifelte ihre Aussage an, die Erklärung schien ihm zu einfach, und er fragte sich, ob Irma und Petra sich auf dem Rückweg zum Hotel abgesprochen hatten. Ihre Aussage klang genau gleich. Würden sie so weit gehen, um einander zu schützen, obwohl sie sich gar nicht kannten? Er verstand nicht, warum Petra Irma beschützen würde, nach allem, was sie ihrer Tochter angetan hatte. Mit Irma war es anders. Er hatte bereits gesehen, wie weit sie bereit war, für Petra zu gehen, ihre Schwester. Hatte Irma sich vielleicht erhofft, dadurch Anerkennung zu erlangen?

»Warum denkst du, hat Irma behauptet, Lea wäre nach draußen gegangen?«, fragte Sævar.

»Weil …« Petra zögerte. »Weil sie mich warnen wollte.«

»Warnen? Wovor?«

»Vor Viktor« sagte Petra. »Sie hielt Viktor für gefährlich.«

»Und du?«

»Was?«

»Hieltest du Viktor für gefährlich?«, fragte Sævar.

Petra senkte den Blick, strich über die Wunde an ihrem Daumennagel. »Ich wusste nicht, was ich denken sollte.«

»Hätte Irma dich nicht anders warnen können, ohne diesen komplizierten Plan? Ohne mit euch nach draußen zu gehen, auf einen Berg ...«, sagte Hörður. »Das scheint mir sehr viel Aufwand, wenn sie dich eigentlich nur warnen wollte.«

»Ich denke ...« Petra zögerte. »Ich denke, sie wollte, dass Viktor dort hinunterfällt.«

»Vom Felsen stürzt?«

»Ja«, sagte Petra. »Ich glaube, sie hat uns dorthin gebracht, weil sie ihn für gefährlich hielt. Sie war sicher, dass Viktor Maja etwas angetan hatte.«

»Deshalb hat Irma ihn hinuntergestoßen?«, fragte Sævar.

»Nein«, sagte Petra. »Das habe ich nicht gesagt. Ich habe gesagt, dass sie sich gewünscht hat, er würde hinunterfallen, aber am Ende hat sie ihn nicht gestoßen. Wie gesagt, ich glaube, sie ist nicht ganz klar im Kopf. Sie hat es nicht leicht im Leben. Ihre Mutter ist krank, sie ist einsam und ...«

»Ist es nicht ein ziemlich großer Zufall, dass Viktors Leben genau so endete, wie sie es wollte?«, fragte Hörður. »Und sollen wir glauben, dass keine von euch beiden damit zu tun hatte?«

Petra lehnte sich über den Tisch. »Irma dachte, sie müsse mich beschützen. Sie hielt Viktor für gefährlich, aber am Ende war es ein Unfall. Wir haben Viktor aus den Augen verloren, und er stürzte von dem Felsen. Glaubt, was ihr wollt, aber das ist die Wahrheit.«

Sævar legte ein Bild von Viktors Hand auf den Tisch, mit einem Büschel langer dunkler Haare zwischen den Fingern. »Wie erklärst du dann das?«

Petra betrachtete das Bild eine Weile, bevor sie ihr schmerzverzerrtes Gesicht abwandte. Sie schloss die Augen, atmete tief ein und sah dann Sævar bestimmt an. »In gewisser Hinsicht hatte Irma recht. Wegen Viktor. Er war kein guter Mensch. Er ...«

Sævar wartete, aber Petra schien den Satz nicht zu Ende zu bringen. »Wie meinst du das?«, fragte er schließlich.

»Viktor hatte offenbar schon seit Langem Gefühle für mich. Gefühle, von denen ich ...« Petra atmete durch die Nase ein. »Von denen ich nichts wusste. Für mich war er immer nur mein Cousin, aber umgekehrt war das offenbar anders. Gestern Nacht hat er versucht ... versucht ...«

Petra schluckte und wandte den Blick ab. Ihre Augen füllten sich mit Tränen.

»Verstehe«, sagte Sævar.

Petra nickte. Als sie aufblickte, sah sie plötzlich verzweifelt aus. »Kann das unter uns bleiben? Bitte, ich will nicht, dass meine Familie davon erfährt.«

Sævar und Hörður sahen einander an. Sie konnten nichts versprechen.

»Und von wem sind die Haare?«

»Meine. Viktor hat versucht, mich zu beruhigen, mir zu sagen, dass alles gut wird. Er hat mich schon immer getröstet, wenn es mir schlecht ging.« Petras Stimme wurde plötzlich wuterfüllt, als sie hinzufügte: »Aber es war auch Viktors Schuld, dass es überhaupt ein Problem gab.«

Jetzt
Sonntag, 5. November 2017

Petra Snæberg

Mein Haus ist genauso unordentlich wie bei unserer Abreise letzten Freitag, aber das ist mir völlig egal. Ein bisschen Unordnung spielt im großen Zusammenhang nun wirklich keine Rolle. Bei dem vertrauten Geruch steigen mir Tränen in die Augen, diesem Geruch des eigenen Zuhauses, den man erst wahrnimmt, wenn man länger weg war. Die Lichter gehen an, und ich sehe aus dem Fenster. Draußen ist es dunkel, bis auf die Umrisse der Äste ganz nah am Haus ist nichts zu erkennen.

Ich ziehe die Vorhänge zu. Gestur schweigt.

»Ich habe Hunger«, sagt Lea, als sie den Kühlschrank öffnet. »Es ist nichts zu essen da.«

»Ich kann was holen«, sagt Gestur.

»Sushi«, schlägt Lea vor.

»Ja, das klingt gut«, sage ich.

Ari zuckt mit den Schultern, offenbar ist es ihm egal.

»Ich kann auch gehen«, sage ich. »Lea, kommst du mit?«

Lea öffnet den Mund, als wollte sie protestieren, aber dann lächelt sie. »Ja, ich komme mit. Können wir auf dem Weg noch was zum Naschen holen?«

Nach dem Essen gehe ich duschen. Ich habe zwar gestern geduscht, aber es fühlt sich an, als wäre es viele Monate her. Meine

Haut ist ungewöhnlich sensibel, und ich spüre immer noch den eiskalten Wind.

Ich stehe lange unter dem heißen Wasser, lasse es direkt auf mein Gesicht laufen, bis mir ganz heiß wird.

Immer wenn ich die Augen schließe, muss ich an den Moment denken, in dem Viktor verschwand. Erst stand er noch vor mir und im nächsten Augenblick war er weg, wie vom Erdboden verschluckt.

Trotz allem vermisse ich ihn. Ich vermisse, was wir waren. Ich vermisse, ein Teil unseres kleinen Trios zu sein. Ich vermisse es, ein Teenager zu sein und mir keine Gedanken über die Vergänglichkeit der Dinge zu machen.

Als ich aus der Dusche steige, ist das Badezimmer voller Dunst. Er hüllt mich wärmend ein. Ich will nicht sofort ein Fenster öffnen, sondern wische den Beschlag vom Spiegel, um mich selbst zu sehen. Direkt nach der Dusche, mit nassen Haaren und ungeschminkt, fühle ich mich völlig wehrlos. Ich habe das Gefühl, mich genau so zu sehen, wie ich bin, mit ein paar grauen Haaren am Ansatz und feinen Falten um die Augen. Ich bin keine siebzehn mehr, und das ist auch gut so.

Trotz allem ist eine schwere Last von mir abgefallen. Ich muss immer noch Geheimnisse mit mir herumtragen, sogar noch mehr als früher, aber irgendwie sind sie diesmal erträglicher. Vielleicht, weil ich davon überzeugt bin, dass die Gerechtigkeit gesiegt hat.

Ich frage mich, ob das vielleicht eine altmodische Denkweise ist. Wie ging noch mal das Sprichwort? Auge um Auge – und die ganze Welt wird blind sein. Was wäre dann mit Leben um Leben? Oder wie in diesem Fall: zwei Morden.

Wobei ich denke, dass es nicht Tryggvis Absicht war, Viktor umzubringen. Er tauchte plötzlich aus dem Dunkeln auf und packte ihn am Kragen seiner Jacke. Schubste ihn, sodass Viktor rücklings in den Schnee fiel, und stand dann über ihm, während er sprach.

Erst hörte ich nicht, was Tryggvi sagte, aber dann ging mir plötzlich ein Licht auf.

Tryggvi war Teddis Vater. Ich weiß noch, dass Teddi viel von seinem Vater erzählt hat. Als wir uns kennenlernten, waren seine Eltern frisch getrennt, und er ging an den Wochenenden oft zu seinem Vater und war überzeugt, dass die beiden irgendwann wieder zueinanderfinden würden. Das hoffte er jedenfalls.

Viktor kroch auf die Beine, aber Tryggvi ging auf ihn zu, und Viktor wich zurück. Und dann war er weg, ganz plötzlich und unerwartet. Ich schätze, Tryggvi wusste nicht von dem Felsvorsprung hinter Viktor.

Aber es gab einen Moment, kurz bevor Viktor abstürzte, an dem wir uns in die Augen sahen und ich spürte, dass er wusste, was passieren würde. Seine Augen waren weit aufgerissen, ängstlich und ratlos. Er wollte nicht gehen.

Und dann verschwand auch Tryggvi. Er ging zurück in den Sturm, ließ uns allein zurück, und niemand fragte am nächsten Tag nach ihm. In der ganzen Hektik schienen ihn alle vergessen zu haben.

Am Abend sitzen Gestur und ich auf dem Sofa. Keiner von uns schaltet den Fernseher ein. Die Stille ist angenehm. Aus der unteren Etage klingen die Geräusche eines Films, den sich Lea und Ari ansehen. So wie ich sie kenne, haben sie die Hälfte ihrer Süßigkeiten bereits aufgegessen, obwohl der Film gerade erst angefangen hat.

»Wie geht es dir?«, fragt Gestur nach einer Weile. »Kann ich etwas für dich tun?«

»Schon okay«, sage ich. »Mir geht es ganz gut.« Es stimmt. In Anbetracht der Umstände geht es mir gar nicht schlecht. Gestur denkt, dass ich traurig bin, weil Viktor tot ist, aber ich kann ihm nicht die Wahrheit sagen. Ich kann ihm nicht sagen, dass Viktors Tod eine Erleichterung für mich war.

Meine Familie ist nicht perfekt, aber wir haben auch nie so getan. Wir können nicht beeinflussen, wie andere uns sehen. Viele halten Reichtum und schöne Besitztümer für erstrebenswert. Ich habe das nie so gesehen und diese Dinge für meinen Teil immer eher als Bürde empfunden.

Ich muss an Irma denken, die so eifrig nach meiner Anerkennung gestrebt hat. Ich denke darüber nach, was sie alles auf sich genommen hat, um uns kennenzulernen, mich kennenzulernen. Sie sehnt sich so sehr danach, Teil der Familie zu sein, dass ich es ihr wohl kaum verwehren kann.

Eigentlich habe ich gar keine andere Wahl. Wir haben uns abgesprochen, was wir der Polizei sagen würden. Ich wollte nicht, dass herauskommt, was Tryggvi getan hat, und im Gegenzug versprach ich Irma, Kontakt mit ihr zu halten. Ich versprach ihr, sie nächstes Wochenende zum Essen einzuladen. Eigentlich will ich das nicht, nach allem, was sie Lea angetan hat, und ich kann nicht von Lea verlangen, dass sie sich mit Irma an einen Tisch setzt. Lea musste in letzter Zeit viel durchmachen. Nicht nur, dass der Junge, den sie mochte, nicht der war, für den sie ihn hielt, sondern auch, dass ein älterer Mann sie gestalkt hat. Er ist sogar ins Hotel gekommen, um nach ihr zu suchen. Wir wissen immer noch nicht, wer er war, aber die Polizei auf Snæfellsnes hatte bereits jemanden in Verdacht, auf den die Beschreibung passte.

Ich bin sicher, dass ich Irma irgendwie wieder loswerden kann. Irgendwann wird sie einsehen, dass wir nichts gemeinsam haben, nur weil wir Halbschwestern sind. Wir könnten nicht unterschiedlicher sein.

Gestur legt seine Hand auf meinen Schoß, wie zur Versöhnung. Er greift nicht nach meiner Hand, sondern wartet geduldig auf meine Reaktion.

Ich nehme seine Hand und spüre, dass sich eine Spannung zwischen uns löst.

Er küsst mich auf den Scheitel, und für eine Weile sitzen wir mit verschränkten Fingern da und lauschen dem Lachen unserer Kinder.

Sonntag, 5. November 2017

Tryggvi

Theódórs Grab ist in Ísafjörður. Dorthin ist Nanna nach seinem Tod gezogen. Sie hat sich gewünscht, dass er dort begraben wird, wo er geboren wurde, und wollte in seiner Nähe sein. Außerdem lebten viele ihrer Verwandten dort.

Oddný überließ mir das Auto. Sie fuhr mit einem ihrer Verwandten zurück, und ich erklärte ihr, dass ich meine Sachen abholen würde, sobald ich zurück in Reykjavík sei. Das konnte sie nachvollziehen, auch wenn sie traurig war, dass unsere Beziehung zu Ende ist. Ich denke aber, sie war nicht überrascht. Wir haben nicht zueinandergepasst und nur versucht, das Vakuum im Leben des anderen zu füllen. Ein Vakuum, das ohnehin nicht ausgefüllt werden konnte, zumindest in meinem Fall nicht.

Die Fahrt dauert beinahe einen halben Tag. Zum Glück ist das Wetter gut, und ich genieße die Aussicht, während ich die Fjorde entlangfahre. Die Kälte weicht nach und nach aus meinem Körper, schließlich scheint die Sonne ins Auto und wärmt es auf. Ich stelle einen Radiosender ein, auf dem alte Lieder gespielt werden, und fühle mich für einen Moment in der Zeit zurückversetzt. Als wäre ich wieder jung.

Ich halte an einer Raststätte an, um Kaffee zu trinken. Die Nacht kam und verging, ohne dass ich einschlafen konnte, aber das Koffein hilft, wenn auch wahrscheinlich nur temporär. Ich empfinde eine innere Ruhe, die ich schon seit Langem nicht mehr verspürt habe. Wenn ich an letzte Nacht denke, kommt es mir vor, als hätte ein anderer Mann statt mir gehandelt. Ich weiß kaum noch, was passiert ist, nachdem ich Petra und Viktor im Badezimmer habe reden hören. Ich erinnere mich nur vage daran, ihnen nach draußen gefolgt zu sein, aber Viktors Stimme, die zugibt, ihn umgebracht zu haben, höre ich völlig klar. Er war es, der meinen Teddi umgebracht hat.

Ich weiß nicht mehr genau, was ich eigentlich vorhatte, als ich ihnen nach draußen in den Sturm gefolgt bin, aber ich wollte bestimmt niemandem wehtun. Doch als ich Viktors Stimme gehört habe, diesen gleichgültigen Tonfall, völlig reuelos, sah ich plötzlich nur noch schwarz. Wobei, das eigentlich nicht stimmt. Ich sah nicht schwarz, sondern Theódór. Ich spürte seine Nähe, hörte seine Stimme und sah sein Lächeln vor mir, seine warmen Augen. Ich sah, was ich verloren hatte.

Der Friedhof von Ísafjörður sieht an diesem kalten Novembersonntag sehr schön aus. Das vergilbte Gras ist mit Tau bedeckt und die Sonne schmilzt langsam den Raureif und bringt einzelne Tropfen zum Glitzern.

Ich sehe sie sofort. Sie steht an seinem Grab, in einem braunen Mantel, mit Lederhandschuhen und in Winterschuhen.

»Nanna«, sage ich möglichst vorsichtig, als ich in Hörweite bin.

Sie erschrickt trotzdem. Sieht mich eine Weile mit großen Augen und offenem Mund an.

»Tryggvi«, sagt sie. »Was ... was ...«

»Ich dachte, ich komme einfach mal vorbei«, sage ich. »Ich hoffe, das ist in Ordnung.«

»Ja, natürlich«, sagt Nanna. »Ich wollte nur ...«

»Unseren Teddi besuchen.«

»Genau.«

»Das Grab sieht gut aus«, sage ich, und es stimmt. Der Stein, den wir ausgesucht haben, ist aus schwarzem Granit. Wir haben uns damals zusammen dafür entschieden, ihn schlicht zu halten und nur seinen Namen eingravieren zu lassen und eine kurze Inschrift. Neben dem Grabstein stehen eine Kerze und eine kleine Vase mit künstlichen Rosen.

»Im Winter ist es gar nicht so leicht, es schön zu halten«, sagt Nanna. »Weil es ständig stürmt und schneit, du weißt ja, wie das ist.«

Für eine Weile stehen wir still vor dem Grab. Ich muss daran denken, dass wir drei jetzt endlich wieder unter uns sind, so wie wir es auch früher am liebsten waren.

»Magst du auf einen Kaffee vorbeikommen?«, fragt Nanna nach einer Weile.

»Ja«, sage ich. »Sehr gerne.«

Sonntag, 5. November 2017

Sævar

Kriminalpolizist in Akranes

Am Abend fuhren sie nach Hause. Das Wetter war ruhig und der Himmel sternenklar. Die Berge wirkten weniger Furcht einflößend als am Morgen.

Sævar fragte sich, was Petra genau gemeint hatte, als sie sagte, es sei Viktors Schuld gewesen, dass es überhaupt ein Problem gegeben habe. Erst hatte er gedacht, sie habe damit Viktors Gefühle für sie gemeint, aber jetzt war er nicht mehr sicher.

Genau wusste er es nicht, und es gab auch keine Beweise dafür, dass jemand, und falls überhaupt, wer Viktor die Felsen hinuntergestoßen hatte. Vielleicht war es wirklich ein Unfall gewesen, vielleicht aber auch nicht. Sie würden ihr Bestes geben, die Wahrheit herauszufinden.

»Mach doch mal das Radio an«, sagte Hörður.

Sævar stellte den Kultur- und Nachrichtensender Rás 1 ein, wo ein Lied von Bob Dylan lief. *Like a Rolling Stone.* Er drehte es lauter und summte mit. In seiner Jugend war er ein großer Fan von Dylan gewesen, und eigentlich war er es immer noch.

Er freute sich darauf, nach Hause zu kommen und warm zu duschen.

Für den nächsten Tag gab es viel zu tun. Langweiligere Aufgaben als heute, aber dennoch wichtig. Papierkram. Und weitere Ermittlungen, auch wenn Sævar bezweifelte, dass in dem Fall etwas Neues ans Licht kommen würde.

In gewisser Hinsicht war er erleichtert. Den ganzen Tag lang hatte er sich Sorgen gemacht, dass Maja nicht auftauchen würde und sie das ganze Gebiet nach ihr absuchen müssten. Wenn der schlimmste Fall eingetreten und Maja tot aufgefunden worden wäre, hätte die Polizei der Familie nur schwer erklären können, warum man die Suche nicht früher gestartet hatte. Aber zum Glück hatte Maja sich gemeldet, als sie mitbekam, dass ihre Familie nach ihr suchte. Es tat ihr sehr leid, und sie entschuldigte sich mehrmals. Sævar fragte sich, ob sie wusste, welche Geschehnisse ihr Verschwinden nach sich gezogen hatte.

Sie würden Maja morgen befragen, aber sie hatte am Telefon eigentlich schon alles erklärt. Am Freitagabend war sie mit Viktor auf ihr Hotelzimmer gegangen und hatte ihm erzählt, dass sie schwanger war. Er nahm es nicht gut auf, meinte, er wolle nach so kurzer Beziehung noch kein Kind und sei nicht sicher, ob sie zusammenbleiben sollten. Maja erklärte, sie hätten gestritten. Sie sagte, sie hätten einander zwar geschubst, aber Viktor sei ihr gegenüber nicht gewalttätig geworden. Sie sei hingefallen, dabei sei die Vase auf dem Schreibtisch zu Bruch gegangen, und sie habe Nasenbluten bekommen. Sie habe sich umgezogen und dabei sei das blutige Oberteil unters Bett gefallen.

Sævar fragte nach den Blutspuren im Badezimmerschrank und Maja erklärte, sie habe sich dort gewaschen. Von dort aus habe sie außerdem ihren Ex-Freund angerufen, mit dem sie immer noch gut befreundet war, und ihn gebeten, sie abzuholen. Als Viktor sie durch die Tür telefonieren hörte, wurde er wütend und ihr Streit nahm wieder Fahrt auf. Am Ende stürmte Maja hinaus und nahm nur ihre Jacke mit. Erst später fiel ihr auf, dass sie ihr Handy vergessen hatte, sie wollte aber auf keinen Fall zurück ins Hotel, um es zu holen. Deshalb wartete sie ohne Handy am Wegrand auf ihren Ex-Freund.

Sævar ging davon aus, dass sie das Wochenende zusammen verbracht hatten und wahrscheinlich zu sehr damit beschäftigt gewesen waren, wieder zueinanderzufinden, um sich bei jemandem zu melden. Maja klang jedenfalls glücklich, trotz Viktors Tod. Sævar fand es zwar etwas seltsam, wie wenig die Nachricht sie zu kümmern schien, aber vermutlich würde er die Details bei ihrem Gespräch morgen herausfinden.

Auf seinem Handy rief er die wichtigsten Nachrichtenseiten auf. Alle hatten Schlagzeilen zu dem Unfall auf der ersten Seite. Der Name des Verunglückten wurde bei den größten zwei Medien noch nicht genannt, aber in den sozialen Medien war er bereits durchgesickert, und dort wurde der Fall heiß diskutiert.

Sævar wählte die Nummer seiner Freundin Telma, um sie zu bitten, noch etwas zum Essen zu holen, aber sie ging nicht ran. Also schickte er ihr eine Nachricht, und sie antwortete:

Ich bin nach Reykjavík gefahren und übernachte bei Lóa. Wir sehen uns morgen, wenn ich von der Uni zurückkomme.

Sævar starrte auf die Nachricht, und plötzlich überkam ihn ein Gefühl von Leere. Telma würde ihn also nicht zu Hause erwarten. Manchmal kam es ihm vor, als wäre er sein Leben lang immer in ein leeres Heim zurückgekommen. Aber Birta würde ihn immerhin begrüßen, mit wedelndem Schwanz und weichem Fell.

»Ach, übrigens, gestern hat mich mein alter Bekannter Jón angerufen«, sagte Hörður und drehte das Radio ein wenig leiser. »Wir haben ja immer noch keinen Nachfolger für Pétur gefunden, der uns bald verlässt. Aber Jón meinte, seine Tochter würde wieder zurück nach Akranes ziehen.«

»Ist sie Ermittlerin?«

»Ja, in den letzten Jahren war sie in Reykjavík. Ich habe mit den Kollegen dort gesprochen, und die hatten nur das Beste über sie zu sagen.«

»Klingt gut«, meinte Sævar. »Sehr gut.« Er würde Pétur zwar nicht wirklich vermissen, aber bei dem Gedanken an eine neue Kollegin hatte er dennoch gemischte Gefühle. Es war immer ein

Glückspiel, wie gut jemand in ihr kleines Team in Akranes passen würde.

»Sie ist etwa so alt wie du«, sagte Hörður. »Vielleicht wart ihr zusammen auf der Schule. Ihr Name ist Elma.«

»Elma.« Sævar dachte an seine Schulzeit zurück. Nach seinem Umzug nach Akranes war er dort ins Gymnasium gegangen. Seine Erinnerungen an die Zeit waren schwammig. Es waren die letzten Jahre zusammen mit seiner Familie gewesen, die letzten Jahre, in denen er Eltern gehabt hatte, weshalb sie ihm manchmal wie ein Traum vorkamen.

In der Schule war er eher ein Einzelgänger gewesen, mit ein paar gut ausgewählten Freunden. Sie hatten eine Band gegründet. Eine Garage an der Ægisbraut angemietet, wo sie immer die Abende verbrachten. Sie hatten ein paar Lieder geschrieben, die ihnen damals ganz gut vorkamen, aber im Nachhinein betrachtet kaum mehr waren als Lärm. Er hatte Gitarre gespielt, was er manchmal sogar immer noch tat, wenn er allein zu Hause war. Aber jetzt spielte er ganz andere Lieder, viel ruhiger und melancholischer. Die Texte, die er dazu schrieb, bekam außer Birta niemand zu hören. Nicht einmal Telma wusste von dem kleinen Büchlein, in dem er sie festhielt.

»Erinnerst du dich an sie?«, fragte Hörður und riss ihn aus seinen Gedanken.

»Was? Nein. Nein, ich erinnere mich an keine Elma.«

MIX
Papier | Fördert gute Waldnutzung
FSC® C014496
www.fsc.org

1. Auflage 2025

Titel der Originalausgabe Þú sérð mig ekki

Aus dem Isländischen von Freyja Melsted

Covergestaltung FAVORITBUERO, München
Covermotiv © Shutterstock: nadtochiy / Polglish.pl / Skovsgaardphotos / Smartha
Gesetzt aus der Maecenas, entworfen von Michał Jarociński, und der Century Gothic
Satz Buch-Werkstatt GmbH, Bad Aibling
Druck und Bindung GGP Media GmbH, Pößneck
ISBN 978-3-462-00692-6